Totentanz im Münsterland

Sabine Schulze Gronover, geboren 1969 in Hamm-Heessen, arbeitet als Therapeutin an der LWL-Klinik Münster und auf der Palliativstation des St.-Josef-Krankenhauses. Sie lebt mit ihrer Familie und einigen Tieren auf dem Land in Mersch-Drensteinfurt.

SABINE SCHULZE GRONOVER

# Totentanz im Münsterland

WESTFALEN KRIMI

emons:

**Bibliografische Information der Deutschen Nationalbibliothek**
Die Deutsche Nationalbibliothek verzeichnet diese Publikation in der Deutschen Nationalbibliografie; detaillierte bibliografische Daten sind im Internet über http://dnb.d-nb.de abrufbar.

MIX
Papier aus verantwortungsvollen Quellen
FSC® C083411


Umschlagmotiv: photocase.com/Herzbeben
Umschlaggestaltung: Tobias Doetsch
Gestaltung Innenteil: César Satz & Grafik GmbH, Köln
Lektorat: Dr. Hanna Stegbauer
Druck und Bindung: CPI – Clausen & Bosse, Leck
Printed in Germany 2014
ISBN 978-3-95451-380-2
Westfalen Krimi
Originalausgabe

Für meine Schwiegermutter,
Marianne Schulze Gronover (geb. Wermelt),
durch deren Vorfahren die Familie Wermelt für immer
mit dem Kloster Gerleve in Verbindung stehen wird.

# EINS

Bestimmt war ihr Name schuld. Rafaela. Wer nannte sein Kind schon Rafaela? Es sei denn, man mochte Putten, diese pausbäckigen Kindsengel. Sie sah ja auch ein wenig so aus, fand Rafaela. Sie hatte ein paar Pfund zu viel, und ihr Gesicht wollte seine kindlich runde Form nicht verlieren. Jetzt, mit Ende dreißig, brauchte sie auf aristokratisch edle Züge nicht mehr zu hoffen. Da halfen auch die Beteuerungen ihres Freundes nicht, dass sie mit ihrem vollen, frischen Gesicht und der kleinen Stupsnase so niedlich aussehe. Zumal Marcel, ihr bester Freund, schwul war. Ursprünglich hatte Marcel, sie war sich sicher, dass er eigentlich Markus hieß, sich in ihren Exmann Andreas verguckt. Damals hatte Andreas häufig in dem Bistro gegessen, das Marcel, ein guter Koch und netter Charmeur, mit einigem Erfolg leitete. Es befand sich in der Nähe seines Büros. Ihr Mann Andreas war des Öfteren mit seinem Geschäftspartner dorthin gegangen, meistens in der Mittagspause. Oft hatte er aber auch allein im Bistro gesessen. Die beiden Männer hatten sich angefreundet. Allerdings machte Marcel immer einen Schmollmund, wenn er über die Art ihrer Freundschaft sprach. Andreas war nämlich keineswegs schwul. Rafaela hatte ihn aus anderen Gründen verloren. Andreas und sie besaßen eine nette Eigentumswohnung am Rande von Münster, sie hatten eine entzückende Tochter, kannten sich seit siebzehn Jahren, und dennoch hatte ihr Mann eines sonnigen Morgens verkündet: »Ich gehe ins Kloster und werde Mönch.«

Natürlich hielt sie diese Information zunächst für einen Scherz. »So schlecht wird der Sex mit mir doch nicht sein«, rief sie belustigt aus. Zwei Tage später war er weg. Er nannte sich nun Bruder Andreas. Es gab feste Besuchszeiten, an denen sie mit ihrer Tochter sehen konnte, wie aus ihrer großen Liebe ein Mann Gottes wurde. Der athletische Körper verbarg sich in schwarzen unförmigen Gewändern, und das früher so lebendige Gesicht erstarrte zunehmend vor Andacht.

Warum durfte man die Schönheiten von Gottes Schöpfung

eigentlich so wenig bewundern? In diesem unkleidsamen Gewand steckte nun ihr Gatte, und sie durfte ihn kaum mehr berühren. Toll. So etwas passierte wirklich nicht vielen Frauen. Wenn man jemandem erzählte, dass der Ehepartner einen verlassen hatte, um sich in Askese und Gebet zu vertiefen, dann fanden viele die Geschichte sogar schrecklich lustig. Das war doch mal etwas anderes, als wenn man wegen einer anderen Frau sitzen gelassen wurde.

Marie, ihre Tochter, fand das alles gar nicht komisch. Der Klassenlehrer hatte beim Elternsprechtag irritiert den schwarz gekleideten Mönch im Schulflur angeschaut und ihn höflich gefragt, ob er hier heute Messdiener anwerben wollte.

»Sag mal, Rafaela, wie hat Andreas es eigentlich geschafft, in den Orden aufgenommen zu werden? Er war immerhin ein verheirateter Mann.« Das hatte Marcel sie neulich gefragt, als Rafaela in seinem Bistro gesessen hatte. Marcel war irgendwie ein Leidensgenosse, da er den Verlust ihres Mannes gut verstehen konnte. Es war eine nachvollziehbare Frage, aber ihr schossen sofort zwei Tränen in die Augen, und sie sagte: »Er hat unsere Ehe annullieren lassen.«

»Autsch. Das tut weh.« Doch Marcels Gesichtsausdruck zeigte Unglauben.

Rafaela gestikulierte herum und schimpfte: »Wahrscheinlich hat er in Rom von seinen Gewalterfahrungen in unserer Beziehung erzählt, er wurde zur Ehe und zum Sex gezwungen, jahrelang befand er sich in der Gewalt einer schlimmen Sünderin, bis ihm die Flucht in ein Kloster gelang.«

»Ja«, nickte Marcel ernst, »so könnte es gewesen sein. Er sah oft sehr ängstlich aus, wenn er hier saß, wie ein geprügelter Chihuahua.«

Wer den muskulösen Andreas mit seiner Körpergröße von einem Meter fünfundachtzig kannte, verstand den absurden Scherz.

Es war nun bald zwölf Monate her, dass Andreas die gemeinsame Wohnung verlassen hatte, doch er sorgte gut für seine Familie, zumindest finanziell. Rafaela hoffte allerdings noch immer, dass es ihrem Mann im Kloster irgendwann langweilig werden würde, und sei es nur für einen Moment des Triumphs, denn ihre Ehe war definitiv und unwiederbringlich gescheitert. Deshalb hielt ihr Vater es auch für »Verschwendung von Ressourcen«, sich mit einem schwulen Mann zu treffen.

»Was würde ich darum geben, noch einmal frei und jung zu sein«, klagte der alte Herr und blickte dabei tatsächlich einigen sehr jungen Damen hinterher, während sie gerade zusammen über den Marktplatz gingen und Rafaela die Einkäufe für ihren Vater trug.

»Es fühlt sich überhaupt nicht nach Freiheit an, von seinem Mann verlassen zu werden, Paps. Außerdem bist du verwitwet und somit sehr frei.«

Ihr Vater sah sie aus blauen, leicht geröteten Augen an und tippte auf seine Gehhilfe, ohne die er seit einiger Zeit nicht mehr weit kam. »Frei bin ich, ja, aber so klapprig und anziehend wie eine alte Kutsche mit Deichselbruch. Kennst du die Frau dahinten? Ganz attraktiv, finde ich.«

Er nickte in Richtung der öffentlichen Toiletten. Eine breite Treppe führte tief hinunter, denn die sanitären Einrichtungen waren hier unterirdisch angelegt. Oben, am Zugang zur Treppe, lehnte eine Frau an der Wand und starrte ganz ungeniert zu ihnen herüber. Sie war etwa im gleichen Alter wie Rafaela. Als sie der fremden Frau in die Augen blickte, verschwand diese abrupt in Richtung Toilette.

»Sie sieht zwar genauso derangiert aus wie ich, aber nein, ich kenne die Frau nicht.«

Mit ihrem Vater ging sie, wie viele Marktbesucher, anschließend gern noch ins Marktcafé, ein großes Lokal am Marktplatz mit Blick auf den Münsteraner Dom. Rafaela setzte sich neuerdings so, dass sie dieses Bauwerk katholischer Provenienz nicht unbedingt ansehen musste. Dass die Kirche nun auch Ehemänner verschwinden ließ, kam ihr wie eine Neuauflage der Kreuzzüge vor. Damals hatten die Frauen ihre Männer auch verloren, nur weil diese gegen Muslime und Heiden in den Krieg ziehen und mit Gewalt Jerusalem zurückerobern sollten. Mochte ihr Mann auch freiwillig ins Kloster gegangen sein, die Schuldigen saßen in ihren Augen in Rom und schauten den vielen Kirchenaustritten ungewöhnlich gelassen zu.

Einen Tag später sah Rafaela beim Blick aus dem Küchenfenster dieselbe Frau vor ihrem Haus stehen. Sie schien etwas zu suchen, starrte auf die Hausnummern und dann auf einen kleinen Zettel in ihrer linken Hand. Noch ehe die Frau sich zielgerichtet in Bewegung setzte, wusste Rafaela, dass sie zu ihr wollte. Zwei Minuten später schellte es. Es war ein Mittwochnachmittag, ihre Tochter Marie befand sich in ihrem Zimmer und hörte Musik, streckte nun aber neugierig den Kopf zur Tür heraus. Rafaela sagte schnell: »Ist für mich, ich glaube, irgendeine Nachbarin.« Sie hielt es für besser, wenn Marie in ihrem Zimmer blieb. Eine unbestimmte Sorge begleitete diese Person, die zu ihr ins Haus kam. Rafaela betätigte den Türöffner, und wenige Sekunden später stand eine große, schlanke Frau in ihrer Wohnung. Sie hatte unscheinbare blonde Haare, aber ein kluges, attraktives Gesicht. Ihr Händedruck war kurz und fest.

»Mein Name ist Birgit Gericke, entschuldigen Sie bitte die Störung. Es ist nur so, ich glaube, dass uns ein gemeinsames Schicksal verbindet. Wohnt Ihr Mann auch hier?«

Sollte sie lügen? »Nein, wir leben zurzeit getrennt. Aber wenn Sie eine Scheidungsanwältin sind, dann können Sie sofort wieder gehen.«

Nun lächelte Frau Gericke flüchtig. »Ich glaube, in Zeiten wie diesen müssen Scheidungsanwälte ihre Kanzleien eher abschließen, als aufdringlich um Kunden zu werben, meinen Sie nicht?«

Rafaela zuckte nervös mit den Achseln und bat den merkwürdigen Besuch dann doch mit einer Handbewegung, einzutreten und Platz zu nehmen. Der Blick der Frau ging unruhig hin und her, als suche sie in der Wohnung nach etwas Bestimmtem. Andreas hatte damals beim Kauf auf die Erdgeschosswohnung des Vier-Parteien-Hauses bestanden, und Rafaela besaß einen kleinen Garten. Sie öffnete die Terrassentür einen Spalt, als würde sie einen Fluchtweg vorbereiten.

Die Frau setzte sich, und Rafaela konnte deutlich einen Ehering an der rechten Hand erkennen. Aus einem unerfindlichen Grund beruhigte sie diese Entdeckung. Frau Gericke bemerkte ihren Blick, denn sie zeigte nun ihrerseits auf Rafaelas Ringfinger. »Betrogene Ehefrauen werfen den Ehering am liebsten in den nächsten Gully. Sie tragen Ihren noch.«

»Ja, das tue ich. Ich habe Sie auf dem Markt gesehen. Beobachten Sie mich schon länger?«

»Entschuldigung, ich war schon mal hier vor Ihrer Wohnung und habe Sie gesehen. Als ich Sie dann auf dem Markt wiedererkannt habe, habe ich mich nicht getraut, Sie spontan anzusprechen.«

Die nächste Frage erschütterte Rafaela. »Ihr Mann ist ins Kloster gegangen, nicht wahr? Zu den Benediktinern?«

»Woher wissen Sie das?«

Birgit Gericke ließ sich nicht beirren. »Wann ist Ihr Mann ins Kloster eingetreten?«

»Vor nicht ganz einem Jahr, im September.«

»Es war der 20. September, oder?«

Das Gefühl der Bedrohung wurde stärker. Sie begann zu schwitzen. Mit dieser Frau stimmte doch etwas nicht.

»Was wollen Sie von mir?«

Plötzlich hörte man eine Tür schlagen, und Marie stand im Wohnzimmer. »Hi, ich hole mir nur etwas zu trinken.«

»Hallo«, erwiderte Frau Gericke und lächelte Marie an. »Wer bist du denn?«

Rafaela stand auf. »Sie heißt Marie und ist meine Tochter. Geh in die Küche und trink etwas, Marie. Ich möchte mit Frau Gericke allein reden.« Ein erstaunter Blick, ein scheues Lächeln, und Marie verschwand hinter der nächsten Tür.

»Lassen Sie meine Tochter in Ruhe.«

Besänftigend hob ihre Besucherin beide Hände in die Höhe. »Ich will Sie nicht beunruhigen, aber Sie müssen mir zuhören. Auch mein Mann ist am 20. September letzten Jahres ins Kloster gegangen. Er tat dies aus heiterem Himmel, ohne jede Vorwarnung. Glauben Sie mir, ich habe das Gleiche durchgemacht wie Sie. Aber ich wollte seine Entscheidung nicht akzeptieren, und ich habe ihm die Hölle heißgemacht. In unserem ganzen

Leben haben mein Mann und ich uns noch nie so gestritten. Und etwas, was er dabei erwähnt hat, machte mich stutzig. Er sprach einmal von mehreren Männern. Als er ausgezogen war, habe ich Nachforschungen angestellt.«

Birgit Gericke setzte sich aufrecht hin und suchte Rafaelas volle Aufmerksamkeit. »Wir sind nicht die einzigen Frauen, deren Ehemänner letztes Jahr im Kloster verschwunden sind.«

»Was soll das heißen? Ist das plötzlich eine Rückbesinnung unter Ehemännern auf Askese und Demut? Und von wie vielen Männern reden wir eigentlich?« Rafaela war verwirrt. Sie lief im Wohnzimmer umher, setzte sich dann wieder hin und wippte mit den Füßen. Ihr Gesicht fühlte sich heiß an, die Sonne prallte durch die Terrassentür herein.

Birgit Gericke antwortete zögernd: »Sie sind die Erste, die ich aufsuche, um meinen Verdacht zu bestätigen, aber ich habe noch zwei weitere Frauen auf der Liste.« Und sie fügte hinzu: »Und ich habe zunächst nur im Münsterland recherchiert. Ich glaube nicht an Zufälle. Wir reden hier immerhin über Familienväter und nicht über Theologiestudenten.«

Rafaela dachte darüber nach. Sie hatte es für ein kleines, fieses Wunder gehalten, dass ihr Mann nach so vielen Ehejahren ihre Ehe hatte annullieren lassen können, um in ein Kloster einzutreten. Sie fragte Frau Gericke: »Waren Sie rechtmäßig verheiratet? Wie konnte Ihr Mann in einen Orden aufgenommen werden?«

»Stefan, mein Mann, hat unsere Ehe annullieren lassen. Dieser Schritt hat mir damals den Rest gegeben. Alles zu löschen, was wir zusammen erlebt haben, und es als Irrtum darzustellen … dass er so etwas tun konnte, das war eine bittere Pille.« Sie schaute wehmütig auf ihren Ehering.

Nach einer kurzen Pause fragte Rafaela, und dabei wechselte sie unbewusst in eine persönliche Anrede: »Sag mal, war dein Mann eigentlich besonders fromm?«

»Hm, er ging nicht jeden Sonntag in die Kirche, falls du das meinst. Aber ihm war damals die kirchliche Hochzeit wichtig, und er hat auch regelmäßig gebetet.« Sie runzelte die Stirn und legte einen Zeigefinger an die Nase. Rafaela fand sie immer sympathischer, sie war eine Leidensgenossin, die immerhin genügend

Energie und Mut besaß, um den Dingen, die ihr zugestoßen waren, auf den Grund zu gehen. Jetzt sprach Birgit Gericke weiter: »Aber da gab es noch etwas anderes, Dunkles in seinem Glauben. Mitunter gewann ich den Eindruck, als würde er auch noch an etwas anderes glauben als an Gott.«

Rafaela fröstelte es plötzlich, und sie stand auf, um die Terrassentür wieder zu schließen.

»Was meinst du damit?«, fragte sie, während sie sich nun deutlich näher zu der anderen Frau setzte.

»Die Kirche redet gern von Gut und Böse und von der Verführbarkeit des Menschen, aber heutzutage gehen wir doch nicht mehr davon aus, dass der Teufel wirklich von den Menschen Besitz ergreift. Mein Mann schien sich aber genau davor zu fürchten.«

»Dass der Leibhaftige in seinen Körper fährt und ihn Böses tun lässt?«, warf Rafaela ein.

»So ungefähr. Ich glaube, Stefan hatte tatsächlich Angst vor einem realen Teufel.«

»Wenn man bedenkt, dass die katholische Kirche noch heute Teufelsaustreibungen vornimmt und Priester als Exorzisten ausbilden lässt, klingt das nicht mal so ungewöhnlich.«

Als sie sich schließlich nach einer Stunde trennten, tauschten sie ihre Telefonnummern aus und hatten einen vagen Plan gemacht, wie sie weiter vorgehen wollten. An der Tür fiel Rafaela noch eine Frage ein: »Was bist du eigentlich von Beruf?«

»Journalistin, und du?«

»Krankenschwester – freiberuflich. Ich biete einen ambulanten Pflegedienst an.«

An diesem Abend war sie so durcheinander, dass sie fünf Mal versuchte, Andreas auf seinem Handy anzurufen, dabei waren diese elektronischen Kommunikationsmittel im Kloster natürlich verpönt. Selbst nach fast einem Jahr konnte sie nicht akzeptieren, dass Andreas sich den Klosterregeln fügen wollte. Sie hatte es nur ein einziges Mal geschafft, dass man Andreas aufgrund eines Notfalls ans Telefon geholt hatte. Damals war Marie krank geworden, und das Fieber war abends auf knapp vierzig Grad gestiegen. Rafaela hatte erst den Notarzt gerufen und dann den Vater informiert. Als sie im Krankenhaus eingetroffen war, hatte Andreas bereits auf dem Flur gesessen und gebetet. Seine Ruhe, seine Zuversicht und seine liebe Art hatten sie getröstet. Hand in Hand hatten sie später am Bett ihrer Tochter gesessen, und die gemeinsame Sorge hatte alles andere unwichtig werden lassen. In dieser Nacht hatte Rafaela endgültig Abschied von ihrem Ehemann genommen, obgleich sie gerade da die gegenseitige Zuneigung füreinander nur zu deutlich gespürt hatte. Am nächsten Morgen war es Marie wieder besser gegangen. Sie hatte eine Lungenentzündung und musste noch einige Tage im Krankenhaus bleiben. Andreas und Rafaela hatten sich in den nächsten Tagen mit den Besuchen abgewechselt, und die neue Distanz zwischen den Eheleuten war so schnell zurückgekehrt wie der Regen nach einem kurzen, erholsamen Sonnenschein.

Rafaela trat zu dem bunten Kalender in der Küche und schaute nach der nächsten Besuchszeit im Kloster. Dabei wusste sie den Tag doch ganz genau. Es würde noch eine Weile dauern, bis sie und Marie Andreas besuchen durften. Sie hatte heute große Lust, sich einfach den Weg zu ihrem Mann, pardon, Exmann freizusprengen. Nur leider würde Andreas sich über diesen Einsatz und einen solchen Beweis von Zuneigung gar nicht freuen.

»Rafaela, mein Goldengel, ich könnte mich ja als neuer Anwärter für die schwarze Kutte im Kloster melden und sozusagen als interner Ermittler fungieren. Wer weiß, vielleicht gibt es wirklich ein Komplott.« Marcel strahlte sie begeistert an und legte die Fingerkuppen aneinander, als würde er zu einer Predigt ansetzen. Dann machte er plötzlich ein betrübtes Gesicht, fasste sich an die muskulöse Brust und sagte: »Aber wäre es nicht eine Schande, wenn man diesen Körper in braune Stoffreste hüllen müsste?«

Rafaela nickte zustimmend. »Solange die Stoffreste knapp genug blieben, ginge es ja noch, aber die haben verdammt viel Stoff im Kloster. Sei mir nicht böse, Marcel, aber dich allein unter Mönchen zu verstecken, das fände ich irgendwie skandalös. Das Einzige, was du bei deinem Auftrag finden würdest, wären wohl die Geheimgänge, um von einer Zelle unbemerkt in eine andere zu gelangen.«

Sie saßen in seinem Bistro, der mittägliche Besucherstrom war vorüber, und Marcel gab seiner Freundin Rafaela einen großen Cappuccino mit extra viel Schokopulver aus. Sie fühlte sich müde und erschöpft.

»Mag sein«, erwiderte Marcel und probierte einen koketten Augenaufschlag, »aber ich bin ein begnadeter Liebhaber, und in diesen Nächten in fremden Kammern würde ich alles, wirklich alles von den Mönchen erfahren, was sie zu verbergen haben.«

»Na, ich bezweifle deine geistige Aufnahmefähigkeit in diesen Nächten.« Sie lachte, wurde aber schnell wieder ernst. »Marcel, stell dir mal vor, es wäre wirklich kein Zufall, dass Ehemänner im Kloster verschwinden. Welche Idee könnte denn dahinterstecken?«

Doch in diesem Moment musste Marcel sich um eine Kundin kümmern, und so blieb sie mit der Frage allein. Ihre neue Bekannte Birgit Gericke wollte heute zwei weitere Frauen aufsuchen, deren Ehemänner sich angeblich für das Leben im Kloster entschieden hatten. Einen Unterschied hatte Birgit bereits festgestellt. Während Andreas dem Orden der Benediktiner beigetreten war, befand sich Birgits Mann Stefan in einem Haus der Franziskaner.

Erneut ging die Tür des Bistros auf, und mit einem Schwall frischer Luft kam eine zierliche Person herein. Es war Marie, die sich hier mit ihrer Mutter verabredet hatte. Marie schmiss den Schulrucksack auf den Boden, als handele es sich um Müll. »Hi, Mama.« Sie bekam einen flüchtigen Kuss auf die Wange. Marcel dagegen wurde ausgiebig umarmt und angestrahlt. Seit einem halben Jahr kannten sie sich, und Marie fand ihn »endgeil« und »angesagt«.

Eigentlich stand ihre gesamte Familie auf einen schwulen Bistrobesitzer in edlen Designerjeans und figurbetonten Hemden. Seine Veranlagung empfand Rafaela als Ohrfeige der Natur. Er sah zum Anfassen gut aus.

»Was willst du essen? Süß oder scharf, Prinzessin?«

Zehn Minuten später saß ihre Tochter vor einem Teller, auf dem ein dicker Pfannkuchen in Backpflaumen schwamm. Vergessen schienen Latein, Mathematik und andere irdische Lasten.

Marie strahlte und zelebrierte den ersten Bissen. Rafaela wusste, dass die gesamte Situation für Marie noch schwieriger war als für sie. Sie konnte noch viel weniger verstehen, warum ihr Vater es vorzog, in einem Kloster zu leben, anstatt mit seinem einzigen Kind und seiner Ehefrau in einer schönen Wohnung das Leben zu genießen. Hatte Andreas überhaupt eine Ahnung, was er einer Fünfzehnjährigen damit antat?

Plötzlich ertönte lautes Hupen und unterbrach ihre Gedanken. Vor dem Bistro fuhr ein schicker dunkler Audi im Schritttempo vorbei. Der Fahrer starrte in die Räumlichkeiten, als habe er alle Zeit der Welt, während sich hinter ihm der Verkehr staute. Die anderen Autofahrer hatten herzlich wenig Verständnis für die beharrliche Neugier des Audibesitzers. Als sich Rafaelas Blick mit dem des langsamen Fahrers traf, zuckte sie förmlich zusammen. Was für ein Gesicht. Und welch dunkle Autorität von dieser Adlernase, dem geschlossenen Mund und den stahlgrauen Augen ausging. Der Mann nickte ihr zu und gab so viel Gas, dass sich der Abstand zwischen den hupenden Autofahrern und ihm von einem Meter auf dreißig vergrößerte. Rafaela hatte den Eindruck, dass der Mann jemanden gesucht hatte.

»Mein Goldengel, wenn du weiterhin mein edles Gebräu kalt werden lässt, dann bekommst du von mir nur noch Cola light.« Marcel schaute stirnrunzelnd auf ihren fast unberührten Cappuccino. »Möchtest du auch lieber einen süßen Pfannkuchen mit Backpflaumen?«

»Nein, lass mal, ich wachse nicht mehr so viel wie Marie. Hast du gerade den Wagen gesehen, der hier ganz langsam entlanggefahren ist? Kennst du den Fahrer?«

»Ja, habe ich gesehen. Nein, kenne ich nicht. Aber er ist heute Morgen schon einmal hier vorbeigefahren. Ist bestimmt ein Verehrer von mir. Die rennen mir hier die Bude ein.« Marcel fuhr sich affektiert durch die Haare und grinste breit.

Plötzlich meldete sich Marie zu Wort: »Also, wenn der Typ in dem Audi schwul war, dann folge ich Papa ins Kloster. Der hatte etwas von einem Habicht an sich. Wie der mich angesehen hat. Wie ein Kater, der sein Abendessen anlächelt.«

»Mädels, was ihr alles in einen Mann hineininterpretiert.«

Doch Rafaela war beunruhigt. Sie trank den kalten Kaffee und verabschiedete sich herzlich von Marcel. In Begleitung ihrer Tochter erledigte sie noch einen Hausbesuch, dann fuhren sie nach Hause. An der Wohnungstür klebte eine Nachricht: »Bitte dringend um Anruf. Muss dich sprechen. LG Birgit!«

»Von wem ist das denn?«

»Birgit, so heißt die Frau, die gestern bei uns war.«

Marie hob in gespieltem Erstaunen die Brauen und sagte: »Ihr seid euch ja schnell nahegekommen. Heute war sie also schon wieder hier. Gestern hatte ich eher den Eindruck, du würdest sie in Kürze hinausschmeißen.«

Rafaela schloss die Tür auf und ließ ihrer Tochter den Vortritt. »Ich habe mich geirrt. Birgit kam, um mir zu erzählen, dass es noch weitere Ehemänner gibt, die ihre Familien verlassen haben und einem Orden beigetreten sind. Birgits Mann ist ebenfalls dabei.«

Marie ließ sich mit Jacke und Schulrucksack auf das Sofa plumpsen und starrte ihre Mutter an. »Das ist krass. Findet ihr das normal? Wie viele Männer sind es denn?«

Rafaela hängte ihren Blazer an die Garderobe, streifte die Pumps ab und lief barfuß zu Marie, um sich neben sie zu setzen. »Birgit ist Journalistin. Sie recherchiert bereits seit einiger Zeit. Auf diese Weise ist sie auch auf unsere Familie gestoßen. Eine genaue Zahl kennen wir nicht. Die paar Namen, die sie hat, reichen aber aus, um das alles sehr, sehr merkwürdig zu finden.«

Mit ungewohnter Hilfsbereitschaft stand ihre Tochter auf und holte das Mobiltelefon. »Ruf sie an, sie hat bestimmt etwas herausgefunden.« Sie hielt kurz inne, überlegte und sagte dann: »Ich könnte zu Papa fahren und ihn einfach fragen, ob es noch mehr Männer gibt und ob sie sich abgesprochen haben. Ich könnte einen seelischen oder medizinischen Notfall simulieren.«

»Dein Vater wird als Mann Gottes kaum Verständnis für derartige Lügen und Spielchen haben. Lass es und zieh endlich deine Jacke aus. Wenn wirklich ein Plan dahintersteckt und diese Männer nicht zufällig alle gleichzeitig ins Kloster gegangen sind, dann wird man es uns kaum erzählen. Und bislang sind das nur Spekulationen von frustrierten Ehefrauen wie mir.«

Marie legte einen Arm um ihre Mutter und sagte: »Ich bin auch verlassen worden. Aber an uns kann es unmöglich gelegen haben. Also ruf deine neue Freundin an.« Dann brachte sie ihre Jacke weg und zog die Schuhe aus.

Das Telefonat dauerte keine Minute. Birgits Stimme klang gehetzt, aufgeregt, und sie teilte mit, dass sie lieber kurz vorbeikommen wollte.

»Cool, die hat bestimmt etwas Krasses zu berichten, sonst hätte sie es am Telefon sagen können.« Mit einem Sprung saß ihre Tochter im Schneidersitz auf dem Sofa.

»Marie, mir wäre es lieber, du hältst dich etwas zurück. Wahrscheinlich ist an der Sache eh nichts dran, und außerdem bleibt Birgit erst einmal eine fremde Frau, der wir auch nicht gleich alles glauben müssen.« Sie holte tief Luft. »Also, mir ist es echt lieber, du bleibst auf deinem Zimmer und erledigst deine Hausaufgaben, denkst über den Weltfrieden nach oder entfernst dir den schwarzen Nagellack von den Fingern.«

»Wenn du dir so große Sorgen machst, ist an der Sache etwas dran, Ma. Ich bin nun wirklich kein kleines Kind mehr. Ich werde die Dame durch den Türspalt belauschen und beobachten. Du weißt schon, Körpersprache, Mimik, Stimme. Sie sieht mich gar nicht, versprochen.«

»Komm bitte nur aus dem Zimmer, wenn der Dame Flügel wachsen und sie sich in einen Vampir verwandelt. Ich möchte schließlich nicht, dass du dich langweilst.« Rafaela verzog das Gesicht zu einer Grimasse.

Es schellte, und Marie verschwand mit einem eindeutigen Handzeichen in ihrem Zimmer, von dem aus man das Wohnzimmer gar nicht einsehen konnte. Wie ihre Tochter nun unbemerkt Birgit beobachten wollte, versuchte sich Rafaela lieber nicht vorzustellen. Dafür müsste sie ein Loch in die Wand bohren, einen Spiegel benutzen oder, was wahrscheinlicher war, im Hausflur stehen und um die Ecke schauen.

Als sie die Wohnungstür öffnete, vergaß sie all ihre Bedenken, denn Birgit sah furchtbar aus. Ihre Haare hingen leblos herunter, und ihr Gesicht war so weiß, dass Rafaela sich darauf einstellte, sie jeden Moment aufzufangen. Nachdem sie Birgit auf ihr Sofa gesetzt hatte, holte sie ihr ein Glas Wasser und einen Cognac aus der Küche. Beides kippte Birgit nacheinander hinunter. Erst den Cognac, dann das Wasser. Ein wenig Farbe kehrte in ihr Gesicht zurück. Rafaela wollte sie nicht bedrängen und wartete einfach ab. Doch schon die ersten Worte ihrer Besucherin erschreckten sie zutiefst.

»Ich habe eine tote Frau gefunden. Alles war voll von ihrem Blut. Weißt du, wie Blut riecht? Süßlich und metallisch. Es riecht nicht nach Tod oder Verwesung, es riecht nach Gewalt, nach brutaler Gewalt. Bei dem Geruch wird dir übel, er ist schlimmer als der Anblick der Leiche.« Sie hielt sich die Hand vor den Mund, und Rafaela fürchtete eine unkontrollierbare Reaktion. Doch Birgit sprach weiter: »Und dann war da diese Katze. Sie hat mich furchtbar angefaucht. Sie schien direkt aus der Hölle gekommen zu sein.«

Birgit setzte immer wieder das leere Glas Wasser an die Lippen, sodass Rafaela aufstand, um ihr neu einzuschenken. Dabei überlegte sie, wie man Wahnsinn diagnostizierte. Ruhig fragte sie: »Wo hast du eine tote Frau gefunden?«

»In ihrer Wohnung. Ich war bei einer der Frauen auf meiner Liste. Und sie war tot, ganz schrecklich tot.«

Rafaela griff zum Telefon. »Wir müssen die Polizei verständigen.«

Aber ihre Besucherin winkte ab und richtete sich nun auf, sichtlich um Haltung bemüht. »Von dort komme ich ja gerade. Ich habe natürlich sofort jemanden angerufen. Es hat ewig gedauert, bis ich mich vom Tatort entfernen durfte. Und dann sollte ich auf das Revier, um meine Aussage zu machen. Zwischendurch bin ich schnell zu deiner Wohnung gefahren. Ich wollte, dass du mich begleitest. Ich war so durcheinander und hatte Angst. Ich wusste nicht, was ich denen überhaupt erzählen sollte.«

»Ich war arbeiten«, sagte Rafaela tonlos und trank in ihrer Verwirrung aus dem Glas, das sie Birgit hingestellt hatte.

Um Fassung ringend und mit vielen Unterbrechungen erzählte Birgit ihre Geschichte. Demnach war sie am Vormittag zu einer Frau namens Sabine Hölscher gefahren. Als auf ihr Klingeln niemand geöffnet hatte, war Birgit um das Einfamilienhaus herumgegangen und hatte sich in einem kleinen Garten wiedergefunden. »Die Terrassentür stand offen. Ich habe laut gerufen, aber es hat keiner geantwortet, und so habe ich mich erst einmal im Garten umgeschaut. Erst dann bin vorsichtig in die Wohnung gegangen. Schon da ist mir ein süßlicher Geruch aufgefallen. Ich glaube, ich habe dann gar nicht mehr nach Frau Hölscher gerufen, sondern ich bin leise weiter durch den Wohnraum geschlichen. Ich habe die Frau schließlich im Badezimmer gefunden. Es war furchtbar. Sie hat im Wasser in der Badewanne gelegen und war an Händen und Füßen gefesselt. Jemand hatte ihr die Kehle durchgeschnitten. Oh Gott, es war alles rot, das Wasser, der Beckenrand und die Fliesen.« Birgit machte eine kurze Pause und starrte auf ihre Füße. Dann erzählte sie weiter: »Die Augen der toten Frau waren ganz glasig. Das Letzte, was sie gesehen hat, muss eine rosa Gummiente gewesen sein. Die hockte dort am Wannenrand.«

Rafaela kam plötzlich der beunruhigende Gedanke, dass ihre Tochter diese Gräuel gerade mit anhörte. Und wie sie diese morbide Generation einschätzte, die lieber mit einem blassen, blutsaugenden Vampir ausgehen würde als mit einem durchtrainierten Basketballspieler, schickte sie nun eifrig Nachrichten per Handy an ihre Freundinnen. Hätte sie Marie doch besser vorher zu einer dieser Freundinnen geschickt.

»Um Himmels willen, was hast du dann nur gemacht? Das muss ein schrecklicher Anblick gewesen sein.«

»Es war ein bisschen so wie in dem Film ›Psycho‹, wo dieser verrückte Norman Bates die Dame in der Dusche aufschlitzt. Ich habe ein paar Fotos mit meinem Handy geschossen, meine Kamera lag leider im Auto. Ich habe wie eine professionelle Journalistin gehandelt.« Sie grinste schief, offenbar ging es ihr besser. »Dann habe ich die Polizei angerufen und denen erzählt, dass Frau Hölscher und ich quasi verabredet waren.«

Sie machte eine Pause und schaute aus dem Fenster. Rafaela ahnte, dass es da noch etwas gab. Sie hasste diese theatralischen Pausen, doch in diesem Fall war es wohl weniger Koketterie als die Nachwirkungen des Tages, die Birgits Erzählfluss stoppten.

»Aus den Latschen gekippt bin ich erst«, fuhr Birgit endlich fort, »als ich auf dem Präsidium meine Aussage unterschreiben musste und erfahren habe, dass die Tochter der toten Frau noch nicht wieder aufgetaucht ist.«

»Nun, sie hat vielleicht ihre Mutter so vorgefunden und ist in Panik erst einmal aus dem Haus gerannt, um sich zu verstecken. Das wäre zumindest eine Erklärung für die offene Terrassentür.« Möglicherweise war aber auch der Mörder über die Terrasse geflohen, dachte Rafaela.

»Ja eben, das macht mich ja so fertig. Das arme Kind.«

Dieser Satz war für Rafaelas »armes Kind« offenbar das Stichwort für einen nicht sehr eleganten Auftritt.

Marie kam mit ausgestreckter Hand ins Wohnzimmer und begrüßte Birgit mit den Worten: »Entschuldigen Sie bitte, ich habe alles mit angehört. Darf ich die Tote mal sehen? Bitte. Ich habe noch nie eine Leiche gesehen.« Sie ließ sich ganz langsam auf das Sofa gleiten, als wäre ihr erst jetzt die Idee gekommen, dass sie störte. »Und danach sollten wir das Mädchen suchen gehen. Vielleicht hat sie den Täter sogar gesehen.« Sie versuchte, ein mitleidiges Gesicht zu machen. Doch man sah Sensationsgier und Abenteuerlust. Rafaela konnte nur hoffen, dass Birgit ein ähnliches »Pubertätsmonster« zu Hause hatte und Kummer gewohnt war. Zu ihrem Entsetzen schien Birgit sich keineswegs zu wundern, sondern holte nun tatsächlich ihr Handy hervor.

»Marie, ich glaube nicht, dass du die Bilder sehen solltest.«

Birgit tippte auf ihrem Handy herum und reichte es Rafaela verdeckt zu. »Keine Sorge, ich wollte dir die Fotos zeigen, nicht deiner Tochter. Auch wenn ich diese morbide Neugier kenne. Mein Sohn ist da ganz ähnlich.« Sie zwinkerte Marie zu, die nun lauernd das Gesicht ihrer Mutter betrachtete, während diese sich Fotos von einer toten Frau in einer Badewanne anschaute. Der Anblick war nicht so schlimm, wie sie gedacht hatte. Das Badewasser war hellrot, und eine nackte schlanke Frau lag darin. Man sah die toten, blicklosen Augen und das viele Blut am Hals, aber auf dem kleinen Handy-Display wirkte das alles seltsam unwirklich.

Birgit versuchte, Marie in ein Gespräch zu verwickeln. Mutig, fand Rafaela.

»Wie alt bist du?«

»Fünfzehn.«

»Und auf welche Schule gehst du?«

»Pascal-Gymnasium.«

»Gefällt es dir dort?«

»Der Pudding in der Ess-Bar ist gut.«

»Warum meinst du, wir sollten das Mädchen suchen gehen? Das macht doch schon die Polizei.«

Marie setzte sich nun endlich so hin, dass sie Birgit ansehen konnte, und wandte damit den Blick von dem Handy in der sicheren Hand ihrer Mutter ab.

»Na, das ist doch klar. Um etwas herauszufinden. Einem harmlosen Mädchen wie mir erzählt man doch viel mehr. Wir fragen die Nachbarn und geben vor, sie sei meine Freundin. Wie alt ist denn das Mädchen?« Marie war ganz in ihrem Element. »Wenn sie jünger ist, bin ich einfach ihre Nachhilfelehrerin und –«

»Hier in Münster läuft ein Mörder frei herum, und du tust so, als würden wir gerade bei einem Gesellschaftsspiel mitmachen, Marie. Jetzt halt mal die Luft an.« Rafaela gab Birgit das Handy zurück. »Und nun?«

Birgit steckte das Mobiltelefon ein und erwiderte: »Ich müsste die Fotos eigentlich einer Zeitung anbieten, das ist mein Job. Aber ich kann es nicht.« Sie zuckte mit den Achseln. »Ich bin viel zu betroffen, um diese Fotos der Öffentlichkeit preiszugeben.«

»Der Toten wird das egal sein, aber ich finde auch, dass du diese Bilder lieber keinem zeigst. Der Mörder ist noch nicht gefasst. Vielleicht glaubt er, dass er gesehen worden ist, wenn er seine Leiche so frisch fotografiert in der Zeitung wiederfindet.«

Birgit steckte ihr Handy ein. »Ich zeige sie keinem. Ich frage mich bloß, ob der Mord etwas mit unseren frommen Ehemännern zu tun hat oder ob das hier eine ganz andere Geschichte ist.«

»Was ist mit der letzten Frau auf deiner Liste? Hast du mit der schon gesprochen?« Rafaela war hin und her gerissen. Einerseits hätte sie das Thema lieber ruhen lassen. Es gab Dinge im Leben, mit denen musste man sich abfinden. Auf der anderen Seite wusste sie, dass etwas ins Rollen geraten war. Wenn es noch andere Frauen gab, deren Ehemänner lieber in groben Stoffbahnen herumliefen, war sie gar nicht schuld am Scheitern ihrer Ehe. Sie konnte sich getrost entspannen und weiterhin Lindor-Schokolade genießen, denn es hatte dann weder an ihrem runden Gesicht noch an ihrem verfluchten Namen gelegen. Auch Marie musste sich keine Vorwürfe machen, dass die eine oder andere pubertäre Anwandlung den Vater in die Flucht geschlagen hatte. Rafaela spann den Gedanken weiter. Wenn es tatsächlich ein Komplott in den Kirchenreihen gab, könnte sie Andreas vielleicht retten und ihn aus den Fängen der katholischen Mönche befreien.

Ihr fiel ein, dass sie Birgit eine Frage gestellt hatte, und anscheinend hatte sie auch eine Antwort erhalten.

»Entschuldigung, wie war das?«

»Du hast schon ganz richtig zugehört. Frau Schneider hat mich hinausgeworfen. Es sei eine Frechheit, den Glauben ihres Mannes anzuzweifeln. Sie jedenfalls sei stolz auf seine asketische Entscheidung. Aber eins kannst du mir glauben: Nachdem ich die Frau zwei Minuten kannte, fand ich es keineswegs asketisch, sondern ausgesprochen durchdacht von dem Ehemann, das Weite zu suchen. Jeder Steinbruch vermittelt mehr Geborgenheit.«

»Hatte diese Frau Schneider Kinder?«

»Geöffnet hat mir ein Mädchen, das wahrscheinlich ungefähr dreizehn Jahre alt war, aber sie war zurechtgemacht wie eine Siebenjährige. Du weißt schon, Zöpfe, rosa Motivpullover und Hüttenschuhe. Meine Nichte ist auch dreizehn, würde aber lieber ins Heim gehen, als sich von meiner Schwester solche Sachen anziehen zu lassen.«

Rafaela stand auf und sagte: »Immerhin hat sie bestätigt, dass ihr Mann auch in einem Kloster untergetaucht ist.« Sie ging zu ihrem Sekretär und holte Papier und Stift hervor. »Gibst du mir auch die Namen und Adressen dieser Frauen? Ich werde Andreas danach befragen.«

Erneut griff Birgit nach ihrem Handy und nannte ihr drei Namen. Der letzte war ihr eigener.

»Vier Männer hier im Münsterland sind ins Kloster gegangen«, fasste Rafaela zusammen. »Vielleicht hat die Kirche irgendwo einen Aufruf gestartet: ›Pfeifen Sie auf das Rentensystem und Potenzprobleme im Alter – wir sorgen für Sie. Werden Sie ein zufriedener Bruder unserer Gemeinschaft.‹«

Beide Frauen kicherten, bis Marie ernsthaft fragte: »Hatte Papa Potenzprobleme?«

In den nächsten Tagen begann Rafaela, die Vergangenheit ihres Mannes in Frage zu stellen. Wie gut kannte sie Andreas? Von seiner Sehnsucht, im Kloster leben zu wollen, hatte sie nie etwas geahnt. Sie hatte gedacht, ihre Ehe befinde sich in einem akzeptablen Zustand mit netten Höhen und annehmbaren Tiefen. Andreas und sie redeten beim Essen noch miteinander, und sie sahen sich sogar an, denn es gab keine Zeitungsblätter zwischen ihnen. Ihr Mann vergaß nie den Hochzeitstag, und er tat ihr zu Nikolaus etwas in die Winterstiefel – die sie allerdings zuvor mit so viel Inbrunst geputzt hatte, dass jeder Ehetrottel verstanden hätte, welche Erwartungen es hier zu erfüllen galt.

Andreas hatte keinen anderen Frauen hinterhergeschaut, ob vollbusig oder mit hohen Wangenknochen. Er guckte nicht kritisch, wenn sie sich mit Schokolade tröstete, weil der Tag so mies gelaufen war. Andreas konnte sich allenfalls mal aufregen, wenn sie wiederholt Knöllchen für zu schnelles Fahren oder unaufmerksames und falsches Parken in der Stadt gesammelt hatte.

Was wusste sie alles nicht über diesen Ehemann?

Mit seiner Familie pflegte sie einen wechselhaften Kontakt. Das lag nicht etwa an irgendwelchen Unstimmigkeiten, vielmehr mangelte es an Gelegenheiten. Andreas' Vater war nur wenige Jahre nach ihrer Hochzeit verstorben, und seine Mutter befand sich seit drei Jahren in einem Pflegeheim. Sie hatte sich nach einem Schlaganfall nicht mehr gut genug erholt, um allein leben zu können. So saß sie im Rollstuhl und war nicht immer klar orientiert. Es gab aber auch Zeiten, in denen sie gut ansprechbar war. Ihr Kommentar zur Entscheidung ihres Sohnes lautete damals: »Er geht ins Kloster? Dann ist er einfältiger, als ich dachte.«

Dieser Satz blieb auch auf wiederholtes Nachfragen der Schwiegertochter hin unerklärt. Wenn ihr Sohn Andreas sie als Mönch besuchte, tobte seine Mutter, sie brauche keine Beichte und man solle diesem Pfaffen das Haus verbieten. Kam er aber in Zivilkleidung, freute sie sich rührend, streichelte seine Wange und fragte ihn, ob er sich über die Eisenbahn gefreut habe und noch damit spiele.

Es war so gut wie sicher, dass Rafaela in ihrer Schwiegermutter keine Verbündete mehr finden konnte, aber vielleicht konnte sie mit ihr über die Vergangenheit ihres Mannes reden.

Dann gab es da noch Sebastian, Andreas' Bruder. Er war Augenarzt und lebte in Osnabrück, und er war Rafaela unheimlich. In seiner Gegenwart fühlte sie sich stets wie eine Weihnachtsgans am 23. Dezember. Irgendetwas in seinem Blick löste dieses Gefühl aus, obgleich er stets höflich und freundlich zu ihr war. Er war noch ein Stück größer als Andreas, drei Jahre älter und hatte unglaublich blaue Augen. Rafaela konnte sich gut vorstellen, dass vor allem die weiblichen Bewohner Osnabrücks in Scharen ihre Krankenkassen beanspruchten, um einen Blick in diese Augen werfen zu dürfen, ob mit oder ohne Befund. Andreas hatte nie schlecht über seinen Bruder geredet, aber er traf sich nicht oft mit ihm, sodass sie immer davon ausgegangen war, er tue es eben nicht gern.

Selbst auf die Gefahr hin, sich wie eine Gans zu fühlen, wollte sie diesen Bruder nun treffen, um mehr über die Vergangenheit ihres Mannes zu erfahren.

***

Am nächsten Tag fuhr sie los. Die Strecke bis nach Osnabrück schaffte sie in einer Dreiviertelstunde, einen Parkplatz in der Nähe der Praxis zu finden, schien wesentlich länger zu dauern. Endlich stand sie vor einer Anmeldung, die den Charme alter Arztpraxen mit einer modernen technischen Ausrüstung kombinierte. Die Dame hinter dem Tresen verwaltete die Anmeldung bestimmt schon seit Generationen. Sie zeigte diese lässige Höflichkeit, hinter der nur ein Satz wirklich zählte: Ohne mich kommt keiner zum Chef.

Doch Rafaela war vorbereitet. Sie sagte ihren Text auf. »Guten Tag, mein Name ist Rafaela Berger, und ich muss mich wegen einer dringenden Familienangelegenheit mit Herrn Dr. Berger treffen. Können Sie ihm bitte sagen, dass seine Schwägerin ihn schnellstmöglich sprechen möchte?«

Dabei bemühte sie sich um einen strengen Blick Richtung Wartezimmer, um die Dringlichkeit zu verstärken. Mit mäßigem Erfolg.

»Herr Dr. Berger besitzt schwerlich eine Schwägerin, meine Gute. Er hat nur einen Bruder, und der ist Mönch in einem Kloster.«

Das war interessant. Offenbar hatte Sebastian vom Klostereintritt seines Bruders erzählt, nicht aber von der Ehe, die er jahrelang zuvor geführt hatte. Vielleicht hatte diese Dame aber auch nur Freude daran, Rafaela zappeln zu lassen.

Rafaela beugte sich ein Stück vor und stellte sich unauffällig auf die Zehenspitzen. Sie konnte das Namensschild erkennen: Frau Maria Geist. »Genau das ist mein Problem, liebe Frau Geist: die fromme Tatsache, dass der Bruder Ihres Chefs ins Kloster gegangen ist; denn leider hat er dabei nicht auf seine familiäre Ausgangsposition geachtet.« Dabei hielt sie ihre rechte Hand mit dem Ehering kurz hoch. »Und jetzt sagen Sie ihm bitte, dass ich ihn sprechen muss.« Dann drehte sie sich um, sodass die Sprechstundenhilfe nur noch ihre hochgesteckten blonden Haare sehen konnte, und betrachtete scheinbar interessiert die Fotoarbeiten an der Wand.

Sebastian würde sie nicht lange warten lassen, da war sie sich sicher. Dafür ließ Maria Geist sie warten. Während eine deutlich jüngere Kollegin den Betrieb an der Anmeldung weiterführte, blieb die ältere Dame in den Tiefen der hinteren Gemächer verschwunden. Als sie schließlich auftauchte, saß ein festgefrorenes Lächeln auf ihrem Gesicht. »Frau Berger? Der Herr Doktor hat noch etwa eine halbe Stunde zu tun und möchte Sie dann gern zum Mittagessen einladen. Sie möchten bitte schon mal zum ›Manolo‹ vorgehen. Es ist nicht weit von hier. Dr. Berger beeilt sich. Sagt er.« Ihr Lächeln verdiente diese Bezeichnung jetzt nicht mehr.

»Das ist der Italiener hier vorne, nicht wahr? Ich habe das Schild gesehen.«

»Es ist ein Spanier.«

Wie Sebastian in nur einer halben Stunde die Patienten aus dem Wartezimmer bedient haben wollte, wusste Rafaela nicht.

Auf der Toilette des Restaurants versuchte sie, ihre losen Haarsträhnen festzustecken, und übte ein distinguiertes Gesicht. Mit zweifelhaftem Ergebnis. Sie würde immer nur die Rolle des niedlichen Dorfmädchens bekommen, nicht die der vornehmen Dame aus der Stadt. Verdammter biblischer Name, in den sie offenbar hineingewachsen war wie eine zweite Haut. Selbst ihr Beruf passte zum Namen. »Raphael« bedeutete wörtlich übersetzt: »Gott heilt«.

Sie bestellte sich einen Sherry und starrte zur Tür, um optimal vorbereitet zu sein, wenn ihr Schwager auftauchte. Nutzlos. Plötzlich legten sich zwei Hände auf ihre Schultern und übten leichten Druck aus. »Hallo, Schwägerin. Ich bin sehr überrascht und erfreut, dass du mich so spontan besuchst. Ich hoffe nicht, dass etwas passiert ist.« Sebastian setzte sich ihr gegenüber und gab dem Kellner einen Wink. Gleichzeitig versuchte er, unter dem Tisch seine Beine so zu arrangieren, dass sie den ihren nicht im Wege waren. »Adamo, ich nehme das Kaninchen in Tomatensoße, aber ohne Knoblauch, geröstetes Weißbrot und einen Beilagensalat. Und ein alkoholfreies Weizen.«

Rafaela bestellte nur einen großen Salat mit Thunfisch und eine Apfelsaftschorle.

»Wie bist du durch diese Tür gekommen, ohne dass ich dich gesehen habe?«

Er lachte sie an. »Gar nicht. Der Koch ist ein guter Patient von mir, und ich gehe meist durch die Küche, um ihn zu fragen, was ihm heute besonders gut gelungen ist. Seit er bei mir in Behandlung ist, kann er Zwiebeln schälen, ohne dass ihm die Augen tränen.«

»Hast du ihm Kontaktlinsen verpasst, ja?«

Sebastian sah sie forschend an, und er beschränkte sich dabei nicht nur auf das Gesicht, sondern beobachtete auch das Spiel ihrer Hände und betrachtete ihre Haare. Da sie sich dieses Mal nicht davon beeindrucken lassen wollte, starrte sie zurück, bis er fragte: »Brauchst du Hilfe, Rafaela?«

»Nicht so, wie du vielleicht denkst. Ich möchte etwas über die Kindheit und Jugend meines Mannes erfahren.« Dann erzählte sie ihm von Birgit Gericke und von der Vermutung, dass diese Eintritte ins Kloster eventuell keine Zufälle waren.

Sebastian nahm sein Kaninchen in Empfang und schüttelte langsam die Serviette aus. »Wow, das Gespräch schaffen wir aber nicht in meiner Mittagspause. Bist du dir überhaupt sicher, dass diese Birgit gut recherchiert hat?« Sebastian besah sich ein Stück Kaninchen erst von allen Seiten, bevor er die Gabel in den Mund schob. »Da sind immer so viele kleine Knochen drin«, entschuldigte er sich.

»Selbst wenn Birgit hysterisch wäre, was sie nicht ist, bleibt es eine Tatsache, dass mein Mann und ihr Mann ins Kloster gegangen sind. Und beide Männer haben es geschafft, dass ihre Ehen unter irgendwelchen Vorwänden annulliert wurden. Diese Ereignisse an sich sind doch schon merkwürdig genug, ganz egal, wie viele Frauen noch betroffen sind.«

Sebastian hob abrupt die Hand hoch, er wirkte plötzlich irritiert. »Andreas hat eure Ehe annullieren lassen? Das ist nicht dein Ernst.«

»Es war vielmehr *sein* Ernst. Sag bloß, du hast das nicht gewusst? Andreas war doch bei dir in Osnabrück.«

Rafaela erinnerte sich noch gut an den letzten heftigen Streit mit ihrem Mann. Zu der Zeit lebte er bereits im Kloster, das zivile Scheidungsverfahren lief, und es gab bereits einen Gerichtstermin. Andreas hatte ihr an jenem Tag zu allem Überfluss mitgeteilt, dass die Kirche einer Annullierung zustimmen werde. Ihre lautstark vorgetragenen Vorwürfe hatte er sich nahezu lautlos angehört, um dann einfach die Wohnung zu verlassen. »Ich fahre zu meinem Bruder und lasse dir später die Papiere zukommen«, hatte er gesagt, und sie hatte sich gefühlt wie ein Tier, das man ins Tierheim bringen lässt.

Sebastian stocherte wieder in der Schüssel mit den Kaninchenresten herum und schob sie schließlich stirnrunzelnd weg. Die vorbeilaufende Kellnerin hielt er sanft am Ärmel fest. »Greta, nimm dieses unglückliche Tierchen bitte mit. Es schmeckt phantastisch, aber ich kann jetzt nicht auf diese Knochen aufpassen.« Er zog sich die Schale mit dem gerösteten Brot heran und erklärte: »Andreas war damals auch bei mir. Er hat erzählt, dass dich seine Entscheidung sehr mitnehmen würde, und hat mich gebeten, mich ab und an um dich zu kümmern.« Mit umständlichen

Bewegungen sammelte er unter dem Tisch seine Beine ein und schlug sie schließlich übereinander. Rafaela blickte auf ein paar spitz zulaufende Designerschuhe aus hellbraunem Leder. Zu spitz für ihren Geschmack. Aber deutlich besser als diese ausrangierten Jesusschlappen, mit denen Andreas sich gerade die Füße verdarb.

»Bei aller Sympathie für dich, liebe Schwägerin, aber ich habe meinem verehrten Bruder gesagt, dass ich nicht für seine Ehefrau zuständig sei und er sich um die Probleme, die er verursache, auch selbst kümmern müsse. Und er hat mir doch tatsächlich geantwortet, er müsse sich nun um das größere Weltgeschehen kümmern. Rad ab, dachte ich mir, in den meisten Fällen legt sich so etwas ganz von allein. Bei meiner Ehre als einer der erfolgreichsten Augenärzte Niedersachsens ...«, dabei grinste er unverschämt zu ihr hinüber, »... habe ich nicht daran gedacht, was er dir und Marika da wirklich antut.«

»Marie, unsere Tochter heißt Marie.« Sie unterdrückte den Wunsch, vorwurfsvoll die Augen zu verdrehen. Sebastian hatte nur eine Nichte. Diesen einen Namen konnte man sich doch merken. Marie hingegen hatte die Vorteile des Onkels schon vor langer Zeit klar erkannt: »Er steckt mir Geld zu und quatscht mich nicht voll.«

»Das ist echt eine Nummer.« Sebastian blieb beim Thema. »So eine Annullierung ist bei der katholischen Kirche nicht leicht durchzusetzen. Was hat er denn als Grund angegeben, damit es funktioniert hat? Ich würde einem Kollegen von mir gern einen Tipp geben.«

Rafaela zuckte mit der linken Achsel und steckte sich erst einmal etwas in den Mund. Dieses Thema stach wie ein Nadelkissen, auf dem sie mit wechselndem Druck saß. Jetzt gerade schien sie darauf gepresst zu werden. Der Grund, den Andreas angegeben hatte, war der Gipfel der Demütigung gewesen, auch wenn er ihr Unschuld bescheinigte. Fast trotzig sagte sie: »Frag ihn doch selbst. Erzähl du mir lieber, was in seiner Kindheit schiefgelaufen ist.«

Sebastian starrte auf ihre Hände und äußerte: »Der Thunfisch ist tot, Rafaela, den brauchst du nicht mehr zu harpunieren, bevor du ihn isst.«

Sie hasste es, wenn sie bei den kleinen Kämpfen mit dem Essen beobachtet wurde und wenn jemand dann auch noch kommentierte, wie ungeschickt sie war. Sie spürte, wie ihr Gesicht heiß wurde und sicher auch knallrot.

Sebastian lehnte sich zurück und zupfte lässig an seinem Weißbrot. »Wir könnten am Wochenende einen nostalgischen Abend veranstalten. Ich besuche vorher meine Frau Mama, und anschließend gehen wir schön zusammen essen, mit mehr Zeit und mit weniger komplizierten Gerichten. In Münster gibt es doch ein paar Restaurants, oder? Ich erzähle dir dann von meiner Kindheit und bringe Fotoalben mit. Wusstest du eigentlich, dass ich schon mit fünf Jahren die Augen aus den Puppen meiner kleinen Nachbarin entfernt habe, um ihre Sehkraft zu optimieren?«

Sie stöhnte extra laut. »Wahrscheinlich hast du damit die Beziehung zur Nachbarin nicht gerade verbessert. Du sollst mir von Andreas erzählen, von seinen fehlgeleiteten Entscheidungen im Leben und von seiner Religiosität. Ich suche noch immer nach Erklärungen.«

Später, als er sie zu ihrem Auto begleitete, erwähnte sie beiläufig, dass eine der verlassenen Ehefrauen ermordet worden war. Sebastians Reaktion war impulsiv und überraschend. Er riss sie plötzlich in die Arme und drückte sie kurz, aber fest. »Mein Gott, was musst du plötzlich alles durchmachen. Ich hatte ja keine Ahnung. Ich hielt das doch alles zunächst nur für eine kleine depressive Episode meines Bruders. Es tut mir leid, wenn ich dich, vielmehr euch damit alleingelassen habe. Bis Samstag, Rafaela.« Dann drehte er sich um und eilte mit langen Schritten zur Praxis zurück. Rafaela stieg ins Auto, startete den Motor und fragte sich, warum zum Kuckuck ihr Schwager eigentlich nicht verheiratet war. Sebastian war charmant und originell, aber er erinnerte sie stets an einen Bühnenschauspieler, der sein Publikum professionell, aber auch distanziert unterhielt. Im Moment kam es ihr so vor, als hätten beide Brüder nicht alle Gläser in der Vitrine.

## ZWEI

Leider hatte sie in den nächsten Tagen so viel mit ihrem ambulanten Pflegedienst zu tun, dass sie den Besuch bei ihrer Schwiegermutter immer wieder verschieben musste. Innerlich beunruhigt, wollte sie Frau Adelheid Berger plötzlich noch dringender sprechen als Sebastian. Samstagmorgen zwang sie sich daher zu einem früheren Frühstück als üblich. Eine Änderung im Wochenendprogramm, die von Marie deutlich kommentiert wurde. »Ich bleibe im Schlafanzug und brauche nicht mit zu Oma, sonst kannst du allein frühstücken.«

Was tat man nicht alles, um einen entzückend gelaunten Teenager zur Gesellschaft zu bekommen. Maries Beziehung zu ihrer Großmutter war nicht etwa schlecht, doch seit Adelheid diesen Schlaganfall erlitten hatte, war sie für ihr Enkelkind schwer einschätzbar. Mal begrüßte sie Marie herzlich und freute sich über den Besuch der Enkeltochter, dann wieder war sie distanziert, jede Frage wurde ihr zu viel, und sie zupfte an ihrer Decke herum oder weinte gar, weil sie Marie so gern ihrem Großvater vorgestellt hätte. Keiner wusste so recht, was sie damit meinte, denn Marie hatte ihren Opa durchaus noch kennengelernt.

Rafaela entschied sich für eine kleine Radtour, denn das Klarastift, in dem ihre Schwiegermutter lebte, befand sich im nahe gelegenen Mauritzviertel, und das milde Spätsommerwetter lud nach draußen ein. Das begehrte Viertel lag nahe zur Innenstadt, lockte aber auch mit viel Natur drum herum.

Dass Münster eine der bestorganisierten Fahrradstädte Nordrhein-Westfalens war, nervte Rafaela persönlich ungemein. Hier gab es mindestens so viele Ampeln für Radfahrer wie für Autofahrer, aber fünfmal mehr Verkehrskontrollen für die armen Zweiradfahrer. In Münster konnte man auf seinem Drahtesel so viel falsch machen wie ein Kleinkind im Porzellanladen. Sie selbst kam aus einem Vorort von Münster, und dort interessierte es niemanden, ob die eigene Klingel funktionierte, man auf der richtigen Seite des Radweges fuhr oder wo man sein Rad abstellte. Es war damals eine teure Erfahrung gewesen, dass man in Münster für derartige Regelverstöße unangenehm zur Kasse gebeten wurde. Rafaela hatte sich geschworen: Wenn sie in Münster auch noch die Helmpflicht für Fahrradfahrer einführen würden, eine Empfehlung gab es bereits, würde sie ihr Fahrrad öffentlich in kleine Einzelteile zerlegen und begraben. Unter Protest und Wehklagen. Wenn es um Unfallverhütung ging, müsste sie schon beim Treppensteigen Schutzkleidung tragen.

Rafaela stellte ihr Fahrrad im Ständer vor dem Altenheim ab und betrat den freundlich gestalteten Eingangsbereich. Dort erfuhr sie, dass ihre Schwiegermutter sich im Garten befand. Umso besser, dachte sie, das laue Wetter, die schöne Umgebung des angelegten Gartens führte meist dazu, dass es ihr gut ging und sie besser orientiert war. Adelheid Berger saß kerzengerade in ihrem Rollstuhl vor dem angelegten Wasserlauf und starrte in das Wasser wie eine Königin auf ihre Ländereien. Rafaela näherte sich so, dass die alte Dame sie rechtzeitig sehen konnte. Ein Lächeln ging über das Gesicht ihrer Schwiegermutter. »Rafael, mein Engel, bring mir Glück und heile mich.« Dann lachte sie und fragte: »Habe ich eine Verabredung vergessen, meine Liebe?«

Rafaela ergriff die Hand ihrer Schwiegermutter, die diese in einer jahrzehntelang erprobten Geste hoheitsvoll darbot, und hauchte ihr einen Kuss auf die Wange.

»Nein, nein, Adelheid. Ich bin sozusagen unangemeldet hier.«

»Ist etwas passiert? Hat Andreas den Zölibat mit Füßen getreten oder gar silberne Kreuze geklaut?« Sie kicherte in sich hinein. »Mein dummer Junge.«

Das Gespräch fing gar nicht so schlecht an. Rafaela versuchte behutsam, das Thema zu halten, und stellte Fragen zu Andreas' Kindheit und Jugend. Adelheid erzählte Anekdoten, mitunter verwechselte sie die Zeiten, und manchmal hatte Rafaela den Eindruck, dass ihre Schwiegermutter von ihrer eigenen Kindheit berichtete.

»Wollte Andreas früher schon mal ins Kloster gehen, Adelheid, bevor er mich geheiratet hat?«

Die alte Dame sah sie eindringlich an, bevor sie flüsterte: »Er wollte Buße tun, schon immer.«

»Aber wofür denn nur? Andreas ist doch ein guter Mensch.«

»Er hat getötet.« Adelheid schaute durch sie hindurch, flüsterte die Worte beinahe.

Rafaela griff abrupt nach der Hand ihrer Schwiegermutter und schüttelte sie ganz leicht. »Was erzählst du denn da?« Erschrocken starrte Adelheid sie an und zog ihre knochige Hand weg.

»Er hat ein Huhn getötet, hat ihm einfach den Hals umgedreht. Es war doch direkt nach dem Krieg, wir hatten Hunger und …« Die alte Frau konnte unmöglich von Andreas reden. Sie beugte sich zu Rafaela und flüsterte: »Der Andreas ist ein guter Junge, vergiss das nicht. Es ist gut, dass ihr geheiratet habt. Lass ihn nicht gehen, versprich mir das.« Sie lächelte verschmitzt. »Sein Vater war nicht immer ein guter Junge, oh nein.«

»Und Sebastian?«, fragte sie, einer Eingebung folgend.

Der Blick der alten Dame ging in die Ferne, sie lächelte merkwürdig verklärt. »Sebastian ist der König. Und jetzt bring mich auf mein Zimmer, ich bin müde.«

Sebastian ist der König, was zum Teufel sollte das denn bedeuten? Sebastian ist der König, und Andreas wird Papst – solche Aussichten würden Frau Adelheid Berger sicherlich gut gefallen.

Nachdenklich hielt Rafaela zehn Minuten später an einem Supermarkt an, um noch einige Einkäufe fürs Wochenende zu erledigen. Dort hörte sie schon von Weitem die Stimme Marcels, der an der Fleischtheke stand. »Gute Frau, ich wollte nur ein wenig Rinderfilet kaufen und keine Anteile an diesem Markt erwerben.«

»Dann nehmen Sie Schweinefleisch, das ist günstiger«, erwiderte die hagere Gestalt hinter der Theke ungerührt.

»Gute Güte, nein. Da bekomme ich für mein Geld tatsächlich mehr, nämlich mehr Fett. Packen Sie das Filet schon ein und schreiben Sie bitte den Preis so drauf, dass ich ihn nicht sehen muss.«

Rafaela sah, wie die überwiegend weibliche Kundschaft an der Theke amüsiert lächelte. Marcel trug eine helle Jeanshose, die seinem netten Hintern keineswegs schadete, und ein weißes Hemd mit aufgesetzten Taschen und bunten Knöpfen. Die Ärmel waren locker über braunen, muskulösen Armen gekrempelt.

Seinen Einkaufswagen lenkte er, als sei es der neue Lamborghini, mit dem er dann abrupt vor der Käsetheke hielt.

»Nanu, was sehen meine luxusgewohnten Augen? Sie haben Büffelmozzarella. Dürfte ich den mal kosten? Man will ja wissen, welches Tier man sich ins Haus holt, nicht wahr?«

Marcel strahlte in die Runde und ließ nicht erkennen, ob ihm sein Vordrängeln bewusst war. Der Mann hinter dieser Theke reagierte herausfordernd. Er hielt ein Käsemesser aufrecht in der Hand und sagte laut: »Dieser Mozzarella ist mit der Milch einer kampanischen Kuh hergestellt worden, einer glücklichen kampanischen Kuh. Es ist ein echter Mozzarella di Bufala Campana und gehört sicher nicht zu unserem üblichen Angebot. Da, probieren Sie!«

Schnell hatte er ein kleines Stück auf einen Zahnstocher gespießt und hielt es Marcel provozierend hin. Der nahm das Stück Holz mit spitzen Fingern, besah sich den Käse von allen Seiten, roch daran und spitzte dann die Lippen. Verzückt riss er die Augen auf und schwärmte: »Mmh, ich sehe diese kampanische Kuh praktisch vor mir, dunkelbraun, mit mächtigen Hörnern, die in der Sonne glänzen. Kraftstrotzend schreitet sie durch frisches Grün zur Wasserstelle, um ihre herrliche Milch zu nähren.«

Mittlerweile war Rafaela sich nicht mehr sicher, ob sie Marcel wirklich grüßen und sich als Bekannte zu erkennen geben wollte. Da tauchte plötzlich ein weiterer Kunde an der Käsetheke auf und begrüßte Marcel mit einem Schlag auf die Schulter, als der gerade fünfhundert Gramm des sündhaft teuren Käses bestellte. Zu ihrem Erstaunen kannte ihr Freund diesen Mann und streckte ihm erfreut die rechte Hand entgegen. »Simon, seit wann gibst du dich so profanen Dingen wie dem Wochenendeinkauf hin?«

»Mein Butler musste zu einer Beerdigung, und die Haushälterin trägt einen Gipsverband«, lachte Simon ihm entgegen. Stahlgraue Augen blickten aufmerksam hin und her, und diese Adlernase hätte sie auch im Dunkeln wiedererkannt. Das war tatsächlich der Mann, der neulich suchend an Marcels Bistro vorbeigefahren war. Vielleicht hatte er aber auch nichts gesucht, sondern nur Marcel einen Gruß zuwerfen wollen, überlegte Rafaela. Sie wunderte sich in diesem Falle allerdings, dass ihr Freund nicht zugegeben hatte, den Autofahrer zu kennen. Sie hatte ihn doch noch danach gefragt. Entschieden lenkte sie ihren Einkaufswagen nun doch zu Marcel. Der begrüßte sie überschwänglich und stellte sie vor: »Dies ist mein hübscher Erzengel Rafaela Berger. Und das hier ist Simon, ein alter Kunde, dessen Magen aber nur noch Kaviar und Tafelspitz verträgt.«

Simon verschwendete kein Wort zur Verteidigung, sondern reichte ihr eine gepflegte Hand. »Simon Wendthaus, angenehm.«

Fühlte sie sich in Sebastians Gegenwart schon wie eine Weihnachtsgans, so ließ der Blick aus diesen Augen sie zum Hummer werden, der mit gefesselten Scheren im Auswahlbecken trieb. Sie nickte ihm wortlos zu und schaute dann unverhohlen in seinen Einkaufswagen. Irgendwo hatte sie gelesen, dass es Menschen verunsicherte, wenn man ihre Einkäufe betrachtete. Chips, drei Flaschen teurer Rotwein, eine große Schachtel Mon Chéri und eine Packung Kondome. Dieser Simon hätte ihrer Meinung nach rot werden müssen, zuckte aber nicht einmal mit der Wimper.

Marcel fragte: »Wenn ich dir Büffelmozzarella anbiete, kommst du dann mal wieder auf ein Glas Pinot Grigio vorbei?«

Simon lachte kurz. »Nein, du bist mir zu teuer. Ich war im Ausland, Marcel, deshalb haben wir uns lange nicht getroffen. Aber jetzt bleibe ich eine Weile sesshaft. Wir sehen uns.« Er machte tatsächlich eine angedeutete Verbeugung in Rafaelas Richtung und schob seinen Einkaufswagen zu den Kassen.

»Das ist doch der Typ aus dem Auto, der so langsam an deinem Laden vorbeigefahren ist. Du kennst ihn ja doch!«

»Simon ist an meinem Laden vorbeigefahren? Das hätte ich doch gemerkt. Du verwechselst den Kerl.« Er strahlte sie an und wandte sich weltmännisch dem Verkäufer zu, der ihm gerade sein Paket Büffelmozzarella reichte. Als er den Preis erblickte, pfiff er durch die Zähne. »Diesen Mozzarella würde ich nur mit Antonio Banderas teilen, da kriegt sonst keiner etwas ab.« Er schwenkte das Käsepaket und legte es dann behutsam in seinen Wagen. »Willst du heute Abend kommen und mir beim Essen zuschauen?«

»Ich werde heute von meinem Schwager zum Essen ausgeführt.«

»Hallo, hallo, da komme ich doch mit. Wenn der nur halb so

gut aussieht wie dein Exmann, dann lohnt sich das für mich.« Er lachte sie verschmitzt an.

»Vergnüg du dich mal mit deinem Mozzarella di Bufala Campana und träum von Antonio Banderas. Nach diesem Einkauf«, und dabei zeigte sie auf Fleisch und Käse, »hast du gar kein Geld mehr für das Restaurant.«

»Im Ernst, Engelchen, mach keine Dummheiten. Eine Enttäuschung mit dieser Familie reicht bestimmt.«

Rafaela erzählte ihm von ihrem Besuch bei dem Augenarzt und betonte, wie harmlos dieses »Rendezvous« sein würde. Auf dem Rückweg fragte sie sich allerdings, ob sie Marcel das überhaupt hätte erzählen sollen. Das Zusammentreffen mit diesem Simon, die ganze Bekanntschaft mit dem Mann gefiel ihr irgendwie nicht. Dabei konnte sie nicht einmal sagen, warum sie einem vorbeifahrenden Wagen und seinem Insassen so viel Bedeutung zukommen ließ. Birgit hatte eine Menge Misstrauen in ihr Leben gestreut.

Und dann stand plötzlich auch noch die Kriminalpolizei vor ihrer Tür. Groß, schwer und mit Haaren auf dem Kopf, an denen man sich bestimmt die Fingerkuppen stach, so borstig sahen sie aus. Da sie bei diesem Mann auch noch in alle Richtungen abstanden, wirkte er insgesamt etwas stachelig.

»Hauptkommissar Delbrock, Kripo Münster, darf ich hereinkommen?« Der Ton ließ vermuten, dass der Mann in jedem Falle die Wohnung betreten würde. Sie bat ihn herein und ging voran in die Küche. Hier war es hell und freundlich, und sie hatte mit Rot Akzente gesetzt. Es gab rote Vorratsdosen, eine rote Nespressomaschine sowie rote Vorhänge. An der Wand präsentierte ein Kalender niedliche Kaninchen neben einigen eingetragenen Terminen der Hausbewohner.

Hauptkommissar Delbrock setzte sich an den Küchentisch und streckte Beine aus, die sich wie Säulen auf die Fliesen stellten. »Sie sind Rafaela Berger und wohnen hier, richtig?«

Sie nickte nur und bereitete sich innerlich auf eine Vernehmung vor. Im Hintergrund hörte sie die Badezimmertür, doch Rafaela hoffte inständig, dass ihre Tochter in ihrem Zimmer verschwinden würde.

»Wohnt außer Ihnen noch jemand hier?«, fragte der Mann weiter und holte dabei einen bunten Notizblock aus dem Jackett.

»Ich!« Marie stand im Türrahmen und starrte den fremden Mann in der Küche an, nicht unfreundlich, eher amüsiert, wie ihre Mutter fand.

Delbrock schmunzelte und meinte: »›Ich‹ scheint die Tochter des Hauses zu sein. Guten Tag, junge Dame. Ich bin Hauptkommissar Delbrock, und ich würde sehr gern ein paar Worte mit deiner Mutter reden. Und dies zunächst allein.«

Marie trat noch einen Schritt vor und fragte lässig: »Geht es um die ermordete Frau? Die in der Badewanne?«

Delbrock stutzte sichtlich. Fragend blickte er zwischen Marie und ihrer Mutter hin und her und antwortete langsam: »Wir beide unterhalten uns sogar ganz sicher noch miteinander, aber jetzt muss ich dich bitten, uns allein zu lassen.«

Rafaela schob ihre Tochter aus der Küche und schloss die Tür. Ihr war heiß, und der Mund war zu trocken. »Mögen Sie auch ein Glas Wasser?« Sie nahm zwei große Gläser aus dem Regal und stellte sie zusammen mit einer Flasche Mineralwasser auf den Tisch.

Hauptkommissar Delbrock starrte interessiert auf die Kaffeemaschine und verneinte.

Ruhig sagte er: »Es ist so, Frau Berger. Wir haben eine ermordete Frau. Das steht heute in der Zeitung. Aber das Detail mit der Badewanne wurde in keiner Zeitung erwähnt.« Er wandte den Blick nun von dem Kaffeeautomaten ab und fragte: »Sind die gut, diese Maschinen? Ich liebe ja die Werbung mit George Clooney. Der wirkt selbst beim Genuss eines Espresso so schrecklich weltmännisch. Ich habe immer gleich den Duft der Bohne in der Nase.«

Rafaela schob die Gläser zur Seite. »Oh, wir können auch einen Kaffee trinken.«

Die nächsten Minuten erklärte sie dem begeisterten Kommissar, wie die Maschine funktionierte, und beglückte ihn mit einem Cappuccino per Knopfdruck. Die Tatsache, dass man zwischen verschiedenen farbigen Kapseln seine Kaffeestärke variieren konnte, erfreute ihn sichtlich. Er stand da wie ein kleiner Junge vor dem Eiswagen und tippte auf die farbigen Kapseln. »Und blau, wie schmeckt die blaue Kapsel?«

Doch als seine Tasse endlich vor ihm stand, erwartete er nur eins: Erklärungen.

So erzählte sie ihre Geschichte und betonte dabei den Zufall, dass sie die Frau, die die Leiche entdeckt hatte, gerade erst kennengelernt hatte.

»Es ist nämlich so«, erklärte schließlich Hauptkommissar Delbrock, während er den letzten Rest Schaum aus seiner Tasse löffelte. »Es ist nämlich so, dass wir einen Notizzettel mit Ihrem Namen samt Adresse und Telefonnummer auf dem Schreibtisch der toten Frau gefunden haben. Doppelt unterstrichen und mit einem Ausrufezeichen versehen. Kann ich noch einen Kaffee bekommen?« Er strahlte sie an.

Rafaela stand völlig verwirrt auf. »Sie kannte meinen Namen? Das verstehe ich überhaupt nicht. Ich kenne diese tote Frau nicht. Sie war lediglich ein Name auf der Liste von Birgit Gericke.«

»Und diese Frau Gericke tauchte letzte Woche einfach so bei Ihnen auf und gab sich als Leidensgenossin zu erkennen? Haben Sie die Dame überprüft? Ist ihr Mann tatsächlich ins Kloster gegangen?«

»Warum sollte sie denn so etwas erfinden? Sie ist Journalistin und hat nachgeforscht. Es ist doch schon auffällig, wie unsere Ehen zu Ende gegangen sind. Normalerweise hält die Kirche sehr viel von der ehelichen Gemeinschaft auf Lebenszeit.«

Delbrock hob eine Augenbraue in die Höhe. »Eventuell haben sich ja einfach ein paar verheiratete, müde Männer zufällig getroffen und über eine neue Form der Selbsterfahrung gesprochen. Glauben Sie mir, in meiner Ehe habe ich mehr als einmal damit gedroht, entweder ins Kloster zu gehen oder in einem Harem im Orient unterzutauchen.«

Der Kommissar zuckte zusammen, als Rafaela auf den Küchentisch haute. Erregt schimpfte sie: »Natürlich sagt man solche Dinge mal im Streit. Der Unterschied ist nur der, dass Sie es eben nicht getan haben.«

Jetzt lächelte der schwere Mann beinahe traurig. »Es war nicht mehr notwendig. Meine Frau hat mich verlassen.« Doch er wurde sofort wieder dienstlich. »Die tote Frau hieß Sabine Hölscher, sie arbeitete als MTA im Franziskus-Krankenhaus. Haben Sie sie beruflich mal getroffen?«

»Glauben Sie mir, ich kenne die Frau nicht, weder vom Sehen noch vom Namen her. Fragen Sie doch ihren Mann danach. Der hängt auch in irgendeinem Kloster herum und muss jetzt immer die Wahrheit sagen.«

Die nächste Frage erschreckte sie zutiefst, und sie erkannte ihren Fehler. »Sie haben Frau Hölscher also doch schon mal gesehen?«

»Birgit, also Frau Gericke, die hat am Tatort mit ihrem Handy ein Foto geschossen und es mir dann gezeigt. Ich meine, das tut man doch automatisch, wenn man schon mal in so eine Sache stolpert –«

Sie wurde unterbrochen. Hauptkommissar Delbrock baute sich zu seiner vollen Größe auf und erhob die Stimme, dass es in der Küche nur so dröhnte. »Oh nein, das tut man nicht automatisch. Die meisten Menschen sind zartbesaitet und erschrocken, wenn sie in so eine blutige Szene stolpern. Die rennen raus und zittern und schreien und rufen nach Hilfe. Ausgenommen …«, und hier hob er den Zeigefinger, »… ausgenommen die Täter oder Journalisten. Die sind so abgebrüht, dass sie von einem armen, geschundenen und leblosen Körper ein Foto schießen und dabei nur an dessen Vermarktung denken. Und dann hat diese Frau das Foto auch noch Ihrer Tochter gezeigt, wie? Jetzt verstehe ich, warum sie von der Badewanne wusste.«

»Nein, natürlich hat Marie das Foto nicht gesehen. Birgit will es auch gar nicht veröffentlichen, sie wollte mir nur die Frau zeigen.«

Delbrock öffnete die Küchentür und rief nach Marie, die ohnehin direkt vor der Tür saß. »Was hast du auf dem Foto gesehen, junge Dame?«

Marie sah empört zu ihm herüber. »Glauben Sie etwa, die beiden hätten mich eine echte Leiche anschauen lassen?«

»Ah, umso besser.«

Und so plötzlich, wie er gekommen war, machte Delbrock sich wieder auf den Weg. An der Tür drehte er sich noch einmal um. »Sind die eigentlich teuer, diese Kaffeemaschinen mit den bunten Kapseln?«

Als Rafaela den Kommissar verabschiedet hatte, lehnte sie sich für einen Moment an die Wohnungstür und schloss die Augen. Hätte diese Frau Hölscher doch nur vor ihrem Tod Kontakt mit ihr aufgenommen. Vielleicht hätte man gemeinsam mehr Anhaltspunkte gehabt.

Als sie zurück ins Wohnzimmer kam, hatte ihre Tochter bereits das Telefon in der Hand, um damit in ihrem Zimmer zu verschwinden. »Was war das denn für einer? Hast du gesehen, dass der hier mit offenen Schnürsenkeln erschienen ist?« Sie kicherte vergnügt und auch etwas aufgeregt. »Hast du ihn nach dem verschwundenen Mädchen gefragt, Mama?«

Rafaela ärgerte sich zutiefst, dass sie daran nicht gedacht hatte. Sie hoffte, dass sie Birgit nun keinen Ärger mit der Polizei bereitet hatte. Im Grunde genommen konnte ihr keiner verbieten, Fotos zu machen, man könnte ihr allenfalls eine gewisse Skrupellosigkeit vorwerfen. Sie selbst nannte es Geistesgegenwart.

Auf die Ankündigung, dass sie heute mit dem Bruder ihres Exmannes ausging, erntete sie von ihrer Tochter nur ein desinteressiertes »Viel Spaß und schöne Grüße«.

Sie wollte sich gerade umziehen und hatte bereits drei verschiedene Garderoben ausprobiert, da klingelte das Telefon, das sich aber noch immer in Maries Zimmer befand. Dreißig Sekunden später hielt ihr Marie das Telefon hin. »Diese Birgit ist dran. Nicht den Rock, Mama, der trägt auf.« Dann ließ sie sich aufs Bett fallen und wartete neugierig darauf, dass ihre Mutter das Telefonat führte. Das sollte sie als Mutter mal umgekehrt versuchen. Mit Schimpf und Schande würde ihre Tochter sie aus dem Zimmer schicken.

Die Neuigkeiten waren schockierend. Birgit berichtete ihr kurz und knapp, dass das verschwundene Mädchen nicht wieder aufgetaucht sei und man mittlerweile von einer Entführung ausging. »Warum sollte jemand die Tochter eines Mönches entführen? Will der Täter an die Kirchenschätze, oder was? Da würde ich doch eher die Nichte des Papstes nehmen. Hat der überhaupt eine?«

Rafaela erwiderte: »Sag mal, denkst du wirklich, dass der Mord an dieser Frau und die Entführung etwas mit dem Einzug des Ehemannes in ein Kloster zu tun haben? Denn wenn du das glaubst, müsstest du selbst auch Angst haben, oder?«

Am anderen Ende der Leitung war es still. Dann sagte Birgit: »Ich glaube, die Polizei geht eher von einem Eifersuchtsdrama aus. Aber eventuell hat diese Sabine ja ähnlich nachgeforscht wie wir und hat etwas herausgefunden, was nicht herausgefunden werden sollte.«

»Sie hatte meinen Namen auf einem Zettel stehen, dick unterstrichen.« Rafaela machte ihrer Tochter Zeichen, sie möge ihr die Hose vom Stuhl geben. Jeden Moment konnte Sebastian vor der Tür stehen.

»Siehst du, die Dame hatte die gleichen Ideen wie ich«, triumphierte Birgit am Telefon.

»Ja, mit einem unglaublich erfolgreichen Ergebnis. Hast du deinen Mann schon gesprochen?«

Ein Schnauben war zu hören. Dann erklärte Birgit, dass er angeblich zurzeit niemanden sprechen wolle, da er sich in Exerzitien befinde. »Nett von ihm, dass er mich ausgerechnet zur Pubertät meines Sohnes alleinlässt. Wir beide haben gerade so richtig Stress miteinander.«

Es schellte an der Wohnungstür, und Rafaela stand noch immer in Unterhosen und einem alten T-Shirt in ihrem Schlafzimmer. Sie verabschiedete sich schnell mit dem dringenden Ratschlag, von nun an vorsichtiger vorzugehen, und schickte ihre Tochter zur Tür. Dann zwängte sie sich in eine enge Jeans, zog Schuhe mit Absatz an, damit die Hosenbeine nicht am Boden schleiften, und griff nach einer weißen Tunika. Jetzt musste sie nur noch ins Bad, ohne von Sebastian aufgegriffen zu werden. Sie hörte Marie lachen und rannte los. Sie schlüpfte durch einen Spalt in der Tür, der nicht zum Durchschlüpfen geeignet war, und stieß sich so derb die Hüfte, dass sie schließlich nach Luft schnappend auf dem Badewannenrand saß.

»Rafaela, du siehst zum Anbeißen aus.« Sebastian betrachtete seine Schwägerin mit einem anerkennenden Blick und reichte ihr erst zögernd die Hand, nahm sie dann aber kurz in den Arm.

Recht hat er, dachte Rafaela, sie fühlte sich tatsächlich zum Anbeißen, wie eine Made im Vogelnest. Die Jeans kniff an Stellen, an denen sie das so nicht in Erinnerung hatte, und ihr war warm ob der ganzen Hektik, sodass ihr Gesicht leicht glänzte. Als sie zur Haustür gingen, sah sie gerade noch, wie Marie sich einen Zwanzig-Euro-Schein in die Jeans steckte. Pädagogisch betrachtet war dieser Onkel ein Flop.

Zu ihrer Überraschung fuhr Sebastian am Aasee vorbei aus der Stadt heraus und hielt sich dann Richtung Hiltrup. Hiltrup war mit fünfundzwanzigtausend Einwohnern der größte der vielen Außenstadtteile von Münster. Unterwegs erfuhr sie, dass ihr Schwager einen Tisch bei Krautkrämer reserviert und damit eine der teuersten Möglichkeiten genutzt hatte, im Umkreis von Münster essen zu gehen. Krautkrämer, so hieß ein Hotel, das idyllisch direkt am Hiltruper See lag und auf dessen Terrasse viele Spaziergänger nachmittags einen Cappuccino mit Seeblick genossen. Im Inneren ging es vornehm zu, und das Restaurant bot eine ausgezeichnete Küche. Rafaela schaute an ihrer Jeans herunter, denn gerade zum Abendessen traf man hier deutlich schickere Kleidung an. Erst jetzt fiel ihr der flotte Anzug ihres Schwagers auf, der gut vorbereitet war. Dieser Mensch konnte noch so freundlich sein, immerzu brachte er sie in eine unbeholfene Verlegenheit.

Die Kellnerin stürzte sich etwas übereifrig auf ihre neuen Gäste und schenkte Rafaela ein Lächeln, das diese sonst nur aus der Werbung für Zahnpasta kannte.

Der Wein war ausgezeichnet, das Essen ein Genuss für den Gaumen und die Augen. Sie war immer wieder erstaunt, was Köche aus einfachen westfälischen Kartoffeln machten oder welche fulminanten Bezeichnungen sie für eine Rinderkraftbrühe fanden. Nach dem Hauptgang, Tranchen vom Lachsfilet mit Muschel-Safran-Soße und Kartoffel-Spinat-Ragout, brauchten sie beide eine Pause und verschoben das Dessert um eine halbe Stunde.

Rafaela erzählte Sebastian alles, was sie von Birgit und dem Hauptkommissar erfahren hatte, und schloss mit den Worten: »Ich habe das Gefühl, dass ich viel mehr über Andreas in Erfahrung bringen muss und möchte. Warum tut er mir so etwas an?«

»Wie weit zurück soll ich mich denn erinnern? Aus der Zeit seiner Geburt weiß ich kaum noch etwas. Aber ich glaube, er war ein sehr gesundes Baby.« Sebastian schwenkte sein Weinglas und dachte laut nach. »Es kamen keine Weisen aus dem Morgenland, und es gab auch keine wertvollen Geschenke von der Kirche. Das hätte ich mir gemerkt.«

Rafaela wusste nicht recht, ob sie verärgert sein sollte. So sagte sie nur: »Bleib ernst. Hinterher wird der Andreas noch Papst, spätestens dann guckst auch du schräg aus deinem edlen Anzug. War er Messdiener?«

»Ja, das war ich aber auch. Wir konnten heimlich Messwein trinken und haben immer die Wachsreste von den dicken Stumpen mitgenommen.« Rafaela fragte lieber nicht, was sie damit gemacht hatten. Sebastian erzählte zu gern Geschichten, und sie war sich nicht sicher, ob er sie vielleicht abseits des wirklichen Themas beschäftigen wollte.

»Was war mit ihm in der Pubertät los? Wollte er da auch schon mal Mönch werden oder Priester? Wie lange war er Messdiener, und was hat er so gemacht?«

Sie trank ihr Glas mit einem Schwung leer, und sofort erschien ein junger Kellner und schenkte mit einem fragenden Blick nach. Sebastian beobachtete sie mit einem leisen Lächeln auf den Lippen. Diese waren so ganz anders geformt als bei seinem Bruder. Andreas hatte einen eher asketischen Mund mit schmalen Lippen, die aber einen starken Schwung nach unten zeigten und sie immer an einen Raubvogel erinnerten. Der Mund strahlte etwas Energisches aus, was sie mochte.

Sebastians Lippen waren insgesamt voller, geschwungen, der ganze Mund ließ auf Genuss schließen, konnte aber auch sehr spöttisch wirken. Jetzt öffnete sich dieser Mund und fragte: »Rafaela, habt ihr euch denn nie über diese Dinge unterhalten? Ich dachte, als Ehepaar hat man diese verdammt sentimentalen Abende, an denen man sich plötzlich alles erzählen muss, Jugendsünden, Träume, Sehnsüchte. Dann kommt es zu Fragen wie: Was denkst du gerade, Schatz? Und schon wieder ist ein Geheimnis ausgeplaudert, das eigentlich nur der Sandkastenfreund wissen sollte.«

»Ach, deshalb bist du nicht verheiratet? Du hast Angst, eine Ehefrau könnte zu viel über dich herausfinden? Oder noch schlimmer, du wirst plötzlich emotional abhängig?«

Sebastian nickte kräftig. »Ja, das ist doch eine wahrhaft furchtbare Vorstellung. Sieh doch nur, was du gerade durchmachst.«

Rafaela musste über seine gespielte Verzweiflung lachen. »Meine Güte, Sebastian, wir sollten deine Kindheitserfahrungen auch noch mal nach traumatischen Ereignissen untersuchen. Also, was gibt es über die Pubertät meines Mannes zu berichten?«

»Ich habe davon nicht viel mitbekommen.« Sein Gesicht war plötzlich überraschend ernst. Er fuhr sich durch seine braunen Haare und winkte dann der Kellnerin. »Sie können mir jetzt doch schon das Dessert bringen.«

Rafaela wurde ungeduldig, bestellte ihr Dessert ab, bat lediglich um einen Kaffee und sah ihren Schwager fragend an.

»Ich dachte, Andreas hätte dir erzählt, dass er ein paar Jahre im Internat verbracht hat. Wenn ich es recht in Erinnerung habe, wechselte er mit etwa dreizehn Jahren die Schule und machte auch sein Abitur in diesem Internat. Danach studierten wir beide, ich in Osnabrück, er in Paderborn. Wir haben uns einfach auseinandergelebt. Ich bin nicht der richtige Gesprächspartner für intimere Details, Rafaela, tut mir leid.«

Für einen Moment hatte sie den Eindruck, Sebastian leide tatsächlich unter dem distanzierten Verhältnis zu seinem jüngeren Bruder. Im nächsten Moment strahlte er aber schon wieder mit der Kellnerin um die Wette, die ihm das Dessert reichte, Mousse von dunklem Nougat mit Orangenkompott und Vanilleschaum.

»Wieso wollte Andreas in ein Internat? Hat er zu viele Hanni-und-Nanni-Bücher gelesen?«

»Er wollte ja gar nicht. Er musste.« Sebastian schnitt mit seinem Löffel runde Muster in die Mousse. »Mein Bruder hatte eine wirklich wilde Phase. Er war total rebellisch und aggressiv gegen einige Lehrer und vor allem gegen unseren Vater. Sie stritten sich nur noch. Es gab mehrere Warnschüsse von unseren Eltern, aber irgendwie drang keiner davon zu ihm durch. Mit mir wollte er schon gar nicht reden, denn mich hielt er damals für einen Klugscheißer und Überflieger.« Sebastian zupfte betont affektiert an seinem Kragen und ergänzte: »Ich war aber auch ein kluges Kerlchen, das kann ich dir sagen. Jedenfalls haben unsere Eltern ihn dann in ihrer Hilflosigkeit in einem Internat angemeldet. Und das war ein katholisch orientiertes Haus, soweit ich weiß. Es lag irgendwo im Tecklenburger Land. Andreas gefiel es später sogar richtig gut dort, er wurde ruhiger, zufriedener und hat dort schließlich auch sein Abitur gemacht. Eventuell hat er ja dort schon Gefallen am Klosterleben gefunden, denn das Internat war einem Kloster angeschlossen und wurde zum Teil von Ordensbrüdern geführt. Bitte, das musst du probieren.«

Sebastian hielt ihr einen Löffel von der cremigen Masse auf seinem Teller hin und setzte noch einen Klecks Orangenkompott obenauf. Er strahlte sie an wie ein kleiner Junge, der mit einer neuen Sammelkarte angibt. Die Nougatmousse war köstlich und sahnig, und der tapfere Teil ihrer Persönlichkeit war froh, dass sie diese sündige Leckerei abgelehnt hatte.

»Ich habe Andreas mal zu einem Klassentreffen gebracht«, überlegte Rafaela, »aber das hat in Münster stattgefunden. Er gehörte zum Organisationsteam. Von einem Internat hat er mir nie erzählt, und ich habe eigentlich immer geglaubt, er sei in Münster zur Schule gegangen.«

Sebastian nickte. »Das hat er ja auch eine Zeit lang getan, und ein Klassentreffen kann theoretisch an jedem Ort stattfinden, den das Organisationsteam vereinbart, nicht wahr?«

Er kratzte seinen Teller leer, und Rafaela hätte sich nicht gewundert, wenn er ihn auch noch genussvoll abgeleckt hätte. Doch da ihrem Schwager gutes Benehmen beinahe noch wichtiger war als der orale Genuss, legte er seine Serviette auf den Teller und schob ihn zur Seite. Dann sagte er: »Mir fällt da noch etwas ein. Andreas hatte im Internat einen guten Freund, irgendeinen Sohn aus sehr reichem Hause, den hat er öfter mit nach Hause gebracht. In den Osterferien war der mal eine ganze Woche bei uns. Die beiden verstanden sich unwahrscheinlich gut, und ich glaube, dieser Junge war auch ein Grund, warum Andreas das Internat schlussendlich gar nicht so schlecht fand. Der könnte dir bestimmt mehr über seine Zeit im Internat und über seine Pubertät erzählen. Ich habe allerdings keinen sanften Schimmer, wie der Typ hieß. Hast du vielleicht Zugang zu Andreas' Unterlagen? Wenn er das Klassentreffen organisiert hat, müsste er doch eine Namensliste seiner Mitschüler besitzen. Ich kann meinen Bruder schwerlich danach fragen.«

»Soll ich dann alle Männer der Reihe nach anrufen und mich erkundigen, ob sie in den Osterferien anno irgendwann mit meinem Mann Andreas so schön gespielt haben?«

Er grinste sie an. »Entzückende Idee. Lass mich dabei sein. Nein, wenn ich den Namen höre, kann ich mich erinnern. Der Typ hat damals einfach meine Freundin geküsst. Andreas und er hatten immer so schräge Wetten untereinander laufen.«

Angesichts seines Gesichtsausdrucks musste sie herzlich lachen.

Um halb zwölf am Abend setzte Sebastian seine Schwägerin galant vor der Haustür ab und drückte ihr einen überraschend zarten Kuss auf die Wange. »Versorge mich bitte mit Informationen, wenn sich etwas Neues ergibt, ja?« Dann überlegte er kurz und fügte hinzu: »Vielleicht sollte ich meinen Sonntagnachmittag mal im Kloster verbringen und so ein richtiges Männergespräch führen.«

»So richtig viel Mann ist von Andreas leider nicht mehr da, jedenfalls nicht mehr zu sehen«, sagte sie bedauernd.

Sebastian hob lediglich eine Augenbraue und stieg in sein Auto.

Schon am nächsten Morgen rief er sie an. Um halb acht in der Früh. An einem Sonntag.

»Mir ist der Name wieder eingefallen.«

Rafaela stöhnte müde. »Schade, dass dir nicht die Uhrzeit eingefallen ist, sonst hättest du mit einem Telefonat vielleicht noch etwas gewartet.«

Sebastian klang kein bisschen zerknirscht. »Entschuldigung, ich bin beim Joggen und hatte Angst, dass mir der Name unterwegs wieder entfällt. Und um ihn in einen Baum zu ritzen, bin ich zu alt.«

So sportlich diszipliniert hätte Rafaela ihren Schwager gar nicht eingeschätzt, eingedenk der Tatsache, dass er allein lebte und keine Rücksicht auf die Zeiten anderer Familienmitglieder nehmen musste. Er konnte auch um zwölf Uhr mittags frühstücken. Nun, vielleicht war er ja auch zum Frühstück verabredet, zum Beispiel mit einer langbeinigen Brünetten oder einem vornehmen Kollegen.

»Sagt dir der Name Simon Wendthaus etwas?«

Sie runzelte die Stirn, da der Name tatsächlich nicht völlig fremd klang, aber ihr fiel kein Gesicht dazu ein. Rafaela wechselte den Hörer an das andere Ohr und richtete sich auf ihrem Kissen etwas auf. »Es kann kein enger Freund mehr von Andreas gewesen sein. Ich kann mich nicht erinnern, dass ein Simon mal bei uns zu Besuch war. Warum läufst du nicht um neun Uhr?«

»Weil ich um sieben Uhr wach geworden bin und nicht erst um kurz vor neun. Also, merk dir den Namen, ich werde später mal twittern, googeln und so weiter. Vielleicht wohnt dieser Simon in der Nähe. Seine Eltern lebten damals in Paderborn.«

Die Stimme klang plötzlich außer Atem, wahrscheinlich lief Sebastian bereits wieder, dann war das Gespräch plötzlich beendet. Verwundert darüber, dass ihr Schwager, den sie sonst nur zum Geburtstag ihrer Schwiegermutter traf, nun so viel familiären Einsatz zeigte, lag Rafaela im Bett und starrte an die Zimmerdecke.

Sie musste für sich klären, was sie wollte. Sollte sie die Vergangenheit ihres Mannes durchleuchten, auf der verzweifelten Suche nach einer sinnvollen Erklärung für sein merkwürdiges Handeln? Oder sollte sie zuerst erforschen, warum ihr Name auffällig geschrieben auf dem Notizblock eines Mordopfers stand? Wollte sie weiter mit Birgit zusammenarbeiten und nach einem kirchlichen Komplott suchen? Was wäre, wenn sie und Birgit und damit auch ihre Kinder in Gefahr gerieten? Dieser Gedanke fühlte sich fremd an. Sie lebte mitten in Münster, meine Güte, und nicht in einem mittelalterlichen, klerikal geführten Dorf. Die Wahrscheinlichkeit, dass die Tote aus irgendwelchen privaten Gründen ermordet worden war, lag eindeutig höher. Eventuell hatte auch die Tochter etwas mit dem Mord zu tun und war in Panik abgehauen. Pubertäre Teenies konnten sich in Monster verwandeln. Mit einem Sprung stand sie neben ihrem Bett. Sie würde zunächst nur Nachforschungen zu ihrem eigenen Mann anstellen, und Birgit sollte besser das Gleiche tun. Auf diese Weise würden sie keine fremden Frauen aufsuchen müssen und keine schlafenden Hyänen wecken.

Rafaela und Marie saßen gerade vor dem sonntäglichen »Tatort«, als Sebastian erneut anrief, um mitzuteilen, dass ein Simon Wendthaus direkt in Münster wohnte.

»Und wenn ich dir sage, was er beruflich macht, dann kannst du heute Nacht bestimmt nicht ruhig schlafen. So allmählich hast du mich für deine Verschwörungstheorien sensibilisiert.«

Sie setzte sich elektrisiert auf. »Er ist Abt in einem Orden?«

Sebastian lachte, und sie kam sich dumm vor. Dabei lag sie gar nicht so falsch. »Viel besser. Er ist der Sekretär, Finanzberater und die rechte Hand des Vorstandes der Ordensgemeinschaft der Alexianer. Das ist dieser sehr alte katholische Krankenpflegeorden, kennst du ja sicher. Und denen gehört eine ganze Menge, nicht nur in Münster, das kannst du mir glauben. Wenn ich nicht allmählich den Computer ausschalte, brauche ich morgen selbst einen Augenarzt. Du gehst da besser nicht allein hin.«

»Wohin soll ich nicht allein gehen?«

»Zu diesem Simon. Lass mich den Besuch übernehmen. Ich könnte ihn an alte Zeiten erinnern, und so von Mann zu Mann erzählt er vielleicht etwas.«

Die Art und Weise, wie Sebastian plötzlich die Initiative ergriff, gefiel Rafaela gar nicht. Bislang hatte er sich auch nicht um seine Schwägerin gekümmert oder um seinen kleinen Bruder. Sie fragte ihn: »Hast du Andreas heute eigentlich besucht? Geht es ihm gut?«

»Zum Glück habe ich vorher angerufen, Andreas empfängt zurzeit keinen Besuch. Exerzitien, wenn du verstehst, was ich meine.«

Rafaela erinnerte sich daran, dass Birgit etwas Ähnliches über die Aktivitäten ihres Mannes erwähnt hatte.

»Um diesen Simon Wendthaus kümmere ich mich schon allein, danke, Sebastian. Ich denke, eine verlassene Ehefrau ist harmloser.«

»Na, die tote Frau bei euch in Münster war offenbar nicht harmlos genug.«

Die nächsten Tage hatte Rafaela mit ihrem kleinen Betrieb so gut zu tun, dass sie alles andere erst einmal ruhen lassen musste. Eine Mitarbeiterin hatte sich einen Magen-Darm-Infekt zugezogen, und in einem solchen Fall achtete Rafaela sehr genau darauf, dass eine sichere Genesungszeit eingehalten wurde. Die oft alten, pflegebedürftigen Menschen kamen selten nach draußen und hatten insgesamt ein schwaches Immunsystem. Also musste sie einige Patienten zusätzlich übernehmen. Sie hatte fünf Angestellte, vier Frauen, einen Mann, und gönnte sich so den Luxus, dass sie an den Wochenenden selbst üblicherweise keine Hausbesuche übernahm. Ihr kleines Unternehmen lief gut genug, damit sie und Marie nicht jeden Euro hoch bewerten mussten. Zudem zahlte die Kirche gut für ihre Kinder, das heißt, der Unterhalt, den Andreas für seine Familie zahlte, kam pünktlich und war nicht zu knapp bemessen. So konnten auch die Kredite für die Eigentumswohnung weiterhin bedient werden. Es hatte Rafaela damals verwundert, dass Andreas an dieser Stelle alles beim Alten beließ. So waren immer noch beide Ehepartner eingetragene Besitzer der Wohnung. Manchmal machte ihr diese Tatsache Sorgen. Gehörte nicht jedes private Eigentum eines Mönches dem Kloster? Würde eines Tages der Abt persönlich bei ihr vor der Haustür stehen und den Anteil für seinen Orden einfordern? Oder würde er gar sie ausbezahlen wollen, um eine kleine Kapitalanlage aus der Wohnung zu machen? Wohnungen in Münster waren heiß begehrte Objekte. Andreas hatte bei einer ihrer vielen Streitereien nach der Trennung geäußert, sie solle Vertrauen haben, keiner werde ihr und Marie das Zuhause wegnehmen. Meistens verdrängte sie also die Gedanken daran und genoss ihre schöne Wohnung.

Mit Birgit hatte sie in dieser Woche einmal telefoniert. Diese wusste zu berichten, dass sich im Fall des immer noch vermissten Mädchens der Verdacht auf eine Entführung erhärtet hatte. Angeblich hatte man dem Vater des Kindes ein Lebenszeichen zukommen lassen. Welche Forderungen es gab, war der Presse nicht bekannt, und Nachrichten darüber wurden gehütet wie ein Staatsgeheimnis.

»Der arme Vater. Erst geht er ins Kloster, um Frieden oder was weiß ich zu finden, und plötzlich wird seine Exfrau ermordet und seine Tochter entführt. Ob der wohl über eine Fehlentscheidung in seinem Leben nachdenkt?«, überlegte Rafaela laut beim Telefonat mit Birgit.

Birgit erwiderte: »Jedenfalls führen diese Ereignisse nicht dazu, dass unsere Männer reumütig zurückkommen. Oder steht deiner vor dem Gartentürchen?«

Rafaela hörte ein Geräusch, als ob jemand den Rauch einer Zigarette ausstieße. Sie hatte nicht mitbekommen, dass ihre neue Freundin rauchte. Sie lachte kurz, sagte aber nichts.

Rafaela vermutete, dass Birgit der Mord und das Auffinden der Leiche mehr mitgenommen hatten, als sie zugab. Der zu Beginn gezeigte Eifer, sich mit den anderen verlassenen Ehefrauen zu treffen und Nachforschungen anzustellen, war verschwunden. Stattdessen klang sie traurig und nachdenklich.

Und sie selbst? So richtig ernsthaft konnte sie nicht daran glauben, dass die Ereignisse der letzten Woche auch für sie selbst eine Gefahr darstellen könnten. Es gab viele harmlose Gründe, warum ihr Name bei dieser toten Frau auf einem Zettel gestanden hatte. Sie besaß nun mal ein Pflegeunternehmen. Eventuell ging es um einen Angehörigen, für den eine ambulante Pflege gesucht wurde. Es gab im Leben genug merkwürdige Zufälle. Sie wollte jetzt nicht an Mord und Totschlag denken, sondern eine arbeitsreiche Woche abschließen.

Ihr letzter Patient war ein zweiundsiebzigjähriger Professor im Ruhestand, der seinen Alterszucker nie besonders ernst genommen hatte und nun nach der Amputation des rechten Beines und mit einem sehr schlecht durchbluteten linken Unterschenkel im Rollstuhl saß. Auch sein Augenlicht ließ deutlich nach, was man von seinem Verstand nicht sagen konnte. Er lebte allein, wofür er selbst die Erklärung lieferte: »Ich war halt immer hinter den jungen Dingern her, und die bleiben nicht bei einem alten Krüppel.«

Dafür besaß Professor Dirkes noch immer genug graues Haar, um es etwas länger zu tragen, und er trug, wenn sie kam, stets ein sauberes Hemd, an dem er die obersten drei Knöpfe offen ließ. Meist duftete er nach einem teuren Rasierwasser.

»Letzte und einzige Augenweide meines Alters, kommen Sie herein, Rafaela.«

Mit einer übertriebenen Geste, die er auch im Rollstuhl sitzend sehr elegant vollführte, bat er sie herein und fuhr vor ihr her in die Küche.

»Sie haben doch noch eine sehr schöne Tochter, Professor.«

»Ja, das stimmt. Das gute Aussehen hat sie von mir. Aber sie kommt nicht mehr.«

Rafaela zog die Augenbrauen hoch, schwieg jedoch dazu. Sie wusste, dass Professor Dirkes oft Streit mit seinem einzigen Kind hatte.

»Sie ist nach Australien gereist mit irgendeinem britischen Soldaten, der sich dorthin hat versetzen lassen. Er ist Ausbilder oder so was.«

»Oh. Aber sie kommt doch wieder, oder?«

Er krempelte umständlich seine feine Stoffhose hoch, damit sie seinen Unterschenkel versorgen konnte. »Bis Meggi das Geld für einen Flug zusammenhat, bin ich tot. Leider hat sie von meinem Verstand nur einen kleinen Teil geerbt, und der ist mittags meist schon überfordert.« Er schnaubte abfällig, und Rafaela ahnte, dass hier noch andere Dinge im Argen lagen.

Wie immer fühlte sich das Bein ihres Patienten kalt an, zeigte eine zu blasse Farbe und kleine Verletzungen, die schon lange nicht mehr heilten. Herr Dirkes lehnte weitere Operationen ab und hatte sie gebeten, bei ihren Besuchen nicht mehr in diese Richtung zu insistieren.

»Ich habe eine Frau kennengelernt. Sie will heute mit mir ins Theater gehen. Ich muss nicht einmal dafür bezahlen.«

»Für das Theater oder für die Frau?«

Er drohte ihr zum Spaß mit dem Finger. »Ich würde sogar eine ganze Reihe im Theater mieten, damit diese Frau mit mir ausgeht, aber sie hat ein Abonnement, und ihr Mann ist kürzlich verstorben.« Er grinste diabolisch. »Ich bin die neue Begleitung. Sie ist schon etwas in die Jahre gekommen, die Dame, Anfang bis Mitte fünfzig, aber sie sieht deutlich jünger aus.«

»Na, hoffentlich kommen Sie nicht bald auf den Gedanken, ich sei zu alt für Ihre Behandlung.« Rafaela verband zügig das Bein neu.

»Was soll ich sagen, Ihre anderen Mitarbeiter sind ja noch älter oder männlich. Nein, Spaß beiseite, meine Schöne, könnten Sie mir heute ausnahmsweise bei der Garderobe helfen?«

Sie hob erstaunt die Augenbrauen. Professor Dirkes war stets tadellos angezogen.

»Ich liebäugle mit einem ganz bestimmten Anzug, der leider kurz gedämpft werden müsste, wie ich eben feststellen musste, und die Manschettenknöpfe bekomme ich ohne Hilfe auch nicht in die richtigen Löcher.« Sein Blick zeigte die jahrelange Übung im Betören von Frauenherzen.

Während Rafaela kurze Zeit später den Anzug auf Vordermann brachte, wurde der Professor ernst.

»Man hat übrigens die Kleine wiedergefunden. Wissen Sie, dieses Mädchen, das nach dem Mord an seiner Mutter verschwunden war …« Sein Zeigefinger schoss plötzlich nach vorne. »Liebe Rafaela, ich freue mich, wenn Sie sich für meine aktuelle Berichterstattung begeistern, aber verharren Sie dabei bitte nicht mit dem Bügeleisen auf meiner Anzughose.«

»Woher wissen Sie das?«

»Aus den Lokalnachrichten. Das Mädchen ist erst vor wenigen Stunden wieder aufgetaucht.«

»Wurde denn eine Lösegeldsumme gezahlt?«

»Nein, sie tauchte unverhofft am Hauptbahnhof auf, sie wirkte verstört, aber in einem guten Allgemeinzustand, so heißt es. Ich denke, die Entführer haben kalte Füße bekommen.«

Rafaela war nicht seiner Meinung. Es lag doch nahe, dass die Entführer des Mädchens auch die Mörder der Mutter waren. Eventuell war es auch nur ein Täter. Wer so kaltblütig vorging, bekam nicht einfach nach ein paar Tagen kalte Zehen. Es musste einen anderen Grund geben für das Auftauchen des Mädchens.

»Was haben die im Radio sonst noch gesagt? Was passiert jetzt mit dem Mädchen?«

Der Professor rollte vor und zurück und betrachtete seine bügelnde Pflegerin sichtlich amüsiert. »Meine Güte, Sie sind ja ganz aufgeregt. Wussten Sie, dass Sie dann so hektische Flecken im Gesicht bekommen? Und am Hals, da, der wird richtig rot. Echt niedlich.«

Dann nahm er Schwung, blieb vor einem alten Schrank mit wertvollen Schnitzereien stehen und zog eine Schublade auf, die gefüllt war mit Schokolade, Pralinen und Lakritze. Ihr Patient wollte sich offenbar umbringen, dachte Rafaela, nahm aber zu gern und ohne Kommentar eine Nougatpraline entgegen. Dirkes war ein kluger Mann, sie wollte ihn nicht mit Krankheitsverläufen langweilen, die er gut kannte.

»Schokolade beruhigt, Gnädigste. Also, da dies nur die Lokalnachrichten waren und ich nicht heimlich den Polizeifunk abhöre, weiß ich leider nicht mehr. Aber ich habe einen Neffen bei der Kripo. Wenn Sie wollen, kriege ich etwas raus. Er will mich immer beeindrucken, und dann erzählt er mehr, als er darf.«

Rafaela nickte zurückhaltend, hoffte aber auf deutlich mehr Informationen. Sie legte ihm die Sachen passend auf das Sofa. Das Anziehen der Hose würde er selbst übernehmen, beim Oberhemd half sie noch mit. Dann trieb es sie zu ihrem Auto, um die Sechs-Uhr-Nachrichten zu hören. Der Professor hatte nichts verschwiegen. Das Mädchen war gegen Mittag am Hauptbahnhof aufgetaucht und hatte sich einem Beamten zu erkennen gegeben. Offenbar hatte man sie dort ausgesetzt. Mehr wurde dazu nicht bekannt gegeben. Als Rafaela nach Hause kam, sah sie an ihrem Telefonapparat, dass Birgit drei Mal versucht hatte, sie zu erreichen. Wusste sie mehr? Des Weiteren bat Delbrocks Kommissariat um einen Besuch auf dem Revier, und ihre Tochter Marie hatte einen Zettel mit der Nachricht hinterlassen, dass sie mit ihrer Freundin auf dem Weg ins Kino war und beide zusammen heute Nacht hier schlafen wollten.

Rafaela ließ sich auf das Sofa fallen und starrte etwa zehn Minuten vor sich hin. Das war keine Beschäftigung, die ihrer Stimmung zuträglich war. Melancholisch dachte sie an frühere Freitagabende zurück. Sie und Andreas hatten sich etwas Leckeres gekocht, mitunter ein Glas Rotwein dazu getrunken und diskutiert. Heute baute sich dieses Wochenende endlos und eintönig vor ihr auf. Seufzend griff sie zum Telefon, doch auch nach zigmaligem Klingeln nahm bei Birgit keiner ab.

Der Anruf vom Kommissariat war interessant, doch vielleicht sollte sie nur ihre Aussage unterschreiben. Sie wählte die im Display des Hörers angezeigte Nummer, unter der ihr aber nur mitgeteilt wurde, dass Hauptkommissar Delbrock nicht mehr im Hause sei. Ja, eventuell morgen früh, das könnte man aber nie genau vorhersagen, sie solle halt noch mal anrufen. Es sei ja sicher keine Gefahr im Verzug. »Keine erkennbare«, sagte Rafaela und legte auf. Außer dem Pizzaservice erreichte man an einem Freitagabend eben nicht sehr viele Leute. Als schließlich ihr Telefon klingelte, glaubte sie im ersten Moment, Andreas am anderen Ende der Leitung zu hören.

»Was machst du gerade, Rafaela?«

»Andreas?«

»Exerzitien, schon vergessen, liebe Schwägerin? Die meisten Exfrauen legen auf, wenn sie glauben, ihr Mann belästige sie. Du klingst ja direkt sehnsuchtsvoll.«

Sie hörte durchaus den leichten Vorwurf in Sebastians Stimme. Da sie nicht wie ein liebeskranker Pudel wirken wollte, sagte sie: »Ich dachte nur, Andreas würde sich Sorgen um Marie machen. Immerhin ist die Tochter eines anderen neuen Mönches entführt worden. Er hat doch sicher davon gehört. Eigentlich rechne ich seit Tagen mit seinem Anruf.«

»Der hat wahrscheinlich jetzt einen so guten Draht zum Herrgott, der weiß einfach, dass es euch gut geht.«

»So, tut es das?« Es klang schärfer als beabsichtigt.

»Meine liebste Schwägerin, wenn du nicht mit mir telefonieren möchtest, dann sag es ruhig. Für allein lebende Männer wie mich gibt es auch noch die Telefonseelsorge, den Pizzaservice oder die Hotline für ganz besondere Gespräche.«

Sie wurde rot und entschuldigte sich. Sie wollte eigentlich nicht, dass er auflegte.

»Ich schlage vor, dass wir morgen diesen Simon Wendthaus, Andreas' alten Schulfreund, gemeinsam aufsuchen.«

Ursprünglich wollte sie allein dorthin, aber eventuell gestaltete sich so ein Besuch doch unverfänglicher, wenn ein alter Bekannter dabei war. Also sagte sie zu und hatte plötzlich einen weiteren Frühstücksgast für morgen am Tisch sitzen. Mit Maries Freundin zusammen wären sie dann also zu viert. Das war ein ganz guter Schnitt für eine verlassene Ehefrau.

»Ich bringe Brötchen mit und bin gegen zehn Uhr dreißig bei dir.«

Sie wunderte sich über Sebastians plötzliches Interesse, das ernsthafter war als früher. Sie hatte einmal gehört, wie Sebastian seinem Bruder gegenüber den »niedlichen Barockengel« erwähnt hatte. »Niedlich« und »Barock« waren ganz sicher keine Attribute, mit denen man die Bewunderung für eine erwachsene Frau ausdrückte.

Sollte er sich plötzlich Sorgen machen, obwohl sein eigener Bruder stillhielt? Eigentlich kannte sie Andreas als den Besorgten, der Risiken sehr ernst nahm und Tochter Marie nachts lieber drei Mal zum Krankenhaus fuhr aus Sorge, sie entwickle eine Mittelohrentzündung. Jetzt ließ er Marie am ausgestreckten Arm verhungern, und ihre Wut oder Enttäuschung schien ihn kaltzulassen.

Sie hatte gerade erst aufgelegt, da klingelte es erneut, und ihr Vater meldete sich.

»Hallo, Prinzessin, hast du heute schon in die Zeitung geschaut?«

Bei Rafaela schrillten mehr Alarmglocken, als ihr lieb war. Außer Hiobsbotschaften stand für gewöhnlich nichts Wesentliches in der Zeitung. Die Todesanzeigen las ihr Vater nicht mehr. Er fand diese Seiten abscheulich. Da standen Zeilen wie »Du fehlst uns« oder »In Liebe deine Gitte«. Ihr Vater vertrat die Meinung, dass die Toten im Jenseits wahrscheinlich keine Zeitung erhielten. Was sollten also diese theatralischen Sprüche, in denen man mit Menschen kommunizierte, die Tage zuvor verstorben waren? Und so ein bodenständiger Lobgesang oder Nachruf der alten Firma oder des Kegelclubs brachte ihn erst richtig in Rage. Dabei gehe es doch nur um den netten Eindruck, den die Firmen machen wollten. Der Tote hätte zu Lebzeiten Zuwendung gebraucht. Rafaela hatte ihm schon mehrfach zu erklären versucht, dass es bei Todesanzeigen sowohl um Trauerarbeit ging als auch darum, einen möglichst großen Personenkreis zu informieren.

»Dann sollen sie das auch so schreiben«, maulte ihr Vater jedes Mal. »Die sehen schrecklich aus, nun drucken sie sogar die Bilder der Verstorbenen dazu, damit ich auch noch unter dem Tod von Menschen leide, die ich gar nicht gekannt habe. Bleib mir weg mit den Todesanzeigen.«

Rafaela vermutete hier die Angst ihres Vaters vor dem eigenen Tod, immerhin rutschte sein Jahrgang oft genug in Anzeigen dieser Art.

Sie sagte langsam: »Das verschwundene Mädchen ist wieder aufgetaucht, Gott sei Dank unversehrt, soweit sich das schon beurteilen lässt, oder was meinst du?«

»Das steht doch noch gar nicht in der Zeitung, sondern sie haben es nur in den Lokalnachrichten durchgegeben. Nein, es ist schon wieder eine tote Frau aufgefunden worden, in Hiltrup.«

Ihr Vater klang doch tatsächlich vergnügt darüber, dass er spannende Neuigkeiten erzählen konnte, und fuhr fort: »Sie soll unter den gleichen Umständen zu Tode gekommen sein wie die andere Frau letzte Woche. Daher gehen die Behörden von demselben Täter aus. Stell dir mal vor, wir haben hier in Münster einen Serienmörder!«

»Papa, du hörst dich an, als wolltest du diesen Mörder am liebsten auf ein Bier treffen. Das sind doch furchtbare Nachrichten. Hat man diese Frau auch in der Badewanne gefunden?«

»Man hat sie in ihrer Wohnung gefunden, von einer Badewanne steht nichts in der Zeitung. Sag nicht, du weißt wieder mehr als ich. Außerdem macht es einen Unterschied, ob ich mich als gelangweilter, allein lebender Rentner mit solchen Mordgeschichten beschäftige oder du als junge Frau mit einem minderjährigen Kind.«

Rafaela erinnerte sich daran, dass der kauzige Hauptkommissar die Sache mit der Badewanne vor der Presse geheim gehalten hatte. Sie überlegte gerade, ob sie ihrem Vater mitteilen sollte, dass dieses minderjährige Kind sich zurzeit sehr für Mord und Totschlag interessierte, da unterbrach er sie: »Sag mal, Rafaela, habe ich dir schon erzählt, dass ich mit meinen Kegelbrüdern ein paar Tage verreise?«

»Du hast gar keine Kegelbrüder, Papa.«

»Habe ich wohl. Wenn du alte Leute immer nur gegen Bezahlung aufsuchst und dir dein Vater nicht gebrechlich genug für eine kleine Pflegestufe ist, erfährst du natürlich auch nicht mehr viel von meinem Leben. Ich bin ab Sonntagmorgen weg, in Rom.«

Ihr Vater hasste Kegeln, und Rafaela konnte sich nicht vorstellen, dass er diese lebenslange Abneigung mit dreiundsiebzig Jahren plötzlich abgelegt hatte. Wenn ihr Vater also mit einem Kegelclub nach Rom fuhr, dann steckte ein gutes Geschäft dahinter oder eine Frau. Ihre Gedanken drehten sich, und sie wusste nicht genau, welche Sorge gerade überwog. Die erschreckende Nachricht, dass schon wieder eine Frau tot war? Die leisen Vorwürfe ihres Vaters, sie kümmere sich zu wenig? Oder die Vorstellung, dass er mit wildfremden Menschen nach Rom pilgerte?

»Was willst du denn in Rom? Und wie kommt ihr da überhaupt hin?«

»Wir fahren mit dem Bus. Und ich werde mir dort ganz viele Dinge anschauen, im Straßencafé sitzen und den Papst um eine Audienz bitten und die Herausgabe meines Schwiegersohnes verlangen.« Er kicherte, und erst jetzt erkannte Rafaela, dass ihr Vater beschwipst war. Sie war in höchstem Maße alarmiert und tippte nun doch auf eine Frau.

# DREI

Am nächsten Morgen saß sie um acht Uhr dreißig im Büro des Hauptkommissars, müde, frierend und nach Kaffee dürstend. Die große automatische Kaffeemaschine auf dem Sideboard sah merkwürdig kalt und tot aus. »Defekt«, stand auf einem gelben selbstklebenden Zettel an der Maschine.

Man hatte ihr mitgeteilt, dass der Hauptkommissar informiert sei und gleich komme. Plötzlich gab es ein Geräusch an der Tür. Die Klinke bewegte sich, dann schnappte die Tür aber wieder in den Rahmen zurück. Wieder ein schabendes Geräusch, dann schob sich ein Fuß durch die Tür, ihm folgten zwei ausgestreckte Arme, und schließlich erschien Hauptkommissar Delbrock in ganzer Größe, strahlend und in den Händen jeweils einen Pappbecher balancierend, mehrfach mit Alufolie umwickelt.

»Die habe ich gerade noch aus der Bäckerei geholt, Sie sehen ja meine Not hier.« Damit nickte er in Richtung seines defekten Apparates und reichte ihr einen Becher. Seine Haare waren heute ordentlicher gekämmt, aber es war noch früh am Tag, und Gelegenheiten zum Haareraufen kamen sicherlich noch.

»Ich habe mir gestern noch einen bestellt.« Wieder nickte er in Richtung des Kaffeeautomaten. »Sie wissen schon, George Clooney und die Kapseln.«

Rafaela nippte an ihrem Cappuccino und fühlte sich gleich besser. Sie lächelte Delbrock an und wunderte sich über seine jugendliche Begeisterungsfähigkeit. Im nächsten Moment wurde er jedoch sehr ernst und sagte: »Wir haben eine weitere Frauenleiche, in Hiltrup. Und sie ist auf die gleiche Art ermordet worden wie das erste Opfer. Ich will Sie nicht mit Ermittlungsverfahren langweilen, aber wir gehen in einem solchen Fall erst einmal von ein und demselben Täter aus.«

Rafaela hörte ihm nur zu und schwieg.

»Ein Täter mordet meist aus ähnlichen Motiven. Klingt logisch, nicht wahr? Auch ein Serienmörder sucht seine Opfer nicht willkürlich aus, sondern er verfolgt dabei ein bestimmtes Muster, für ihn das Motiv seiner Tat. Bei diesen zwei Leichen gehen wir aber ausdrücklich noch nicht von einem Serienmörder aus.«

Rafaela hielt die Spannung nicht mehr aus. »Ist der Ehemann des zweiten Opfers auch in ein Kloster gegangen?« Sie schluckte schwer. Wenn er die Frage mit »Ja« beantwortete, dann wäre ihr Leben ebenfalls dramatisch bedroht. Sie konnte das nächste Opfer sein. Der Kaffee schmeckte plötzlich bitter. Meine Güte, sie brauchten alle Polizeischutz. Die Kirche startete eine moderne Hexenverfolgung. Unliebsame Exfrauen wurden liquidiert.

»Frau Berger, ist Ihnen nicht gut? Sie werden ganz rotfleckig im Gesicht. Kannten Sie denn die Frau?«

»Wie hieß sie denn?«, fragte Rafaela und fasste sich an die Wange, als könne sie die hektischen Flecken fühlen.

»Martina Bussmann. Sie war verwitwet. Ihr Mann starb vor einiger Zeit bei einem Badeunfall im Urlaub, soweit wir informiert sind.«

Sie schüttelte den Kopf und fühlte sich einen großen Stein leichter. Dieser Name stand nicht auf Birgits Liste, und ein Mönch verunglückte doch sicher nicht bei einem Badeurlaub. Die Morde geschahen aus anderen Gründen. Aus Gründen, die mit ihr nicht das Geringste zu tun hatten. Der Zettel mit ihrem Namen in der Wohnung eines der Opfer machte ihr wenig Sorgen. Sie leitete ein Pflegeunternehmen, darüber informierten sich nun einmal einige Leute. Doch sie fragte den Kommissar: »Haben Sie wieder meinen Namen im Hause des Mordopfers gefunden?«

»Nein, nein, Sie sind hier, weil Sie Ihre Aussage noch unterschreiben müssen, und ich wollte Sie bitten, sich ein paar Fotos anzuschauen und mir zu sagen, was Ihnen auffällt.«

Er langte auf seinem Schreibtisch nach einem Ordner und holte einige Fotos heraus, die, so erkannte Rafaela auf den ersten Blick, eine tote Frau in der Badewanne zeigten. Das zweite Opfer war tatsächlich in der gleichen Situation aufgefunden worden wie das erste. Diese Frau besaß nur einen fülligeren Körper, war aber ebenso an Händen und Füßen gefesselt. Rafaela sah deutlich die durchgeschnittene Kehle und das viele Blut und musste mehrmals blinzeln. Irgendwie wirkte diese Frau anders, fleckiger, gruseliger, das gesamte Foto stieß sie ab. Konnte es daran liegen, dass Birgits Handyaufnahme die Szene eventuell mit einer gewissen Unschärfe aufgenommen hatte und dem Bild die Brisanz genommen hatte?

Zwei Fotos zeigten Martina Bussmann, die anderen beiden waren von Sabine Hölscher und erschreckten sie auch hier deutlich weniger.

Der Hauptkommissar beobachtete sie konzentriert und fragte dann doch ungeduldig: »Und? Fällt Ihnen etwas auf?«

Sie schaute noch einmal widerwillig die Fotos an und legte sie schließlich ausgebreitet auf den Tisch. »Das zweite Opfer ist doch genauso gestorben wie das erste Opfer, aber diese Aufnahmen sind ungleich brutaler. Ich weiß nicht, warum.«

Plötzlich schoss Delbrocks Zeigefinger auf eines der Fotos. »Ich kann Ihnen helfen. Frau Hölscher ist gar nicht Opfer Nummer eins, sondern diese Dame hier wurde zuerst ermordet.« Der Finger tippte mehrfach auf das Bild von Martina Bussmann. »Der Tod macht eine Leiche auf Dauer nicht attraktiver, daher sehen Sie bei Frau Bussmann bereits Zeichen von Verwesung und Verfall.«

Rafaela musste immer wieder zwischen den Fotos hin- und herschauen. Sie war auf eine makabre Art fasziniert. Der Hauptkommissar hatte recht, Frau Bussmann sah grässlich aus, bei Frau Hölscher dagegen konnte man trotz des vielen Blutes noch ihre Attraktivität erkennen.

Aber es gab noch einen ganz gravierenden Unterschied zwischen den beiden Leichen. Einen Unterschied, der eigentlich sofort ins Auge fallen musste, einem aber dennoch erst später bewusst wurde. Und dieses Detail war dafür verantwortlich, dass der Anblick von Frau Martina Bussmann nur schwer zu ertragen war.

»Dieses viele Blut hier in der Badewanne und auf dem Körper der Frau ist abstoßend. Meinen Sie, der Täter hat die zweite Frau lieber in eine gefüllte Wanne gelegt, um sich den Anblick zu ersparen?«

»Ja«, sagte Delbrock langsam, »das ist Ihnen also aufgefallen. Hier können wir nur Vermutungen anstellen. Der Täter ist gestört worden und musste fliehen. Oder ihm kam erst beim zweiten Mord die Idee, mit viel Wasser das viele Blut aufzufangen. Allerdings denke ich nicht, dass er dies aus Sensibilität getan hat, sondern um sauberer zu arbeiten. Was uns fehlt, ist das Motiv. Die Frauen wurden nicht missbraucht oder beraubt. Und wir haben bis jetzt auch keine Verbindung untereinander festgestellt. Aber so etwas braucht ein wenig Zeit.«

Delbrock holte sich einen Löffel und schabte den letzten Rest Milchschaum aus seinem Pappbecher. Danach betrachtete er unglücklich seinen defekten Kaffeeautomaten.

»Haben Sie schon mit dem Exmann von Frau Hölscher gesprochen?«

»Sie meinen den neu berufenen Mönch? Ich habe unseren Polizeiseelsorger ins Kloster geschickt. Immerhin musste der arme Mann den Tod seiner Frau und die Entführung seines Kindes verkraften.« Und Delbrock fügte energisch hinzu: »Mehr kann ich Ihnen zu diesem Teil der Ermittlungen natürlich nicht sagen.«

»Geht es der Kleinen denn einigermaßen gut?«

Der Hauptkommissar blickte unvermittelt zu einer Fotografie auf seinem Schreibtisch, auf der zwei lächelnde Mädchen zu sehen waren, etwa elf- und dreizehnjährig.

»Nun, diese Kleine ist siebzehn Jahre alt, einen Meter fünfundsiebzig groß und bis in die Haarspitzen auf Krawall gebürstet. Aber sie hat ja auch einiges durchgemacht und muss vor allem den Tod ihrer Mutter verkraften.« Delbrocks Gesichtsausdruck nach zu urteilen, fand er das Verhalten des Teenagers offenbar dennoch indiskutabel. Rafaela hätte zu gern einmal mit dem Mädchen gesprochen. Viel schlimmer als Marie vor einer Mathematikklausur konnte dieses Mädchen auch nicht sein.

»Warum wurde sie überhaupt entführt? Eine Lösegeldforderung hat es doch nie gegeben, nicht wahr?« Sie lächelte harmlos, und das konnte sie nun wirklich gut. Allerdings schien der Kommissar genauso immun zu sein gegen den Anblick eines harmlosen Lächelns wie ein Konditor gegenüber niedlichen Marzipanfiguren.

»Schränken Sie Ihren Kontakt zu Presseleuten ein, das verdirbt nur den Charakter.« Mit diesen Worten stand er auf und hielt ihr galant die Tür auf. Das Gespräch war beendet. »Wenn Ihnen einfällt, warum Ihre Adresse bei einer toten Frau herumlag, können Sie sich gern melden.«

Pünktlich um zehn Uhr dreißig stand Sebastian vor der Tür und nahm sie in den Arm, wobei er ihr eine gefüllte Brötchentüte in den Rücken schlug. Er betrat gut gelaunt das Wohnzimmer und begrüßte seine Nichte und deren Freundin, die aber beide schnell fertig waren mit ihrem Frühstück. Die Mädchen hatten es eilig, wieder in Maries Zimmer zu verschwinden. Bei flüchtiger Betrachtung konnte man die beiden für Geschwister halten. Sie trugen ihre langen blonden Haare beide zu einem Pferdeschwanz gebunden, beide hatten dunkle Augen und eine schlanke, hochgewachsene Statur. Diesbezüglich kam Marie nach ihrem Vater. Seine Kutte hatte bestimmt Überlänge, dachte Rafaela.

Sebastian griff gerade nach seinem dritten Brötchen und erkundigte sich nach der zweiten Frauenleiche. Als Rafaela ihm kurz erklärte, dass diese Frau eigentlich das erste Opfer war, zeigte er sich stark beeindruckt.

»Von welchem Motiv geht die Polizei denn aus? Ist der Ehemann dieser Frau auch in ein Kloster geflüchtet? Du brauchst Polizeischutz.«

»Sie war Witwe.«

Ihr Schwager zuckte mit der Achsel. »Vielleicht ist ihr Gatte ja im Beichtstuhl verunglückt. Kannst du das ausschließen?«

Rafaela musste lachen. »Er ist beim Baden ertrunken, und zwar nicht in einem klösterlichen Holzzuber, sondern im Urlaub oder so ähnlich.«

Unglücklich schaute Sebastian plötzlich auf seine rechte Hand, wo der Honig an der Innenfläche entlanglief. »Oh Gott, wie schrecklich. Hast du mal ein feuchtes Tuch?«

»Es ist goldfarbiger Honig, der da fließt, guck doch nicht so, als sei er infiziert.« Sie stand kopfschüttelnd auf und kam mit einem feuchten Lappen zurück. »Ich dachte immer, Ärzte machen sich nichts aus Flüssigkeiten gleich welcher Zusammensetzung.«

»Ich bin Augenarzt und kein Proktologe. Und jetzt lass uns mal überlegen, was wir meinem alten Rivalen gleich als Geschichte auftischen.«

Das Haus von Simon Wendthaus lag in einem ruhigen Wohnviertel in der Nähe des Aasees. Der künstlich angelegte See war eines der Wahrzeichen von Münster. Jogger und Hundebesitzer umrundeten täglich das Gewässer und gerieten mitunter in den einen oder anderen Revierstreit. Kleine Boote schipperten über den See, und die Wiesen luden Studenten zum Müßiggang ein. Hier am Aasee hatte auch die unvergessliche Liebesgeschichte zwischen dem schwarzen Schwan Petra und einem schwanenähnlichen Tretboot begonnen, die fast ein Jahr lang die Medien und die Bürger unterhalten hatte und schließlich sogar in einem Bilderbuch verewigt worden war.

Sebastian hielt vor einem Einfamilienhaus mit einer imposanten Haustür. Sie erinnerte ein wenig an den Zugang zu einem Kerker, fand Rafaela und war nun geradezu glücklich, dass Sebastian sie an dem geplanten Alleingang gehindert hatte. Derartige Haustüren sollte man meiden, das wusste sie aus dem Fernsehen.

Auf ihr Klingeln öffnete ihnen eine Frau in mittleren Jahren, die einen Arm in der Schlinge trug. Sie hatte eine schwarze Hose und eine schwarze Bluse an, und allein ein rotes Halstuch unterschied sie von einem Totengräber. Sie lächelte auch dann nicht, als Sebastian sie anstrahlte und nach seinem alten Freund aus Kindertagen fragte. Immerhin durften sie beide daraufhin drei Schritte weit eintreten. Dort stand eine Bank in einem geräumigen Flur mit einer großen Garderobe, einem barocken Spiegel und einer reich verzierten viereckigen Truhe.

»Bitte warten Sie hier. Herr Wendthaus telefoniert noch.« Sie schritt zügig auf eine Holztür zu, drehte sich dann aber noch einmal um und fragte: »Sind Sie verabredet?«

Rafaela schluckte und sagte: »Nein, nicht direkt.«

Sebastian lächelte und sagte: »Ja, natürlich, aber er hat es bestimmt vergessen. Es ist schon etwas her, dass ich mit ihm gesprochen habe.«

Die schwarz gekleidete Dame sah von einem zum anderen, nickte nur und ging durch die Tür.

»Die ist toll, oder? Eine Haushälterin, die nur die Tür öffnet, einen ansieht, und sofort trennt sich die Spreu vom Weizen.«

»Ja, und ich fühle mich gerade wie Spreu. Du hast ihn jahrzehntelang nicht gesehen oder gesprochen. Interessant, was du Verabredung nennst.«

Als die Tür sich erneut öffnete und Simon Wendthaus eintrat, konnte Rafaela ihren Augen kaum trauen. Irgendwann glaubte man nicht mehr an Zufälle, dann passten einfach zu viele Dinge zusammen. Die aristokratische Adlernase und die hellen Augen mit dem stechenden Blick begegneten ihr nun zum dritten Mal. Die Umstände waren jedes Mal überraschend. Und was hatte Sebastian erzählt? Dieser Mann arbeitete eng mit einem Kloster zusammen, war sein Finanzberater. Was tat er noch für die Ordensbrüder? Unbequeme Ehegattinnen aus dem katholischen Feld räumen? Das wäre immerhin eine doppelte Sicherheitsmaßnahme: Erst annullierte die Kirche die Ehe eines braven Paares, weil im Kloster gerade ein Zellenbett für den Ehemann frei wurde, und schuf so eine traurige Distanz zwischen den Paaren. Schließlich brachte man die verlassene Dame auch noch um, damit nie wieder Ansprüche, Streit oder gar Emotionen hochkochten. Konnte es so etwas geben?

Simon Wendthaus trat auf sie zu, seine lockere Fröhlichkeit, die er im Kontakt mit Marcel vor der Käsetheke gezeigt hatte, war einer höflichen Maske gewichen. Er zog eine Augenbraue fragend nach oben und sagte nur: »Was kann ich für Sie tun?«

Sie sprach ohne Überlegung: »Sagen Sie mal, verfolgen Sie mich etwa?«

Beide Männer sahen sie überrascht an. Simon Wendthaus fasste sich schnell und musterte sie tatsächlich amüsiert, als er sagte: »Sie wissen aber schon, dass Sie gerade mich aufsuchen, oder? Ich wohne hier schon recht lange, und mein Name steht an der Tür. Schauen Sie mal nach.«

»Hallo, Simon, darf ich dir meine Schwägerin vorstellen? Das ist nämlich die Exfrau von Andreas Berger, deinem Schulfreund.« Schnell streckte Sebastian die Hand aus und lächelte den anderen an. »Sebastian. Du erinnerst dich?«

Simon nahm die angebotene Hand so vorsichtig, als sei Sebastian an Lepra erkrankt. Doch sein Händedruck war hart und kurz, wie Rafaela gleich darauf feststellte. Und nach einigen Erklärungen durften sie tatsächlich ein Zimmer weiter vortreten. Es handelte sich um ein Wohnzimmer mit einem offenen Kamin und einem Boden aus Natursandstein, ausgelegt mit einigen schönen persischen Brücken. Eine Gruppe Ledermöbel stand um einen dunklen tiefen Holztisch verteilt, auf dem ein altes Buch aufgeschlagen lag. Überall standen oder lagen Bücher, zahlreiche Regale liefen die Wände entlang, unterbrochen von dem einen oder anderen Bild. Das Schmuckstück des Raumes war jedoch eine Truhe mit Intarsien und einem Schloss, das definitiv aus einer anderen Zeit stammte. Simon setzte sich in einen Sessel und wedelte gönnerhaft mit der Hand, damit sie sich auch hinsetzten. Rafaela fand seine Art arrogant und unangemessen. Sie kam sich vor wie eine Bittstellerin.

In knappen Worten schilderte Sebastian die Umstände, die Rafaela zu einer verlassenen Ehefrau gemacht hatten.

»Wir forschen gerade ein wenig in der Vergangenheit meines Bruders auf der Suche nach einer Erklärung für seine gravierende Entscheidung. Und du hast die Jahre im Internat mit Andreas gemeinsam verbracht. Wir hoffen, dass du uns ein paar Einblicke in diese Zeit geben kannst.«

Die Tür öffnete sich, und die schwarz gekleidete Frau streckte ihren Kopf herein. Simon sagte: »Kannst du uns bitte einen starken Kaffee kochen und ein wenig Gebäck bereitstellen? Ich hole das Tablett dann gleich. Danke, Ruth.« Dann wandte er sich an seine Besucher. »Ich soll euch nun Geschichten erzählen, wie Andreas sich im Internat heimlich Gardinen umgehängt und Papst gespielt hat?«

»Und? Hat er?«

Die beiden Männer hielten eine Zeit lang Augenkontakt, dann lachte Simon flüchtig. »Wir waren in einem kirchlichen Internat, natürlich hat der eine oder andere sich mal aufgespielt. Ich habe zum Beispiel liebend gern den Beichtvater gegeben. Ich saß dazu im Kleiderschrank, und die Jungs mussten mir nacheinander ihre dunklen Seiten beichten. Meine Güte, was hatten wir dabei für einen Spaß. Aber keiner hat in irgendeiner Form versucht, uns ins Kloster zu treiben. Es wurden halt christliche Grundlagen gelegt. Warum glaubt ihr, dass Andreas nicht normal geleitet ist? Es gibt Stationen im Leben eines Menschen, da ändern sich Dinge grundlegend.« Simon blickte Rafaela nun direkt an. »Wenn man verlassen wird, ist das immer ein bitteres Ende für eine Ehe.

Aber wäre es Ihnen lieber gewesen, er wäre zu einer anderen Frau gegangen?«

»Mir wäre es am liebsten, er wäre noch bei mir und zöge seine Tochter mit mir zusammen groß, Herr Wendthaus. Hatten Sie den Eindruck, dass Andreas besonders fromm war? Ich nämlich nicht, und genau deshalb macht mich dieser plötzliche Sinneswandel auch so misstrauisch.« Sie beugte sich ein Stück vor. »Und glauben Sie mir, das war ein verdammt plötzlicher Wechsel ins Kloster.«

Simon Wendthaus betrachtete beinahe gelangweilt seine Fingernägel. »Was wollen Sie eigentlich? Ihren Mann, Verzeihung, Ihren Exmann aus dem Kloster holen? Beweise sammeln, dass Andreas nicht normal ist, es nie war? Oder möchten Sie gar die Kirche verklagen, weil sie in die erste Gunst ihres Mannes gelangt ist? Andere Frauen werden aus unangenehmeren Gründen verlassen.«

Bevor Rafaela ihm zeigen konnte, wie unangenehm verlassene Ehefrauen werden konnten, fragte Sebastian schnell: »Hast du eigentlich in der letzten Zeit Kontakt zu Andreas gepflegt? Soweit ich weiß, arbeitest du für die Alexianerbrüder.«

»Ja, genau, ich *arbeite* für die Alexianerbrüder. Ich lebe nicht in einem Kloster, und ich habe allenfalls Kontakt zur Leitung. Ich habe allerdings vor zwei Jahren mal mit Andreas gesprochen. Wir trafen uns in einem Bistro.« Er legte gespielt einen Finger an die Nase und sagte: »Jetzt weiß ich, warum mir Ihr Gesicht bekannt vorkommt. Marcel hat uns doch miteinander bekannt gemacht. Es tut mir sehr leid, dass ich Sie nicht gleich erkannt habe, aber ich war ziemlich abgelenkt beim Einkauf.«

»Hat Andreas damals von seinem Wunsch gesprochen, ins Kloster zu gehen?«

»Guter Gott, nein. Es war eine übliche Unterhaltung zwischen Leuten, die sich lange nicht gesehen haben, aber mal gut miteinander bekannt waren. Es fielen Fragen nach Job und Familienstand und so.« Simon hob in einer harmlosen Geste die Hände.

»Und, wie ist dein Familienstand, Simon? Ich erinnere mich an eine hübsche Brünette, die du mir ausgespannt hast.« Sebastian grinste ihn schelmisch an, während Simon schmerzlich das Gesicht verzog.

»Im Ausspannen bin ich erfolgreicher als im Aushalten einer

stabilen Beziehung, fürchte ich. Da die Kirche als Arbeitgeber nicht sehr erbaut ist, mit Gigolos zusammenzuarbeiten, ich aber bislang keine Beziehung vorweisen konnte, die die Drei-Jahres-Marke überdauert hat, versuche ich mich in Askese. Ohne dass es wirklich von mir erwartet würde. Mehr als ein paar Urlaubsflirts weit, weit weg kann ich nicht vorweisen. Und du?«

Rafaela dachte kurz an die Packung Kondome in Simons Einkaufswagen.

Sebastian lehnte sich lässig zurück, schlug die Beine übereinander und prahlte: »Klassisch. Ich bin verheiratet und habe zwei entzückende Kinder, Tim und Lisa. Und die beiden sind gar nicht begeistert, dass ihr Lieblingsonkel nun in schwarzen Gewändern herumläuft und nicht mehr mit ihnen schwimmen geht, das kannst du mir glauben.«

Rafaela schaffte es gerade noch, keine Miene zu verziehen, und nickte nur.

»Ja, das klingt richtig spießig. Davon träumt mein Arbeitgeber. Und du bist Augenarzt geworden, nicht wahr? Wie viele Kinder hat Andreas? Ich erinnere mich an eine Tochter. Hält er Kontakt zu seinen Kindern?«

Rafaela fragte sich, ob da ein Lauern in der Stimme zu hören war. Zögerlich antwortete sie: »Wir haben eine Tochter, und er sieht sie leider nur zu fest vereinbarten Besuchszeiten.«

Simon entschuldigte sich kurz und erschien so schnell wieder mit einem gefüllten Tablett, dass die Haushälterin es quasi vor die Tür gestellt haben musste. Er schenkte Kaffee aus und bot dazu Kekse an, die an Pralinen erinnerten, so kunstvoll lockten sie.

Schließlich fragte Sebastian seinen alten Bekannten, wie er zu dem Job bei den Alexianern gekommen war.

»Ich habe dort mal ein Praktikum gemacht. Wir mussten in der Oberstufe alle ein Sozialpraktikum absolvieren. Schon damals hat mich der Geschäftssinn dieses Ordens fasziniert. Sie tun Gutes und zahlen dabei nicht mal drauf.«

»Ich erinnere mich. Mein Bruder hat sein Praktikum in Rom absolviert. Ich kann mich sogar vage entsinnen, dass meine Mutter damit geprahlt hat, als würde man ihren Sohn dem Papst persönlich auf den Schoß setzen. Komisch, das war mir völlig entfallen.«

Simon verschränkte seine erstaunlich kräftigen Hände ineinander. »Na, ich war damals ganz schön neidisch. Andreas und die anderen gelangten zwar nicht wirklich in die allerheiligsten Gemächer, aber sie haben im Vatikan einiges zu sehen bekommen. Außerdem: Italien im Frühjahr, Ciabatta und Pasta, schöne Touristinnen und der Petersdom. Ich hätte ein halbes Jahr lang die Toiletten geputzt, mit der Nagelbürste, wenn ich nur hätte mitfahren dürfen.«

»Was musste Andreas dafür tun?« Nachdem Sebastian diese Frage gestellt hatte, ließ er sich Zeit bei der Auswahl eines Gebäckstückes. Er entschied sich für ein Mürbeteigplätzchen mit Marzipan und einem Ring aus Schokolade.

Simon grinste schief. »Bei zu vielen Bewerbungen entschied angeblich das Los.«

Die nächste Frage stellte Rafaela: »Wie war Andreas, als er aus Rom zurückkam? Schien er irgendwie verändert?«

»Ja, das kann man wohl sagen.« Simon machte eine wohlberechnete Pause und blickte von einem zum anderen. Seine Adlernase zeigte auf Rafaela und Sebastian wie eine Bedrohung. »Ja, Andreas zeigte sich verändert. Er prahlte mit seinem Wissen über die Vatikanstadt, die Schweizer Garde, er prahlte mit dem Essen und mit schönen Italienerinnen, die ihm schreiben wollten. Die ersten Tage nach dem Praktikum war es kaum zum Aushalten.« Er lachte und trank eine Tasse Kaffee mit Schwung aus. Dann sagte er: »Ganz ehrlich? Ich kann es kaum glauben, dass Andreas seine Familie verlassen hat und nun als Mönch im Kloster lebt. Es erscheint mir zu existenziell, zu impulsiv für den Andreas, den ich kannte. Außerdem war er bekannt dafür, sich Hintertürchen offen zu lassen.«

»Nun, die Annullierung unserer Ehe scheint mir wenig Platz für ein Hintertürchen zu lassen, nicht wahr?« Rafaela sagte dies mit einem bitteren Unterton. Zum wiederholten Male ruhte Simons Blick auf ihr. Wenn er etwas mit den Morden an den beiden Frauen zu tun hatte, stellte er sich Rafaela sicher gerade tot im Badewasser vor. Beinahe hätte sie ihm warnend eine Faust gezeigt, doch das Anschauen einer Person galt im Allgemeinen nicht als Tötungsversuch.

Sebastian erhob sich und setzte damit deutliche Zeichen zum Aufbruch. An der Haustür fragte er Wendthaus: »Hast du aus eurer Internatszeit noch den einen oder anderen Namen für mich?«

Simon zuckte unmotiviert die Schultern. »Ich müsste halt selbst erst nachschauen. Ein Thomas Hartmann fällt mir spontan ein.«

Thomas Hartmann war bereits in den neunziger Jahren an Leukämie gestorben, und Sebastian zweifelte nicht daran, dass Simon darüber informiert gewesen war.

»Unser frommer Freund hat sich ein wenig zu viel Mühe gegeben, freundlich zu sein und sehr, sehr harmlos zu tun. Mir dann noch einen toten Mann als Informanten anzudrehen, macht mich im höchsten Maße misstrauisch. Bis vor Kurzem dachte ich einfach, du hast Pech gehabt. Nun denke ich, mein Bruder ist derjenige, der mit schwarzem katholischen Pech übergossen wurde. Hast du die Namensliste der verlassenen Ehefrauen?«

Sie saßen an ihrem Küchentisch und warteten darauf, dass eine Tomatensuppe, die Rafaela aus dem Vorratsschrank geholt hatte, warm wurde. Marie und ihre Freundin waren unterwegs, mit hoher Wahrscheinlichkeit genossen sie das gute Wetter innerhalb zahlreicher Boutiquen und Kaufhäuser. Rafaela stand auf und suchte im Wohnzimmer nach den Namen. Als sie in die Küche zurückkehrte, stand Sebastian am Herd und mahlte Pfeffer in die Suppe.

»Hast du etwas Sherry und Sahne für mich? Dann mache ich dir aus der Dosensuppe eine rote Verführung.« Er lächelte sie begeistert an, und sie stellte ihm gern die Zutaten bereit. Ebenso eine Packung Toastbrot. Dann setzte sie sich an den bereits eingedeckten Tisch und stützte ihren Kopf auf die Hände. Sie spürte eine enorme Müdigkeit. Laut las sie Sebastian schließlich die Namen vor.

»Birgit Gericke, Sabine Hölscher, Heike Schneider und Rafaela Berger. Und dies sind nur die bekannten Fälle aus der Umgebung.« Sie schaute zu, wie Sebastian aus einer Toastbrotscheibe eine Blüte schnitt, und fügte hinzu: »Frau Schneider ist sehr stolz auf ihren frommen Mann und hat sich auf kein Gespräch darüber eingelassen, ob ein Kloster ein korrekter Wohnort für einen Ehemann und Vater ist. Laut Birgit könnte man hier aber auch von einer nachvollziehbaren Flucht des Gemahls ausgehen.«

»Du meinst, der arme Mann hat den Zölibat dem Schützengraben vorgezogen?« Sebastian sah nicht auf, als er eine zweite Toastscheibe in ein kleines Boot verwandelte. Schließlich stellte er einen duftenden Teller mit Tomatensuppe vor Rafaela auf den Tisch, legte Blütentoast und eine gefaltete grüne Serviette daneben. Nun sah das Arrangement wie eine Blume aus. Er setzte sich und strahlte sie an. »Wenn du lieber ein Boot isst, können wir auch tauschen.«

Irgendwie bekam sie eine Ahnung davon, warum Sebastian und Andreas sich nicht so nahestanden. Den beiden Männern waren ganz unterschiedliche Dinge wichtig. Sebastian schien aus allem ein Spiel zu machen, er ging die Dinge mit einer natürlichen Leichtigkeit an. Andreas, ihr Mann, war von Natur aus viel ernster. Die Vorstellung, dass er darüber nachdachte, wie man ein Dosenessen schmackhafter machen konnte, war absurd. So etwas erschien ihrem Mann auch völlig unnötig. Immerhin machte man sich eine Dose auf, um Zeit zu sparen. In den ganzen Jahren ihrer Ehe hatten sie nicht einmal im Bett gefrühstückt. Warum auch? Bett ist Bett, und Tisch ist Tisch. In dem einen liegt man, an dem anderen isst man.

Die Suppe schmeckte phantastisch, und sie kratzten den letzten Rest aus dem Topf. Danach hatte ihr Schwager es allerdings eilig. Er schrieb sich die Namen der vier Frauen auf und erzählte etwas von einem Kochkurskollegen, der bei der Kripo arbeitete. Zum Abschied fasste er sie an den Schultern, gab ihr einen kurzen Kuss auf die Wange und sagte: »Ich rufe dich an, wenn ich mehr erfahren habe; haltet du und Birgit euch bitte, bitte zurück.« An der Tür hielt er kurz inne und fügte überraschend ernst hinzu: »Ich habe den dringenden Wunsch, erst meinen Bruder zu sprechen. Ich muss die Geschichte nun doch noch mal von ihm persönlich hören.«

***

Es dauerte dann doch eine ganze Woche, bis Sebastian sich wieder bei ihr meldete. Er stand vor der Tür, und seine ersten Worte schlugen ein wie eine Bombe: »Ich habe meinen Bruder niedergeschlagen. Jetzt habe ich Hausverbot im Kloster. Allerdings betet nun die gesamte Bruderschaft für mein Seelenheil. ›Armer, verirrter Sünder‹ haben die mich genannt.«

»Du spinnst.« Rafaela konnte nur an einen neuen Scherz denken und hängte ein nervöses Lachen an ihre Worte. Sebastian folgte ihr ins Wohnzimmer.

»Ja, auch das hat mein Bruder mir vorgeworfen. Wenn mich nicht drei Ordensbrüder festgehalten hätten, wäre es mir auch sicher gelungen, einiges an katholischem Blödsinn aus ihm herauszuprügeln. Aber die hatten alle drei die Statur eines Tölzer Kommissars und –«

»Sebastian! Was ist denn nur vorgefallen?«

Ihr Schwager schnaubte und erklärte ihr dann, dass er darüber nicht mehr reden wolle. Sie könne ihm aber glauben, dass Andreas diese Ohrfeige verdient habe. Außer seinen Beteuerungen, er habe den Ruf Gottes gehört und habe ihm folgen müssen, habe er keine Erklärung erhalten. Sein Bruder habe angeblich plötzlich gespürt, dass er sein Leben ändern müsse. Ja, er sei sogar der Meinung, dass andernfalls etwas Schlimmes passiert wäre. Sein Leben gehöre nun Gott und dem Kloster, das könnten Außenstehende nicht verstehen. Und die Außenstehenden, das seien wohl vor allem sie, seine Familie.

»Ach ja, Rafaela, von dir und seiner Tochter hat er natürlich auch gesprochen. Ihr beide seid seiner Meinung nach reif und stark genug, das Leben ohne ihn zu meistern. Irgendetwas von ewiger Liebe und geistiger Verbundenheit kam auch noch in seinen Ausführungen vor.«

Sebastian holte ein Taschentuch aus der Hosentasche und putzte sich die Nase. Für seine Verhältnisse sah er etwas derangiert aus. Die Haare waren zerzaust, das Hemd steckte unordentlich im Hosenbund, und als Rafaela genauer hinsah, entdeckte sie eine blutige Schramme am rechten Handrücken. Er stopfte das Tuch wieder in die Tasche zurück und ergänzte mit einem flüchtigen Lächeln: »Ich hätte eventuell noch mehr erfahren, aber nach der

Ohrfeige wollte er nicht mehr mit mir reden, sondern nur noch für mich beten.«

Die Schramme auf dem Handrücken sprach dafür, dass die »kleine Ohrfeige« wohl eher ein handfester Kinnhaken gewesen war, dachte Rafaela. Sebastian hätte unter anderen Umständen sicherlich einen ordentlichen Schlag von seinem Bruder zurückbekommen. Doch ihr Exmann musste als Mönch wohl auch noch die andere Wange hinhalten, statt selbst gewalttätig zu werden. Sie konnte es nicht verhindern – die Vorstellung, dass Sebastian seinem Bruder einen ordentlichen Hieb versetzt hatte, löste ein unerwartet angenehmes Gefühl aus. Ja, es gab tatsächlich Momente, in denen körperliche Gewalt eine hohe Anziehungskraft besaß.

Dann kam ihr ein beunruhigender Gedanke. »Er wird dich doch nicht etwa anzeigen, oder?«

»Nein, nein, ich sagte doch schon, er wird für mein Seelenheil beten. Eventuell zündet er mir auch eine Kerze an oder lässt eine Messe lesen. Ich sage dir, unsere Seele ist diesen Kirchenmännern wichtiger als ihr eigener physischer Zustand.«

»Wie schlimm hast du Andreas denn nun wirklich erwischt?«

Er musterte sie forschend. »Machst du dir Sorgen um Andreas?«

Es war Samstagnachmittag, und sie hatte gerade im Liegestuhl in der Sonne gesessen, als er an der Tür geschellt hatte. Sie ließ die Frage zunächst unbeantwortet, drehte sich um und holte zwei Gläser und eine Flasche Apfelschorle aus der Küche. Die Sachen stellte sie auf den ungeputzten Gartentisch und antwortete dann erst: »Allenfalls darum, dass er nicht genug abbekommen hat.«

Sebastian schaute sich in dem kleinen Garten um. Die Blumen in den Töpfen ließen die Köpfe hängen, der Rasen war zu lang und zeigte mehr Moos als Gras, und ihre Liege war an der linken Seite mit Draht geflickt. Er setzte sich vorsichtig in einen Gartenstuhl, der zwar intakt, aber etwas staubig war. »Ganz entzückend hier«, sagte er mit einem Rundblick, und sie schämte sich etwas wegen des vernachlässigten Gartens.

Als er ihr gegenübersaß, die Sonne im Rücken, sah sie seine Erschöpfung. So cool, wie er tat, fühlte er sich nach diesem heftigen Streit mit seinem Bruder wohl doch nicht.

Eine Zeit lang saßen sie schweigend im Garten und tranken ihre Apfelschorle. Dann erhob sich Sebastian und lief ein paar Schritte. Rafaela folgte ihm mit ihrem Blick, sah seinen trägen Gang, die Art, den Kopf etwas schräg zu legen, wenn er eine Blüte betrachtete oder dem Flug eines Vogels folgte. Er hatte so gar keine Ähnlichkeit mit seinem Bruder, nicht im Aussehen, nicht im Verhalten und auch nicht in der Art, sich zu bewegen.

Als er an ihren Tisch zurückkam und sich wieder setzte, sagte er: »Ich fahre gleich noch zu meiner Mutter. Willst du eventuell mitkommen? Ich fürchte, dass ich in meiner labilen Gemütslage auch noch alte Damen samt ihren Rollstühlen in den Teich schubse. Und ob mein Bruder dann immer noch meine verruchte Seele retten kann, ist fraglich.« Er machte ein Gesicht, das sie zum Lachen brachte. Abgesehen von seinem überzeugenden Charme hätte sie aber auch aus anderen Gründen zugesagt. Sie war gespannt, ihre Schwiegermutter im Umgang mit dem anderen Sohn zu erleben.

Es herrschte reger Betrieb im Altenwohnheim. Viele Menschen besuchten ihre Verwandten und begleiteten die alten Herrschaften zu einem Spaziergang in die Sonne. Sie fuhren mit Sebastians Wagen, einem weißen Audi mit Ledersitzen. Als sie parkten, meinte er: »Ich glaube, ich tausche den Wagen in einen Geländewagen um, was meinst du? Ein weißer Audi riecht doch auf jedem Parkplatz nach Arztpraxis, oder?«

Sie zuckte mit den Achseln. Tausende fuhren einen Audi, auch die Kommissare im Fernsehen. Ein Porsche war schlimmer.

»In Münster fahren viele Ärzte mit dem Fahrrad zur Praxis. Vielleicht wäre das eine neue Alternative.«

»Diese unqualifizierte Bemerkung zeigt mir, dass ich dieses Thema nicht mit dir besprechen kann. Mit Münsteranern kann man sich höchstens über die Vorteile einer Nabenschaltung auslassen oder die neuesten Fahrradschlösser testen. Ein Auto scheint ihr nur aus der Werbung oder der Mitfahrzentrale zu kennen.«

Die Frau an der Rezeption schickte Rafaela ein Lächeln zu und zeigte symbolisch mit dem Finger nach oben. Ihre Schwiegermutter befand sich also in ihrem Zimmer oder zumindest auf ihrer Etage. Hoffentlich war Adelheid Berger heute in guter Verfassung. Sie hoffte es vor allem für Sebastian.

Sie fanden die alte Dame beim Uno-Spiel mit zwei weiteren Bewohnerinnen im Wohnzimmer. Beim Anblick der beiden Gäste freute sie sich sichtlich und winkte einem Herrn im dunkelblauen Hausanzug zu. Der saß gerade vor dem Fernseher und verfolgte durch dicke Brillengläser eine Doku über heimische Hamster. »Hans, übernimm bitte meine Karten und spiel das Match weiter, bevor Inge wieder kollabiert.« Inge streckte ihr eine knallrote Zunge heraus und schaute dann wieder in die Karten. Die dritte Dame in der Runde, sichtlich die älteste im Wohnraum, starrte Sebastian hemmungslos an. Sie ließ ihn erst aus den Augen, als die Tür zum Flur sich hinter ihnen schloss. Adelheid besaß ein Zimmer für sich allein, und dank ihrer eigenen alten Möbel war ihr Bereich recht gemütlich. Bilder ihres verstorbenen Mannes und der beiden Söhne standen auf einem Sideboard. Allerdings wirkte alles etwas beengt. Zwangsläufig, denn die meisten Bewohner versuchten natürlich, so viel wie möglich von ihren persönlichen Sachen in ein zu kleines Zimmer zu quetschen. Sie setzten sich, und Adelheid hielt eine Zeit lang die Hand ihres Sohnes fest.

»Hast du gehört, mein Junge, Andreas ist wieder in Rom.«

»Ja, Mutti, zumindest treibt es ihn geistig in diese Richtung.«

»Du solltest ihn dort besuchen. Er wird doch nicht wieder Dummheiten machen, oder?« Adelheid lächelte unsicher von einem zum anderen. Dann ließ sie Sebastians Hand los und winkte ab. »Nein, er ist jetzt reifer und vernünftig. Du bist doch stolz auf deinen Mann, nicht wahr, Rafaela?«

Rafaela fragte: »Was hatte er denn damals für Schwierigkeiten in Rom? Hat Andreas etwas angestellt?«

»Schwierigkeiten, oh ja.« Adelheid griff das Wort auf und ließ es sich auf der Zunge zergehen wie ein Erdbeertörtchen. Dann legte sie den Zeigefinger auf den Mund. »Darüber darf ich nicht reden. Das haben wir begraben. Wieso habt ihr mein Enkelkind nicht mitgebracht? Sebastian, hast du es ihr verboten? Du wolltest wohl mit unserem Engelchen allein sein, du Schlingel.« Sie drohte ihm spaßhaft mit dem Zeigefinger. Dann begann sie, von irgendeinem Verehrer hier im Wohnheim zu erzählen, der ihr Blumen schenkte. »Beim vierten Strauß werde ich ihn erhören. Man muss die Männer etwas zappeln lassen, mein Engel, hörst du?«

Rafaela wurde das Gefühl nicht los, dass Adelheid vor ihrem Sohn eine Vorstellung gab, Grande Dame, Femme fatale und wissende Mutter. Bisher hatte Sebastian geschwiegen. Er saß in seinem Stuhl und musterte seine Mutter wie einen seltenen Krankheitserreger. Vielleicht war es schwer, die eigene Mutter, diese selbstbewusste, herrschaftliche Frau, in solch einer Umgebung zu sehen und zu wissen, dass in ihrem Kopf bei Weitem nicht mehr alles den direkten Weg fand. Jetzt unterbrach er sie aber.

»Mutti, kannst du dich noch an Simon Wendthaus erinnern, diesen Freund, den Andreas aus dem Internat mitgebracht hat? Ich habe mich oft mit ihm gestritten.«

Ihr Gesicht verfinsterte sich. »Ich will nicht über das Internat reden.«

»Ich auch nicht, Mutti. Aber diesen Simon, den habe ich letzte Woche getroffen. Du erinnerst dich doch bestimmt noch an Simon Wendthaus, oder?«

Adelheid Berger blickte in die Ferne. Wahrscheinlich in eine Ferne, die einen langen Weg in die Vergangenheit bedeutete. Plötzlich wandte sie sich wieder ihrem Sohn zu, lächelte ihn völlig klar an und sagte: »Ja. Ich mochte ihn aber nicht. Er kam aus gutem und reichem Hause, aber er war nicht gut für meinen Andreas. Ich glaube, er war böse und kaltherzig. Ja, das war er vielleicht.« Dann lachte sie. »Du, Sebastian, ja, du bist mit ihm fertiggeworden. Du hast ihm sogar die Freundin ausgespannt.«

Voller Stolz sah sie ihren Sohn an.

Auf dem Heimweg fragte Rafaela ihren Schwager nach Vorfällen, die ihm aus Rom bekannt waren. Doch die merkwürdigen Andeutungen der alten Dame gaben auch ihm Rätsel auf. Im besten Fall machte sie sich nur wichtig. Sebastian konnte sich nicht erinnern, dass es Beschwerden oder Konflikte bei dieser Praktikumsreise gegeben hatte. Allerdings war das Ganze auch schon ein paar Jährchen her und der Kontakt der Brüder untereinander distanziert. »Kannst du dich an jeden Tadel erinnern, den du in deiner Schulzeit erhalten hast?«, fragte er sie.

Rafaela antwortete: »Ich kann mich sehr gut daran erinnern, dass ich überhaupt keinen Tadel erhalten habe.«

Sebastian setzte sie zu Hause ab, fuhr selbst aber sofort wieder nach Osnabrück zurück. Er murmelte etwas von einer Verabredung mit einem Freund. Ihre Tochter rief auf dem Handy an und fragte, ob sie bei ihrer Freundin übernachten dürfe. Natürlich durfte sie.

Marie zögerte und hatte noch eine weitere Frage: »Ich wollte morgen von hier aus zu Papa fahren. Morgen ist doch mein Besuchstag, ich weiß aber nicht, ob du auch zu Papa willst. Wir können uns sonst dort treffen.« Marie würde mit dem Zug fahren und sich dann am Bahnhof von einem Mitarbeiter des Klosters abholen lassen.

Eigentlich hatte Rafaela einiges mit ihrem Exmann besprechen wollen, doch nach dem Zusammenstoß zwischen Sebastian und Andreas ahnte sie, dass sie nicht mehr erfahren würde. Sollte er doch seinen Tag mit Beten und Arbeiten verbringen, sie hatte keine Lust auf salbungsvolle Sprüche oder eine Höflichkeit, die an einen kalten Ostwind erinnerte. Sie hatte fast ein Jahr darauf gewartet, dass er sie wieder liebevoll und vertraut anschaute. Sie hatte darauf gewartet, seine eigenen Worte wiederzuerkennen und nicht die Hausordnung des Ordens oder die entschuldigenden Phrasen, weil er seine Familie alleingelassen hatte. Es wurde Zeit, sich damit abzufinden, eine geschiedene Frau zu sein. Eine weitere der vielen statistisch erfassten Ehen war gescheitert, ihre eigene.

»Marie, ich werde Andreas nicht besuchen.«

# VIER

Dass sie ihren Exmann Andreas dann doch sehr plötzlich wiedersah, lag an Ereignissen, die unerwartet brutal auf sie einprasselten. Sie hatte sich gerade einen Salat gemacht und ein Brötchen auf den Toaster gelegt, als es an der Tür schellte. Sie dachte als Erstes an Marie, die eventuell nun doch mit ihrer Freundin hier schlafen wollte. So ungewöhnlich waren derartige Sinneswandel unter Teenagern nicht. Doch vor der Tür stand ein großer Mann in schwarzer Ordenstracht und mit Ringen unter den Augen, die einem obdachlosen Junkie zur Ehre gereicht hätten. Seine Hände steckten in den weiten Ärmeln des Gewandes, die Haare trug der Mann etwas lang. »Darf ich hereinkommen? Es ist dringend.«

Statt einer Antwort trat sie einen Schritt zur Seite. Andreas schloss die Tür hinter sich. »Ist Marie auch da?«

Rafaela schüttelte den Kopf und wusste nicht, ob es gut oder schlecht war, mit ihm allein zu sein. Andreas sagte: »Das ist gut, wenn sie noch unterwegs ist. Sie braucht es nicht sofort zu erfahren.«

»Was soll sie nicht sofort erfahren? Bist du auf der Flucht?«

»Adelheid ist tot. Wahrscheinlich ermordet.«

Andreas hatte noch nie »Adelheid« gesagt, er hatte immer von seiner Mutter gesprochen. Und wenn er sie anredete, dann nannte er sie Mutti. Adelheid. Das klang bei ihm, als sei irgendeine Person gestorben und nicht die eigene Mutter. Und was erzählte er da bloß? Sie hatte Adelheid doch vor wenigen Stunden noch gesehen.

»Das ist dummes Zeug. Ich war heute bei ihr.« Sie drehte sich um und setzte sich auf die Couch, den Kopf in beide Hände gestützt. Ihr wurde heiß, und sie musste irgendetwas hinunterschlucken. Hatte Adelheid bei ihrem Besuch schlecht ausgesehen? Nein. Aber sie hatte schließlich schon einmal einen Schlaganfall erlitten. Andreas war wahrscheinlich vor Schmerz so erschüttert, dass er an ein Verbrechen glaubte. Was hatte er da noch gleich gesagt? Sie sei ermordet worden? Leise sagte sie nun: »Tot? Mein Gott, das tut mir so leid, Andreas.« Nun kamen ihr doch die Tränen.

Andreas blieb stehen. Er beobachtete sie prüfend, vielleicht auch abschätzend. Sie war sich nicht sicher. Er sah auf ihre Hände, achtete darauf, was sie mit den Füßen machte, und blickte ihr immer wieder ins Gesicht. Er machte sie ganz nervös.

»Willst du dich nicht setzen? Kann ich etwas für dich tun?«

»Du kannst mir die Wahrheit sagen.«

Ein naiver Barockengel schaltet spät. Dabei schien es gar nicht schwer, wenn man den Gedankengängen von Andreas folgte. Ihre Schwiegermutter war angeblich ermordet worden. Sie selbst war kurz zuvor bei ihr gewesen. Und sie war eine enttäuschte, verlassene Ehefrau und gehörte damit einer Gruppe von Frauen an, die bereits oft genug ihre Unberechenbarkeit unter Beweis gestellt hatte. Rafaela hätte allerdings niemals vermutet, dass ihr langjähriger Partner und Ehemann sie einer solchen Tat für fähig hielt.

»Du glaubst jetzt nicht wirklich, dass ich es war, oder? Normalerweise pflege ich alte Leute, ich bringe sie nicht um.« Sie wusste nicht, wohin mit ihren Händen, wie sie die Beine aufstellen sollte und wohin sie blicken konnte, ohne dass ihr die Tränen kamen. Sie entschied sich schließlich dafür, ein Rotkehlchen zu beobachten, das aus einer Tonschale im Garten Wasser trank.

»Ich gehe nicht davon aus, dass du selbst Hand angelegt hast, aber eventuell hast du gewusst, was Sebastian vorhat.«

»Sebastian? Bist du von allen guten Geistern verlassen?«

Als sie ihren Mann anstarrte, fiel ihr der große Bluterguss unter dem rechten Auge auf.

»Seid ihr ein Paar, Rafaela?« Er fragte es ganz sanft, verständnisvoll, doch ihr wurde bei seinem Tonfall übel. Es reichte jetzt. Es gab eine Grenze dessen, was sie aushalten konnte. Mit einem Arm, der so schwer wie Beton wog, wies sie auf die Tür.

»Raus hier! Sofort! Und sieh zu, dass nicht ein einziger Wollfaden von deiner scheußlichen Kutte an meinem Teppich hängen bleibt.«

Andreas machte ein Kreuzzeichen, warum auch immer oder für wen auch immer, und ging wortlos. Sie trat die Tür hinter ihm zu und rannte dann durch die Wohnung, um jede verdammte Tür erst aufzureißen und dann kräftig wieder zuzuschmeißen. Als in der Küche der Kalender mit den Kaninchen von der Wand stürzte, fiel ihr Marie ein. Sie musste sie anrufen, bevor sie von ihrem Vater erfuhr, dass erstens ihre Oma ermordet worden war und zweitens ihre Mutter verdächtigt wurde. Doch sie kam nicht mehr dazu. Es schellte an der Wohnungstür. Sie riss die Tür auf, fast sicher, dass es Marie war, und prallte gegen einen kräftigen Bauchansatz.

»Zur Flucht benutzt man eigentlich die Hintertür, Frau Berger.«

»Mist, ich dachte, Sie wären meine Tochter.«

»Etwas viel der Schmeichelei. Ich bin nicht nur wesentlich breiter.« Der Mann trat ein und schloss die Tür mit Nachdruck hinter sich. Das hätte sie sich denken können, dass der Hauptkommissar bei ihr auftauchte.

»Glauben Sie auch, ich hätte meine Schwiegermutter ermordet, Herr Delbrock?«

Sie ging ihm voran in die Küche und schaltete den Kaffeeautomaten ein. Er folgte ihr und sagte übergangslos: »Ich nehme am liebsten wieder eine grüne Kapsel. Toll, danke.« Und während er sich setzte und wie zufällig an seinen Schnürsenkeln zog, fragte er: »Wer glaubt denn, dass Sie zu solcher Brutalität fähig sind?«

»Mein Exmann, der Ordensbruder.«

»Ja, die Kirche kämpft schon so lange gegen das vermeintlich Böse, dass sie mitunter einen Teufel zu viel vermutet. Und bei Frauen sieht die katholische Kirche eh schnell rot.« Er wedelte mit der rechten Hand. »Grundsätzlich ist es noch etwas früh für Vermutungen, aber bei Ihnen fehlt mir derzeit das Motiv.«

»Wie ist sie überhaupt gestorben? Hat sie sehr leiden müssen?«

Hauptkommissar Delbrock nahm mit einem konzentrierten Lächeln seinen Cappuccino in Empfang und erwiderte: »Sie ist an einer Dosis Zyankali gestorben, das sich vielleicht in Pralinen befunden hat. Es lag ein kleiner Kasten Lindt-Pralinen auf dem Tisch. Unser Problem ist, dass die Zimmertüren fast nie abgeschlossen sind und jeder heimlich vergiftete Pralinen verteilen könnte. Von den Personen, die dem Personal bekannt sind, hat man Sie gesehen, Frau Berger, den Sohn, Sebastian Berger …«

»Sebastian, ja, er war mit mir zusammen dort, aber er hat seiner Mutter ein Buch mitgebracht, keine Pralinen.«

»… und ein Enkelkind, wie mir eine der Schwestern mitteilte.«

Rafaela stürzte einen heißen Schluck Kaffee zu schnell hinunter, sodass ihr die Kehle brannte.

»Blödsinn, Adelheid hat nur eine Enkelin, meine Tochter Marie.«

Zu ihrer Verwirrung nickte Delbrock nur, sagte aber nichts. Rafaela überlegte, warum Marie bei ihrer Oma aufgetaucht sein sollte, ohne ihr etwas zu sagen. Sie konnte natürlich nicht ausschließen, dass ihre Tochter tatsächlich dort gewesen war. Was sie jedoch ausschließen konnte, waren irgendwelche bösen Absichten.

»Sie glauben doch nicht etwa, dass ein fünfzehn Jahre altes Mädchen mal eben seine Biologiekenntnisse anwendet und seine eigene Oma umbringt, oder?«

»Ich weiß nicht, sind es nicht vielmehr Chemiekenntnisse, die man dazu braucht?«

Rafaela schnaubte nur und verdrehte die Augen.

»Und Sebastian Berger, hatten Sie den immer im Blick? Ist er vielleicht noch mal zurück, als Sie schon im Auto saßen?«

Sie rührte in einer Tasse, in der es nichts mehr zu rühren gab. Dann verneinte sie deutlich. Der Kommissar musste diese Frage stellen, doch warum nur traute Andreas seinem eigenen Bruder derartig perfide Dinge zu? Hasste er seinen älteren Bruder? Wenn ja, warum?

»Wissen Sie genau, dass es die Pralinen waren?«

»Nein, bislang ist alles eine Vermutung, die Obduktion wird das klären. Wir können relativ sicher davon ausgehen, dass es sich um eine Vergiftung durch Zyankali handelt. Die äußeren Anzeichen an der Leiche waren hier eindeutig. Wie sie es zu sich genommen hat, wissen wir natürlich noch nicht, aber die Schwester im Seniorenstift meinte, diesen Kasten habe sie vorher nicht im Zimmer gesehen. Und Frau Berger esse sehr gern Süßes und packe derartige Mitbringsel nicht erst lange weg.«

Rafaela kannte die Leidenschaft ihrer Schwiegermutter für Süßes, Marie ebenfalls.

»Wissen Sie, wo ich Herrn Dr. Berger erreichen kann? Zu Hause ist er nicht.«

»Nein, er hat mir zwar etwas von einer Verabredung erzählt, aber nicht, mit wem. Das würde auch keinen Sinn machen, ich kenne seine Bekanntschaften nicht. Wann ist sie eigentlich gestorben?«

»Irgendwann um sechs Uhr herum. Eine Pflegerin ging los,

um nach ihr zu sehen, weil Frau Berger nicht zum Abendessen erschienen war.«

»Also etwa eine Stunde nach unserem Besuch. Die Sache mit dem Zyankali geht doch recht fix? Man nimmt es zu sich und bekommt Atemnot, oder?«

Delbrock kratzte sich am Hinterkopf und machte ein ratloses Gesicht. »Nun, Frau Berger, das kommt vermutlich auf die Dosierung an. Für mich stellt sich vielmehr die Frage nach dem Motiv. Haben Sie eine wenn auch noch so entfernte Idee? Für wen stellte Ihre Schwiegermutter eine Gefahr dar? Wem war sie lästig?«

Rafaela hatte überhaupt keine Ahnung. Ein häufiges Motiv, Geld, fiel eigentlich weg. Sicher, das Altenheim kostete Geld, aber zum großen Teil wurden diese Beiträge mit Adelheids Bezügen verrechnet. Sebastian besaß eine gut gehende Praxis, jedenfalls wirkte er nicht verarmt oder verzweifelt, und Andreas brauchte kein eigenes Kapital mehr. Mord aus Leidenschaft fiel wahrscheinlich auch weg, das kam in diesem Alter einfach nicht oft vor. Mord aus Rache? Um dies zu beurteilen, wusste sie zu wenig vom Leben ihrer Schwiegermutter. Sie schüttelte ratlos den Kopf und wollte endlich allein sein. Als sie die Vernehmung durch den Hauptkommissar für beendet hielt und er sich lässig auf dem Stuhl zurücklehnte, geriet sie in Sorge. Was wollte der Mann noch von ihr? Es war nach neun Uhr.

»Ich warte auf Ihre Tochter, Frau Berger. Sie wird von einem meiner Beamten hergefahren. Es tut mir sehr leid, dass ich die Samstagabend-Verabredung unterbrechen musste.«

Als Marie wenige Minuten später tatsächlich erschien, wirkte sie zwar betroffen vom Tode ihrer Großmutter, nicht aber nervös, schuldbewusst oder besorgt. Sie schien vielmehr aufgekratzt, weil sie plötzlich ein Teil der Ermittlung wurde.

Marie hatte tatsächlich ihre Oma besucht, allerdings nur, weil sie ihre Mutter noch dort vermutete und sie dringend um etwas Geld bitten wollte, da sie ihr Portemonnaie zu Hause vergessen hatte. Der Weg von ihrer Freundin zum Altenheim war einfach näher gewesen. Den kleinen Lindt-Kasten hatte sie dabei für ihre Oma eingesteckt. Sie hatte ihn mit ihrer Freundin zusammen schnell eingekauft, und ganz sicher befand sich keine Spur von

Zyankali darin, es sei denn, bei Edeka lagen derartig manipulierte Kästen fertig in den Regalen.

»Kommt es in diesen Altenheimen nicht öfter vor, dass die Pflegerinnen selbst Hand anlegen und ihre eigene Auffassung von Sterbebegleitung haben?«, fragte sie mit unschuldigem Augenaufschlag.

»Ja, im Fernsehkrimi«, brummte Delbrock, der ihr ansonsten aber alles zu glauben schien. Er verabschiedete sich mit dem Hinweis, er werde die weiteren Ergebnisse abwarten und sich dann wieder melden. An der Tür drehte er sich noch einmal um.

»Wie Columbo«, flüsterte Marie ihrer Mutter zu, wofür sie einen strafenden Blick erntete.

»Sollte sich Dr. Berger bei Ihnen melden, geben Sie ihm doch bitte meine Handynummer und den dringenden Rat, mich anzurufen. Gute Nacht.«

Von ihrer Tochter erfuhr Rafaela zu ihrem Erstaunen, dass diese nicht etwa von ihrem Vater persönlich über den Mord an Adelheid informiert worden war, sondern von Delbrock. Auf ihrem Handy. Diese Handynummer konnte der Hauptkommissar allerdings nur von Andreas bekommen haben. Wie kam ihr Exmann dazu, es der Polizei zu überlassen, eine derartige Nachricht zu überbringen? Warum hatte er nicht selbst mit seiner Tochter gesprochen, ihr schonend vom Tode der Oma berichtet? Was war denn das für ein vaterloses, ja unchristliches Verhalten?

»Die Oma war schon merkwürdig, Mama. Sie hat sich total gefreut, mich zu sehen …«

»Das ist für eine Oma eigentlich wenig merkwürdig, Schatz.«

»Ja, ja, sie hat mich erst umarmt und nur zögernd losgelassen, und danach wollte sie dann, dass ich schnell nach Hause gehe. Sie schaute immer wieder zur Uhr, als habe sie noch einen wichtigen Termin.«

Marie setzte sich auf die Couch, im Schneidersitz und mit ihren Ballerinas an den Füßen, und kaute an einem Fingernagel. Rafaela wollte sie gerade zurechtweisen, da sah sie die Tränen, die ihrer Tochter die Wangen hinabliefen. Seit Adelheid zunehmend krank geworden war und ihre Sinne nicht immer beisammenhatte, war das Verhältnis zur Enkeltochter sicher etwas abgekühlt, zumal Teenager in Maries Alter meist nicht so gern ihre Zeit mit alten, verwirrten Menschen verbrachten. Doch nun weinte ihre Tochter und schluchzte ins Kissen. »Von unserer Familie bleibt bald nichts mehr übrig, Mama.«

Rafaela sagte nichts, nahm sie in den Arm und wartete, bis Marie sich ein wenig beruhigt hatte.

Als sie schließlich noch eine Pizza für sie beide in den Ofen schob, ihr Brötchen auf dem Toaster war mittlerweile hart geworden, stand Marie im Türrahmen und sagte: »Oma hat zum Abschied gesagt, sie hätte mich wahnsinnig gern meinem Opa vorgestellt, aber das Schicksal wollte es anders. Ich sei eine wunderbare Enkelin, und sie sei sehr stolz auf mich.« Marie machte eine Pause und fügte hinzu: »Ich meine, wenn sie mir schon ein Kompliment gemacht hat, was selten genug vorgekommen ist, hätte sie wenigstens dabei einen einigermaßen klaren Eindruck machen sollen. Meinst du nicht?«

Rafaela strich ihr tröstend über den Kopf. »Ach, Schatz, das wird sie schon sehr ernst gemeint haben. Wahrscheinlich kam Adelheid der Tod ihres Mannes schon so weit weg vor, dass sie glaubte, du hättest ihn nicht mehr kennengelernt. Ich verstehe einfach nicht, wer ein Interesse an dem Tod einer alten, verwirrten Dame haben könnte.«

In diesem Moment klingelte das Telefon. Rafaela war sich fast sicher, dass es Sebastian war; umso erstaunter war sie, als sie Marcels Stimme hörte.

»Marcel?«

»Ja, natürlich bin ich es, oder glaubst du etwa, ich sehe tatenlos zu, wie du mein Bistro meidest, als hole man sich an meinem Essen das Fleckfieber? Habe ich mich nicht immer liebevoll gekümmert? Du weißt doch hoffentlich, dass du mit allen Sorgen zu mir kommen kannst, Marie natürlich auch. Ich bin einfühlsam, verschwiegen und hilfsbereit. Mein Cappuccino schmeckt wie ein italienisches Rendezvous mit dem Frühling, und wenn du mich brauchst, Engelchen, dann lasse ich Banderas in Lederweste stehen.« Marcel ließ noch zwei Empörungsseufzer los, bevor er sich daran erinnerte, dass ein Telefonat ein Dialog sein sollte.

Rafaela erzählte Marcel mit wenigen Worten, was in den letzten zehn Tagen alles geschehen oder auch nicht geschehen war. Für einen gemütlichen Cappuccino mit einem sündigen Schokokuchen war einfach keine Muße gewesen. Sie freute sich über seinen Anruf, erzählte Marcel natürlich vom Tod der Schwiegermutter, verschwieg allerdings, dass ihr Exmann sie verdächtigte, Adelheid gar ermordet zu haben. Immerhin war Marcel ihrer beider Freund, und schlecht reden wollte sie über Andreas nicht. Sie tat dies auch bei Marie selten. Nur manchmal wurde sie sarkastisch, was natürlich auch böse Züge annehmen konnte. Ihr alter Vater war an dieser Stelle gnadenloser. »Falscher Pharisäer«, »verantwortungsloser Egomane im Hirtenkostüm« oder auch »fahnenflüchtiger Möchtegern-Pfaffe« gaben seiner Meinung nach eine passende Personenbeschreibung für den Exschwiegersohn ab.

»Schätzchen, ich würde dir ja gern morgen ein Seelenheil-Frühstück kredenzen, aber ich bin selbst eingeladen. Herrje. Aber Montag oder spätestens Dienstag sehe ich dich, das musst du mir versprechen. Bussi für meinen Lieblingsteenager.«

Es war eine Eingebung, so eine spontane Idee, eine Frage zu stellen, die sie sonst gar nicht stellte. Marcel war schwul, und sie kam sich dummerweise anzüglich vor, wenn sie ihn nach seinen Verabredungen fragte. Doch heute erkundigte sie sich danach. »Von wem bist du eingeladen, Marcel? Kenne ich ihn?«

Nur kurz zögerte Marcel, dann schnurrte er: »Ja, Simon Wendthaus hat mich zum Brunch eingeladen, und der Mann hat eine geile Hütte, eine phantastische Küche, eine diskrete Haushälterin …«

»Mit einem gebrochenen Arm, ich weiß. Ich durfte von seinen mehrfach gefüllten Keksen naschen.«

Die Stille am anderen Ende der Leitung hatte sie nicht erwartet.

Schließlich sprach Marcel sehr gedehnt, kaute die Wörter durch: »Ich habe euch beide doch neulich erst bekannt gemacht, und da schien er, verzeih mir, Engelchen, wenig interessiert.«

»Ja, weder an Büffelmozzarella noch an mir, ich weiß.« Rafaela erklärte ihm den Sachverhalt, erwähnte allerdings nicht, dass Sebastian sie zu Wendthaus begleitet hatte.

Schließlich schien ihr Freund wieder völlig entspannt, ja, er wollte sogar Nachforschungen betreiben bezüglich Simons Beziehung zu Andreas.

»Wieso lädt dieser Simon dich eigentlich zum Frühstück ein?«, fragte sie am Ende des Telefonats.

»Also, weißt du, Engelchen, da fallen einem ja wohl gleich mehrere Gründe ein, warum man mich zum Frühstück einlädt. Jetzt leg ich aber auf.« Und das tat er dann auch.

Verdammtes Misstrauen, das sie seit einiger Zeit begleitete. An diesem Treffen hätte sie wirklich gern mit Tarnkappe teilgenommen. Dann fiel ihr ein, dass sie einigen Leuten vom Tode ihrer Schwiegermutter berichten musste, allen voran ihrem Vater. Mit diesem hatte sie nach seiner Romreise nur kurz einen Kaffee getrunken und sich Prospekte angeschaut, die sie gerade gar nicht interessierten. Angesichts der späten Uhrzeit verschob sie die Telefonate aber liebend gern auf den nächsten Tag.

Mit der Sorge, wo Sebastian steckte und ob er schon vom Tode seiner Mutter erfahren hatte, schlief sie an diesem Abend ein. Sie träumte wirr und schlief unruhig.

Recht früh für einen Sonntagmorgen saß sie mit einer Tasse Kaffee in der Küche. Sie starrte aus dem Küchenfenster, ohne wirklich etwas wahrzunehmen. Der Tod ihrer Schwiegermutter wog plötzlich zentnerschwer. Die alte Dame war neben Marie ihre letzte Verbindung zu Andreas gewesen, ein nahes Familienmitglied und der lebende Beweis, dass es einmal eine Ehe gegeben hatte. Adelheid hatte zu Lebzeiten immer die Rolle der Diva gespielt, mit Bravour und Überzeugung, doch sie konnte liebevoll und großzügig sein, und sie hatte sich stets ehrlich gefreut, wenn sie ihre Schwiegertochter getroffen hatte. Rafaela graute es vor einer Beerdigung, bei der jeder jeden verdächtigte, ein Verbrechen begangen zu haben. Kurz entschlossen griff sie zum Telefon, doch Sebastian meldete sich auch nach langem Klingeln nicht, ein Anrufbeantworter stand nicht zur Verfügung. Als sie bemerkte, dass sie gerade das dritte Toastbrot mit Nutella aß, schob sie den Teller energisch von sich. Sie kaute doch nur, um ihre Gedanken zu beruhigen. Rafaela schaute auf die Uhr – kurz nach neun – und griff erneut zum Telefon.

»Birgit? Hier ist Rafaela, hast du Lust, einen Kaffee mit mir zu trinken? Ich will dich nicht lange aufhalten. Ja, prima, ich bin in zwanzig Minuten bei dir.«

Sie überlegte, ihrer Tochter einen Zettel hinzulegen, betrat dann aber doch Maries Zimmer. Sanft strich sie ihrer Tochter die Haare aus der Stirn und flüsterte ihr zu: »Ich fahre kurz zu Birgit, bleibe aber nicht lange weg.«

Ein müdes Stöhnen wertete sie als Bestätigung, dass die Information angekommen war.

Birgits Wohnung befand sich nicht weit vom Zentrum entfernt. Es handelte sich um eine klassische Altbauwohnung mit breiten Dielenböden und hohen Decken. Sie lag im zweiten Stockwerk und besaß einen Balkon, bei dem man sich gut vorstellen konnte, wie bereits Generationen von Münsteranern von dort heruntergewinkt hatten.

Birgit öffnete ihr die Tür und lächelte sie aus wachen Augen an. Es duftete nach frischem Kaffee, und sie wurde in eine helle Küche geführt. Von der Küche ging ein kleiner Erker ab, der ganz offensichtlich der Arbeitsbereich der Journalistin war. Überall lagen Bücher und Zeitschriften herum, lose Papiere stapelten sich unordentlich in Ablageflächen, und ein sehr großer Bildschirm beherrschte einen Schreibtisch aus Buche.

»Mach es dir bequem, mein Sohn schläft noch.« Leise schloss sie die Küchentür.

Den großen Milchkaffee nahm Rafaela gern, ein Brötchen lehnte sie ab. Während Birgit nun Streichwurst auf eine Unterhälfte strich, erzählte Rafaela ihr, welche Gedanken sie heute Morgen beunruhigt hatten.

»Meine Schwiegermutter ist gestern am frühen Abend gestorben, angeblich wurde sie ermordet.«

Birgit hielt ihr Brötchen in der Luft, als habe sie gerade eine dicke Made darauf entdeckt. »Mein Gott, du Arme«, sagte sie.

»Arm ist es, dass mein Exmann mich der Mittäterschaft beschuldigt. Doch wirklich interessant finde ich, dass Adelheid, so heißt, äh, hieß meine Schwiegermutter, just dann ermordet wird, wenn ich mich brennend für die Vergangenheit von Andreas interessiere. Sebastian, mein Schwager, und ich waren gestern noch zu Besuch bei ihr und haben ihr dabei ein paar Fragen gestellt. Soweit das möglich war, denn Adelheid war mitunter geistig in ihrer eigenen Welt unterwegs.«

Birgit traute sich endlich, in ihr Wurstbrötchen zu beißen, und nickte Rafaela aufmunternd zu, sie solle weitererzählen.

»Wie hört sich das für dich an? Adelheid wurde ermordet, weil sie eventuell zu viel erzählen konnte. Sie hat nämlich tatsächlich ein paar merkwürdige Bemerkungen gemacht.«

Birgit schluckte und fragte: »Für wen könnten ihre Erzählungen denn unangenehm werden?«

»Als Erstes fällt mir Andreas ein, um dessen Vergangenheit ging es ja auch. Dann gibt es da noch Simon Wendthaus, einen engen Schulfreund aus Internatstagen. Der machte mir ganz den Eindruck, als habe er eine Menge zu verbergen. Und er arbeitet für die Alexianer, was mir gerade jetzt wie ein Job bei der Inquisition vorkommt.«

Sebastian erwähnte sie nicht, dabei konnte er als Bruder durchaus in alte, unangenehme Geheimnisse verstrickt sein.

»Immerhin haben meine Schwiegereltern Andreas in ein Internat geben müssen, weil sie mit ihm nicht mehr fertiggeworden sind. Ich dagegen kannte ihn nur ausgeglichen und eher rational veranlagt. Meine Güte, seine Jugendsünden kann man doch irgendwann erzählen. Viele Erwachsene prahlen sogar beim Grillabend unter Kollegen oder Nachbarn damit.«

Birgit legte ihr Brötchen aus der Hand und griff zur dampfenden Kaffeetasse. Sie sagte: »Es sei denn, jemand hat echte Leichen im Keller seiner Jugend liegen.«

Rafaela nickte müde, und eine Weile nippte jede in Gedanken versunken an ihrem Kaffee. Schließlich überlegte Birgit laut weiter.

»Mein Mann hat mir eigentlich immer viel über sich erzählt. Er war Messdiener, Pfadfinder, hat mal in einem Spielzeugladen eine Figur mitgehen lassen und im Alter von fünfzehn Jahren das erste Mal gekifft. Er hatte zahlreiche Freundinnen, aber er hat sogar ein Praktikum im Vatikan absolviert. Bella Italia, die Schweizer Garde und tiefschwarzer Katholizismus, das alles hat ihn schwer beeindruckt, wie er gesagt hat. Nur mit mir wollte er nie nach Rom. Autsch.«

Birgit stellte ihre überschwappende Tasse schnell auf den Tisch und rieb sich den Unterarm trocken. Rafaela hatte sie so vehement und plötzlich am Arm gepackt, dass Birgit sich am heißen Kaffee verbrüht hatte. Überrascht blickte sie in ihr Gesicht.

»Andreas hat auch ein Praktikum in Rom gemacht. Hier haben wir doch plötzlich eine sehr auffallende Gemeinsamkeit, oder?«

»Ich weiß nicht. Die Vatikanstadt ist groß, und es gibt das ganze Jahr über viele Praktikanten dort. Meinst du, es ist auffällig, dass sowohl dein Mann als auch meiner mal in Rom waren?«

***

Delbrock stand in dem kalten gekachelten Raum und suchte mit den Augen nach Dr. Köster, dem Pathologen. Viel bewegen wollte der Hauptkommissar sich hier nicht; wer weiß, was man im Vorbeigehen alles entdecken konnte. Schwammige Organe in Metallschalen, Leichenteile in Waschbecken oder blutige Tücher in Mülleimern. Wer einen derartigen Raum zu seinem Arbeitsumfeld machte, war ihm selbst suspekt. Daher begegnete er dem Kollegen Köster auch meist mit einer für ihn unüblichen Distanz und Vorsicht. Ein lautes Pfeifen und sehr schnelle Schritte brachten Delbrock in eine aufmerksame und dienstliche Haltung.

»Ah, Hauptkommissar Delbrock, wir sehen uns zurzeit aber oft, nicht wahr? Sie bringen mir ja eine Frauenleiche nach der anderen, und meine eigene Frau kenne ich bald nur noch als Telefonstimme. Ich nehme an, heute sind Sie wegen der alten Dame hier? Eine Zyanidvergiftung wie aus dem Lehrbuch. Die Obduktion hätte ich einen Erstsemestler machen lassen können.« Er wühlte mit beiden Händen in den Papieren und Ordnern auf seinem Schreibtisch herum. »Die hellroten Totenflecken, der leckere Marzipangeruch an den Lippen …« Delbrock verzog angewidert das Gesicht und fürchtete, dass Marzipan ihm die nächsten Wochen gar nicht mehr so schmecken würde. »… und die rot aufgequollene Magenschleimhaut. Klassisch.«

Dr. Köster gab das Suchen für den Moment auf und eilte zu einem zugedeckten Körper. Mit Schwung hob er das Laken an und rief Delbrock zu sich, den immerhin noch vier Meter von einem Anblick trennten, den er sich dringend sparen wollte.

»Danke, lassen Sie mal. Ich werde Ihnen ohnehin nicht widersprechen.«

Der Hauptkommissar bewegte sich nicht einen Schritt. Dr. Köster ließ das blassgrüne Tuch wieder fallen, zuckte mit den Achseln und wandte sich zurück zu seinem Schreibtisch.

»Versteh einer die Leute. Die meisten Menschen stürzen sich ständig auf Horrorfilme und Krimis, und bei echten Leichen schauen sie lieber auf ihre Schnürsenkel.« Eine Hand verschwand nun wieder in Papieren, die andere fischte sich einen Schokoladenkeks aus einer Metalldose.

Delbrock sah seine Ehre in Gefahr und sagte etwas schärfer: »Ich stürze mich auch auf reale Leichen, aber eher indem ich Tatorte, Umgebung und Personenkontakte seziere, Herr Dr. Köster. Sie schnippeln mir hier ein wenig zu viel herum, auch wenn ich die Notwendigkeit der Prozedur durchaus verstehe und Ihre Arbeit sehr schätze.«

Dr. Köster ließ sich plötzlich in seinen Bürostuhl fallen und nutzte den entstandenen Schwung, um zu einem anderen Tisch zu rollen, auf dem ebenfalls einige Gegenstände und eine rosafarbene Mappe lagen. Danach griff er und sagte: »Apropos Arbeit und Schnippeln.« Er schlug die Mappe auf und fuhr mit dem Finger die Seiten entlang. »Die alte Lady war Morphinistin.«

»Sie meinen, sie war süchtig?« Eher unbewusst blickte Delbrock zu der verdeckten Leiche, als könne sie die Aussage bestätigen.

Dr. Köster nickte. »Ja, und sie bekam es nicht von ihrem Hausarzt, das habe ich bereits überprüft, den kenne ich nämlich gut.«

Delbrock war ehrlich überrascht. Natürlich nahmen alte Leute häufig diverse Medikamente, aber eine alte Lady, die ohne ärztliche Hilfe auf dem Drogenmarkt ihre Reserven auffüllte, lag doch jenseits seiner Vorstellungskraft. Sicherlich war Frau Adelheid Berger nicht einfach aus dem Seniorenheim spaziert und hatte sich Drogen besorgt. Viel naheliegender war der Verdacht, dass sie mit einem Mitarbeiter des Hauses Geschäfte gemacht hatte. Delbrock stöhnte innerlich. Die Vorstellung, im Heim nun auch noch nach einer Person zu suchen, die ihr Gehalt mit illegalem Handel aufbesserte, war lästig. Dann kam ihm eine Idee.

»Ein Sohn dieser Frau ist Augenarzt. Könnte er sie mit Morphium versorgt haben?«

Dr. Köster schüttelte so schnell den Kopf, dass dem Kommissar beinahe schwindelig wurde. »Kaum. Jedenfalls wird er keinen offiziellen Rezeptblock für derartige Medikamente haben. Eventuell hat er einen Kontakt zu einem Kollegen genutzt. Das müssen Sie herausfinden.« Er biss wieder in seinen Schokoladenkeks, und Delbrock dachte genervt darüber nach, warum diese Pathologen immer so frivol zeigen mussten, wie wenig ihnen Blut und organisches Material zu schaffen machten.

»Wie steht es mit dem Mageninhalt? Können Sie sagen, ob das Gift in den Pralinen war?«

Zu seinem Erstaunen konnte Dr. Köster dies ausschließen. »Im Magen befanden sich Schokolade, Tee und Reste eines Mittagessens, Huhn auf Reis mit Erbsen. Ein Klassiker unter den Mahlzeiten in Altenheimen, oder? Aber …« Dr. Köster sprang unverhofft vom Stuhl auf und eilte zum Waschbecken, um sich die Hände zu waschen, die einige Schokoflecken aufwiesen. »… aber wir konnten das Gift in keinem der Nahrungsmittel nachweisen. Die tapfere Frau muss es in Wasser aufgelöst zu sich genommen haben.« Er trocknete sich die Hände sehr akribisch ab und lehnte sich nun an einen der Steintische, die Arme ineinander verschränkt.

Hauptkommissar Delbrock war irritiert. »Aber würde man es im Wasser nicht deutlich riechen oder schmecken?«

»Nun, genetisch bedingt können nur etwa die Hälfte der Menschen diesen Zyanidgeruch überhaupt wahrnehmen. Worauf ich aber eigentlich hinauswill, ist die Frage, ob es sich tatsächlich um Mord handelte. Die meisten Fälle einer Zyanidvergiftung lassen sich auf Selbstmord oder einen Unfall im Umgang mit der Chemikalie zurückführen.«

»Ich denke, einen Unfall können wir ausschließen. Im Seniorenheim wird wohl schwerlich mit Chemikalien gespielt oder Rattengift auf den Zimmern verteilt.«

»Rattengift besitzt in der Regel einen ganz anderen Wirkstoff, hier verwendet man –«

Delbrock unterbrach den Pathologen schnell, einen Exkurs über die gängigsten Gifte im Alltag wollte er sich ersparen.

»Aber auch für einen Selbstmord brauchte Frau Berger einen Lieferanten, oder? Sie wird ja kaum echte Bittermandeln verspeist haben.«

Dr. Köster verzog das Gesicht. »Wenn Sie nur eine Bittermandel kauen, fangen Sie an zu spucken, das können Sie mir glauben. Sterben würden Sie erst beim Genuss von mindestens fünfzig Stück, wobei das dann mit Genuss ganz wenig zu tun hat. Das schafft keiner.«

Hauptkommissar Delbrock nahm sich gerade vor, dem Arzt besser keine Fragen mehr zu stellen, da hörte er sich bereits eine weitere formulieren: »Gibt es Neuigkeiten über die beiden anderen Frauenleichen?«

Dem Pathologen stand für einen kurzen Moment ein Fragezeichen auf der Stirn, dann hellte sich sein Gesicht auf. »Nein, dann hätte ich den Staatsanwalt auch schon informiert. Es ist ziemlich sicher, dass es sich um denselben Täter handelt, wie ich schon im Bericht erwähnt habe. Das gleiche Schnittmuster.« Mit der Hand machte er eine schnelle Bewegung die Kehle entlang, und Delbrock schwor sich, nie einen Angehörigen zu diesem Mann mitzubringen. Die Obduktionsberichte der Mordopfer aus der Badewanne hatte er mehrfach gelesen.

Eine letzte Frage brannte ihm noch auf den Nägeln: »Konnten Sie irgendeinen wie auch immer gearteten Hinweis finden, dass die ersten beiden Opfer mit unserer dritten Leiche etwas gemeinsam haben?«

»Sie meinen, außer der Tatsache, dass alle drei weibliche Körper haben? – Entschuldigung.« Das missmutige Gesicht hatte Dr. Köster richtig gedeutet. »Also, Herr Delbrock, wenn Sie mich fragen, dann haben Sie in Münster einen bizarren Frauenmörder herumlaufen und sind darüber hinaus auf eine alte Dame getroffen, die ihrem Leben ein spektakuläres Ende gesetzt hat. Zwei Fälle. So stellt es sich zumindest hier auf meinen Steintischen dar.«

Hauptkommissar Delbrock wollte nicht mehr länger zwischen genau diesen Steintischen stehen und verabschiedete sich nun endgültig.

Nachdenklich marschierte er zu seinem Audi. Im Kopf hatte er diese blonde Frau mit dem kindlichen Gesicht, die irgendwie in die Fälle verwickelt war. Dr. Köster konnte eine Verbindung laut seiner Obduktionsergebnisse nicht bestätigen. Was dem Kommissar vor allem Sorge bereitete, war der Beruf von Rafaela Berger. Als Krankenschwester kannte sie sich gut aus, vielleicht auch mit diversen Giftstoffen. Doch warum sollte sie ihre Schwiegermutter vergiften? Und warum gerade jetzt, wo sie ohnehin schon ins Visier der Polizei geraten war? Noch immer gab es keine Erklärung, warum der Name dieser Frau Berger auf dem Notizzettel eines Mordopfers lag. Auffallend war nur die Tatsache, dass beide Frauen gleichzeitig von ihren Ehemännern verlassen worden waren, nicht etwa, weil diese neue Frauen für sich entdeckt hatten, sondern den Glauben und die Askese. Damit nicht genug. Eine weitere Frau, deren Ehemann sich für das Klosterleben entschieden hatte, fand zufällig auch noch die Leiche, war zufällig Journalistin und machte geistesgegenwärtig Fotos von der blutüberströmten Frau in der Badewanne.

Je länger Hauptkommissar Delbrock sich diese Tatsachen im Kopf und wenig später auf seiner Tafel im Büro präsent machte, desto wütender wurde er. Er fühlte sich vorgeführt. Schließlich kam dem Kommissar noch eine weitere Merkwürdigkeit in den Sinn: Die Tochter dieses Engels – bei dem Namen Rafaela und dem Gesicht dazu nannte er sie der Einfachheit so – besuchte zufällig ihre Oma, brachte Pralinen mit, und kurz darauf trieb die alte Dame die Sterblichkeitsrate im Altenheim in die Höhe. Ja, und dann gab es da noch die zweite Frauenleiche, die eigentlich die erste war. Und die schien plötzlich, abgesehen von der unglücklichen Todesursache, gar keine Verbindung zu allen anderen Akteuren des bizarren Falls gehabt zu haben. Diese Martina Bussmann aus Hiltrup war Witwe gewesen. Ihr Mann, so hieß es, sei ertrunken. Eine eher unnötige Todesursache in der heutigen Zeit, aber gar nicht so selten. Eine Schwester der Toten sollte im Laufe des Tages auftauchen und die Leiche identifizieren. Sie lebte in Bayern, und er würde sie heute noch treffen. Wer weiß, welche Verbindungen sich doch noch auftaten. Verbindungen führten zum Mörder. Das wusste Delbrock. Aber wenn hier noch einmal jemand das harmlose Wörtchen »Zufall« benutzte, dann riskierte derjenige einen gar nicht zufälligen Kinnhaken.

Münster war eine bekannte Stadt, aber beileibe nicht vergleichbar mit Städten wie Frankfurt oder Berlin, schon gar nicht bezüglich der Kriminalitätsrate. So bedeuteten diese Morde auch für Delbrocks Kollegen eine besondere Situation, und jeder von ihnen trug durch spezielle Ermittlungsarbeit zum Fall bei. Der Hauptkommissar hatte sich zum Arbeiten und zum konzentrierten Denken in sein Büro zurückgezogen. Zu Mittag hatte er sich zwei Brötchen bringen lassen und um sechzehn Uhr eine Teambesprechung einberufen, um die Ergebnisse der Kollegen zusammenzutragen. Er hoffte, dass die Schwester der toten Martina Bussmann bis dahin aus Bayern angereist war und interessante Informationen für ihn bereithielt. Die beiden Schwestern hatten sich angeblich nahegestanden, soweit das bei der Entfernung nachvollziehbar war. Skypen, mailen, simsen, es war zumindest möglich, alles an Informationen auszutauschen, was Schwestern für austauschenswert hielten.

Es klopfte an Delbrocks Bürotür. Seine entzückende Sekretärin trat auf hohen grellgrünen Pumps herein und zeigte sich dabei dennoch so natürlich wie Pippi Langstrumpf auf ihrer Veranda. So auffallend Gabi auch oft gekleidet war, so still und selbstverständlich hielt sie dem Kommissar den breiten Rücken frei und war bei der Recherche am Computer ein Ass. Sie kannte alle Plattformen, hatte Kontaktpersonen in den wichtigen Behörden und war die Koordinationsstelle des Teams.

»Chef, Frau Beate Rüschhoff ist aus der Pathologie zurück und möchte jetzt hereinkommen.«

Eine schlanke, fast hagere Frau in flachen Schuhen betrat das Büro. Wie Delbrock nach der Ankündigung seiner Sekretärin, die das Wörtchen »Pathologie« betont hatte, vermutete, sah Frau Rüschhoff durch die Ereignisse und sicher auch durch den Anblick der toten Schwester sehr mitgenommen aus. Das Institut für Pathologie lag an der Domagkstraße. Das war nicht sehr weit vom Kommissariat entfernt, doch nachmittags war so ziemlich jede Straße innerhalb des Stadtringes von Münster überfüllt und der Verkehr zäh. Selbst als Radfahrer kam man dann nur noch schleppend voran. Frau Rüschhoff war natürlich von einem Kollegen gefahren worden.

Sie setzte sich auf die Kante eines Stuhls und tastete nach einem Goldkreuz, das an einer langen Kette um ihren Hals hing.

»Mein Gott, wie schrecklich. Sie hat doch keinem je etwas getan.«

Es klopfte erneut kurz, dann ging die Tür auf, und seine Sekretärin stellte der Besucherin ein Glas Wasser hin. Für ihren Chef hatte Gabi einen Cappuccino besorgen lassen, den sie ihm vorsichtig reichte. In solchen Momenten liebte er dieses rothaarige Geschöpf, und er strahlte sie dankbar an. Gabi lächelte wissend zurück und schloss leise die Tür.

»Frau Rüschhoff, wir möchten den Täter dringend dingfest machen, und dabei kann jede Information wichtig sein. Was bewegte ihre Schwester kurz vor ihrem Tod? Hatte sie vor jemandem Angst?«

Auf diese und alle anderen Fragen antwortete die Schwester zunächst mit einem Achselzucken. Sie saß steif auf der Kante des Stuhls, nippte an ihrem Wasser oder zupfte an ihrer Kette.

Als Delbrock gerade über einen Anruf beim Polizeipsychologen nachdachte, nahm Frau Rüschhoff plötzlich Haltung an und sagte: »Der Martina ging es überhaupt nicht gut, sie hat ja letztes Jahr viel durchgemacht. Darum hielten wir beide es für eine gute Idee, dass Julius, ihr Sohn, diesen Schüleraustausch mitmachte. Ich habe zu Martina gesagt, komm doch nach München. Wir können es uns nett machen, du kommst zur Ruhe, siehst neue Leute.«

Delbrock betrachtete die schmale Gestalt in dem geblümten Kleid mit Puffärmeln und konnte sich entspannende oder gar lustige Unternehmungen mit dieser Schwester schwer vorstellen. Verstärkt wurde dieser Eindruck noch durch die sehr monotone Sprechweise der Dame. Martina war offensichtlich auch lieber zu Hause geblieben.

Ein Aufschrei seiner Besucherin riss ihn aus diesen Gedanken.

»Huch, was wird denn nur aus dem armen Jungen? Weiß er überhaupt schon vom Tod seiner Mutter?«

Hauptkommissar Delbrock schüttelte den struppigen Kopf

und erwiderte: »Wir wollten erst warten, bis Frau Bussmann von einem Angehörigen identifiziert worden ist. Wir wissen, dass Julius sich bei einer Gastfamilie in Spanien aufhält. Ist es vielleicht möglich, dass einer aus der Familie ihn dort abholt? Er ist ja nun Waise und noch nicht volljährig. Wir mussten daher auch das Jugendamt informieren.«

Frau Rüschhoff starrte ihn so erschrocken an, als habe er sie gebeten, sich auf den Tisch zu stellen. Erst jetzt fiel ihm auf, dass Frau Rüschhoff sehr schöne Augen hatte, grün mit dichten Wimpern.

»Nach Spanien? Ich dachte, wir lassen ihn erst mal herkommen und reden dann mit ihm. Er muss doch auch zur Beerdigung da sein. Ich habe mir ein Hotelzimmer genommen, wissen Sie, und …«

Delbrock tat der Junge entsetzlich leid. Erst hatte er den Vater durch einen Unfall verloren und nun die Mutter auf noch entsetzlichere Weise. Julius hockte in Spanien vielleicht gerade auf einer Schulbank und hatte keine Ahnung, was zu Hause los war. Man hatte lediglich die Gastfamilie informiert und ihr ein paar Ratschläge zum Umgang mit dieser schrecklichen Nachricht gegeben. Leider war der Junge bereits maximal verunsichert, da er seine Mutter schon seit Tagen nicht erreicht hatte. Das Drama nahm für den Sohn bereits seinen Lauf. Delbrock würde diese Angelegenheit dem Jugendamt überlassen müssen.

Traurig schaute er in seinen Pappbecher, der nur noch nach Kaffee roch. Dann wurde er wieder dienstlich. »Frau Rüschhoff, es wäre schön, wenn Sie uns die Personen aufschreiben könnten, die unmittelbar mit Ihrer Schwester in Verbindung gestanden haben, Bekannte, Arbeitskollegen, Verwandte und Freunde. Seit wann ist Ihre Schwester schon verwitwet? Ich hörte von einem Unfall.«

Delbrock stutzte, überrascht über die Wirkung seiner letzten Frage. Frau Rüschhoff riss die Augen weit auf, der ohnehin schmale Mund war dafür kaum noch als solcher zu erkennen, und die Nase bebte. Interessant, dachte er, mit ihrem Schwager schien die Schwester sogar noch nach seinem Tod Probleme zu haben.

»Mein Schwager war ein wunderbarer Mann, und er könnte

auch noch leben, wenn er nicht diese wirklich idiotische Entscheidung in seinem Leben getroffen hätte, meine kleine Schwester zu verlassen.«

»Das kommt leider häufiger vor, angeblich steht jede dritte Ehe –«

»Blödsinn. Das kommt überhaupt gar nicht oft vor. Der dumme Mensch hat Martina verlassen, um in ein Kloster zu gehen, als Mönch zu leben. Wo gibt es denn so etwas? Er war verheiratet und hatte einen Sohn! Seit wann ist die Kirche auf verheiratete Männer scharf? Ich verstehe einfach nicht, warum man Frank die Aufnahme in ein Kloster nicht schlichtweg verwehrt hat.«

Irgendwo in Delbrocks Kopf klingelten Alarmtöne, so laut wie Kirchenglocken. Das hatte er doch alles schon einmal gehört.

Er fragte: »Was hatte denn sein Ertrinken mit dem Eintritt ins Kloster zu tun? Ich dachte, dieser Unfall wäre bei einem gemeinsamen Urlaub mit seiner Familie geschehen.«

Der Hauptkommissar ärgerte sich, dass an dieser Stelle nicht besser recherchiert worden war. Sicher, sie standen noch am Anfang der Ermittlungen. Aber dieser blonde Engel hatte sich offenbar zu Recht besorgt und misstrauisch gezeigt. Er würde nun doch hinter die katholischen Vorhänge schauen müssen. Ein tiefer Seufzer suchte sich Luft, während Frau Rüschhoff weiterhin Striche mit ihrem Mund formte.

Endlich erklärte sie auf seine Frage hin: »Ja, es klingt ja auch nach Urlaub, wenn man erzählt, dass Frank im malerischen Gardasee ertrunken ist. Doch die Umstände hatten rein gar nichts mit einem romantischen Urlaub zu tun. Er war dort auf Pilgerfahrt zu einer Wallfahrtskirche, Madonna di Montecastello. Auf dem Rückweg ist er wohl auf einem steilen Weg abgestürzt und ertrunken. Wahrscheinlich hat ihn seine eigene fromme Kutte tief nach unten gezogen.« Sie tupfte sich mit dem Zeigefinger eine Träne aus dem Augenwinkel. »Jedenfalls wurde er zwei Tage später tot aus dem Wasser gezogen. Martina war völlig fertig. Ich dachte, von dem Schlag würde sie sich nie mehr erholen.« Frau Rüschhoff suchte seinen Blick. »Sie hat bis zum Schluss gehofft, dass Frank zu ihr zurückkommen würde. Es war ja keine andere Frau im Spiel oder so.«

Delbrock machte sich Notizen. Vor allem galt es, diesem Todesfall am Gardasee nochmals genauere Aufmerksamkeit zu widmen. Wenn eine Frau ermordet wurde und ihr Mann bereits davor durch einen mysteriösen Unfall ebenfalls ums Leben gekommen war, stellten sich kleine, feine Antennen in seinem Kopf auf.

»Wissen Sie was, Herr Hauptkommissar? Ich tue es!« Sie wippte ein paarmal mit dem linken Schuh und strich sich Haare aus der Stirn, die gar nicht dort lagen.

»Entschuldigung, was genau werden Sie tun, Frau Rüschhoff?«

»Ich reise nach Spanien und hole unseren Julius nach Hause. Sie haben recht, der Junge braucht jetzt jemanden.«

Sie klang ein wenig wie Johanna von Orleans, doch Delbrock bekam nun eine Ahnung davon, warum man mit dieser Schwester eben doch eng vertraut sein konnte. Der erste Eindruck zeigte Schwäche, doch nun bewies sie eine tapfere Entschlossenheit und einen mitfühlenden Charakter.

Inzwischen war eine Dame vom Jugendamt angekommen, die man dazubestellt hatte, und der Hauptkommissar überließ den beiden Frauen sein Zimmer und eilte selbst zur Teambesprechung. Dort gab es Kaffee, wenn auch aus großen Kannen und mit traurigem Aroma, aber er war ja auch bei der Arbeit und nicht auf der Sonnenterrasse eines italienischen Restaurants.

Hätte er geahnt, wohin ihn die Teambesprechung als Konsequenz der zusammengetragenen Ergebnisse verschlagen würde, er hätte vielleicht doch lieber eine Kanne Kamillentee allein im Archiv getrunken.

Die Idee kam von Melanie Dirkes, einer jungen Beamtin, die nicht nur ehrgeizig an diversen Seminaren teilnahm, sondern sämtliche Krimis der nahen und fernen Umgebung las. Delbrock hatte bislang immer geglaubt, die zahlreichen Krimiautoren sollten mal besser und öfter bei der echten Polizeiarbeit hospitieren. Doch seine junge Kollegin glaubte, gerade aus diesen erdachten Kriminalfällen ließen sich gute Ideen für die realen Fälle gewinnen.

»Wir schleusen einen Spitzel ins Kloster ein.« Melanie strahlte mit der Neonröhre um die Wette. »Wenn wir die Mönche offiziell befragen, erzählen die doch kein Wort.«

Ihr Kollege Jürgen Rosenbaum erwiderte skeptisch: »So, aber wenn einer von uns sich als Novize bewirbt, marschiert der als neuer Vertrauter so einfach durch deren Pforten? So ein Aufnahmeverfahren kann Jahre dauern.«

»Ein solches Verfahren wäre weniger lang als deine Leitung, Jürgen, aber ich habe natürlich einen anderen Plan. Wir schicken jemanden als Gast in das Kloster. – Ein überarbeiteter Bankangestellter zum Beispiel, der auch noch in einer Ehekrise steckt und dessen Leben ihm an jeder Ecke zu anstrengend geworden ist. Er sucht Zuflucht und Zuwendung. So eine Person könnte durch das Kloster wandern, sich verlaufen und harmlos die Brüder belauschen.« Sie blickte sich in der Runde der Kollegen um und ergänzte: »Ich würde diesen Job sofort mit Freuden machen. Allein das Essen in diesen Klöstern soll phantastisch sein, immer frisch zubereitet und –«

Delbrock räusperte sich und mischte sich ein: »Sie wären nun in der Tat eine völlige Fehlbesetzung, Frau Dirkes, und das ist ein Kompliment.« Lautes Gelächter folgte, alle betrachteten Melanie und ihre üppige Figur, durch die selbst der harmloseste Pullover aufregend in Szene gesetzt wurde. Ihr markanter Mund und die tiefschwarzen Augen milderten da gar nichts.

Vielleicht hätte er sich diesen Einwand besser sparen sollen. Nach einer genussvollen Betrachtung der Kollegin wanderten die Blicke zu Delbrock. Er wusste, wie er aussah: groß, zu viele Rundungen an den falschen Stellen, dicke Tränensäcke und zerzauste Haare. Er gab sozusagen das perfekte Bild eines überarbeiteten Menschen ab, der ungesund lebte und einigen Frust mit sich herumschleppte. Er sah es seinen Mitarbeitern auf die Stirn geschrieben: Der Chef geht.

»Bringt es eigentlich Unglück, wenn man Mönche anlügt?«

## FÜNF

Am nächsten Tag stand er vor der Benediktinerabtei Gerleve in Billerbeck. Delbrock hatte bewusst das Kloster ausgewählt, in dem Andreas Berger als Mönch lebte. Die ganze Familie Berger interessierte ihn, und er wollte den Exehemann im Auge behalten. Kurz hatte das Team überlegt, auch bei den Canisianern mitten in Münster einen Beamten unterzubringen, doch das konnte man immer noch nachholen. Das Kloster Gerleve war in jedem Fall das interessantere Objekt, groß und dank eines Gästehauses immer auf Besucher von außen vorbereitet. Hier würde Delbrock kaum auffallen. Er hatte sich etwas schlaugemacht und wusste, dass das Kloster damals hier gebaut werden konnte, weil drei alleinstehende Geschwister mit Namen Wermelt ihren Hof und die Ländereien dem Orden vermacht hatten. Daraus war in langer Bauzeit das Kloster Gerleve entstanden. Bereits im Jahre 1899 trafen die ersten Mönche auf dem Wermelthof ein. Sie übernahmen die Landwirtschaft, feierten in einer kleinen Hauskapelle die Gottesdienste und unterstützten die Pfarrer der Umgebung bei ihrer Arbeit. Die gesamte Fertigstellung des Klosters dauerte jedoch noch bis 1960.

Das Kloster lag pompös auf einem Hügel, majestätisch anzusehen mit den Türmen und der burgähnlichen Bauweise. Der steile Aufstieg vom Parkplatz zum Tor brachte Delbrock zum Keuchen. Er bewunderte einen älteren Radfahrer, der den Weg zwar mit lautem Schnaufen, aber konsequentem Tritt in die Pedale schaffte und Richtung Café strebte. Schmunzelnd entdeckte er eine kleine Staffelei zum Malen in der Natur im Fahrradkorb des Mannes. Die Aussicht von hier oben war in der Tat malerisch.

Im Kloster gab es zehn Einzelzimmer, sogenannte Zellen, in denen männliche Gäste untergebracht werden konnten. Paare oder Frauen, die ein Seminar im Kloster Gerleve mitmachen wollten und sich eine Auszeit mit Andacht und Ruhe gönnten, wurden im separaten Gästehaus Ludgerirast untergebracht. Sie aßen nicht mit den Mönchen, sondern wurden dort gut versorgt. Für Delbrock und seine Recherche machte es wenig Sinn, im Gästehaus zu schlafen, auch wenn er dort ein komfortableres Doppelzimmer hätte buchen können. Er musste natürlich im Kloster untergebracht werden, wo er den Mönchen in ihrem Alltag begegnen konnte. Einzige Bedingung, die der Hauptkommissar für sich noch hatte herausschlagen können, war die Weigerung, irgendein Seminar zu besuchen. Das fehlte noch, dass er um fünf Uhr morgens zur Messe erscheinen musste oder Leibesübungen vor dem Frühstück in Mutter Natur verordnet bekam.

In der Buchhandlung, die sich unten im Gästehaus befand und gerade einladend ihre Türen geöffnet hatte, fragte er nach der Klosterpforte. So einfach war diese nämlich nicht zu entdecken. Er musste erst einige Meter nach rechts gehen, an der Kirche vorbei, und gelangte zu dem massigen Bau des eigentlichen Klosters. Er stieg eine kurze Treppe hinauf und betrat einen Vorraum mit einer Art Rezeption, die Delbrock an ein Krankenhaus erinnerte.

Ein Mönch in schwarzem Habit saß hinter einer Glasscheibe in einem abgeschlossenen Raum. Der Hauptkommissar gab an, dass er am Tage zuvor ein Zimmer gebucht hatte und nun einige Tage im Kloster verbringen wollte. Er meldete sich mit dem Namen Manfred Eichner an. Der ältere Mönch kam nun aus seiner Kabine hervor und schloss eine schwere Tür auf, den Eingang zum tatsächlichen Klosterleben. In einem kleinen Zimmer sollte der Gast sich setzen und bitte einen Moment warten. Es war ein typisches Besuchszimmer, eingerichtet nur mit einem runden Tisch und drei Stühlen, eine kleine Spitzendecke mit einer schlichten Kerze befand sich auf dem Tisch.

So allein zurückgelassen, wurde Delbrock etwas mulmig zumute. Würden diese tiefreligiösen Männer eine gewisse Frömmigkeit von ihm erwarten? Sahen sie ihm an, dass er hier nur eine Rolle spielte? Auf dem Präsidium im Kreise seiner Kollegen konnte man diesen Einsatz ja noch witzig finden. Der Chef geht ins Kloster, was machen wir bloß, wenn er dort nicht mehr wegwill? Natürlich hatte es die eine oder andere Neckerei gegeben. Doch hier vor Ort war alles so erhaben, so ernsthaft. Nervös zupfte der Kommissar an der weißen Spitzendecke und schaute aus dem Fenster.

Schließlich wurde er von einem freundlichen Mönch empfangen, dessen auffallendstes Merkmal zahlreiche Lachfalten waren. Da seine Haut gebräunt war, fielen die abwechselnd weißen und braunen Linien um die Augen sofort auf. Der Mann schien zufrieden mit seinem Leben, dachte Hauptkommissar Delbrock und stellte sich vor: »Manfred Eichner. Ich freue mich, hier zu sein.«

»Bruder Bernhard – herzlich willkommen.« Delbrock schätzte den Mönch auf Mitte vierzig, sein Händedruck erinnerte an die Kraft eines zwanzigjährigen Ringers. Bruder Bernhard führte Delbrock nun aus dem Empfangszimmer wieder hinaus und ging nur wenige Schritte weiter, um eine Tür aufzuschließen. Sie befanden sich bereits im Gästeflur, und hier war nun Delbrocks Bleibe.

»Ihr Zimmer, Herr Eichner. Ich hoffe, Sie fühlen sich wohl. Sie erwarten noch jemanden?«

Sicher, der Mönch wunderte sich, weil der neue Gast ein Doppelzimmer gewählt hatte. Natürlich übernachteten hier keine Ehepaare. Das Kloster selbst durften nur Männer betreten, und so gab es überhaupt nur ein einziges Doppelzimmer.

»Nein«, sagte er, »nein, aber ich bin groß und schwer und brauche einfach ein geräumiges Bett.« Der Mönch grinste fröhlich, und Delbrock sah die weit auseinanderstehenden Einzelbetten in seinem Zimmer.

Bruder Bernhard sagte: »Ich wünsche Ihnen hier die Erholung, die Sie sich erhoffen, und zeige Ihnen gern später das Kloster.«

Delbrock betrat sein Zimmer. Es war schlicht, sauber und behaglich. Ein heller Parkettboden, orangefarbene Gardinen und zwei weiße Betten mit ebensolchen Nachtschränkchen verliehen dem Zimmer eine helle und freundliche Atmosphäre. Der Blick aus dem Fenster war die reinste Wonne. Delbrock blickte auf grüne Felder, imposante Bäume und auf weiße Schäfchenwolken. Zum ersten Mal seit seiner plötzlichen Abreise bekam er den Eindruck, dass er eventuell nicht den schlechtesten Auftrag übernommen hatte. Seine Kollegen und Kolleginnen mussten sich mit Zeugenbefragungen, Berichten und schlechtem Kaffee herumschlagen. Er selbst brauchte sich nur in der Küche beliebt zu machen oder in das Café zu gehen, das zum Kloster gehörte, und konnte nach Herzenslust frischen Kaffee mit aufgeschäumter Milchhaube trinken.

Darüber hinaus würde es ihm nicht schwerfallen, einen Ehemann zu spielen, der von seiner Frau verlassen worden war und Stress im Beruf hatte. Er konnte sich noch sehr genau daran erinnern, als ihm seine Eva das Ende ihrer Ehe erklärt hatte. Mein Gott, was war er verzweifelt gewesen. Seine beiden Töchter blieben bei der Mutter, das brach ihm das Herz. Delbrock nahm sich eine Wohnung ganz in der Nähe seines Hauses und sah seine Kinder dadurch wenigstens regelmäßig. Wer weiß, vielleicht wäre er sonst auf der Couch eines Psychiaters gelandet oder in einer Trinkerheilanstalt.

Mittlerweile waren seine Töchter siebzehn und achtzehn Jahre alt und nutzten seine Wohnung gern zum Chillen. Er machte sich diesbezüglich nichts vor, in dem Alter wollten Teenager unter sich sein. Gemütliche Fernsehabende mit Fischstäbchen und Chips beim Vater waren früher cool gewesen, jetzt aber *endpeinlich*. Im Moment fanden die beiden optimale Bedingungen vor, um ein paar Tage in seiner Wohnung zu verbringen: Kühlschrank voll und der Wohnungsinhaber im Kloster. Delbrock lächelte, als er an die zufriedenen Gesichter seiner beiden Mädchen dachte, die bereits gestern Abend sein Bad erobert hatten.

Der Hauptkommissar schloss die Schranktür, nachdem er seine wenigen Kleidungsstücke dort hineingehängt hatte. Seinen Laptop und das Diktiergerät ließ er im Koffer und schob diesen unter das eine Bett. Dann widmete er sich dem zweiten Bett und brachte es so leise wie möglich mit dem anderen zusammen. Nun ja, dieser Spalt in der Mitte bereitete ihm etwas Sorgen, aber gefühlt stand ihm jetzt ein großes Bett zur Verfügung. Es wurde nun Zeit, mit den Erkundigungen des Klosterlebens zu beginnen. Keiner hatte schließlich geäußert, dass er nicht allein losziehen durfte. Da er mit Andreas Berger nur kurz telefoniert hatte, der ansonsten von einem Kollegen zum Tod seiner Mutter verhört worden war, machte Delbrock sich keine Sorgen, dass der andere ihn als Kriminalbeamten erkennen könnte. Falls er den abtrünnigen Ehemann überhaupt zu Gesicht bekam.

Kurz vor der Tür hielt er inne, es waren Schritte und Stimmen zu vernehmen. Ein neuer Gast? Er öffnete vorsichtig seine Tür und trat auf den Gang hinaus.

»Ah, Herr Eichner! Darf ich Ihnen einen weiteren Gast vorstellen?« Bruder Bernhard stand an der benachbarten Tür und zeigte auf einen jungen Mann mit blassem Gesicht, rotblonden Haaren und Augenringen, die das Mitleid des Kommissars erregten. Der Neuankömmling hatte eine beeindruckende Menge Gepäck dabei. Außer einem großen und sichtlich schweren Koffer trug er eine Laptoptasche und einen mittelgroßen Rucksack. Vielleicht war der arme Kerl ganz plötzlich zu Hause rausgeflogen, entweder bei seinen Eltern oder bei einer Freundin, wer weiß.

»Jan Mertens, Tag auch.« Der junge Mann versuchte, eine Hand frei zu bekommen, dabei fiel der Rucksack zu Boden. Er achtete nicht darauf, sondern hielt dem Hauptkommissar seine rechte Hand hin. Delbrock griff zu und blickte dabei wohl etwas zu lange auf die Gepäckstücke.

Der neue Gast lachte. »Keine Sorge, ich schmuggle hier keine Musikanlage ins Kloster, nur Bücher.«

»Ich habe von einer großen Bibliothek hier im Kloster gelesen«, sagte Delbrock.

Bruder Bernhard nickte lächelnd. »Oh ja, wir sind sehr gut bestückt.«

Jan Mertens hob den Rucksack hoch und stellte das gesamte Gepäck in sein Zimmer. Dann wandte er sich wieder den beiden Männern zu und sagte: »Ich fürchte, das, was ich brauche, ist nicht dabei.«

Delbrock fragte sich gerade, wie indiskret man zu einem Mann sein konnte, den man gerade zum ersten Mal gesehen hatte und mit dem man in einem Klosterflur stand. Da stellte der Mönch die Frage: »Was brauchen Sie denn an Literatur?«

Das Lächeln des jungen Mannes wurde noch breiter. »Ich lese alles, was es zum Thema Prostitution gibt. Prostitution im Mittelalter, in Zeiten von Krieg und Hunger, in der Neuzeit, Prostitution unter Studenten. Ich schreibe eine Soziologiearbeit über das Thema.« Kurz hielt er inne und ergänzte: »Ich sollte diese Arbeit jedenfalls jetzt endlich schreiben, sonst droht mir ein akademisches Desaster und ein finanzielles obendrein, weil meine Eltern nach zwölf Semestern keine Rücksicht mehr auf eine gründliche Recherche nehmen möchten.«

Delbrock verstand. »In diesem Kloster suchen Sie jetzt die nötige Ruhe für Ihre Abschlussarbeit.«

Jan Mertens nickte. »Ich wohne in einer WG, einer kontaktfreudigen WG, und jedwede Ablenkung hat bei mir leider immer Erfolg. Ich muss mich dringend allen Reizen entziehen, sonst wird das nichts mehr.«

»Ja, dann lassen wir Sie mal allein.« Delbrock nickte zum Abschied und schlenderte den Gang entlang auf der Suche nach Informationen über das Kloster und seine Bewohner. Vor allem war er natürlich auf der Suche nach Bruder Andreas, dem Exmann von Frau Berger. Bruder Bernhard holte ihn ein und versicherte ihm, dass er gerade Zeit habe und den neuen Gast etwas herumführen könne.

Eine Stunde später war Delbrock stark beeindruckt von der eleganten Größe der Abtei, der Schönheit der umgebenden Natur und der tief verwurzelten, glasklaren Frömmigkeit des Mönches. Er hatte einiges über den heiligen Benedikt, den Begründer des Ordens, erfahren, über seine Ideale eines klösterlichen Zusammenlebens und natürlich über den Alltag hier im Kloster.

Delbrock bewunderte immer wieder die breiten Gänge des Klosters mit den hellen Steinplatten und den gewölbten Fenstern. Das Gästezimmer, in dem Frühstück und Nachmittagskaffee für die Gäste gesondert angeboten wurde, erinnerte den Hauptkommissar an eine Cafestube aus dem 19. Jahrhundert. Hier gab es kleine dunkle Holztische mit weißen gestärkten Tischdecken darauf, und der Holzfußboden und die Wandverkleidung passten ganz wunderbar dazu. Bereits nach kurzer Zeit des Umherwanderns befand Delbrock, dass so ein Kloster auch von innen etwas Würdevolles hatte. Zu seinem eigenen Erstaunen genoss er die Umgebung sehr. Die Ruhe, die hohen Räume und die Bilder und Statuen hielten seinen Gang auf, wann immer er sich inspiriert fühlte. Eine Skulptur sprach ihn besonders an. Rundliche goldene Platten waren an einer Glasscheibe befestigt als Erinnerung an die Mönche, die außerhalb des Klosters gestorben und begraben waren. Unter jeder Scheibe standen der Name, eine Jahreszahl und der Ort, an dem dieser Mönch verstorben war. Viele Daten bezogen sich auf den Zweiten Weltkrieg. Als Seelsorger und Krankenpfleger waren auch Mönche an der Front gewesen. Auf eine der Scheiben machte ihn Bruder Bernhard aufmerksam. Der große Delbrock musste sich tief bücken, um sie lesen zu können. Da stand tatsächlich hinter dem Namen des Mönches: »Ermordet«. Na bitte, Verbrechern war nichts heilig. Leider wusste Bruder Bernhard nichts weiter über diesen Mönch, das Datum betraf die fünfziger Jahre.

Delbrock war kein frommer Mensch im kirchlichen Sinne. Den letzten Gottesdienst hatte er bei der Beerdigung eines pensionierten Kollegen vor zwei Jahren besucht. Er konnte sich die Existenz Gottes gut vorstellen, und Jesus als historische Figur fand er beachtenswert, aber dass er Gespräche über Kirche und Glauben führte oder sich gar beim Beten ertappte, kam selten genug vor. Ja, eigentlich fand er es fast leichter, Atheist zu sein, denn die Wissenschaft hielt einige stichhaltige Argumente bereit. Moralische Werte verteidigte man aufgrund eines ehrenvollen und heldenhaften Charakters und nicht, weil man eine lange Verweildauer im Fegefeuer fürchtete.

Bruder Bernhard verabschiedete sich von ihm. Das Mittagessen wurde mit den Ordensbrüdern zusammen im Refektorium eingenommen, spätestens dann würde Delbrock mit allen Mönchen zusammentreffen. Vielleicht ergab sich ja ein interessantes Tischgespräch. Ein Blick auf die Uhr brachte ihn aber zunächst auf eine andere Idee. Es war an der Zeit, die Kaffeequalität im Kloster zu erkunden. Also begab er sich den Gang zurück zur Großküche. Diese wirkte auf ihn wie ein Raumschiff, denn es gab hier für seinen Geschmack zu viele Metallschränke. Alles glänzte von Aluminium. Aber es roch phantastisch nach gedünstetem Gemüse und frischen Kräutern. Vorsichtig trat er einen Schritt näher und lächelte eine Frau mittleren Alters an, die soeben aus einer großen Schüssel gehacktes Fleisch in eine noch größere Pfanne schaufelte. Es zischte laut. Die Frau trug einen weißen Kittel, ihre braunen Haare hatte sie mit einem Gummiband zurückgebunden. Ihre Bewegungen waren fließend und routiniert. Bei dieser Dame würde er sein Glück versuchen.

»Hallo, ich bin ein neuer Gast, Eichner mein Name. Das riecht hier total lecker. Kann ich Ihnen zur Hand gehen?«

»Sie wollen in der Küche helfen?« Sie blickte ihn amüsiert an. »Warum?«

»Ich dachte, wenn ich mich hier beliebt mache, bekomme ich Zugang zu der verlockenden Kaffeemaschine dort hinten.«

Jetzt lachte sie und rührte dabei das Gehackte in der Pfanne um. In der Küche arbeiteten zeitgleich drei weitere Frauen.

»Schräg gegenüber gibt es unsere Klostergaststätte, dort können Sie fast den ganzen Tag über Kaffee bekommen, in allen Variationen.« Eine deutlich ältere Frau gab ihm diesen Hinweis. Sie wusch gerade Salat und hatte beide Hände in einem Wasserbecken. Ihr Gesicht verriet deutlich, was sie von fremden Männern in der Küche hielt.

»Ja, ich weiß, außer montags. Und heute ist Montag, nicht wahr?«

Die Frau mit dem Gummiband im Haar streckte ihm eine kräftige Hand entgegen und sagte: »Ich bin Rita Dinter. Sie können Paprika schneiden und dabei einen Kaffee trinken.«

»Mit Milch?«, fragte er und strahlte sie an.

»Mit Milch …«, nickte sie, »… und das, obgleich heute Dienstag ist.«

Delbrock atmete auf, die wichtigste Hürde seiner Aufgabe war genommen. Er hatte Kontakt zur Küche und damit eine wertvolle Informationsquelle gewonnen, wenn er sich geschickt anstellte. Und er hatte Zugang zu einer soliden Kaffeemaschine.

Um zwölf Uhr gab es Mittagessen. Der Saal, den man hier Refektorium nannte, war sehr groß und erinnerte Delbrock an den Speiseraum eines Schulinternats. Das lag sicher an der Anordnung der Tische, die einfach lang nebeneinanderstanden und keine Sitzgruppen bildeten. Hier wurden heute zwei Gerichte angeboten, Spaghetti bolognese und ein kräftiger Gemüseeintopf, in dem zarte Knackwürstchen schwammen. Als Vorspeise wurde Brot mit Kräuterbutter und Frühlingsquark gereicht. Dem Hauptkommissar schmeckte es wunderbar. Die Sache mit dem

Tischgespräch gestaltete sich allerdings schwierig. Während des Essens las einer der Brüder nämlich aus einem Buch vor. Das war Usus. Man aß schweigend und hörte zu.

Delbrock betrachte neugierig die Ordensbrüder und stellte fest, dass es nicht sehr viele junge Männer gab. Bruder Bernhard hatte ihm erzählt, dass zurzeit nur zwei Novizen im Haus wohnten, und beide seien älter als fünfunddreißig Jahre. Heutzutage entschieden sich viele Männer erst zu einem späteren Zeitpunkt ihres Lebens dazu, in ein Kloster einzutreten, hatte Bruder Bernhard ihm erklärt. Andreas Berger entdeckte er sofort, ragte der Mann doch mit seiner Größe über viele hinweg. Dank der Beschreibung eines Kollegen und Bergers Alter kam nur diese Person in Frage. Berger hatte ein markantes, aber irgendwie humorloses Gesicht. Delbrock ermahnte sich, immerhin hatte Berger gerade seine Mutter verloren, da konnten Gesichtszüge schon mal angespannt wirken. Der Ordensbruder saß zwischen anderen Kollegen und war für Delbrock nicht erreichbar.

So gut dem Hauptkommissar das Essen auch schmeckte, an die Lesung dabei musste er sich erst noch gewöhnen. Der vorgetragene Text interessierte ihn eigentlich nicht, und die Möglichkeit, sich zwanglos zu unterhalten, fiel nun weg. Den neuen Gast, Jan Mertens, sah er beim Essen nicht, wahrscheinlich hing der mit der Nase in seinen Büchern. Zwischen Kreuzen und Mönchen eine Arbeit über das älteste Gewerbe der Welt zu schreiben, barg eine gewisse Komik.

Es gab außer Delbrock noch ein paar Personen in Zivilkleidung, doch er vermutete, dass es sich dabei um Personal handelte. Mal sehen, wer sich nachmittags zum Kaffee im Gästeraum einfand. Zum Frühstück und auch zum Nachmittagskaffee waren die Gäste unter sich im dafür vorgesehenen Gästeraum. Der Tagesablauf eines Ordensbruders unterschied sich doch erheblich von den Gepflogenheiten anderer Leute. Hier begann der Tag mit Beten, Singen und einer heiligen Messe. So frühstückten die Mönchsbrüder auch allein unter ihresgleichen.

Nach dem Mittagessen sah Delbrock einige der Brüder in das nebenan liegende Rekreationszimmer gehen. Er folgte ihnen und betrat den schlichten Raum, in dessen Mitte ein großer

Tisch stand. Kleinere Einzeltische standen an der Wand. Es gab Regalfächer mit Büchern, einen Fernseher und die Tageszeitung. Eine Pinnwand zeigte aktuelle Ereignisse und Hinweise. Delbrock nickte den Personen im Raum zu, die meisten lasen in der Zeitung oder in einem Buch. Er selbst schaute sich nun Bücher im Regal an. Eigentlich wusste er nicht, ob dieser Raum überhaupt für die Gäste zur Verfügung stand. Er erinnerte sich daran, dass er ein überarbeiteter Banker war, der vor den Trümmern seiner Ehe stand, und setzte sich schließlich mit einer wissenschaftlichen Zeitschrift an den großen Tisch. Doch statt darin zu blättern, starrte er aus dem Fenster. Die Haare zerzaust, dicke Tränensäcke unter den Augen und ein Hundeblick zum Fenster hinaus, da konnte kein Mönch mitleidlos weiter in seiner Zeitung blättern. Ihm am nächsten saß ein Mann, der sich nun als Bruder Thomas vorstellte.

»Kann ich Ihnen helfen? Sie wirken bedrückt.«

»Entschuldigung, ich will Ihnen nicht zur Last fallen. Mein Name ist Eichner, und ich bin nur für ein paar Tage als Gast hier.«

»Wie schön, herzlich willkommen. Besuchen Sie ein Seminar?«

»Nein, nein. Ich muss mir ein wenig Klarheit über mein Leben verschaffen. Kennen Sie das?«

Bruder Thomas war relativ jung und nickte nun eifrig. »Oh ja, wer kennt das nicht? Man gelangt an eine Kreuzung, und plötzlich muss man neue Entscheidungen treffen. Etwas hat sich klammheimlich verändert.«

»Ja, genau«, nickte der Hauptkommissar und kam sich mies vor. »Meine Frau will sich von mir trennen. Mein Job hängt mir zum Hals heraus, und wenn ich in den Spiegel schaue, sehe ich mich gar nicht mehr so richtig.«

Der andere blickte ihn verständnisvoll an und meinte dann: »Viele machen dennoch weiter wie bisher. Die Tatsache, dass Sie hierhergefunden und einen solchen Ort zum Nachdenken ausgesucht haben, zeigt doch schon eine Veränderung Ihrer Situation.«

Delbrock lachte kurz auf und erwiderte: »Man kann es auch als Flucht betiteln. Sie hätten mal meine Frau hören sollen. Kann man eigentlich auch als gescheiterter Ehemann noch Mönch werden?«

Bruder Thomas klopfte ihm leicht auf die Schulter, ordnete seine Zeitung und stand auf, indem er sagte: »Jetzt klingen Sie aber tatsächlich wie ein Flüchtling. Ich wünsche Ihnen einen erfolgreichen Aufenthalt hier.«

Eiskalt abgeblitzt, dachte Delbrock. Fand der Mönch das Thema Ehemänner und Klosterleben zu brisant, oder hielt er die Frage für einen Scherz, auf den er nicht antworten musste? Bruder Thomas verließ nun jedenfalls das Rekreationszimmer, und Delbrock folgte wenig später, um mit seinem Team zu telefonieren.

Als er mit dem Schlüssel im Türschloss hantierte, wurde die Tür neben ihm aufgerissen.

»Hallo, sagen Sie, wann ist hier noch gleich Mittagessen?« Jan Mertens blickte ihn erschrocken an, als ahnte er schon, dass er die Zeit verpasst hatte. Er fluchte auch gleich bei Delbrocks Antwort, leise, aber immerhin in den erhabenen Gängen eines Klosters. Sein Sweatshirt hing an einem Arm ausgeleiert herunter, am anderen war es bis zum Oberarm hinaufgeschoben.

»Mönche sind von Haus aus sehr strukturiert, oder? Die machen bestimmt keine Ausnahme.« Mertens stand unschlüssig in seinem Türrahmen.

Hauptkommissar Delbrock hatte Mitleid mit einem hungrigen Studenten, und er empfahl ihm: »In der Küche gibt es ein paar nette Frauen, die keine Tracht tragen. Eventuell könnte man dort ganz flexibel ein paar Reste auftreiben.«

Jan Mertens zog die Tür ins Schloss und war schon den Gang entlanggeeilt. Verschlossen hatte er die Tür in der Eile nicht. Aber wer würde hier schon in ein Zimmer eindringen und stehlen?

Sein Nachbar kehrte erst nach einer Stunde wieder zurück. Delbrock hörte ihn. Er selbst saß gerade vor seinem Laptop und las die neuesten Informationen zu den Fällen durch. Viel gab es nicht. Andreas Berger wurde gegen vierzehn Uhr im Präsidium erwartet und sollte noch einmal zu verschiedenen Punkten befragt werden. Diese Familie Berger konnte man ja direkt und indirekt mit mindestens zwei Leichen in Beziehung setzen. Die ehemalige Ehefrau, Rafaela Berger, wurde zumindest abends durch eine regelmäßig vorbeifahrende Streife im Auge behalten. Ein kläglicher Versuch, eine Person zu beschützen. Immerhin waren die anderen beiden Frauen tagsüber ermordet worden. Ein potenzieller Täter wusste nach kurzer Beobachtungszeit, dass er mindestens eine Stunde Zeit hatte, bis wieder ein Streifenwagen an der Tür vorbeifuhr oder kurz davor hielt. Doch zu mehr hatte Staatsanwalt Hänsel keine Erlaubnis erteilt. Der war der Meinung, dass der Täter nach alleinstehenden Frauen Ausschau hielt, egal, aus welchem Grund sie alleinstehend waren. Nonsens.

Die Entführung des Mädchens war auch so eine schräge Sache gewesen, ohne Anhaltspunkte, ohne Fakten. Die Sechzehnjährige selbst konnte oder wollte der Polizei nichts sagen. Sie habe niemanden gesehen, sie sei nicht misshandelt worden, und eigentlich habe sie die ganze Zeit geschlafen. Eine Blutuntersuchung zeigte einen hohen Gehalt von Benzodiazepinen, sie hatte also starke Beruhigungsmittel erhalten. Darüber hinaus hatte dieses Mädchen eine unglaubliche Aggressivität gezeigt. Natürlich, sie hatte auf brutale Weise ihre Mutter verloren, und sie war entführt worden, aber Delbrock hätte eher einen weinenden oder in sich gekehrten Teenager erwartet. Der Polizeipsychologe hatte allerdings erklärt, auch derartige Ausbrüche seien normal und durch das erlittene Trauma erklärbar. Delbrock wurde jedoch den Verdacht nicht los, dass das gezeigte unangenehme Verhalten ein Teil ihrer Persönlichkeit war.

Er schaute sich noch einmal die Liste der Ehemänner an, die ein Leben im Kloster dem ehelichen Schlafzimmer vorgezogen hatten. Einer von ihnen war tot, ertrunken. Andreas Berger wurde heute ausgiebig vernommen, und die anderen drei mussten dringend noch erreicht werden. »Exerzitien« war bei den Mönchen offenbar das Zauberwort, um von lästigen alltäglichen Belangen ferngehalten zu werden. Das behagliche Gefühl, das er beim Mittagsmahl noch empfunden hatte, war wie weggeblasen, der Fall, pardon, die Fälle wuchsen ihm über den Kopf.

Im Display sah er, dass eine neue Mail angekommen war. Sie kam von dem Beamten, den er auf den tödlichen Unfall am

Gardasee angesetzt hatte. Demnach ging man hier klar von einem Unglücksfall aus. Der Mönch war zum Todeszeitpunkt allein unterwegs gewesen und ganz offensichtlich abgestürzt. Eine starke Kopfverletzung, verursacht durch einen Stein beziehungsweise durch den Aufprall gegen einen Felsen, hatte dem Mönch so zu schaffen gemacht, dass er schließlich kraftlos im See ertrunken war. Ganz theoretisch konnte es natürlich den großen Unbekannten gegeben haben, der dem armen Mann einen Stoß versetzt hatte, aber diesen Fall nach so vielen vergangenen Monaten und in einem anderen Land wieder aufzurollen, würde ihm nur bei enormer beruflicher Langeweile einfallen. Wenn sich die Kirche schon so viel Mühe gab, harmlose Ehemänner anzuheuern, und deren Ehen dafür sogar annullieren ließ, würde es keinen Sinn ergeben, sie danach von Klippen zu stoßen.

Kein Versehen war allerdings die Ermordung der zwei Ehefrauen, deren Männer im Kloster gelandet waren.

Delbrock schreckte auf, als es an seiner Zimmertür klopfte. Jan Mertens streckte seinen roten Schopf durch die Tür, kam selbst aber nicht herein. Er sagte: »Danke für den Tipp. Dort arbeitet ein ganz entzückendes Geschöpf. Sie heißt Therese.«

»Und bei ihrem Anblick brauchten Sie dann kein Essen mehr?«

»Doch, doch. Sie hat mir eine große Portion Spaghetti bolognese warm gemacht und allerlei Interessantes über das fromme Klosterleben erzählt.« Er verdrehte gespielt wichtig die Augen. Dann blickte er verschwörerisch den Flur entlang und ergänzte leise: »Hier ist auch nicht alles Kreuz, was danach aussieht. Ich gehe mal wieder ans Werk. Die Literaturliste habe ich schon fertig.«

Delbrock hörte ihn tatsächlich zufrieden pfeifend im Zimmer verschwinden und blieb mit einem leicht empörten Gefühl zurück. Er hatte Paprika geschnitten und Schüsseln gesäubert und keine einzige interessante Information erhalten. Er würde diesen Studenten leider später noch mal von seiner Arbeit ablenken müssen. Aus seiner Jackentasche ertönten die spielerisch leichten Töne der Filmmusik von Miss Marple. Seine Töchter hatten sich diesen zweifelhaften Spaß erlaubt und seinen anständigen Klingelton ersetzt. Er hatte keinen blassen Schimmer, wie er so etwas einstellen konnte. Delbrock griff nach seinem Handy und meldete sich mit »Hauptkommissar Delbrock«.

»Hören Sie mal, ich bin ja doch verdächtig.«

Die Stimme des Engels klang gar nicht wütend, sondern enttäuscht, wie er erstaunt bemerkte.

»Guten Tag, Frau Berger. Was kann ich für Sie tun?«

»Ich werde verfolgt und bewacht und somit wie eine dringend Tatverdächtige behandelt. Ich dachte, Sie würden mir glauben.«

»Bislang habe ich Ihnen immer geglaubt. Sie werden von meinen Leuten nicht verfolgt und auch nicht als Tatverdächtige bewacht«, versicherte Delbrock. Dabei überlegte er fieberhaft, wie er ihr erklären sollte, um was es sich wirklich handelte: eine Schutzmaßnahme.

Er hörte ein kurzes Schnauben am anderen Ende der Leitung. Niedlich. Das kannte er von seinen Töchtern.

»Gibt es denn noch weitere Häuptlinge auf Ihrem Präsidium, die vielleicht ganz anders handeln, als Sie denken, Herr Hauptkommissar? Hier ist gestern Abend jede Stunde ein blauer Streifenwagen vorbeigefahren, mitunter hat er auch ein paar Minuten gehalten. Ganz sicher, um zu schauen, ob er mich am Fenster sieht. Und heute Morgen war auch wieder ein Wagen hier, schon um kurz vor sechs Uhr. Der sucht doch hier keinen Imbissstand!«

»Nein, sicher nicht, und ja, Frau Berger, das habe ich veranlasst. In Ihrer Umgebung sterben mir eindeutig zu viele Frauen, und wenn Sie nicht tatverdächtig sind, muss ich als Nächstes davon ausgehen, dass Sie in Gefahr geraten könnten. Deshalb fahren die Streifenwagen zumindest nachts immer mal an Ihrem Haus vorbei.«

»Also doch!« Er hörte Frau Berger triumphieren, wo es nichts zu jubeln gab. »Sie glauben jetzt also auch, dass die katholische Kirche übrig gebliebene Ehefrauen vorzeitig ins Fegefeuer schickt.«

Dieser Engel konnte ganz schön theatralisch werden, dachte Delbrock und versuchte, ihr zu erklären, dass ihn vor allem der mysteriöse Tod ihrer Schwiegermutter dazu veranlasst hatte, womit er sie genauso belog wie jeden vorbeikommenden Ordensbruder, dem er seinen falschen Namen nannte. Er wollte

Frau Berger lieber noch nicht erzählen, dass die ermordete Witwe ihren Ehemann auch erst ans Kloster verloren hatte. Stattdessen fragte er sie: »Haben Sie schon etwas von Ihrem Schwager gehört?«

»Nein, er ist verschwunden. Ich habe in seiner Arztpraxis angerufen, und dort wussten sie nicht, wo er ist. Sebastian hat alle Termine absagen lassen und sich wegen einer dringenden Familienangelegenheit für den Rest der Woche abgemeldet.«

Das klang immerhin so, als wüsste er vom Tod seiner Mutter. Dieser Sebastian Berger benahm sich höchst sonderbar, und »sonderbar« hieß in einer laufenden Ermittlung »verdächtig«.

Frau Bergers letzte Frage machte dem Hauptkommissar dann richtig zu schaffen: »Und wer ist so fleißig, tagsüber hinter mir herzufahren und auf mich achtzugeben?«

Sein nächster Anruf galt seiner Dienstelle, wo er umgehend über den Personenschutz von Frau Berger informiert werden wollte. Er erfuhr, dass Herr Hänsel, der Staatsanwalt, keine Änderung angeordnet hatte und lediglich eine Streife das Haus der Bergers und ebenfalls die Wohnung dieser Journalistin, Birgit Gericke, so gut es ging, kontrollierte. Also entweder zeigte Frau Berger erste Anzeichen von Paranoia, oder …? Ein positives »oder« fiel ihm nicht ein. Herrgott, er konnte sich doch nicht um alles kümmern. Er würde Frau Berger einfach später noch einmal anrufen. Bei zwei ermordeten Frauen ging man noch nicht von einem wahnsinnigen Serientäter aus. Als mündige Bürger mussten Frau Berger und Frau Gericke auf sich selbst aufpassen. Fotos von frisch ermordeten Damen zu knipsen und herumzuzeigen, diente sicherlich nicht dazu, weitere Straftaten zu verhindern. Da bot man sich doch quasi als unliebsame Zeugin und potenzielles Opfer an. Laut Liste gab es noch eine weitere verlassene Ehefrau, die die Beamten allerdings noch nicht erreicht hatten.

Delbrock trieb eine innere Unruhe wieder aus seinem Zimmer, und so betrat er wenige Minuten später die Bibliothek des Klosters. Er war zutiefst beeindruckt von der Fülle an Büchern. Wunderschöne alte Buchrücken präsentierten sich hier neben gut geordneten neuen Büchern. Zum ersten Mal staunte er, als er vor einer beeindruckenden Sammlung von Karl-May-Romanen stand, das nächste Mal erschlug ihn die Fülle an Biografien. Sieh an, dachte er beim Quersehen, auch Oscar Wilde findet hier Beachtung. Die Bibliothek bestand aus einem großen, hohen Raum, mit mehreren Etagen und den typischen praktischen Regalen. Delbrock las gern, er könnte sich hier wohlfühlen. Hier fand er klassische deutsche Schriftsteller, Romane, theologische Themen, Psychologie, Soziologie und die Naturwissenschaften. Und es gab eine Auswahl an aktuellen Zeitschriften.

»Darf ich mich hier umschauen?«, fragte er einen Ordensbruder, der im oberen Bereich auf einer kleinen beweglichen Treppe stand und alte Bücher abstaubte. Dazu hatte er einen langen Staubwedel in der Hand und ein Tuch in der anderen. Der Kommissar fand den Mann eigentlich zu alt, um noch viel auf Leitern zu stehen, egal, wie hoch diese waren. Er schätzte den Mönch auf Mitte siebzig. Allerdings gab es ja auch genug rüstige Rentner, die in diesem Alter noch in ihren Kirschbäumen herumkletterten.

»Natürlich, gern, stöbern Sie nur.«

»Danke. Mein Name ist Manfred Eichner, ich bin hier für ein paar Tage zu Gast.«

»Ich bin Bruder Josef und, wenn mein Plan aufgeht, lebenslänglich hier in Gerleve. Fragen Sie mich, wenn Sie etwas wissen wollen.« Dabei wischte er mit seinem bunten Staubwedel beinahe fröhlich weiter und drehte Delbrock den Rücken zu.

Der Kommissar wanderte die Reihen entlang, schaute auf die Beschriftungen und gelangte zu dem Gebiet der Psychologie. »Der Sinn der Ehe«, so sprang ihm ein Titel ins Auge. Das Buch zu seiner Tarnung. Er griff danach und setzte sich so an einen der Tische, dass er Bruder Josef gut im Blick hatte. Richtig sinnvoll erschien ihm die Aufgabe des alten Mannes nicht, aber vielleicht ging es nur darum, dass jemand in der Bibliothek war und ein wenig aufpasste.

Hauptkommissar Delbrock blätterte in dem Buch. Es fesselte ihn wenig. Es ging um die Frage, warum junge Leute heute noch heirateten, die Ehe und ihre Funktion im Wandel der Zeit. Für Delbrock persönlich hatte seine Ehe wohl mehr Sinn ergeben, als dies für seine Frau der Fall gewesen war. Sie hatte ihn verlassen. Er war immer gern nach Hause gekommen, abends oder auch mal nachts, wenn es der Beruf verlangte. Eine Zeit lang war er zu spät nach Hause gekommen, er war zu wenig bei seiner Familie, in Gedanken oft bei irgendeinem Autodieb oder einem Tankstellenüberfall. Seine Ehefrau hatte sich des Öfteren beschwert und geärgert. Ja, und dann wollte sie plötzlich gar nicht mehr, dass er im gemeinsamen Haus auftauchte, dort aß und neben ihr schlief. Den Wechsel in ihrer Stimmung hatte er nicht richtig mitbekommen, deshalb traf ihn die Trennung kalt und von hinten.

Für sein Alter war der Mönch behände und leise. Plötzlich stand er am Tisch und fragte: »Sind Sie verheiratet?«

»Ähm, ja, ein klein wenig«, log Delbrock.

»Ein klein wenig, so, interessant. Ich dachte immer, man ist es oder man ist es nicht.« Bruder Josef schmunzelte, und Delbrock machte ein zerknirschtes Gesicht.

»Ich glaube, ich war als Ehemann bisher weniger erfolgreich denn als Banker.«

Er blickte den Mönch erwartungsvoll an, und dieser setzte sich tatsächlich zu ihm. Erst jetzt bemerkte Delbrock erstaunlich jung dreinblickende blaue Augen in einem sonst faltigen Gesicht.

»In der Bibel steht: Du kannst nicht zwei Herren gleichzeitig dienen, und eine Frau sieht das sogar noch strenger. Diese weiblichen Geschöpfe können sehr empfindsam sein, wenn sie zu wenig beachtet werden, und sie neigen mitunter dazu, sich zu rächen.« Das leise Lächeln im Gesicht des Älteren zeigte, dass er die Frauen im Allgemeinen nicht schlechtreden wollte.

»Waren Sie auch mal verheiratet?«

Der Mönch schaute ihn erstaunt und auch ein wenig amüsiert an. Er meinte: »Eine ungewöhnliche Frage an einen Mönch. Nein, ich wusste schon recht früh, dass ich im Kloster leben wollte und im Zölibat. Aber dennoch war ich mal jung und auch verliebt.« Letzteres gab er völlig leidenschaftslos preis.

Hauptkommissar Delbrock war froh, dass sich das Thema so leicht in die richtige Richtung bewegte, und er fragte weiter: »Was muss denn ein verheirateter Mann tun, damit er zur Aufnahme in ein Kloster kommen darf? Es kann doch sein, dass jemand erst nach Jahren zu seiner Berufung findet.«

Die Antwort überraschte ihn. »Er müsste zunächst einmal seine Ehefrau töten und dürfte sich dabei natürlich nicht erwischen lassen. Geschiedene Personen werden hier nicht aufgenommen, denn laut Kirchenrecht existiert eine Ehe ein Leben lang, bis dass der Tod sie scheidet.« Die blauen Augen funkelten amüsiert, und der Mönch sagte: »Das war natürlich ein Scherz, falls Sie nun wissen wollen, wie viele Witwer wir hier im Orden verstecken: keinen. Eigentlich kommt es nicht oft vor, dass jemand so spätberufen zu uns kommt.«

»Sie haben schon recht«, sagte Delbrock. »Ich würde auch lieber wieder mit meiner Frau gemeinsam am Frühstückstisch sitzen, anstatt in aller Herrgottsfrüh Choräle zu singen. Aber bei der Arbeit erzählte eine Angestellte von einem Mann, der vor einigen Monaten seine Frau verlassen hat und ins Kloster gegangen ist. Angeblich wurde die Ehe, aus welchen Gründen auch immer, annulliert.«

Bruder Josef sah den Kommissar auf eine Art und Weise an, dass Delbrock sich durchschaut fühlte. Schließlich sagte der Mönch: »So etwas erzählt man sich also. Die Eheannullierung ist natürlich ganz anders als eine Scheidung. Und sehr kompliziert. Ich kümmere mich hier um die Bücher, nicht um Aufnahmeverfahren. Und Sie sollten sich dann wohl um Ihre Ehe kümmern, nicht wahr?«

Dann klopfte er zweimal auf die Tischplatte und verließ den Tisch. Delbrock war nicht ganz unzufrieden. Wusste Bruder Josef nun von den Umständen, die Andreas Bergers Eintritt ins Kloster begleitet hatten, oder nicht? Klang das gerade nicht wie eine Missbilligung? Auf jeden Fall hatte der andere deutlich gemacht, dass er darüber nicht reden wollte. Delbrock blätterte eine Weile weiter in dem vorliegenden Buch, das für ihn nicht wirklich hilfreich war. Die Gründe, warum junge Leute heute noch an die Ehe glaubten und heirateten, interessierten ihn eigentlich erst dann, wenn er eine seiner beiden Töchter zum Altar führen musste. Und das hatte hoffentlich noch viel Zeit. Er stellte das Buch zurück und suchte weiter.

Schließlich hielt er ein Exemplar in der Hand mit dem Titel »Ehe-Annullierung: Die katholische Scheidung«. Das klang ja nach einem neuen Trend, dachte er amüsiert. Dem Buch nach stellten etwa tausend Ehepaare jährlich einen Antrag auf Annullierung ihrer Ehe. Dies hatte offenbar zur Folge, dass die katholische Kirche in Zukunft die religiöse Überzeugung von Paaren vor der Trauung eingehender zu prüfen gedachte und mehr Respekt vor dem Ehesakrament forderte. Die sind gut, sagte sich Delbrock. Zurzeit scheinen sie die Männer der annullierten Ehen ja sogar einzusammeln und ins Kloster zu locken.

In diesem Moment brummte sein Handy und zeigte den Erhalt einer SMS an. »Bitte dringend um Rückruf«. Er stellte das Buch zurück und begab sich, einer Eingebung folgend, in den Garten, um zu telefonieren. Natürlich glaubte er nicht wirklich, dass die Gästezimmer im Kloster abgehört wurden.

Unterwegs begegnete ihm Bruder Bernhard. »Herr Eichner, haben Sie sich schon ein wenig vertraut gemacht?«

»Ja, danke. Diese Umgebung hier macht mich neugierig. Wo kann ich mehr über dieses Kloster erfahren und über den Benediktinerorden allgemein? Welche Aufnahmekriterien haben Sie hier? Wie kommt ein Mensch dazu, als Mönch leben zu wollen? Das alles interessiert mich sehr.« Delbrock strahlte Bruder Bernhard harmlos an und dachte dabei an Bruder Andreas.

»Wir haben eine recht ausführliche Internetseite, aber natürlich stehen wir auch gern für Gespräche zur Verfügung. Wie wäre es, wenn Sie sich mal mit einem unserer Novizen unterhalten würden? Ich kann gern jemanden zu Ihnen schicken.«

»Ja, das wäre schön«, antwortete Delbrock und dachte weiterhin an Bruder Andreas.

Er befand sich nun in dem Park, der den Mönchen zur Verfügung stand. Hier lag auch ihr Friedhof. Den Gästen aus dem Haus Ludgerirast oder anderen Besuchern war dieser Garten nicht zugänglich. Das Gelände um das ganze Kloster herum war groß und parkähnlich angelegt und bot genug Platz für Spaziergänge für jedermann. Hauptkommissar Delbrock war im Klostergarten gerade allein und setzte sich auf eine Bank. Er streckte die kräftigen Beine aus und rief auf dem Revier an. Sogleich meldete sich seine Vorzimmerdame Gabi und freute sich hörbar.

»Chef, Sie glauben gar nicht, wie sehr ich Sie um das Klosterleben beneide. Mein Freund hat eine Magen-Darm-Grippe, und unsere Wohnung stinkt nach Erbrochenem, hier im Büro ist es laut und unfreundlich, und ständig muss ich mir neue Ausreden einfallen lassen, weil Sie nicht erreichbar sind. Staatsanwalt Hänsel habe ich aus lauter Not mitgeteilt, dass Sie einen Nervenzusammenbruch gehabt haben und in einem uns unbekannten Sanatorium auf Besserung hoffen.«

»Gut gemacht. Wenn er noch mal stört, sagen Sie ihm, ich hätte leider eine Psychose entwickelt, hielte mich für Hercule Poirot und würde nur noch französisch reden.«

»Für die Erklärung rufe ich ihn sogar selbst an. Wie geht es Ihnen wirklich?«

»Bestens, aber über Mönche, die mal brave Ehemänner waren, will hier keiner mit mir reden.«

Gabi ging darauf nicht ein, sondern erzählte: »Der sieht ganz gut aus, dieser Andreas Berger, nicht wahr? Er war eben hier. Ich verbinde Sie mit Kollege Berndt, der hat mit ihm gesprochen. Tschüss, Chef.«

Delbrock musste sich kurz eine nichtssagende Melodie anhören, dann meldete sich Kollege Berndt. »Herr Hauptkommissar, hallo.« Delbrock grüßte und holte dann tief Luft, er kannte seinen Kollegen Berndt, der würde nun ohne Punkt und Pause alles erzählen.

»Dieser Mönch, du meine Güte, der ist Hardcore. Der verzieht keine Miene, wundert sich über nichts und hätte damals bei der heiligen Inquisition sicher eine steile Karriere hingelegt.«

Hauptkommissar Delbrock erfuhr, dass Andreas Berger offenbar schon zu Beginn deutlich gemacht hatte, dass er nicht mit der Polizei über seine Lebensentscheidungen reden werde. Die traurige Tatsache, dass zwei Ehefrauen ermordet worden waren, deren Männer ebenfalls ins Kloster gegangen waren, tat er souverän als Zufall ab, lächelte sogar über den üblichen Drang zu Verschwörungstheorien. Und ganz sicher hielt er seine eigene Exfrau nicht für gefährdet. Allerdings wunderte Berger sich doch sehr über den plötzlichen Tod seiner Mutter, nachdem Rafaela kurz zuvor zu Besuch dort gewesen war. Er hielte es für sinnvoll, wenn die Polizei sich mehr darum kümmern würde.

»Herr Delbrock, der hat mich angesehen, als sei ich ein Ketzer, nur weil ich ihn nach seinen Alibis gefragt habe. Für alle drei Todesfälle hat er jedenfalls welche, aber es war eine große Schau aus Empörung, Kreuzzeichen und mindestens drei Todsünden – Hochmut, Zorn und Trägheit. Er sei in Sachen Exerzitien unterwegs gewesen und habe unter steter Obhut des Ordens gestanden. Wenn Sie mich fragen, dann kann die Ehefrau froh sein, dass dieser Andreas sich ein neues Steckenpferd gesucht hat. Ich hoffe, die sind dort in Gerleve nicht alle so.«

Delbrock rief sich das Gespräch mit dem Exmann der ermordeten Sabine Hölscher ins Gedächtnis. Ralf Hölscher hatte sich für das Leben bei den Alexianern entschieden und lebte in einem Kloster in Münster. Nachdem auch noch seine Tochter für einige Tage verschwunden war, war dieser Mann ein seelisches Wrack gewesen. Der Prior, ein freundlicher, distinguierter Herr, war nicht von seiner Seite gewichen, und der Mönch hatte so gut wie nichts zur Klärung beitragen können. Er hatte seit Monaten keinen Kontakt zu seiner Frau gehabt, die Tochter beschrieb er im Gespräch als uneinsichtig, sie sei noch immer empört über seine Entscheidung. Sie hatte die vereinbarten Besuchszeiten nicht wahrgenommen. Der Mann hatte auf Delbrock einen zutiefst verstörten, ängstlichen Eindruck gemacht, nachvollziehbar angesichts der Entführung seines einzigen Kindes. Von Kälte oder Hochmut war nichts zu sehen gewesen. Allerdings verstand Delbrock nicht, warum der Mann das Kloster jetzt nicht verließ, da er als Vater doch so sehr gebraucht wurde. Die Mutter war ermordet worden, das Kind traumatisiert. Was war das denn für ein »Ruf Gottes«?

Der Hauptkommissar berichtete knapp, dass er noch nichts Nennenswertes in Erfahrung gebracht habe, aber seit seiner Ankunft im Kloster waren erst wenige Stunden vergangen. »Der Kaffee ist gut, das Essen präsentiert sich in vorzüglicher Hausmannskost, und die Umgebung weckt Urlaubslaune. Ich interessiere mich bereits für die Aufnahmekriterien.«

»Passen Sie bloß auf. Gabi würde den Papst als Geisel nehmen, um ihren Chef zurückzubekommen.«

Wieder in seinem kleinen Zimmer angekommen, stellte Delbrock eine Tasse Cappuccino auf dem Tisch ab und zog die Schuhe aus. Auf dem Rückweg hatte ein kleiner Abstecher in die Küche zu diesem genussvollen Ergebnis geführt. Es klopfte, als er gerade den ersten Schluck zu sich nehmen wollte. Er saß dabei auf dem Stuhl und hatte die Füße auf der Bettdecke ausgestreckt. Der Student von gegenüber streckte den Kopf herein, den Blick fragend auf den zweiten Stuhl gerichtet.

»Kommen Sie schon herein. Solange Sie mir meinen Cappuccino nicht madig machen, beiße ich nicht.«

Jan Mertens sprang förmlich ins Zimmer und setzte sich auf den zweiten Stuhl, die Arme rechts und links vom Körper, wodurch er so sprunghaft wirkte wie ein kleiner Junge, auf den seine Eisenbahn wartete. Na ja, dachte Delbrock, Zeitdruck hatte der junge Mann ja schon, wenngleich es um weniger angenehme Dinge ging als das Spielen mit einer Eisenbahn.

»Na, wie weit sind Sie heute schon gekommen?«

»Nun ja, ich denke, ich habe eine halbwegs plausible Überschrift gefunden.«

Der Hauptkommissar trank Kaffee und fand Jan Mertens unglaublich geduldig angesichts der eigenen Leistungen.

»Ich wurde leider abgelenkt durch eine Recherche, die mich in ganz andere Richtungen trieb. Wissen Sie, diese Therese aus der Küche ...«

»Das entzückende Geschöpf, das sich heute Mittag so reizend um den Zusammenhalt ihres physischen Leibes gekümmert hat?«

»Ja, genau. Ich habe Ihnen doch gesagt, dass ich einiges erfahren habe, und nun habe ich mal etwas recherchiert ...«

»... und zwar nicht über Prostitution im Wandel der Zeit.«

Jan Mertens überhörte den Einwurf und fragte stattdessen: »Sagt Ihnen der Begriff ›Opus Dei‹ etwas?«

»Ja, aber nur, weil ich Latein in der Schule hatte, es heißt ›das Werk Gottes‹. Ist es ein geheimnisvolles Buch?«

Jan Mertens schüttelte langsam den Kopf und erwiderte: »Opus Dei, so nennt sich eine erzkonservative katholische Gemeinschaft, die meiner Meinung nach eher an eine Sekte erinnert. Die tragen tatsächlich noch Bußgürtel und peitschen sich selbst aus. Wer sich so etwas im Namen seines Glaubens antut, der schreckt doch auch vor Gewalt gegen andere nicht zurück.«

Delbrock wusste nicht recht, worauf Mertens hinauswollte. »Wir befinden uns hier aber in einem Benediktinerorden, und die sind an sich recht menschlich, hilfsbereit und liberal, soweit ich weiß.«

Im Flur hörte man Schritte, und der Student hielt inne. Dann sprach er leise weiter: »Ja, genau. Das findet Therese auch. Aber nun sollen die Mönche richtiggehend Angst vor Opus Dei haben. Angeblich befinden sich zwei von denen hier im Kloster und demonstrieren eine Macht, die sie innerhalb der Klostermauern nicht haben dürften.« Plötzlich erschrak Jan Mertens. »Sie sind doch nur ein harmloser Gast, der sich ein wenig besinnen möchte, oder? Ich meine, ich platze hier so herein und plaudere, ohne nachzudenken …«

»Ja, ich bin so harmlos, dass meine Frau sich von mir trennen möchte, weil ich sie langweile.«

Der andere gab sein Bedauern kund. Kurz, dann war er wieder beim Thema. »Ist doch recht spannend, wenn wir hier so ein paar Schauplätze haben, finden Sie nicht? Ich stehe ja total auf diese Kirchenkrimis.«

Delbrock erinnerte ihn dieses Mal nicht daran, dass er gerade wegen der angeblich mangelnden Ablenkung in das Kloster gereist war. Nun war der junge Mann bereits am ersten Tage vom Thema abgekommen. Allerdings schien er genau der Richtige zu sein, um Delbrock mit Informationen zu versorgen.

»Wissen Sie was, Herr Mertens? Sie gehen jetzt noch einige Stunden an die notwendige Arbeit, und heute Abend begeben wir beide uns unter die Mönche und halten Ausschau, schleichen durchs Kloster und suchen nach Verschwörungen, okay?«

Jan Mertens nickte artig. »Sie haben recht, erst die Arbeit, dann das Abenteuer.« Schon unterwegs zur Tür, zeigte er auf den Cappuccino und sagte: »Aber vorher hole ich mir auch so ein delikates Heißgetränk.«

Der Kommissar lächelte säuerlich. Diesen Studenten müsste

man wahrscheinlich in Einzelhaft nehmen, damit er zum Schreiben kam.

Neugierig geworden, holte Delbrock seinen Laptop hervor und googelte sich durch die zahlreichen Seiten über Opus Dei. Diese Organisation wurde 1928 von einem spanischen Priester namens Josemaría Escrivá de Balaguer y Albás gegründet. Unter dem Diktator Franco erlebte Opus Dei seinen ersten Aufschwung und gewann zunehmend Einfluss auf Universitäten und auf Offiziere der Armee. Opus Dei war an der Elite des Volkes interessiert und fand dort auch seine Anhänger. Noch heute verstand sich die Gemeinschaft als Elite des katholischen Laientums. Sie unterhielten in vielen Ländern Hochschulen, Colleges, Institute, kurz: Einrichtungen, aus denen künftige Führungspersönlichkeiten hervorgehen sollten. Das alles klang nicht so schlimm, allerdings las Delbrock, dass diese Institution erzkonservativ war und von ihrer Struktur her tatsächlich an eine Sekte erinnern konnte. Viele der beschriebenen Ansichten klangen für den Hauptkommissar nach tiefstem Mittelalter. Das Tragen von Bußgürteln, das eigene Auspeitschen, strenges Ritualdenken und ein enorm antiquiertes Frauenbild, wonach die Frauen sich in erster Linie auf ihre Rolle als Hausfrau und Mutter beschränken sollten und Bildung im Allgemeinen angeblich nicht benötigten. Nicht zuletzt herrschte dort ein extremes Obrigkeitsdenken. Einige Dinge kannte man von anderen Vereinigungen; was Delbrock allerdings schwindelerregend interessant erschien, war die Erklärung, dass Opus Dei seit dem Pontifikat von Johannes Paul II. in den Vatikan gelangt war und dort nicht nur einige Fäden, sondern ganze Seilschaften in den Händen halten sollte. Der Gründer dieses Vereins war von Johannes Paul II. gar heiliggesprochen worden, das war 2002. Und Papst Benedikt XVI. hatte bei Amtsantritt 2005 schnellstmöglich ein Denkmal für den spanischen Priester errichten lassen. Dazu sollte man durchaus einen Blick darauf haben, dass Josemaría Escrivá angeblich ein guter Freund von Francisco Franco, dem Diktator, war. Es wurde auf den vielen Seiten über Opus Dei im Internet sogar die These vertreten, dass Kardinal Ratzinger nur deshalb Papst werden konnte, weil Opus Dei dies so beschlossen haben sollte.

Und wir naiven Christen wundern uns über den konservativen Stil in Rom, dachte Delbrock. Natürlich musste er die Informationen aus dem weltweiten Netz vorsichtig behandeln, aber die wirklich mittelalterliche Strenge in der Auslegung des Katholizismus, die sich als roter Faden durch die Informationen zog, erstaunte ihn. Und dann stieß er auf eine Seite, die dieser Bruderschaft auch konkret eine sektenähnliche Struktur vorwarf. Doch das war nicht das Interessanteste.

Die ganze Zeit über hatte er so ein Kribbeln im Kopf, mehr die Ahnung einer Spur, als wirklich eine heiße Fährte zu sehen.

Nun las er, wie Opus Dei organisiert wurde. Es gab hier die unverheirateten Priester und Ordensbrüder, fast alles Akademiker und in den höchsten Positionen, Numerarier eins und zwei, es gab die Assoziierten, und es gab sogenannte Supernumerarier. Diese letzte Gruppe bestand aus Mitgliedern, die nicht in der Gemeinschaft des Ordens lebten, sondern als verheiratete Bürger. Sie konnten als Ehemänner allerdings nicht in höhere Positionen aufsteigen.

Der Gedanke war kühn, doch ergab es nicht einen Sinn, wenn eine Handvoll dieser Opus-Dei-Mitglieder plötzlich innerhalb gebraucht wurde? In diesem Fall gab es nur eine Möglichkeit: Die Ehen mussten annulliert werden.

Dem Hauptkommissar wurde warm, er zerrte an seinem Kragen und fragte sich wiederholt, ob er dem Rätsel nähergekommen war oder ob die klerikale Umgebung nur seine Phantasie strapazierte. Wahrscheinlich passte diese Theorie nur deshalb so gut ins Gesamtbild, weil ihm Andreas Berger als Hardcore-Mönch vorgestellt worden war und Jan Mertens Opus-Dei-Finsterlinge im Kloster vermutete. Was war Andreas Berger noch von Beruf gewesen? Anwalt, soweit er sich erinnern konnte. Dieser Beruf passte nach dem, was er in den letzten zwei Stunden alles gelesen hatte, ganz wunderbar in die beruflichen Qualifikationen von Opus Dei. Einen einfachen Hausmeister würden die in den höheren Reihen sicherlich nicht dulden. Da konnte der Mann tausend Gebete am Tag sprechen oder sich die Haut vom Rücken peitschen. Delbrock hatte es plötzlich ganz eilig, mit der Exfrau von Berger zu sprechen, Rafaela Berger.

Gleich beim zweiten Klingeln ging sie an ihr Handy. Im Hintergrund hörte er Motorengeräusch, sie telefonierte mit hundertprozentiger Sicherheit im Auto. Ohne Freisprechanlage.

»Hauptkommissar Delbrock hier, können Sie gerade telefonieren?«

»Ja, ja, sprechen Sie nur.«

»Kennen Sie eine katholische Organisation, die sich Opus Dei nennt?«

»Opus Dei, warten Sie mal. Der Mönch in einer Dan-Brown-Verfilmung, dieser Weißhaarige, der war doch ein Mitglied oder Handlanger von Opus Dei, oder? Das war so ein fanatischer Katholik, nicht wahr?«

»Nein, das war ein Schauspieler. Aber Sie haben schon recht. Opus Dei verlangt von seinen Mitgliedern angeblich ein sehr mittelalterlich anmutendes Repertoire an Verhaltensregeln. Nur Beten und Arbeiten reicht da nicht. Hat Ihr Mann Andreas mal etwas von diesem Verein erzählt?«

»Nein, ganz sicher nicht. Ich habe ja nicht einmal mitbekommen, dass er so fromm war und sein Leben nur noch Gott widmen wollte. Ehrlich, Religion war bei uns kein großes Thema. Wie kommen Sie überhaupt darauf?«

»Das erkläre ich Ihnen ein anderes Mal.« Delbrock beeilte sich, das Gespräch zu beenden. Er widmete sich wieder seinem Laptop. Im Posteingang konnte er die fleißigen Bemühungen seiner Mitarbeiter verfolgen, die, wie vereinbart, ihre Berichte stets auch an ihn versandten. Dank der hoch entwickelten Datenverarbeitung konnte man wirklich überall arbeiten. So las er, dass Dr. Sebastian Berger sich leider noch immer nicht gemeldet hatte. Aber ein Mitarbeiter hatte eine weitere Ehefrau gesprochen, die ihren einstigen Gatten nur noch als Mönch treffen konnte. Sie hieß Helga Schneider, wohnte in Münster und schätzte die Dinge offenbar ganz anders ein. Was Delbrock in dem Bericht las, erstaunte ihn sehr. Frau Schneider hatte dem Beamten unmissverständlich klargemacht, wie stolz sie auf ihren Mann war: »Für seinen Glauben begibt er sich in die Askese und in das Arbeitsleben im Kloster.«

Auf die Frage, wie sie denn damit umgehe, dass ihre Ehe

sogar annulliert worden war, hatte Frau Schneider lediglich einen kurzen Satz übrig: »Viele Dinge im Leben sind nur geliehen.«

Rad ab, dachte Delbrock und fand die Empörung und Wut einer Rafaela Berger sympathischer.

Aber ob Wut oder Demut als Reaktion auf den merkwürdigen Lebenswandel – Delbrock glaubte nicht mehr daran, dass fünf Männer unabhängig voneinander diese Idee aus eigenem Antrieb entwickelt hatten. Hier steckte mit Sicherheit ein Konzept dahinter. Er musste eine Verbindung zwischen den Männern finden. Irgendetwas hatten sie bislang übersehen, eventuell mussten sie tiefer in der Vergangenheit suchen. Denn eine Sache hatten seine Beamten bislang herausgefunden: Außerhalb des Münsterlandes gab es keine merkwürdigen Ordenseintritte braver Ehemänner. Also war das hier eine eingeschworene Gemeinschaft. Delbrock hatte zwei Beamte damit beauftragt, die Vergangenheit der fünf Männer akribisch zu durchleuchten und nach irgendeiner Gemeinsamkeit zu suchen.

Als er das nächste Mal auf die Uhr schaute, war es bereits zehn Minuten vor sechs Uhr. Zeit, sich auf das Abendessen vorzubereiten.

Er griff nach seinem Handy, blätterte im Telefonbuch und wählte eine Nummer an. Der Engel meldete sich.

»Alles in Ordnung?«

»Ich liege jedenfalls nicht in der Badewanne, weder tot noch lebendig.«

»Darüber machen Sie mal besser keine Scherze. Bei drei tatsächlichen Leichen ziemt sich das nicht. Ist Ihnen heute wieder ein Auto gefolgt?«

»Ja, jede Menge, ich stand im Stau und hinke jetzt total meiner Zeit hinterher. Gibt es etwas Neues?«

Der Hauptkommissar erzählte ihr, dass es entgegen ihrer Vermutung tatsächlich nur fünf Ehemänner gab, die mit Hilfe einer Eheannullierung in ein Kloster gegangen waren.

»Hab ich ein Glück!«, meinte der Engel, also Frau Berger, und Delbrock gab ihr spontan recht nach dem, was er über den Charme ihres Ehemannes gehört hatte. Er ahnte jedoch, dass sie es ironisch gemeint hatte. Das Zusammenfinden einzelner

Personen zu einer Partnerschaft konnte man als Außenstehender ja ohnehin nur höchst selten nachvollziehen.

»Frau Berger, haben Sie bei Ihren privaten Recherchen eine Gemeinsamkeit zwischen diesen Männern feststellen können? Jede Kleinigkeit könnte ein Hinweis sein.«

Sie antwortete prompt. »Stefan, der Mann von Birgit, und mein Mann Andreas haben in ihrer Jugend beide ein Praktikum im Vatikan gemacht.«

»Wie Tausende anderer danach auch. Aber danke, es könnte eine Spur sein. Wir müssen mal überprüfen, ob sie zeitgleich in Rom waren.«

Nach dem Telefonat stöhnte er zunächst einmal laut und lang. Der Vatikan war ein erhabener Ort und für seine Verschwiegenheit nach außen bekannt. Nach Dingen zu forschen, die vor über fünfundzwanzig Jahren eventuell geschehen waren, glich der Suche nach einer Münze aus Atlantis. Es konnte jedoch interessant sein, die Frage nach einem Praktikum im Vatikan auch bei den anderen drei Männern zu stellen. Er gab eine entsprechende Anweisung an seine Kollegen weiter, Daten und Fakten zu überprüfen. Ein Praktikum im Vatikan aller fünf Männer zur selben Zeit wäre in der Tat auffallend.

Fünf Minuten später stand er bei Jan Mertens vor der Tür und klopfte.

»Kommen Sie rein!«

Diese einfach klingende Bitte zu erfüllen, stellte sich überraschend schwierig dar. Jan Mertens hatte in kürzester Zeit die kleine Mönchszelle für sich erobert. Anders konnte man es nicht beschreiben. Der Fußboden war übersät mit Büchern, zum Teil aufgeklappt. Auf dem Bett lagen kleine Dinge des Alltags: ein Handy, eine Packung Kekse, Taschentücher, ein Schlüsselbund und Kopfhörer. Außerdem zählte Delbrock zwei T-Shirts, zwei Paar Schuhe und eine Jeanshose auf dem Fußboden, der junge Mann musste sich mehrfach umgezogen haben. Rucksack und Koffer lagen achtlos in der Ecke, Mertens selbst saß an dem kleinen Tisch vor seinem Laptop. Auf den Knien hielt er ein Buch über kirchliche Orden, wie Delbrock durch Schieflage seines Kopfes gut erkennen konnte. Drei Schritte schaffte er, ohne irgendwo draufzutreten, dann wurde er durch zwei große Bildbände gestoppt. Er blickte auf die Titel und fragte erstaunt: »Haben Sie auch Bücher über die Kirche dabei? Das ist doch wirklich übertrieben.«

»Natürlich nicht, ich habe mir eben zwei Bücher aus der Bibliothek geliehen. Mann, die ist wirklich beeindruckend.« Jan Mertens klappte das Buch auf den Knien zu und lehnte es an eines der Tischbeine.

Delbrock stand mit hängenden Armen im Zimmer herum, traute sich nicht vor, nicht zurück und fragte: »Lief da so ein älterer Mönch herum und hat Ihnen erklärt, welche Bücher man tatsächlich mitnehmen darf und welche man dort lesen muss?«

»Nö, da war niemand. Dann lassen Sie uns mal auf die Pirsch gehen.«

Delbrock wusste nicht, wie Jan das gemacht hatte, aber er stand tatsächlich an der Tür, ohne ein Buch berührt oder gar verschoben zu haben.

## SECHS

Das Abendessen um achtzehn Uhr fünfzehn fand wieder mit den Mönchen zusammen im Refektorium statt. Die beiden Männer betraten den großen Raum und setzten sich so nebeneinander, dass sie die Tür im Blick hatten. Sie waren früh dran, und erst allmählich füllte sich der Raum. Auf den Tischen standen Brotkörbe mit zwei verschiedenen Brotsorten, Wurst- und Käseplatten sowie große Teekannen. Jan Mertens guckte etwas sparsam und meinte: »Eine Pizza Tonno wäre mir jetzt lieber. Ich bin ja nicht so der Stullenesser.«

»Dann müssen Sie Ihrer Therese mal schöne Augen machen. Es geht nichts über eine wohltuende Verbindung zur Küche.«

»Schauen Sie mal!«

Delbrock sah zwei Männer hereinkommen, die eine Ordenstracht trugen, die sich aber von den anderen Benediktinertrachten unterschied. Das Gewand war eng anliegend und gerade geschnitten. Am Kragen sah man, dass die beiden Männer darunter noch einen anderen Stoff trugen. Etwas warm und dick eingepackt für diese Jahreszeit, fand Delbrock und wurde gerade in diesem Moment angestoßen. Sein junger Begleiter beugte sich mit zu viel Schwung zu seinem rechten Ohr und flüsterte: »Opus Dei, ich fasse es nicht.«

»Also, ich weiß nicht, wie Opus-Dei-Brüder aussehen. Es können auch andere Gäste sein.«

Die beiden Männer setzten sich abseits der anderen Brüder an den Tisch und wollten offenbar ebenfalls die Tür im Visier haben. Beide waren Anfang fünfzig und sehr schlank. Leider saßen sie nur wenige Meter neben Delbrock, sodass allein das Hinschauen auffiel, denn dazu musste der Hauptkommissar seinen Kopf weit nach links drehen. Er konnte jedoch beobachten, dass einige Mönche knapp grüßend zu den Männern nickten, während andere sie gar nicht beachteten. Andreas Berger kam herein, blickte auf ein kleines Buch in seiner Hand und sah niemanden an.

Als einer der Brüder zum Pult ging und wie beim Mittagessen laut aus einem Buch vorlas, stöhnte Delbrock leise vor sich hin, und Jan Mertens riss entsetzt die Augen auf. Mit spitzen Fingern holte er sich dann eine Scheibe Brot aus dem Korb und drückte unschlüssig darauf herum. Früher, dachte Delbrock bei sich, früher waren Studenten über jede Mahlzeit froh gewesen, die sie bekommen konnten, egal, was auf dem Tisch stand, Hauptsache, umsonst und viel. Dem Kommissar schmeckte es ausgezeichnet, und als er irgendwann sah, dass Mertens sich die vierte Vollkornschnitte mit Schinken und Käse fertig machte, konnte er sich nicht vorstellen, dass der junge Mann nachts vor Hunger wach werden würde.

Die Lesung im Hintergrund hatte auf beide nicht die erwünschte Wirkung. Das Lesen des Mönches machte Delbrock momentan kribbelig, und sein Tischnachbar verdrehte mehr als einmal die Augen, was der Ältere sehr unhöflich fand. Wo schweigend gegessen wurde, konnte man aber leider beim besten Willen nichts belauschen oder im Gespräch erfahren. Andreas Berger saß am Rande eines anderen Tisches, er schaute weder zu den beiden Männern an ihrem Tisch, noch nahm er Blickkontakt mit einer der anderen anwesenden Personen auf. Die ganze Atmosphäre war kalt, kam es Delbrock plötzlich in den Sinn. Diese Lesungen folgten sicherlich einem eigenen Sinn, aber die Gemütlichkeit und der Austausch, zu dem man sich sonst zum Essen traf, blieben hier etwas auf der Strecke, fand Delbrock. Er nahm sich vor, Bruder Bernhard nach dem Sinn der Lesungen zu befragen. Er musste jedoch zugeben, dass der Vorleser mit angenehmer ruhiger Stimme den Text vortrug und die meisten Leute im Raum durchaus interessiert wirkten.

»Lassen Sie uns morgen auswärts essen«, stöhnte Jan Mertens und schob sich ein zu großes Stück Brot in den Mund.

Delbrock konnte die beiden fremden Mönche knapp neben ihm zwar nicht direkt beobachten, aber er konnte auf ihre Teller sehen. Und dieser Anblick war mager. Entweder waren beide Männer magenkrank, oder sie stellten eine unnötige Askese und Bescheidenheit zur Schau. Denn Delbrock sah, dass die anderen Männer des Konvents mehr oder weniger genussvoll zugriffen und dass hier eine Scheibe Käse durchaus größer sein durfte als die darunterliegende Scheibe Brot. Er interessierte sich für diese Männer an seinem Tisch mindestens genauso sehr wie für Andreas Berger. Er musste wissen, wo sie untergebracht waren.

»Passen Sie auf, Jan. Können Sie den beiden unbemerkt folgen und sehen, wohin sie nach dem Abendessen gehen und wo sie untergebracht sind? Ich versuche derweil, jemanden in ein Gespräch zu verwickeln.«

Die leuchtenden Augen des jungen Mannes signalisierten noch mehr Zustimmung als sein begeistertes Kopfnicken. Als das Abendessen beendet war und eine gewisse Unruhe entstand, flüsterte der Hauptkommissar dem jungen Mann ein paar Instruktionen zu: »Sie müssen sich darauf gefasst machen, Terrain zu betreten, das für Gäste verboten ist. Haben Sie eine passende Ausrede parat?«

»Machen Sie Witze? Ich kann Ausreden leider besser entwerfen als konkrete Pläne. Ich weiß, wie man jemandem folgt. Ich habe recht, nicht wahr? Das sind unsere erzkonservativen Mönche?«

Delbrock blieb nur noch ein Schulterzucken, denn besagte Personen standen auf und verließen allein den Saal. Ganz anders die übrigen Mönche. Sie standen in Gruppen zusammen, lachten, und die Mehrheit strebte schließlich in Richtung Rekreationszimmer, um die Neunzehn-Uhr-Nachrichten anzusehen. Noch lief Werbung, und der Ton war ausgestellt, und während der Kommissar sich einen Platz suchte, fragte er Bruder Bernhard: »Schauen Sie hier eigentlich auch mal ›Tatort‹ oder ›Wetten, dass‹?«

»Nein, eher nicht. Wir nutzen den Fernseher als Informationsquelle. Wenn das typische Abendprogramm startet, beginnt bei uns bereits die Nachtruhe, und die meisten Mitbrüder sind auf ihren Zimmern. Bruder Josef hier, der schaut ab und an mal Fußball, und einige von uns schleichen sich dann ebenfalls dazu.«

Der ältere Mönch, den Delbrock in der Bibliothek kennengelernt hatte, trat gerade ein und hörte die letzten Worte des Jüngeren.

»Nicht nur Fußball. Ich leide unter seniler Bettflucht«, lächelte er. »Dann sitze ich nachts manchmal hier und lenke mich mit

Tierfilmen oder alten Klassikern ab. Aber das ist eher unüblich.« Er setzte sich neben Bruder Bernhard und fügte hinzu: »Streit über das Fernsehprogramm kommt schon gar nicht vor.«

»Worüber streiten Sie sich denn sonst?«, fragte Delbrock.

Einige lachten und beteiligten sich am Gespräch. »Ich streite mich mit Bruder Josef über die Ausleihe, ständig.« Ein Mönch mit vollen roten Haaren lächelte zu dem älteren herüber.

»Ihr könnt bei mir in der Bibliothek lesen. Ich hänge da immer allein herum«, maulte Bruder Josef.

»Ja, aber zum Lesen braucht man seine Ruhe. Entweder besucht man die Bücher oder dich. Du erwartest, dass ich das Wissen aus einem Buch aufsauge, während du dich mit mir unterhältst.«

Der Rothaarige grinste bei diesem Vorwurf, und Bruder Josef erwiderte mit erhobenem Zeigefinger: »Nun fängst du schon wieder Streit an.«

Delbrock beugte sich zu Bruder Bernhard und zeigte unauffällig auf den eintretenden Andreas Berger. »Wer ist das? Er ist mir beim Mittagessen schon aufgefallen, er sieht so ernst und traurig aus.«

»Oh, das ist Bruder Andreas. Seine Mutter ist am Wochenende verstorben.«

»Das ist ein Grund. Lebt er schon lange hier im Kloster?«

Die Nachrichten begannen, und jemand bat um Ruhe. Bruder Bernhard schüttelte kurz den Kopf und widmete sich dann dem Fernseher. Eine Zeit lang verfolgten sie alle die Geschehnisse in der Welt, doch schon beim Wetterbericht setzte die eine oder andere Unterhaltung wieder ein.

»Wie viele Gäste haben Sie zurzeit hier?«, fragte Delbrock in die Runde und erfuhr, dass oft auch ordensfremde Mönche hier nächtigten, wenn bestimmte Aufgaben, Fortbildungen oder Ähnliches sie in die Nähe führten. Bei der nächsten Frage sah Delbrock bewusst den älteren Bruder Josef an. »Die beiden Mönche, die bei mir am Tisch gesessen haben, das sind doch auch Gäste, oder? Sie sehen so distinguiert aus. Von welchem Orden kommen die beiden?«

Bruder Josef wich aus. »Sie bleiben nur eine Nacht, sie sind auf der Durchreise, soweit ich weiß.«

Plötzlich stand Andreas Berger vor ihm. Er blickte auf ihn hinunter, die Hände in den Weiten seiner Ärmel verborgen, und sagte: »Die beiden Männer kommen von Opus Dei.« Während er dies sagte, sah Berger sich um, als wollte er jede Reaktion der Mönche aufzeichnen. »Und sie bleiben drei bis vier Tage hier.« Dann drehte er sich um, wünschte allen eine gute Nacht und verließ den Raum.

Bruder Josef rieb sich das Kinn und meinte lakonisch: »Na, dann wissen wir ja jetzt Bescheid.«

Bruder Bernhard klang wie ein Fernsehpfarrer, als er sagte: »Hier sind alle herzlich willkommen, solange sie sich an die Regeln unseres Hauses halten.«

Ein jüngerer Mönch sagte mutig, aber leise: »Kein Problem, unsere Regeln werden den Opus-Dei-Brüdern wie ein Kindergeburtstag vorkommen.«

Delbrock wäre Berger gern nachgelaufen, aber dann hätte er sich auch gleich seinen Dienstausweis an die Jacke heften können. Selten hatte er einen so tieftraurigen Mann gesehen wie Bruder Andreas. Sehnte er sich nach seinem alten Familienleben, oder trauerte er so sehr um seine Mutter? Welche Bürde machte diesen relativ jungen Mann so hart, so versteinert und in sich verschlossen? Warum war er wirklich ins Kloster gegangen? Eine warme Herzlichkeit und tiefe Gemeinschaft schien er mit den anderen Brüdern nicht zu pflegen. Und dabei lebte Andreas Berger schon seit fast einem Jahr hier.

Während im Rekreationszimmer gelesen, gerätselt oder eine leise Unterhaltung geführt wurde, wartete Delbrock auf die Rückkehr seines jungen Heißsporns. Der kam nicht. Um zwanzig Uhr fünfzehn galt im Kloster die Nachtruhe. Kontemplation nannten sie es auch. Innere Einkehr, einen bestimmten Gedanken betrachten und äußere Einflüsse ausschließen. Was immer dies im Einzelnen bedeutete.

Delbrock hatte keinen Schimmer, was erwachsene Männer um zwanzig Uhr fünfzehn tatsächlich auf ihren Zimmern taten. Henning Mankell lesen, Briefe an die Eltern schreiben oder sich auf den Zimmern treffen und Karten spielen? Es war kurz vor acht, als plötzlich ein Mönch mit einer weißen Schürze den

Raum betrat und nach einem kurzen Rundblick auf Delbrock zuging. »Herr Eichner?«

Delbrock nickte misstrauisch.

»Können Sie mir bitte in unsere Infirmerie folgen? Jemand wartet dort auf Sie.«

Delbrock zuckte fragend mit den Schultern. »Wohin soll ich?«

Der Mönch beugte sich noch weiter zu ihm hinunter, sodass Delbrock den Geruch von Zigarettenqualm roch. »Das ist unsere Krankenstation.«

Jetzt war der Kommissar zwar noch verwirrter, stand aber auf und ging mit dem Mann mit. Unterwegs stellte der Mönch sich als Bruder Jakobus vor und erklärte ihm: »Ihr junger Bekannter, Jan Mertens, hatte einen Unfall und wurde von mir versorgt. Ich soll Sie zu ihm holen, denn er selbst darf heute nicht mehr aufstehen und bleibt zur Beobachtung bei uns in der Infirmerie.«

»Oh Gott, was ist denn passiert?«, rutschte es Delbrock heraus.

Bruder Jakobus blieb stehen, hob eine Augenbraue in die Höhe, perfekt und beinahe bis zum grauen Haaransatz, und erwiderte: »Gott kann sicherlich nichts dafür. Der junge Mann ist gestürzt.«

Sie gingen weiter und gelangten durch mehrere Gänge zur Krankenstation. Der typische Geruch von Desinfektionsmitteln schlich sich in seine große Nase, und Delbrock fühlte sich sofort unbehaglich. Ärzte konnte er nicht gut um sich haben. Bestimmt sahen sie ihm an, wie viel Kaffee er trank und wie wenig Gemüse er aß zugunsten cholesterinhaltiger Gerichte. »Haben Sie sogar einen Arzt hier im Kloster?«, fragte er und schritt durch die Tür hinter dem Mönch her. Auf einer Liege lag Jan und hielt sich mit einer Hand den Kopf fest, als würde dieser sonst ein Eigenleben entwickeln.

»Nein, der würde sich hier sehr langweilen. Die alltäglichen Krankheiten und Wehwehchen bekomme ich als ausgebildeter Krankenpfleger selbst gut in den Griff, ebenso kleine Verletzungen, wie sie bei der Gartenarbeit vorkommen können.«

Bruder Jakobus trat zu Jan an die Liege und ermahnte ihn: »Wenn zu den Kopfschmerzen noch Übelkeit hinzukommt und

Schwindel, geben Sie bitte sofort Bescheid. Dann sollte der Kopf besser geröntgt werden.«

»Was ist denn passiert, Herr Mertens?« Delbrock trat näher und erschrak über das bleiche Gesicht des jungen Mannes.

Der verzog schräg das Gesicht und flüsterte: »Später.«

Im Hintergrund schrieb Bruder Jakobus etwas in eine Mappe, dann drehte er sich um und verkündete: »So, ich bringe Sie jetzt auf Ihr Krankenzimmer, und dann kann Ihnen Herr Eichner ja noch ein wenig Gesellschaft leisten. Der Gästeflur ist direkt nebenan.«

Das Krankenzimmer war modern eingerichtet und unterschied sich nicht sonderlich von den Patientenzimmern eines Krankenhauses. Allerdings gab es hier keinen Fernseher. Auf dem Nachttisch lag eine Ausgabe des Neuen Testaments, statt Daily Soaps also trostspendende Worte durch Jesu Heilsgeschichten. Delbrock fragte sich, ob Mönche nicht eh alle Bibelstellen kannten. Wie viel Theologie musste ein Ordensbruder wohl auswendig abrufen können? Nun, er selbst hatte in seiner Jugend drei Mal »Der Schatz im Silbersee« gelesen, und zwar direkt hintereinander. Das schaffte ein Mönch mit der Bibel eventuell noch öfter.

»Herr Eichner, strengen Sie den jungen Mann bitte nicht zu sehr an, in einer Viertelstunde sollte er schlafen. Ich bringe gleich noch eine Flasche Wasser.«

Dann ließ er sie endlich allein.

Jan Mertens schaute dem Mönch hinterher und schien bis zehn zu zählen, dann platzte er los: »Von wegen gestürzt! Ich habe eins über den Schädel bekommen. Man hat mich gezielt niedergeschlagen!«

»Wer sollte Sie denn hier im Kloster niederschlagen? Und womit?«

»Ja, genug stabile Holzkreuze hängen hier doch wohl herum. Wenn ich den zwischen die Finger bekomme, dann kann er was erleben. Dann wird ihm sein komischer Dornengürtel wie eine Wellness-Behandlung vorkommen, das schwöre ich Ihnen aber.«

Delbrock stellte mit Erstaunen fest, dass sein neuer Bekannter ziemlich wütend war. Sollte es sich hier wirklich um einen Fall von Körperverletzung handeln?

»Erzählen Sie mal der Reihe nach. An was können Sie sich erinnern?«

»An alles! Ich bin diesen beiden Schwarzröcken gefolgt, unauffällig und leise, und sah, wie sie zum Gästeflur marschierten.«

»Sie sind also auch im Gästetrakt untergebracht?«, fragte der Kommissar dazwischen.

»Müssen sie wohl. Deshalb möchte ich, dass Sie gleich erst einmal mein Zimmer abschließen, und um Himmel willen reden Sie leise. Alles andere hält meine Rübe nicht aus und die Wand eventuell auch nicht. Die beiden sind in den Zimmern ganz am Ende des Flures. Sie haben jeweils ein Zimmer für sich. Jeder schließt also seine Zimmertür auf, und plötzlich sagt der eine zum anderen: ›Komm doch bitte noch mal kurz mit zu mir. Ich möchte dir etwas unterbreiten.‹ Ja, so geschwollen hat er sich ausgedrückt.«

Delbrock ahnte, was nun kam. Dazu hatte er den jungen Mann natürlich nicht provozieren wollen.

»Die Tür des einen ist also aufgeschlossen, und er geht zu seinem Kollegen ins Zimmer. Tür zu, leises Gemurmel. Bingo.« Mertens klatschte in die Hände und verzog gleich darauf schmerzvoll das Gesicht, denn die Erschütterung hatte leider auch seinen lädierten Kopf erreicht.

»Ich bin also in das andere Zimmer gehuscht. Die Tür habe ich offen stehen lassen, damit ich schnell weglaufen konnte. Bevor ich mich aber lange umsehen konnte, bekam ich einen Schlag und wachte am Fuß der kleinen Treppe zum Flur hin wieder auf. Klar denkt jetzt jeder, ich sei über die Stufen gestolpert und mit dem Hinterkopf aufgeschlagen. Bin ich aber nicht.«

»Sie meinen, der Mönch kommt zurück, sieht Sie in seinem Zimmer herumschnüffeln und haut zu? Warum? Er hätte Sie doch einfach melden können. Sie haben doch gerade etwas Unrechtes getan, standen in seinem Zimmer. Oder kann er sich bedroht gefühlt haben?«

»Ja, selbst wenn. Warum machen die sich die Mühe, es zu vertuschen? Jeder hätte Verständnis, wenn man im ersten Schreck einem Einbrecher eins über den Schädel haut. Therese hatte recht. Mit denen stimmt doch etwas nicht!«

Delbrock fasste mit der rechten Hand nach vorne und fragte: »Darf ich mal fühlen?«

Der leidende Jan blickte skeptisch. »Aber nur sehr vorsichtig. Hinten rechts. So ein Schlag auf den Kopf greift nicht nur die Ehre an, er tut auch sehr weh.«

Delbrock fühlte eine breite Beule, sogar eine kleine Blutkruste. Das passte mehr zu der Geschichte, die Jan erzählt hatte. Bei einem Sturz auf den Hinterkopf war die Verletzung doch wohl eher großflächig und stumpf. Er glaubte dem Jungen.

»Wollen Sie Anzeige erstatten?«

»Bescheuert bin ich durch den Schlag nicht geworden. Da steht ja wohl meine Aussage gegen das fromme Bekenntnis zweier Mönche. Außerdem würde die Polizei nur stören. Das überlebe ich hier tapfer wie ein Agent im Kalten Krieg. Aber es zeigt doch, dass wir auf der richtigen Spur sind. Wir müssen unbedingt mehr über diese beiden obskuren Brüder in Erfahrung bringen. Irgendwann sind die doch mal in der Kirche. Dann schauen wir in den Zimmern nach und –«

Delbrock kam sich vor wie der Zauberlehrling bei Goethe. *Die ich rief, die Geister, werd ich nun nicht los.*

Er räusperte sich altväterlich und sagte: »Herr Mertens, Sie sind hier, um eine wichtige Arbeit zu schreiben. Ich bin hier, weil ich zur Ruhe kommen muss, bevor ein Herzinfarkt mich dazu zwingt. Ich denke, wir lassen es dabei bewenden, zumal sich das alles als nicht ganz ungefährlich erwiesen hat.«

Hauptkommissar Delbrock hatte ganz sicher vor, diesen Dingen auf den Grund zu gehen, aber während das ja auch sein Job war, musste er den jungen Mann nun dringend da raushalten. Er hatte schon genug Frauenleichen, junge Studenten wollte er nicht auch noch in der Pathologie besuchen müssen.

Dieser junge Student versuchte sich gerade aufzusetzen, was ihm mit schmerzverzerrtem Gesicht auch gelang, und verkündete: »Ach, die Arbeit! Da habe ich doch jetzt eine prima Ausrede. Ich lasse mir eine Bescheinigung ausstellen, immerhin bin ich erwiesenermaßen lebensgefährlich verletzt. Mit so einer Gehirnerschütterung ist nicht zu spaßen. Und dank dieses Attestes werde ich noch mal mindestens einen Monat Zeit gewinnen.«

»Ich dachte, es geht hier um das Fertigwerden und nicht um den Zeitgewinn?« Delbrock verdrehte die Augen. Wer war nur auf die Idee gekommen, diesen Vogel zur Uni zu schicken?

»Ja eben, das erzwungene Fertigwerden erfordert Nischen.« Bei dem Wort »Nischen« nuschelte der junge Mann bereits, offenbar hatte er eine Schlaftablette bekommen. Er sackte zunehmend in sich zusammen, und der Hauptkommissar verabschiedete sich erleichtert. Heute Abend musste er seinen Agenten nicht unter Zwang zurückhalten.

Er verließ das Krankenzimmer und wanderte noch einmal zur Bibliothek zurück. Wie er vermutet und vor allem gehofft hatte, stand Bruder Josef umgeben von seinen Büchern an einem Tisch und putzte gedankenverloren an der Platte herum. Als der Hauptkommissar eintrat, schaute er lächelnd auf, machte aber weiter. Er putzte so, als ginge es um die Beschäftigung und nicht um die Sauberkeit.

»Es ist doch gar keine Arbeitszeit mehr, sondern die Phase der Entspannung, Kontemplation nennen Sie das hier, nicht wahr?«

»Das hier *ist* Entspannung, glauben Sie mir. Suchen Sie noch ein Buch, Herr …?«

»Eichner. Ja, mir gehen bestimmte Gespräche nicht aus dem Kopf, die ich heute gehört habe. Ich würde gern etwas über diesen Orden lesen, über Opus Dei.«

Plötzlich lachte der Bibliothekar. »Opus Dei und seine Geheimnisse! Die besten Bücher hat sich Ihr Zimmernachbar heute Nachmittag ausgeliehen. Und das ohne zu fragen und wohl wider besseres Wissen. Unter unseren Gästen scheint ja unverhoffter Wissensdurst zu herrschen.«

Der Mönch war nicht blöd, und Delbrock entschied sich für den direkten Weg. »Ebendieser Zimmernachbar behauptet, nach dem Abendessen von einem der Opus-Dei-Brüder niedergeschlagen worden zu sein. Er liegt auf der Krankenstation.«

Bruder Josef ließ das Putzen sein und setzte sich an den Tisch. Er ließ sich Zeit. Schließlich fragte er: »Und Sie glauben ihm?«

Delbrock setzte sich ebenfalls. »Es gibt keinen Grund, dem jungen Mann nicht zu glauben, mal abgesehen davon, dass Ordensbrüder in der Regel nicht zur Gewaltszene gehören.«

»Es ist besser, Sie gehen mit Ihrem Anliegen zu unserem Prior, Pater Samuel.«

Delbrock sagte amüsiert: »Wie diplomatisch von Ihnen.«

»Ja, ich bin eben der Bibliothekar und sitze zwischen verstaubten Buchdeckeln fern des alltäglichen Geschehens.«

Was für ein Blick, was für muntere blaue Augen, dachte Delbrock. Bruder Josef bekam bestimmt eine ganze Menge mit. Er erwiderte: »Ihre Mitbrüder lassen es lieber wie einen Unfall, einen Sturz von drei Treppenstufen, aussehen.«

»Mmmh«, machte Bruder Josef.

»Junge, sportliche Kerle wie Jan Mertens scheinen in ihren Augen sehr anfällig für derartige Stolpereien zu sein.«

»Mmmh«, machte Bruder Josef.

Delbrock startete einen weiteren Versuch. »Sind Sie sicher, dass die beiden Männer das sind, was sie zu sein vorgeben, brave Priester?«

Bruder Josef grinste ihn an. »Das Priestergewand allein macht einen Menschen nicht zu einem frommen Mann. Abgesehen davon sind hier einige etwas anderes, als sie zu sein vorgeben.«

»Mmmh«, machte jetzt Hauptkommissar Delbrock. Das Gespräch verlief ja etwas schleppend.

»Sie sind so wenig Banker wie ich Ehemann. Aber die Behauptung, Sie seien überarbeitet, die stimmt. Ihre Augenringe treffen irgendwann noch auf Ihre Mundwinkel. Schlafen Sie sich aus und kommen Sie morgen nach dem Frühstück zu mir.« Und mit einem Seitenblick zur Tür ergänzte er: »Ich muss jetzt nachdenken.«

Am nächsten Tag ging es turbulent weiter, zumindest wenn man bedachte, dass sie alle in einem Kloster waren und nicht in einem Schulinternat. Auf der Krankenstation verweigerte Jan gerade sein Frühstück, als Delbrock das Zimmer betrat. Er machte seinem frommen Pfleger deutlich, dass er nun duschen wolle, um danach im Gästeraum zu frühstücken. Der Mönch stellte daraufhin mit einem Schulterzucken die Milchsuppe wieder auf ein Tablett, sagte aber kein Wort. Delbrock fand es extrem mutig, einem Studenten Milchsuppe zu kredenzen, selbst wenn diesem die Zähne ausgeschlagen worden wären.

Als Mertens und der Hauptkommissar wenig später im Gästeraum eintrafen, stand dort nicht nur ein kleines Frühstücksbuffet aufgebaut, sondern es saß auch bereits ein großer Mann mittleren Alters da und tippte etwas in sein Handy. Weder Mertens noch Delbrock hatten diesen Mann bislang gesehen oder seine Ankunft mitbekommen. Jetzt legte der Unbekannte sein Handy auf den Tisch und lächelte die beiden an.

»Guten Morgen, mein Name ist Sebastian Berger, und ich besuche hier meinen Bruder.« Dann verzog er kurz das Gesicht, was bei ihm aber charmant wirkte, und ergänzte: »Zumindest will ich es versuchen. Wir haben uns letztes Wochenende geprügelt, und nun redet er nicht mehr mit mir, er betet aber viel für mich.«

Ein kräftiger Händedruck, und die beiden stellten sich ebenfalls vor. Verdammte Tarnung, die Delbrock zwang, sich möglichst unbeeindruckt an den Tisch zu setzen und vorsichtig interessierte Fragen zu stellen. Am liebsten hätte er den Mann auf sein Zimmer gezerrt und nach allen Regeln der Kunst vernommen. Und dann vielleicht verhaftet. Ein merkwürdiger Zufall war das, dass der Bruder von Andreas Berger, der schon überall gesucht worden war, plötzlich hier so einfach im Kloster zum Frühstück auftauchte.

»Sieh an«, sagte Mertens, »das Prügeln scheint unter den Mönchen verbreiteter, als man denkt.« Mit einer eindeutigen Geste fasste er sich an den Hinterkopf und erzählte dem Neuankömmling von den Ereignissen des letzten Abends.

»Opus Dei? Hier im Kloster? Dann haben die braven Benediktiner aber nicht aufgepasst. Man kann es mit der Gastfreundschaft ja auch übertreiben.« In diesem Moment betrat ein Mönch den Raum, wünschte einen guten Morgen und fragte nach Tee- oder Kaffeewünschen.

Nach der Bestellung verließ er die Männer wieder, und Mertens meinte: »Eventuell sollten wir mit unseren Gesprächen vorsichtiger sein.«

»Finden Sie?« Sebastian Berger biss mit Appetit in ein frisches Brötchen.

Delbrock fragte ihn: »Und warum hat Ihr Bruder Sie verprügelt? Gehört er etwa auch zu diesem Verein?« Er hoffte, endlich mal etwas Persönliches über Andreas Berger zu hören. Was trieb den Mann an? Welche Rolle spielte er in diesem Fall?

»Nein, nein. Mein Bruder hat mich nicht geschlagen. Vielmehr habe ich die Hand gegen ihn, einen Mann Gottes, erhoben. Andreas hat sogar für meine finstere Seele gebetet. Der Prior hat ebenfalls gebetet oder wollte es noch tun. Zunächst hat er mir aber Hausverbot erteilt.«

Die beiden Männer schauten Berger erstaunt an. Mit einem Hausverbot im Rücken saß er hier verdammt öffentlich und unbeschwert herum und zeigte dabei noch ein vergnügtes Gesicht.

»Ich habe dem Prior meinen Ausnahmezustand erklärt, Abbitte geleistet und eine kleine Spende als Buße hinterlegt. Dann durfte ich tatsächlich zum Frühstück marschieren. Aber bei dem Konflikt mit meinem Bruder wollte er mir nicht helfen. Mal sehen, was Andreas sagt, wenn er weiß, dass ich heute Nacht ein Zimmer in seiner Nähe habe.«

Je mehr Sebastian Berger fröhlich plauderte, desto zweifelnder fragte der Kommissar sich, ob es dieser Mann war, der seiner Mutter mit Morphium beim Leben und mit Zyankali beim Sterben geholfen hatte. Er schien so charmant und lebensbejahend. Hätte er Probleme nicht anders, besser in den Griff zu bekommen versucht? Zudem besaß er zumindest für den Nachmittag eine Art Alibi. Rafaela Berger hatte versichert, dass Sebastian an jenem Tag keine Sekunde mit seiner Mutter allein gewesen war.

Berger wandte sich nun an Jan Mertens. »Jetzt erzählen Sie mir mal, wieso Sie sich nächtliche Kämpfe mit diesen umstrittenen Leuten liefern. Ich dachte, ich sei der einzige Mensch, der sich Gewalttätigkeiten in einem Kloster herausnimmt. Was sagt denn der Prior dazu?«

Jan hatte trotz seiner leichten Gehirnerschütterung einen gesegneten Appetit. Er bestrich gerade das zweite Brötchen dick mit Erdbeermarmelade. Außer den drei Männern waren zurzeit offensichtlich keine weiteren Gäste anwesend, keine zivilen zumindest. Die beiden Männer von Opus Dei nahmen sicherlich am Klosterleben teil und hatten daher wohl in aller Frühe mit den Mönchen zusammen gefrühstückt und die Messe besucht. Während der Student dem neuen Gast erzählte, welche Version seines Unfalls bei den Ordensbrüdern bevorzugt wurde, stand Delbrock mit der Entschuldigung auf, kurz die Toilette aufsuchen zu müssen. In seinem Zimmer tätigte er schnell einen Anruf in seiner Dienststelle, damit zwei Beamte ein längst überfälliges Gespräch mit dem so munteren Sebastian Berger führen konnten.

»Natürlich sofort«, bellte er ins Telefon. »Ich möchte schon jetzt den Autoschlüssel in Ihrer Hand hören. Und fahren Sie mit Blaulicht und Tempo, noch frühstückt er gemütlich. Wer weiß, welches Programm er sich danach vornimmt.« Und er setzte fast trotzig hinzu: »Er prügelt sich mit Mönchen!«

Über diesen neuen Entwicklungen hätte er seine Verabredung mit Bruder Josef fast vergessen. So kehrte er gar nicht erst in den Gästeraum zurück, sondern suchte eilig die Bibliothek auf. Seine schnellen Schritte hallten in den Klosterfluren wider, und er bemerkte die Stille hier in den langen Fluren mit den hohen Decken umso mehr, als seine Bewegungen wie plumpes, lautes Trampeln klangen. Zu seinem Bedauern befand sich Bruder Josef im Gespräch mit einem Ordensbruder. Es ging um die Auswahl für die Lesungen während der Mahlzeiten. Das würde auch in den nächsten Tagen keine Wunschlektüre für ihn werden, so viel hörte Delbrock dabei heraus. Endlich hatte man sich entschieden, und der andere Mann verließ die Bibliothek.

»Wir setzen uns nach oben, hier, so nahe an der Tür, werden die Ohren anderer Menschen überraschend groß.« Sie stiegen die wenigen Stufen zu der galerieähnlichen Empore hoch und setzten sich an einen sehr kleinen Tisch.

»Ich rede deshalb mit Ihnen, Herr Eichner«, sagte der Ältere, »weil ich weiß, dass Sie Kommissar bei der Kripo in Münster sind.«

Delbrock zuckte nicht einmal. Er hätte sich denken können, dass Bruder Josef nicht mit einem beliebigen Gast über Interna reden wollte.

»Ich bin seit über fünfzig Jahren Bibliothekar, ich kann Sütterlin lesen, Latein gut, Griechisch leidlich, und ich schrecke auch vor den neuen Medien nicht zurück. Das Internet ist praktisch mein Kreuzworträtsel im Alter. Allmählich kenne ich alle wichtigen Begriffe. Und wenn man weiß, wonach man sucht, findet man dort fast alles. Auch das Bild eines Gastes, der sich Eichner nennt.«

»Ich muss mich entschuldigen«, Delbrock räusperte sich, »aber eine spannende Spur führte in dieses Kloster. Ich habe in Münster drei ungeklärte Todesfälle.«

Bruder Josef nickte. »Ich habe darüber gelesen. Ich werde Ihnen erzählen, was mir hier in meinem Kloster aufgefallen ist. Inwieweit es überhaupt mit Ihrem Fall zu tun hat, kann ich nicht sagen. Aber sehen Sie, ich bin sechsundsiebzig Jahre alt. Viele halten mich für Inventar, eine Art lebendes Möbelstück aus der Bibliothek. Daher reden sie in meiner Gegenwart ganz offen. Und ich werde offen zu Ihnen sprechen. Aber versprechen Sie sich nicht zu viel davon, ich kann Ihnen auch keine Lösung präsentieren.« Er blinzelte mehrmals mit seinen blauen Augen und blickte hinunter zur Tür, die aber geschlossen blieb. »Es stimmt, in einigen Klöstern sind ehemalige Ehemänner aufgenommen worden. Es handelt sich um unterschiedliche katholische Orden, in denen sie als Mönche untergebracht wurden. Diese Männer sind nämlich nicht wirklich dem jeweiligen Klosterorden beigetreten, sondern sie gehören zu einer ganz besonderen Vereinigung.« Bruder Josef machte eine Pause, und Delbrock ahnte, worauf er hinauswollte.

Er fragte: »Wollen Sie damit sagen, dass Andreas Berger gar nicht den Benediktinern beigetreten ist, sondern hier nur Unterschlupf findet?«

»Er wird hier zum Mönch ausgebildet. Das ist tatsächlich so. Er lernt viel über das Leben als Mönch, über Gehorsam vor Gott und seinem Orden, er lernt die Bibel und vieles mehr. Er ist ein Mönch und lebt seitdem im Zölibat. Aber er hat sich einer anderen wichtigen Sache verschrieben und wird nur eine absehbare Zeit hier im Kloster verbringen. Dann ist er zu Höherem bestimmt, was immer damit gemeint ist.«

Bruder Josef schloss den Mund und machte ein Gesicht wie eine alte Schildkröte, die die Dinge mittlerweile so hinnahm, wie sie eben waren.

»Sie wollen mir sagen, dass diese Männer eigentlich zu Opus Dei gehören.«

Der alte Mann bewegte bedächtig den Kopf. Dann sagte er: »Klatsch und Gerede machen auch in einem Kloster die Runde, da stehen wir anderen Einrichtungen in nichts nach. Zudem gehen hier zivile Personen ein und aus. Aber ...«, und an dieser Stelle hob Bruder Josef den Zeigefinger, »... aber bis dato wusste niemand, dass Bruder Andreas von Opus Dei protegiert wird. Seit gestern Abend bin ich mir sicher, dass einige zumindest einen Zusammenhang vermuten. Immerhin sucht Bruder Andreas oft den Kontakt zu den beiden Männern.«

»Aber was soll das denn? Opus Dei hat doch seine eigenen Häuser, seine Schulen und Einrichtungen. Warum müssen die ihre neu angeworbenen Mitglieder bei Ihnen unterbringen? Und warum stürzen sie sich auf verheiratete Männer?« Für Delbrock machte das Gehörte bislang gar keinen Sinn.

Zu seinem Erstaunen schüttelte Bruder Josef den Kopf und hob abwehrend die Hand. Dann erklärte er: »Sie dürfen diese Sache nicht einseitig betrachten. Erstens handelt es sich lediglich um vier oder fünf Männer, die nach einer langjährigen Ehe nun im Kloster gelandet sind. Betrachten Sie also nicht die Ehe als ausschlaggebendes Kriterium. Opus Dei hat sicher nicht nach verheirateten Männern gesucht. Es muss ein anderes Auswahlkriterium vorliegen. Und wenn sie diese Leute in unscheinbaren Klöstern ausbilden lassen, steckt bestimmt eine konkrete Idee, ein Plan dahinter. Das machen die nicht, damit sie Betten einsparen können, das können Sie mir glauben. Ideen von Opus Dei verursachen mir leider prinzipiell Sorgenfalten.«

Delbrock verstand sofort. »Sie meinen, diese Männer wurden aus einem bestimmten Grund ausgewählt und aufgenommen und waren zufällig eben auch verheiratet?«

»Ja, wie viele Millionen Männer in diesem Alter auch. Sie kennen doch sicher die Diskussion um Jesus und eine mögliche Ehe. Jesus hat erst mit Anfang dreißig mit seinen Predigten und Pilgerwanderungen begonnen. Viele Menschen, auch Wissenschaftler, gehen davon aus, dass ein Mann, noch dazu ein etablierter Handwerker, in diesem Alter längst verheiratet gewesen sein und Kinder gezeugt haben musste. In den letzten Jahren seines Wirkens war dies aber gar nicht wichtig. Ich glaube, dass diese Männer von Opus Dei aus anderen Gründen ausgewählt worden sind und dass sie eine gemeinsame Vergangenheit haben. Irgendetwas verbindet sie, und das ist wohl kaum die unspektakuläre Tatsache, dass sie verheiratet waren. Forschen Sie in den Erlebnissen der Männer nach.« Bruder Josef schaute immer wieder zur Tür der Bibliothek, doch vormittags hatten die meisten Mönche Arbeiten zu verrichten und gingen ihren Tätigkeiten nach. Sie blieben ungestört. In etwa passte das zu dem, was Frau Berger vermutete, dass es nämlich eine gemeinsame Zeit im Leben dieser Männer gegeben haben musste.

Der Mönch beugte sich ein Stück weit über den Tisch zu Delbrock hin, und der Kommissar erkannte einige rote Äderchen an der Nase sowie stark gerötete Augen. An diesem Morgen strahlten Bruder Josefs Augen lange nicht so blau und munter wie am Vortag.

»Opus Dei geht stets sehr geplant vor, da überlässt keiner etwas dem Zufall. Es ist eine äußerst strukturierte Vereinigung, eine sogenannte Personalprälatur der katholischen Kirche, die es in kürzester Zeit bis in den Vatikan geschafft hat. Unter uns, Herr Kommissar oder Herr Eichner, was immer Sie lieber hören, ich glaube nicht, dass man alles verurteilen kann, was diese Gemeinschaft anstrebt, aber eines ist sicher: Wenn Sie glauben, die katholische Kirche verlange Gehorsam oder sei besonders hierarchisch strukturiert, dann lassen Sie sich mal von Opus Dei anlächeln und anwerben.«

Das alles klang ja gar nicht sympathisch, wie Delbrock fand. Er hatte sich nie mit solchen Strukturen beschäftigt, und auch die Hierarchien in einem Kloster waren ihm nicht wirklich bekannt. So fragte er nach: »Und lässt sich Ihr Prior vorschreiben, was er zu tun hat und wen er hier aufnimmt?«

Bruder Josef zuckte mit den Schultern, sagte aber nur: »Unser Prior ist ein höflicher Mann und behandelt alle Menschen mit Respekt und in der Annahme, dass jeder weiß, was er tut. Unrecht oder Anmaßung würde er nicht zulassen. Und wichtige Entschlüsse werden zwischen unserem Abt, dem Prior und dem Subprior diskutiert.«

»Und wer genau ermöglichte die Annullierung der Ehen?«

Erneutes Achselzucken. »Opus Dei kann man im Grunde genommen dienen, ohne gleich Priester oder Mönch zu werden. Es sind oft Familien, die sich dieser Gemeinschaft anschließen, und die Familie wird auch sehr hoch bewertet. Andererseits kann jemand eine Gemeinde als katholischer Pastor innehaben und dennoch gleichzeitig Opus Dei angehören. Man kann diesem Verein überall dienen, deshalb ist es auch nicht verwunderlich, dass mittlerweile einige Kardinäle zu Opus Dei gehören, ohne dass man dies besonders hervorhebt oder bekannt macht. Wenn also studierte Männer wie Andreas in erster Instanz Mönch werden, und das ganz plötzlich, ahne ich persönlich, dass Aufgaben in Rom auf sie warten, spezielle Aufgaben. Das ganze Verfahren mit der Aufnahme in den Orden und dem Noviziat wurde bei Bruder Andreas mehr als beschleunigt.«

Bruder Josef stand schließlich auf, und Delbrock wusste, dass das Gespräch nun beendet war. Der alte Mann wandte sich ihm zu und schloss mit den Worten: »Ich bin schon sehr lange Mönch und habe viel gesehen und erlebt. Nicht alles, was im Kloster geschah, erwies sich im Nachhinein zur Freude Gottes, sicherlich nicht. In meinem Alter darf man sagen, was man denkt. Ich betrachte die Opus-Dei-Vereinigung kritisch, und ich bin froh, wenn diese Männer unser Kloster wieder verlassen.«

***

»Kommen Sie mir nicht mit Personalmangel, das ist eine Frage der Organisation. Wir haben doch immer irgendwelche Praktikanten herumhängen, die sich beim Kaffeekochen langweilen. Ja, genau das richtige Alter, um im Internet ein Profi der Recherche zu sein. Sagen Sie den beiden, sie sollen nach Gerüchten und düsteren Storys suchen. Das können so Jungs eh besser als wir. Aber kümmern Sie sich endlich um die Geschichten der bekehrten Ehemänner und suchen Sie nach Verbindungen untereinander. Und wenn die nur ihre Schnürsenkel im selben Laden gekauft haben, dann will ich, dass das notiert wird.«

Das Stöhnen seines Mitarbeiters am anderen Ende der Leitung

hörte Delbrock gar nicht mehr. Was er aber hörte, war ein Martinshorn. Wie besprochen erschienen nun zwei Kollegen, um Dr. Sebastian Berger zu befragen. Wie gern wäre er dabei, nein er hätte sogar am liebsten selbst die Gesprächsführung inne. Aber für einen Tag wollte der Hauptkommissar noch unerkannt bleiben. Er hatte so ein Gefühl, dass hier in Kürze eine gewisse Dynamik losgetreten werden würde. Er schrieb sich noch ein paar Dinge auf, damit er sie später nicht vergaß, zum Beispiel, wer sich im Rekreationszimmer aufgehalten hatte, als Bruder Andreas von den Opus-Dei-Priestern gesprochen hatte. Die Informationen, die er von Bruder Josef erhalten hatte, notierte er ebenfalls. Dann zog er seine Jacke an und machte sich auf den Weg zu einem Spaziergang. Nicht um die wunderbare Umgebung zu genießen, sondern um außerhalb des Klosters seine Kollegen abzufangen.

Er marschierte an der Pforte vorbei, grüßte freundlich und trat ins Freie. Genau in diesem Augenblick traten die zwei Priester von Opus Dei ins Innere, und Delbrock stieß mit dem linken Mann zusammen. Er murmelte eine Entschuldigung, der andere tat es ihm gleich, dann gingen die beiden unbeeindruckt weiter. Die schlichen ja herum wie Gespenster, dachte er und sah ihnen nach. Das tat der Ordensbruder an der Pforte auch, dann griff er zum Telefon und rief jemanden an. Delbrock verstand leider kein Wort, aber er hätte seinen kleinen Finger dafür verwettet, dass es um diese Priester ging.

Nachdenklich spazierte er den Weg hinunter zum Parkplatz. Für die schöne Aussicht war er heute nicht empfänglich. Er sah einigen Pferden auf der Weide beim Grasen zu und schaute doch durch sie hindurch. Tief in Gedanken entfernte er sich so weit, dass er vom Kloster aus nicht mehr zu sehen war. Dabei schlug er die Richtung nach Münster ein. Es dauerte auch tatsächlich nicht mehr lange, da tauchte der blaue Polizeiwagen auf. Er hielt neben dem Hauptkommissar, und Delbrock öffnete die Tür, um sich kurz hinten hineinzusetzen. Kaum saß er, stupste ihn jemand in die Seite.

»Hi, Chef.«

»Gabi, was machen Sie denn hier?« Seine Sekretärin war eine kluge Frau und fähige Beamtin, aber ihr Revier war das Büro.

Sie verließ es nur, wenn sie Kuchen für alle oder Cappuccino für den Chef besorgte. Sie im Dienstwagen zu sehen, glich einer besorgniserregenden Ausnahme.

»Ich wollte mal den Bruder von Andreas Berger kennenlernen. Und nicht nur, weil der so gut ausschaut. Sie wissen schon, wir Frauen sehen mitunter Dinge, die kennen Sie nur aus psychiatrischen Gutachten. Und bei diesen beiden Brüdern fällt einem ja jede Menge auf. Sie sind wie Wasser und Sirup.«

»Und wer ist der Sirup?«, fragte Delbrock und wusste die Antwort.

»Natürlich Sebastian Berger.«

»Und was hat dieser Sebastian Berger über seine plötzliche Flucht erzählt?«, wollte er schließlich von seinem Kollegen Berndt wissen. Dieser hatte auch schon Andreas Berger am Vortag vernommen.

»Er war in Rom«, erwiderte Kollege Berndt lakonisch.

»Wie bitte? Hatte Berger dort einen Kongress, oder wollte er seine Mutter zur Seligsprechung vorschlagen?«

Die Familie Berger war ausnahmslos skurril und unberechenbar. Der Hauptkommissar erfuhr, dass Sebastian Berger nach dem Besuch bei seiner Mutter den nächsten Flug nach Rom genommen hatte. Er habe in der Vatikanstadt Nachforschungen anstellen wollen.

Berndt erklärte: »Angeblich hatte die Mutter, Frau Adelheid Berger, bei seinem letzten Besuch so merkwürdige Andeutungen gemacht. Sie sprach von Dummheiten, die ihr Sohn Andreas während seines Praktikums in Rom gemacht haben soll.«

Delbrock schüttelte ungeduldig den Kopf. »Glauben wir ihm das? Ich meine, wie viele Jahrzehnte ist das her? Warum sollte sich der Bruder plötzlich für längst vergangene Missetaten interessieren?«

Gabi hielt ihren Chef leicht am Arm fest und sagte: »Wenn die Missetaten groß genug waren … Vielleicht hat seine Mutter ihm konkrete Dinge genannt. Oder Andreas Berger hat damals im Vatikan den Heiligen Gral geklaut, und sein Bruder hat ihn nun mal lieber zurückgebracht.«

Kollege Berndt räusperte sich, denn eigentlich war er mit seinem Bericht noch gar nicht fertig. »Leider wollte Sebastian Berger uns nicht en détail über seine Recherche aufklären, sondern wies mich darauf hin, dass er als Bruder vom Zeugnisverweigerungsrecht Gebrauch machen könne. Dafür hat er mir aber eine Liste ausgehändigt, Hoteladresse, Restaurants und Ähnliches, damit wir seinen Aufenthalt überprüfen können.«

Dem Hauptkommissar fiel noch eine wichtige Frage ein. »Die Entscheidung, nach Rom zu fliegen, fiel die direkt nach dem Besuch bei seiner Mutter oder nachdem er von ihrem Tod erfahren hatte?«

Diese Frage konnten seine Kollegen beantworten: »Er hat erst unterwegs von ihrem Tod erfahren, durch eine SMS von seinem Bruder«, sagte Berndt.

»Chef«, sagte Gabi zum Abschluss des Gespräches, »jetzt kommt Ihr Undercover-Einsatz. Schmeißen Sie sich an Sebastian Berger ran und bringen Sie ihn zum Singen.«

»Das klingt aber jetzt schon etwas neidisch.« Damit stieg Delbrock aus dem Wagen und schlug zum Abschied zweimal auf das Autodach.

Berndt konnte es nicht lassen. Er fuhr die Scheibe der Beifahrertür nach unten, zeigte mit dem Finger nach hinten und sagte: »Sie hat sich schon rangeschmissen, aber Sebastian Berger hat den falschen Song gesungen.« Dann gab er Gas, und Delbrock war wieder Herr Eichner, der melancholische Banker mit Beziehungsproblemen. Und als solcher begab er sich nach diesem Spaziergang in das dem Kloster angegliederte Café. Er musste nachdenken, und das konnte er am besten bei einem Cappuccino.

Eine Seniorengruppe spielte an einem der Tische Karten, und zwei Frauen mittleren Alters unterhielten sich über die Vorteile einer Kurzhaarfrisur. Da beide Haare besaßen wie eine alte Fusselbürste, lagen die Vorteile sowieso klar auf der Hand, fand Delbrock und fuhr sich unbewusst über seine drahtigen Borsten. Er ging am Tresen vorbei und suchte sich einen Tisch, von dem aus er durch die lange Fensterfront nach draußen schauen konnte. Wer hatte nur die Einrichtung geplant? Der Raum erinnerte an eine Kantine in Brandenburg, als man bei dem Wort »Wende«

noch an eine Drehung beim Eiskunstlauf dachte. Es gab schlichte Stühle und langweilige Tische, auf denen die bemüht naturbelassene Dekoration leider gar nichts rettete. Hier wollte man möglichst viele Personen unterbringen können, und offenbar sollte auch noch möglichst viel Essen auf die Tische passen. Der Speiseraum im Kloster war zwar auch kein Meisterwerk der Behaglichkeit, aber die ganze urige Atmosphäre im Kloster machte doch etwas mehr her. Allerdings waren die Räumlichkeiten im Café lichtdurchflutet, und die Terrasse draußen besaß tatsächlich viel Charme. Die Aussicht auf die grünen Hügel war friedlich und entspannend, und für Kinder gab es einen liebevoll angelegten Spielplatz. Also, eventuell musste man nur die Einrichtung innerhalb des Cafés aufpeppen.

Da der Kommissar beim Frühstück heute Morgen doch sehr mit der Informationsermittlung beschäftigt gewesen war, schien ihm ein belegtes Brötchen der passende Imbiss zum Cappuccino.

Das Bestellte wurde ihm von einem Mönch an den Tisch gebracht, dabei hatte er eben beim Hereinkommen nur ein junges Mädchen hinter der Theke gesehen.

»Frühstück verpasst oder nicht satt geworden?«

Delbrock machte ein verdutztes Gesicht, und der Mönch stellte sich vor: »Bruder Jakobus. Ich habe Sie gestern beim Mittagessen schon gesehen. Sie wirken nicht wie ein begeisterter Klosterbesucher oder gar ein Seminarteilnehmer.«

»Der ist gut«, sagte Delbrock und setzte die Tasse ab. Dann ergänzte er freundlich: »Ich brauchte einfach etwas Ruhe und eine gewisse Unerreichbarkeit, da schien mir ein Kloster passend.«

Bruder Jakobus nickte verständnisvoll und meinte: »Oh, ich weiß, was Sie meinen, aber hier ist mitunter richtig was los. Seminare, Lesungen, Vorträge und die üblichen Besucher wecken zumindest außerhalb unserer Klausur ein gewisses Hotelfeeling. Sie müssen mal Sonntagnachmittag ins Café gehen. Da ist es so voll, dass man auf seine Tasse Kaffee mit Kuchen locker zwanzig Minuten warten muss. Ich finde das gut. Ich mag diese Mischung aus Weltlichem und Klösterlichem.« Er strahlte, als komme jeder Besucher nur seinetwegen.

»Und wem gefällt das nicht gut?«, fragte Delbrock. Und er

hatte den jungen Mann richtig eingeschätzt. Der hatte Lust auf ein Gespräch.

»Es gibt ältere Mönche und sehr konservative Brüder, die möchten sich am liebsten gegen alles abschotten und unter ihresgleichen bleiben. Das ist die Idee des Klosterlebens und völlig in Ordnung. Wenn sich einige allerdings für Auserwählte halten und auf andere Menschen herabsehen, dann wird es schwierig.«

»Sie meinen, ähnlich wie diese Leute von Opus Dei?«

Delbrock sah zufrieden zu, wie Bruder Jakobus den Stuhl ihm gegenüber herauszog und sich hinsetzte. »Sie müssen wissen, wir Benediktiner kennen keinen Standesdünkel. Schon zu Gründungszeiten dieses Ordens war die Abstammung eines Bruders kein Thema. Hochmut ist ein schlechter Ratgeber.« Er schaute sich um und sagte: »Ich liebe dieses öffentliche Leben, diese Begegnungsstätte. Sehen Sie, draußen ist ein Spielplatz, weil oft Familien hierherkommen. Wir sind ein Ausflugsziel geworden, geben Seminare und nehmen Gäste auf oder sind als Seelsorger tätig. Das ist doch toll! Auf diese Weise kann man Gottes Wort wunderbar weitergeben.«

In seinem Eifer entfernte sich der Mönch thematisch leider von Opus Dei, sodass Delbrock wieder insistieren musste.

»Sie haben recht. Diese beiden Männer von Opus Dei, kennen Sie die näher? Sie wirken ja sehr ernst und distanziert. Das ist mir regelrecht aufgefallen. Sind sie auch nur Gäste?«

Delbrock studierte das Gesicht des Mönches. Nachdenklich, aber auch etwas trotzig presste der die Zähne aufeinander, sodass seine hohen Wangenknochen im Wechsel hervortraten. Er hätte gut aussehen können, hätte da nicht eine untypische Knollennase in dem sonst schmal geschnittenen Gesicht gesessen und eine der hässlichsten Brillen auf ebendieser Nase. Sie machte die Augen riesig und zwang dem Gesicht einen falschen Rahmen auf. Zur Typberatung schickte man einen Ordensbruder sicherlich nicht. Und wen sollte er auch mit gutem Aussehen beeindrucken?

Die innere Auseinandersetzung war anscheinend beendet, und Bruder Jakobus äußerte sich dazu: »Ja, irgendwie schon. Sie fügen sich in den Alltag ein, natürlich, aber sie gehören zur Gemeinschaft von Opus Dei. Die beiden sehen etwas auf uns herab, das spürt man. Und sie betrachten all unser Handeln mit einem ungnädigen Blick, üben Kritik oder belächeln gar. Das schafft leider eine unglückliche Missstimmung.«

»Opus Dei. Ich habe davon schon mal gehört. Warum sind sie hier in einem Benediktinerkloster?«

»Tja, ich will Sie nicht mit Interna langweilen. Wir haben einen ihrer Novizen aufgenommen, weil es sich um einen ziemlich außergewöhnlichen Fall handelt. Nun besuchen sie diesen Mann gerade und besprechen seine weitere Zukunft. Mehr weiß ich auch nicht. Ich habe mich immer für die friedlichen Ideen des heiligen Benedikt ausgesprochen und wollte nie einem anderen Orden beitreten. Soweit ich weiß, und ich hoffe es auch, reisen die beiden fremden Brüder in den nächsten Tagen wieder ab. Genießen Sie bitte unabhängig von unseren Querelen Ihren Aufenthalt.« Damit stand er auf und verschwand durch eine Seitentür. Die beiden Damen am Nachbartisch winkten der jungen Frau zu, sie möge zum Kassieren kommen.

Delbrock dachte darüber nach, ob sich die meisten Ordensbrüder vielleicht lieber von Opus Dei distanzieren wollten. Die asketisch wirkenden Priester erinnerten an einen kalten Ostwind. Keiner wollte diese Fremden haben. Und was war mit Andreas Berger, der gar nicht richtig zu den Benediktinern gehörte? Hatte er Freunde hier? Wie musste es sein, in einem Haus zu leben, unter Mönchen, die einen wie ihn vielleicht gar nicht haben wollten? Staute man in einer solchen Situation mehr Wut oder mehr Verzweiflung an?

Und was war mit den anderen drei Männern? Diese Mönche hatte man auf unterschiedliche Klöster im Münsterland verteilt. Sie waren bei den Canisianern, den Alexianern und den Franziskanern untergebracht. Soweit Delbrock informiert war, handelte es sich bei diesen bekannten Orden um sehr friedliche Vereinigungen, die sich vor allem der Hilfe für Benachteiligte verschrieben hatten. Sie unterschieden sich für den Laien nicht sonderlich voneinander und passten alle eigentlich nicht zum strengen Katholizismus von Opus Dei. Wieso brachten diese Leute ihre Zöglinge in harmlosen Ordenshäusern unter? Hatten die ermordeten Ehefrauen sich vielleicht ähnliche Fragen gestellt und waren der Wahrheit zu nahe gekommen? Rafaela Berger hatte jedenfalls keine Ahnung gehabt, welchem Verein ihr Mann tatsächlich beigetreten war.

Zurück zu den neuesten Vorkommnissen. Wer junge Studenten niederschlug, hatte etwas zu verbergen. War es brisant genug, um dafür zu morden? Einmal mehr raufte Delbrock sich die Haare und marschierte zurück zur Klosterpforte. Das Café lag ein Stück entfernt vom eigentlichen Kloster, und zwischen diesen beiden Gebäuden befand sich das Gästehaus Ludgerirast. Hinter dem Kloster befand sich zudem noch eine Jugendbildungsstätte, hier mieteten sich oft ganze Schulklassen ein.

Einer Eingebung folgend drehte er sich noch mal um und schaute den Hügel hinunter zum Parkplatz. Den Weg herauf marschierten gerade vier Männer, drei in Ordenstracht, einer in ziviler Kleidung. Bruder Bernhard war unter ihnen und sprach lebhaft mit den anderen. Delbrock schaute genauer hin, neugierig geworden, denn die drei Begleiter von Bruder Bernhard trugen große Taschen. Reisetaschen. Kamen etwa noch mehr Besucher von Opus Dei an? Der eine Mann trug eine dunkelbraune Kutte, der andere einen schwarzen Habit, ebenso wie Bruder Bernhard, aber zusätzlich noch einen Ledergürtel. Alle vier Männer kamen auf Delbrock zu, der sich nun schnell bückte und so tat, als müsse er einen Schnürsenkel neu binden. In einem der Männer meinte er Ralf Hölscher zu erkennen, den Mann, dessen Ehefrau die Journalistin Birgit Gericke tot in der Badewanne gefunden hatte und dessen Tochter entführt worden war. Sicher würde dieser Mann ihn ebenfalls als den Kommissar erkennen, der ihn zum Mord an seiner Frau befragt hatte. Zu seiner Befriedigung sah er die Männer an sich vorbeieilen. Nur Bruder Bernhard blieb zurück, um ihn anzusprechen.

»Guten Tag, Herr Eichner«, grüßte der Ordensbruder freundlich. »Nun wird es allmählich voll bei uns im Kloster. Wir haben noch drei Ordensbrüder aus anderen Häusern zu Besuch.« Bruder Bernhard nickte ihm freundlich zu und verschwand im Inneren des Eingangs.

Der Hauptkommissar stand derweil noch immer draußen vor der Treppe und hatte plötzlich eine Idee. Er zückte sein Handy und vergab einen kleinen Auftrag an seine Gabi, die gerade wieder in Münster angekommen war. Von Münster bis Gerleve waren es etwa fünfunddreißig Minuten Autofahrt.

Zehn Minuten später, Delbrock war nun auf seinem Zimmer, gab sie Bescheid. »Trauer hin oder her, Chef, alle drei sind ausgeflogen. Woher wussten Sie es?«

»Ich arbeite hier mit göttlicher Eingebung, Gabi. Danke sehr.«

»Wohl eher mit interner Schnüffelei. Tschüss, Chef.«

Nun wusste er, wer die drei Neuankömmlinge waren, und ganz sicher ging es hier nicht um einen lockeren Erfahrungsaustausch zwischen Novizen.

# SIEBEN

Andreas Bergers Begeisterung über die Ankunft seines Bruders ausgerechnet heute konnte man sich lebhaft vorstellen. Delbrock musste unbedingt in Erfahrung bringen, warum hier ein Treffen mit den abtrünnigen Ehemännern und Opus Dei stattfand. Er schaute auf seine großen Füße hinunter. Sich einfach klein machen und irgendwo versteckt hinter Vorhängen lauschen kam für seinen massigen Körper nicht in Frage. Er würde auch in einem gut besuchten Restaurant auffallen. Eventuell hatte die Jugend gute Ideen. Nur leicht regte sich das schlechte Gewissen, als er wenige Minuten später doch wieder an der Tür von Jan Mertens klopfte. Und es verschwand sofort, als ihm geöffnet wurde. Der unbekümmerte Student war sowieso nicht beim Studieren. Jedenfalls studierte er nicht sein Thema »Prostitution im Wandel der Zeit«. Auf dem Fußboden erkannte Delbrock nicht nur Bücher über Opus Dei neben pikanteren Werken über das älteste Gewerbe der Welt, sondern dort lagen auch zwei lange Beine herum. Schnell erkannte er den dazugehörigen Körper von Dr. Sebastian Berger, der mit dem Rücken an die Zimmerwand gelehnt saß, ein Buch auf den Knien und, tatsächlich, einen Whisky in der rechten Hand.

»Kommen Sie nur herein, Herr Eichner, wir Zivilisten müssen zusammenhalten.« Jan trat einen Schritt zurück und machte dem Besucher Platz.

»Gegen wen oder was müssen wir zusammenhalten?«, fragte Delbrock und wandelte zwischen Büchern zum Bett. Dort ließ er sich nieder, und anstelle einer Antwort drückte Jan ihm ein Zahnputzglas mit einer goldgelben wohlriechenden Flüssigkeit in die Hand.

»Macallan, fünfzehn Jahre alt, unwürdig in einem schnöden Glas kredenzt, der Situation aber absolut gewachsen. Zum Wohl.« Berger prostete ihm zu.

Der Hauptkommissar gefiel sich wenig dabei, Saufkumpan von Verdächtigen und scheiternden Studenten zu werden, doch ein Entkommen bot sich nicht an.

»Finstere Mächte sind hier am Werk«, unkte Jan und ließ seinen Whisky im Glas schaukeln.

»Mein eigener Bruder ein irregeführtes Sektenmitglied.« Sebastian Berger grinste bei diesen Worten, aber Delbrock sah auch die Sorgen in seinen Augen. Er nippte an seinem Whisky, und das tat so gut, dass er es gleich mit einem größeren Schluck wiederholte.

»Also«, sagte Student Jan mit Pathos in der Stimme, »… also, ich werde heute Mittag auf meine Ration verzichten und die Zimmer dieser dubiosen Schwarzröcke besuchen. So ein Schlag mit einem Holzkreuz gegen meinen Schädel hält mich nicht auf, nein, er treibt mich an.«

Hauptkommissar Delbrock war maximal alarmiert. »So ein Blödsinn, Jan. Das ist Einbruch, dafür können Sie belangt werden. Schreiben Sie endlich Ihre Arbeit, Herrgott noch mal.«

»*Ich* werde es tun, Jan. Herr Eichner hat recht, Sie müssen sich noch an anderer Stelle beweisen.« Und damit wies Berger auf den Laptop.

»Bei Ihnen ist es auch ein Einbruch, Herr Berger. Der Tatbestand bleibt der gleiche.«

»Sind sie Banker oder Inspektor? Lassen Sie mal, meine Anwältin würde darüber laut lachen. Ich schau mich nur kurz um und fasse nichts an.«

Delbrock sagte nichts mehr, wollte er doch selbst gern so viel wie möglich über die Opus-Dei-Priester herausfinden. Aber er musste auch dringend den jungen Studenten von diesen Dingen fernhalten. Sebastian Berger steckte schon bis zum Hals in dem Fall, der konnte auf sich selbst aufpassen. Auf welche Weise er die Türen zu öffnen gedachte, fragte Delbrock nicht. Es handelte sich im Gästebereich keineswegs um komplizierte Schließsysteme. Mit einem Dietrich würde man sicher jede Tür hier öffnen können. Der Hauptkommissar gab Berger ein Zeichen, dass man den Studenten nun doch besser arbeiten ließe, und tatsächlich erhob Berger sich vom Boden, wobei er umständlich seine Beine einsammelte, und wandte sich zur Tür. Das Maulen des jungen Mannes, das lohne doch gar nicht mehr so kurz vor Mittag, überhörten beide.

Auf dem Flur wandte Delbrock sich noch mal an Berger. »Haben Sie Ihren Bruder schon getroffen? Es findet heute irgendein Treffen statt. Es sind noch drei weitere Mönche angekommen, offenbar aus verschiedenen Ordenshäusern. Die hatten alle unterschiedliche Kutten an.«

Er fütterte Berger mit Informationen und hoffte, dass sich der Einsatz lohnte.

»Habite, zur Kutte sagt man Habit. Ich habe Andreas tatsächlich eben mit einigen Besuchern gesehen, einer trug normale Kleidung. Es würde mich gerade nicht wundern, wenn sich hier vier ehemalige Ehemänner ein Stelldichein gäben. Sie schienen sich jedenfalls alle zu kennen. Meine entzückende Schwägerin hat nämlich recherchiert, dass nicht nur mein Bruder spätberufen in ein Kloster eingetreten ist. Allein hier im Münsterland traf sie auf vier Männer, die ihre Ehe plötzlich so langweilig fanden, dass sie den Zölibat vorzogen. Und das Beten und was weiß ich noch alles. Aber einer ist nun Witwer und der andere sogar schon im Tode wieder mit seiner armen Gattin vereint. Gruselig, nicht wahr? Und der stand nicht einmal auf ihrer Liste.«

Sebastian Berger verzog spöttisch seine schön geschwungenen Lippen, und zum ersten Mal kam Delbrock der Gedanke, dass Rafaela bei ihrem Schwager mehr als nur eine starke Schulter suchte und auch fand. Der Mann sah unverschämt gut aus und hatte diesen schelmischen Charme, auf den Frauen nachweislich seit Hunderten von Jahren hereinfielen. Die Tatsache, dass die tote Frau Bussmann ebenfalls ihren Mann an ein Kloster verloren hatte, hatte sich schnell herumgesprochen.

»Um auf Ihre Frage zurückzukommen«, sagte Berger gerade, »ja, ich habe Andreas eben getroffen. Die Polizei hat uns zusammengeführt. Mein frommer Bruder hegt tatsächlich den wenig christlichen Verdacht, ich hätte unsere Mutter mit Zyankali vergiftet.«

Beide Männer schritten ohne konkrete Absprache den Flur entlang, der zur Kirche führte.

»Oh Herr, haben Sie denn?« Das Gespräch lief gut für den Undercover-Kommissar.

»Hatte ich erwähnt, dass ich Arzt bin? Und auch als Augenarzt wäre mir etwas eingefallen, was meine Mutter unbedingt zu einem natürlichen Todesfall gemacht hätte. Zyankali ist so auffällig wie eine Axt im Kopf.« Entrüstet schüttelte Sebastian Berger den Kopf. Plötzlich blieb er stehen und sagte: »Wissen Sie was, Herr Eichner? Ich glaube, dass meine Mutter sich umgebracht hat, und das finde ich sehr traurig.«

»Aber mit Zyankali? Eine alte Lady? Wo soll sie so etwas überhaupt herbekommen haben?« Delbrock mimte den Zweifler und wurde von seinem Gesprächspartner ausgelacht.

»Waren Sie schon einmal in einem Altenheim oder in einem Seniorenstift? Der reinste Drogenumschlagplatz. Ich kenne drei alte Damen, die rauchen regelmäßig mehr Cannabis als ein Hippie beim Woodstock-Konzert. Die haben alle ihre Lieferanten. Und meine Mutter hatte genug Geld, um sich den einen oder anderen Stoff zu gönnen. Ich hatte sie schon lange in Verdacht, Morphinistin zu sein. Na und? So viel bleibt schließlich nicht übrig an Freude im Alter. Es geht doch keiner in ein Altenheim, weil er sich davon endlich mal Spaß im Leben verspricht.«

Der Hauptkommissar hörte aufmerksam zu. Das passte alles zu dem, was auch der Pathologe vermutete.

Berger sprach weiter: »Ich traf mal eine Frau, die ein Altenheim leitete. Die erzählte mir frei und offen, dass ihre alten Leute oft schon zum Frühstück ein Glas Sekt tranken, weil sie dann nämlich viel besser gelaunt durch den Tag kamen. Finden Sie das verwerflich? Mit Haferschleim und Blasentee zaubern Sie bei niemandem ein Lächeln ins Gesicht.«

Sie standen nun vor der Tür, die in die Kirche führte, und schauten sich fragend an, dann gingen sie hinein. Delbrock war sich sicher, dass sie schon länger durch Gänge wanderten, die den Mönchen allein vorbehalten waren. An Orten wie diesem war er nicht gern ein Eindringling. Es spürte so etwas wie Verlegenheit. Dieser Eingang war nicht für die Gäste vorgesehen, sondern galt der frommen Andacht gläubiger Mönche. Er führte sie seitlich des Altars in die Kirche. Sie war im Inneren schlichter, als Delbrock dies von anderen katholischen Kirchen kannte. Aber er blickte sofort zu dem auffälligen Kreuz, das über dem Altar hing. Schwebend stand das Kreuz auf einem breiten Holzbrett, rechts und links daneben lebensgroß die Figuren von Maria und Johannes dem Jünger. Ein solches Kreuz hatte er noch nie gesehen. Er fand es wunderschön.

»Das ist eine romanische Kreuzigungsgruppe aus dem 13. Jahrhundert, so hat es mir mein Bruder erzählt. Es macht schon einen erhabenen Eindruck, nicht wahr?«

Rechts und links des Altars standen die Chorbänke der Mönche, die sich hier täglich abends zur Vesper versammelten und gemeinsam sangen. Beide Männer schauten sich um, und Delbrock bewunderte die unterschiedlich gestalteten Fenster. Schon im Gästehaus waren ihm die vielen schönen Glasmalereien aufgefallen. Zehn Minuten hing jeder seinen Gedanken nach und wanderte im Kirchenschiff umher, schließlich saßen sie beide auf einer der Bänke. Berger sprach als Erster wieder.

»Mein Bruder sagte heute Morgen zu mir, ich müsse loslassen. Ich solle endlich mal akzeptieren, dass ich nicht jeden kontrollieren könne. Er habe sich von allem losgesagt, aber seine Familie lasse ihn einfach nicht in Ruhe. Ich meine, das ist auch kein wirklich christlicher Grundsatz, seine Familie in die Wüste zu schicken. Ich habe immer gedacht, ich könne andere gut so sein lassen, wie sie sind. Seine Vorwürfe verstehe ich nicht und seine Entscheidungen noch viel weniger. Aber ich glaube, dass hier etwas nicht stimmt. Diese merkwürdigen Ordenseintritte, gefolgt von den Todesfällen, da ist doch etwas faul. Und jetzt bleibe ich dran, bis ich eine zufriedenstellende Erklärung gefunden habe. Zur Not prügle ich mich halt wieder mit meinem Bruder.« Dabei grinste Sebastian Berger verschmitzt. »Das hat eigentlich Spaß gemacht.«

»Und, wie weit sind Sie mit Ihren Nachforschungen?«

Delbrock beobachtete, wie Sebastian Berger aufstand und in einem der Seitenschiffe eine Kerze anzündete. Dann kramte er in seiner Tasche und warf ein Zwei-Euro-Stück in den Geldschlitz daneben. »Jetzt dürfen Sie auch noch eine anzünden«, sagte Berger. »Das ist genug Geld für zwei Kerzen.«

Delbrock hatte so etwas noch nie gemacht. Zündete man diese Kerzen nicht für andere Menschen an, um für diese etwas zu erbitten? Für Personen, die einem nahestanden und um die man sich sorgte? So hatte der Hauptkommissar das immer verstanden. Zögernd nahm er eine Kerze aus dem Vorrat und hielt sie an einen brennenden Docht. Sie flammte auf. Dann steckte er sie behutsam in einen leeren Ständer. Und tatsächlich hatte er plötzlich ein Gesicht vor Augen: Rafaela Berger. Er hoffte, dass sie heil aus dieser Sache herauskam und nicht als Leiche in der Badewanne endete. Er räusperte sich, irgendwie war er berührt. Eine merkwürdige Atmosphäre war das hier.

»Ich bin sogar nach Rom gefahren, weil Andreas mal in der Vatikanstadt ein Praktikum gemacht hat. Eigentlich völlig aussichtslos, nach so vielen Jahren noch etwas herauszufinden.«

Genau deshalb hatte der Hauptkommissar bislang auch noch keine Anstrengung unternommen, Nachforschungen in Rom anzustellen. Die Kollegen vor Ort würden ihn auslachen.

Berger starrte auf die brennenden Kerzen. »Ich hatte einen Vorteil, ich wusste, zu welchem Zeitpunkt Andreas dort gewesen ist. Also habe ich mich ins Zeitungsarchiv begeben und nach Meldungen gesucht. Ohne Übersetzerin ging das natürlich nicht. Aber die Dame war ihr Geld wert, sie las sehr aufmerksam und fand eine Meldung, die hochinteressant war. In der Ausgabe des ›Il Messaggero‹ vom 15. Mai 1990 stand, dass es zu einem tragischen Unfall gekommen war, in den ein paar jugendliche Ausländer, angeblich waren es deutsche Praktikanten im Vatikan, verwickelt gewesen seien. Eine polizeiliche Untersuchung fand aber, aus welchen Gründen auch immer, nicht statt. Die Vatikanstadt ist ein eigenständiger Staat, vielleicht war es tatsächlich nur ein Unfall, vielleicht war es aber eine Angelegenheit, die man lieber intern behandelte und glattbügelte.«

»Aber es stand doch sicher in der Zeitung, was da passiert war?«, fragte Delbrock.

Sebastian Berger hörte gar nicht zu, sondern murmelte irgendetwas davon, dass seine Mutter etwas gewusst haben müsse und er sie nun leider nicht mehr fragen könne.

Die beiden Männer verließen die Kirche durch die große Pforte, die – Delbrock erschrak – sich automatisch öffnete und schloss. Hier trennten sich die Wege der beiden ungleichen Männer, bevor der Hauptkommissar noch weiterfragen konnte. Ganz plötzlich hatte Berger es eilig.

»Finden Sie erstens heraus, wann diese Männer ein Praktikum im Vatikan absolviert haben, und gehen Sie zweitens bitte alle Meldungen aus den damaligen Zeitungen durch. Ja, holen Sie sich einen Italienisch sprechenden Kollegen dazu. Es geht um folgendes Datum: 15. Mai 1990. Berger sprach von einer bestimmten Zeitung, ›Il Messaggero‹. Aber ich möchte, dass Sie möglichst viele Ausgaben durchsehen lassen.«

Delbrock warf ungeduldig das Handy auf sein Bett. Dieses Festsitzen an einem Ort machte ihn unruhig. Immer wenn er eine gute Idee hatte oder es jemanden zu befragen gab, musste er den Auftrag abgeben und auf Informationen warten. Zum Weglaufen. Aber genau das durfte er heute nicht tun. Mit Sebastian Berger hatte er eine unberechenbare, aber forschende Seele an seiner Seite. Es könnte ein konflikthaltiger Abend werden, und offene Konflikte waren meist sehr informativ. Heute musste er noch als überlasteter Gast ausharren. Aber morgen wollte er endlich wieder alle Fäden selbst in der Hand halten. Auf seinem Bett hüpfte sein Handy und gab Signal.

»Hier ist Rafaela Berger. Ich sollte Ihnen doch Bescheid geben, wenn Sebastian, also mein Schwager, sich meldet. Er hat mich eben angerufen. Er ist bei meinem Exmann im Kloster. Schicken Sie da besser jemanden hin. Das letzte Mal haben sie sich geprügelt, und jetzt ist Sebastian richtig wütend und –«

Delbrock fühlte sich genötigt, den Redefluss zu unterbrechen. »Hallo, Frau Berger. Warum ist Ihr Schwager denn so wütend?«

»Ja, stellen Sie sich mal vor, der Andreas trifft sich mit diesen anderen Eheflüchtlingen. Die veranstalten da eine sakrale Herrenrunde, während ihre Ehefrauen ziemlich tot in kalten Schubkästen auf Aufklärung warten. Aber, mein lieber Hauptkommissar, das ist ja noch längst nicht alles.« Dieser etwas theatralische blonde Engel machte tatsächlich noch eine Pause, um die Spannung zu erhöhen. Delbrock hörte sie schnaufen und stellte sich ihr rundes Gesicht vor, wo jetzt sicher zwei hektische Flecken auf den Wangen entstanden. »Nein, das ist noch nicht alles. Sie geben sich mit den düstersten Elementen der katholischen Kirche ab und lassen sich von Opus Dei unterhalten. Sagen Sie mir die Wahrheit, Hauptkommissar Delbrock. Gehört Andreas zu diesem

Verein? Sie haben mich doch auch schon nach Opus Dei gefragt. Sie wissen etwas.«

»Nun, zunächst einmal weiß ich, dass es eine von der Kirche anerkannte Gemeinschaft ist. Wir reden hier nicht über die RAF oder so. Da gibt es bestimmt auch solche und solche. Was sagt denn Ihr Schwager?«

Hoffentlich bekam Frau Berger nie heraus, dass er selbst mit den Brüdern Berger hier im Kloster zusammen Butterbrote aß und alle anlog.

»Deshalb rufe ich ja an. Sebastian meinte, ich sei in Gefahr und solle mich in Acht nehmen. Also nicht baden oder so.« Sie kicherte nervös.

Delbrock wurde hellhörig. Hatte Berger eventuell ein Gespräch belauscht und vermutete nun, dass der Mörder Rafaela im Visier hatte?

»Wie kommt er darauf?«

»Ich habe keine Ahnung, ich glaube, der vertraut seinem Bruder nicht einmal mehr ein Suppenhuhn an. So kenne ich Sebastian gar nicht. Was soll ich denn jetzt machen?«

»Lassen Sie niemanden herein, dem Sie nicht unbedingt vertrauen. Und tragen Sie immer Ihr Handy bei sich, damit Sie mich sofort anrufen können, wenn Ihnen etwas merkwürdig vorkommt. Schließen Sie Türen und Fenster zu, vor allem, wenn Sie das Haus verlassen. Ich persönlich glaube nicht, dass Sie in Gefahr sind. Aber lassen Sie um Himmels willen eigene Recherchen sein. Sollte es etwas herauszufinden geben, treten Sie damit jemandem gefährlich schmerzhaft auf die Füße. Wir haben zweifelsfrei einen Mörder in Münster herumlaufen, wissen aber nicht, ob er tatsächlich mit einer kirchlichen Gruppierung in Verbindung steht.«

Am anderen Ende der Leitung blieb es still. Dachte sie nach, oder war die Verbindung unterbrochen worden?

»Frau Berger?«

Sie war noch in der Leitung, kaute aber an einem Satz herum.

»Ich habe einen Mann kennengelernt, der früher mit Andreas befreundet war. Sie waren zusammen im Internat. Irgendetwas an diesem Mann macht mir Angst, und … hm.«

»Ja? Wie heißt er denn?«

»Er arbeitet für die Alexianerbrüder, ist aber kein Mönch. Ein bisschen viele Zufälle, oder? Er heißt Simon Wendthaus.«

Delbrock wunderte sich nicht mehr. Egal, in welche Richtung er in diesem Fall auch blickte, ständig tauchte ein Schwarzrock oder so etwas Ähnliches auf. Er würde diesen Mann durch die polizeiliche Datenbank laufen lassen, mal sehen, wie katholisch die Familie so war. Mit leichten Schuldgefühlen verabschiedete er sich von Rafaela Berger, er glaubte allerdings nicht wirklich, dass sie in Gefahr war. Warum, konnte er nicht erklären, es war mehr ein Gefühl, das ihm seine Erfahrung eingab.

Wenig später begab er sich zum Mittagessen. Aus allen Richtungen tauchten die Brüder in ihren einheitlichen Gewändern auf und begaben sich ins Refektorium zur Mahlzeit. Auf den Kommissar wirkte diese Wanderung sehr erhaben. Mit den langen Kutten verwandelte sich jede Bewegung in majestätisches Schreiten. Er setzte sich so, dass er die Tür im Blick hatte, und freute sich, als Bruder Josef aus der Bibliothek sich zu ihm setzte. Als der Vorleser am Pult sein Buch zurechtlegte, seufzte Delbrock unbewusst auf.

Bruder Josef schmunzelte und sagte leise: »Ich habe mal vorgeschlagen, dass aus Dan Browns ›Illuminati‹ vorgelesen wird. Meine Güte, ich dachte, die versetzen mich auf meine alten Tage noch in die Gärtnerei zum Laubharken.«

»Warum unterhalten Sie sich nicht beim Essen? Das ist doch auch nett.«

Bruder Josef erklärte ihm: »Wir folgen den Regeln des heiligen Benedikt, unseres Ordensgründers. Und zu seiner Zeit war seine Anweisung, während des Essens zu schweigen und dem Vorleser zu lauschen, klug ausgedacht. Damals gab es wilde Gesellen unter den Mönchen, kaum einer besaß Tischmanieren, wenn er ins Kloster eintrat. Viele kamen, um der Armut zu entgehen. Doch auf diese Weise kehrte eine gewisse Ruhe ein. Nebenbei vermittelte man einiges an Wissen, denn Sie können sich vorstellen, dass im 6. Jahrhundert nicht sehr viele Menschen lesen konnten. So wurden die Mahlzeiten zu einem Ort der Ruhe, der Besinnung und der Wissensvermittlung.«

Das alles leuchtete dem Kommissar durchaus ein, aber im Gegensatz zu den traditionsbewussten Mönchen dachte er bei sich, dass man nach tausendfünfhundert Jahren auch mal etwas Neues beim Essen ausprobieren durfte. Mit Appetit widmete er sich nun seinem Teller.

Dr. Sebastian Berger fehlte tatsächlich beim Essen. Doch als nach der Vorspeise, bestehend aus einem kleinen bunten Salatteller mit leckeren Brotcroûtons, auch Jan Mertens noch nicht aufgetaucht war, war der Kommissar zutiefst beunruhigt. Hatte der junge Mann denn nichts aus seinem Knock-out gelernt? Von den neu angekommenen Mönchen fehlte keiner, allerdings saßen sie nicht etwa als Gruppe zusammen, sondern verteilt unter den Hausbewohnern. Die ehemalige Gattin eines der Mönche lag noch immer in der Pathologie, während ihr Mann sich gerade eine Gabel voll Hühnerfrikassee in den Mund schob. Delbrock hatte sich eine Schirmmütze aufgesetzt, um nicht doch noch von Ralf Hölscher erkannt zu werden. Er kam sich albern und unhöflich dabei vor, mit einer Kopfbedeckung beim Essen zu erscheinen. War Hölscher nach seiner Eheannullierung überhaupt ein echter Witwer? Glücklich sah der Mönch nicht gerade aus, eher angespannt und nervös. Das konnte man allerdings von den meisten sagen, und Delbrock schob es auf die langatmige Lesung, die heute von einem müden Mönch noch müder vorgetragen wurde.

Bruder Josef flüsterte ihm zu: »Der Priester da vorne«, er nickte vage zu einer Gruppe am Nachbartisch hin, aber Delbrock wusste, wen er meinte, »der war heute bei mir in der Bibliothek. Er meinte, wir hätten heidnisches Material, Hetzschriften gegen Opus Dei. Ich musste kurz auf den Kalender schauen, denn ich glaubte mich plötzlich im Dritten Reich. Der Mann heißt Peter Mensing und ist ein Priester, einer ihrer Numerarier, und er findet Humor schädlich. Ich nicht, wie Sie wissen, und daher hat er meine Bibliothek schnell wieder verlassen.« Bruder Josef kicherte wie ein Schuljunge.

Da gerade die Teller abgeräumt wurden und die Nachspeise gereicht wurde, konnten die beiden kurz plaudern, ohne dass es sonderlich auffiel.

»Wissen Sie, worum es bei dem Zusammentreffen dieser fremden Mönche hier geht?«

»Ja, ich ahne es zumindest. Bald ist das Jahr herum, das Bruder Andreas in unserem Kloster bleiben sollte, musste, wollte, was weiß ich. Also wird es wahrscheinlich um die zukünftigen Aufgaben der Männer im Einzelnen gehen. Ich habe sogar gehört, dass sie ins Ausland geschickt werden. Aber diese Opus-Dei-Priester geben sich sehr geheimnisvoll und erzählen nichts. Es geht uns ja auch nichts an.«

Bruder Josef langte nach der Schüssel mit der Quarkcreme, und Delbrock schob noch schnell eine Frage nach. Der Vorleser räusperte sich bereits und schaute ins Buch. »Bruder Andreas lebt schon so lange bei euch, erzählt er denn nichts?«

»Er weiß vielleicht nichts.« Das war die knappe Antwort, dann aßen sie wieder schweigend. Das tat der Hauptkommissar sehr ungeduldig, die Abwesenheit von Jan Mertens konnte kein Zufall sein. Er behielt vor allem die beiden Priester im Blick, die bereits am Abend zuvor eine gewisse Schlagkräftigkeit gezeigt hatten. Zumindest wenn er Jans Version der Ereignisse ernst nahm. Amüsiert sah er jedoch, dass Peter Mensing zum zweiten Mal reichlich Quark nahm und ihm seine bisher zur Schau gestellte Bescheidenheit beim Nachtisch nicht so wichtig war.

Nach dem Essen eilte Delbrock zum Gästeflur und überholte dabei die beiden Priester von Opus Dei, die ebenfalls ihre Zimmer aufsuchen wollten. Der Flur lag ruhig und einsam vor ihm. Langsam tastete er nach seinem Zimmerschlüssel, sehr langsam. Er konnte beobachten, dass beide Männer in einem Zimmer verschwanden. Delbrock klopfte schnell bei Jan Mertens, doch hinter der Tür tat sich nichts. So schloss er seine Tür gar nicht erst auf, sondern begab sich zurück in die Küche. Vielleicht saß der Junge bereits bei Therese und bekam auch noch Schokostreusel auf seinen Quark gestreut. Dieser junge Mann nahm das Leben so, wie es ihm gefiel, und nicht, wie es von ihm erwartet wurde. Man könnte diese Sorglosigkeit bewundern.

Die junge Therese strahlte tatsächlich, als er nach Jan fragte, und wusste zu berichten: »Ich sollte ihm eine Mahlzeit zurückstellen. Jan meinte, er schaffe es nicht bis zum Essen. Stellen Sie sich mal vor, er muss mindestens hundert Seiten schreiben, voll mit klugen Gedanken. Ich könnte so was nie.« Als Delbrock sah, wie sie mit dem Zeigefinger kleine Kringel im Spülwasser malte, glaubte er ihr sofort.

»Sie sind auch ein Gast, nicht wahr? Gefällt es Ihnen hier?« Sie lächelte ihn freundlich an, und er konnte zumindest verstehen, was einem jungen Mann wie Jan an diesem dunkel gelockten Wesen gefiel.

»Ja, genau. Beziehungsstress, Schlafprobleme, zu viel Arbeit – da tut diese Ruhe und Versorgung richtig gut«, nickte er harmlos, bevor er erschrak.

»Sie sind von der Polizei, Kommissar oder so, habe ich recht? Ich habe Sie mal in der Zeitung gesehen.«

Delbrock erinnerte sich, dass er vor zwei Wochen im Rahmen der regelmäßig stattfindenden »Girls' Days« mit einem Foto in der Zeitung gestanden hatte. Gern wurden an solchen Tagen auch die Polizeistationen frequentiert. Dieses Geschöpf musste ein unglaubliches Gedächtnis für Gesichter haben. Das könnte er sich zunutze machen. »Waren diese Priester von Opus Dei schon öfter hier?«, fragte er, und wenn Therese sich über den abrupten Themenwechsel wunderte, zeigte sie es nicht.

»Der eine schon. Vor knapp einem Jahr hat er Bruder Andreas hierhergebracht, und danach war er noch mal hier. Ich sehe ihn jetzt zum dritten Mal. Den anderen kenne ich nicht. Ich will die eigentlich beide nicht hierhaben. Unsere Mönche sind viel lustiger. Jetzt schleichen sie hier durchs Gemäuer und arbeiten nur noch still vor sich hin. Selbst Bruder Josef verliert allmählich seinen Humor.«

Bei all dem kindlichen Gehabe, das Therese mit ihren Kulleraugen an den Tag legte, hatte die junge Frau doch eine enorme Beobachtungsgabe.

Delbrock schielte zum Kaffeeautomaten und fragte weiter: »Und woran liegt das? Die Mönche sind doch ein ganz eigener Orden. Und die Opus-Dei-Leute sind hier nur Gäste, oder?«

Jetzt schüttelte Therese den Kopf und wischte sich die nassen Hände an der Schürze ab. »Die sitzen im Vatikan und haben eine enorme Macht, sagt mein Daddy. Mit denen will sich keiner anlegen. Und so eine wie ich, die existiert für diese Leute gar nicht.« Sie kicherte. »Was glauben Sie, wie ernst diese aufgeblasenen Priester mich nehmen würden, wenn ich denen einen Fliegenpilz ins Risotto rühre?«

Dafür bekam sie von einer anderen Frau des Küchenpersonals einen Knuff in die Seite. »Red keinen Stuss, Resi, sondern mach dem Mann einen Cappuccino. Nur deswegen schleicht der nämlich in unserer Küche herum.« Damit war die Dame auch schon wieder emsig ans andere Ende der Küche verschwunden und hantierte mit einigen Töpfen.

Als Therese den Kaffee kochte, fragte der Hauptkommissar: »Wie ist eigentlich dieser Andreas Berger so?«

»Sie meinen Bruder Andreas? Der ist immer so still und traurig. Aber er sieht gut aus.«

»Ich dachte immer, wenn man sich für das Leben in einem Kloster entscheidet, sei man entspannt und befreit von irdischen Problemen?«

Sie zuckte mit den Achseln und meinte: »Vielleicht ist der schon mit einem traurigen Gesicht auf die Welt gekommen.«

Hauptkommissar Delbrock fand Jan nicht, weder am Nachmittag noch zu einem späteren Zeitpunkt. Er fragte und suchte, doch keiner wusste, wo der junge Student geblieben war. Auch Sebastian Berger blieb außer Sichtweite, doch um den machte sich der Kommissar nicht so viele Sorgen. Um halb sechs am Abend riss sein Geduldsfaden ganz plötzlich. Beide Gäste waren verschwunden, wahrscheinlich beim Bespitzeln der Opus-Dei-Priester. Was zum Teufel konnte da nur schiefgelaufen sein? Kein Mönch hatte sich während des Mittagessens entfernt. Er marschierte wie ein Feldwebel zum Büro des Priors und zückte schon im Gang seinen Dienstausweis. Er fand den Mann beim Durchsehen einiger Ordner und hielt ihm den Ausweis vor die bebrillte Nase.

»Verzeihen Sie die Störung, aber ich muss umgehend Bruder Andreas sprechen, und ich möchte die Zimmer von Jan Mertens und Dr. Sebastian Berger sehen.« Dann fügte er hinzu, was der Prior sicher dem Ausweis entnommen hatte: »Hauptkommissar Delbrock von der Kripo Münster.«

Der Prior, ein Mann Mitte sechzig mit vollem weißen Haar und freundlichem Blick, nahm sehr ruhig seine Lesebrille ab und bat den Besucher, sich zu setzen.

»Was genau sind Sie nun, Hauptkommissar Delbrock? Ein überarbeiteter Beamter, der inkognito nach seelischer Bereicherung sucht, oder ein verdeckter Ermittler, der seinen Alltagsstress nur scheinbar an der Pforte abgeben wollte?«

Die ruhige Art des Mönches brachte den Kommissar für einen Moment aus dem Konzept. »Ein wenig von beidem, fürchte ich«, sagte er und erklärte ohne weitere Umstände die Angelegenheiten, die ihn zur Aufnahme ins Kloster veranlasst hatten.

»Ich verstehe Ihr Vorgehen, Herr Hauptkommissar, hätte mich aber dennoch gefreut, wenn Sie zumindest mir als Prior des Klosters vertraut hätten. Ihre Ermittlungen hätte das erleichtert, glauben Sie mir.«

Dann erklärte der Prior, dass die fremden Priester hier Gäste seien, denen er auf gar keinen Fall Gewalttätigkeiten zutraue. Opus Dei sei schließlich keine Sekte, ja streng genommen nicht einmal ein Orden, sondern verstehe sich als Seelsorgeeinrichtung der katholischen Kirche. Der Prior wusste wohl nichts von der Abneigung seiner eigenen Schafe, oder er ignorierte diese.

»Es stimmt«, bestätigte der Prior, »Bruder Andreas weilt nur für eine gewisse Zeit bei uns, aber es ist mir eine ehrenvolle Aufgabe, diesen Mann, der auf wirklich ungewöhnlichem Wege zu Gott gefunden hat, bei uns auszubilden. Wissen Sie, man kann von allen Orten und Einrichtungen aus Mitglied bei Opus Dei sein. Es gibt einige Pfarrgemeindepriester, die auch zu Opus Dei gehören. Zwischenzeitlich hatte ich gehofft, dass Bruder Andreas bei uns bleibt, doch er möchte sich anderen Aufgaben widmen, aktiver in der Gesellschaft tätig werden, als wir Ordensbrüder dies tun. Dr. Berger habe ich ebenfalls kennengelernt. Er kommt mit der Entscheidung seines Bruders leider gar nicht zurecht. Es hat bereits diverse Auseinandersetzungen gegeben. Er kam schon sehr früh heute Morgen zu mir und bat um ein Gespräch. Ich hörte allerdings, dass er noch vor dem Mittagessen wieder abgereist sei und –«

Hier unterbrach Delbrock den Mönch. »Das kann nicht sein.

Er wollte über Nacht bleiben. Und ich weiß, dass er nicht ohne einen Abschied oder eine Erklärung einfach abgereist wäre.«

»Kennen Sie den Mann so gut? Mitunter reicht ein böses Wort unter Brüdern, und man geht sich wutschnaubend möglichst schnell aus dem Weg.« Der Prior lächelte. »Die beiden waren wie Feuer und Öl. Und dies leider nicht erst, seitdem Bruder Andreas seine Familie für seinen Glauben aufgegeben hatte.«

»Hat Andreas Berger Ihnen das erzählt? Und hat er Ihnen auch erzählt, dass Sebastian Berger abgereist ist?« Seiner Stimme war das Misstrauen anzuhören.

»Ich habe Bruder Andreas heute noch nicht gesprochen, er hat Besuch und muss sich auf eine wichtige neue Etappe in seinem Leben vorbereiten. Ich habe es von einem unserer Mitbrüder, der für die Säuberung der Gästezimmer zuständig ist.«

Delbrock stand auf, der Prior blieb sitzen. »Ich möchte nun die Zimmerschlüssel haben.«

Der Prior war klug genug, dagegen keinen Einspruch zu erheben, er griff zum Hörer seines Telefons und sagte nur: »Ich denke, in Ihrem Beruf ist Misstrauen ein notwendiger Begleiter. Hier setzen wir auf Vertrauen. Sie müssen zum Pförtner, er weiß dann Bescheid.«

Damit war der Hauptkommissar entlassen und eilte die Gänge entlang. Er war kein Gast mehr, er war ermittelnder Beamter. Beim Pförtner bekam er die gewünschten Schlüssel ausgehändigt. Er hielt sie in der Hand und betrachtete sie, als gäbe es dort geheime Zeichen zu lesen. Dann marschierte er zunächst durch den Kreuzgang und weitere Gänge entlang, bis er zur Küche gelangte. Er trat ein und suchte nach Therese, mit leiser Hoffnung auch nach Jan Mertens. Einer Eingebung folgend fragte er Therese, ob sie mitkomme, um die Zimmer zu kontrollieren. Es war besser, er hatte eine Zeugin dabei.

Was für eine verdammt unüberlegte Idee.

Therese konnte seinen langen Schritten kaum folgen und hastete an seiner Seite zum Gästeflur. Dafür mussten sie außen um das Gebäude herumlaufen. Es war Frauen nicht erlaubt, durch die Klausur der Mönche zu laufen. Gäste hatten dort generell nichts zu suchen. Der Pförtner hob auch sofort eine Hand und winkte Delbrock zu sich ans Pförtnerfenster. Der zückte seinen Dienstausweis und erklärte ihm, dass es um eine polizeiliche Ermittlung ging und die junge Frau nur bei der Kontrolle zweier Gästezimmer anwesend sei.

Kaum hatte sich die Haupttür hinter ihnen beiden geschlossen, fragte Therese aufgeregt: »Und wenn wir den Jan nun bei etwas stören, bei dem er nicht gestört werden will?« Delbrock antwortete nicht, sondern klopfte so laut an die Tür von Sebastian Berger, dass das niedliche Geschöpf an seiner Seite zusammenzuckte. Kein Laut drang einladend durch das Holz, und er schloss die Tür auf. Sie traten langsam ein, so als könne man den Bewohner des Zimmers eventuell stören. Das Zimmer war so leer, wie es ein unbewohntes Zimmer im Kloster eben war. Wenn Sebastian Berger hier mal Sachen hinterlassen hatte, so waren sie nun alle verschwunden. Ein unbewohntes Zimmer, so wie der Prior es gesagt hatte.

»Haben Sie sich in der Tür geirrt, oder ist der Jan abgereist? Der hätte doch Bescheid sagen können. Mann.« Ein Schmollmund zeigte, wie viel Jan der Therese bedeutete. In der Damenwelt machte der Student offenbar deutlich schneller Fortschritte als bei seiner Arbeit.

Delbrock schloss ab und wandte sich nun der Tür neben seinem eigenen Zimmer zu. »Das hier ist Jans Zimmer.« Erleichtert klopfte sie und rief fröhlich seinen Namen. Aber auch hier deutete kein Geräusch auf die Anwesenheit Jans hin. Delbrock schloss auf und öffnete die Tür. Er war erleichtert, dass zumindest hier noch immer das gleiche Bücherchaos herrschte wie zuvor. Dann hörte er den spitzen Schrei seiner Begleiterin, und vorbei war es mit jedwedem positiven Gefühl. Aus dem Schrei wurde ein Schreien, schrill und unkontrolliert, und er hörte bereits Schritte auf dem Flur. Jan lag völlig verrenkt am Fuße des kleinen Tisches inmitten der Bücher. Auf den ersten Blick tippte Delbrock auf einen Genickbruch, dennoch kniete er sich schnell neben den jungen Mann und kontrollierte durch Auflegen der Hände an die Seiten, ob noch Atmung vorhanden war. Nichts. Kein Heben des Brustkorbs, nicht die kleinste Rippenbewegung.

Jan Mertens war tot, und Hauptkommissar Delbrock fühlte sich so schuldig, als habe er selbst den jungen Mann einen Abgrund hinuntergestoßen.

Steif, alle Knochen schwer wie Blei, stand Delbrock auf und suchte sein Handy. Therese hatte endlich aufgehört zu schreien und lag in den Armen von Bruder Josef, der plötzlich aufgetaucht war. Dann stand irgendwann auch der Prior im Türrahmen.

»Mein Gott, wie schrecklich. Der arme Mann. Ist er tot?« Sein Gesicht war kreidebleich, die Lippen bebten. Als er einen Schritt zu dem Toten machte, wurde Delbrock ruppig.

»Hier kommt keiner rein, bis die Spurensicherung das Zimmer freigibt. Meine Kollegen sind in dreißig Minuten hier.«

»Kollegen? Spurensicherung?« Der Prior hielt beschwörend die flachen Hände in die Höhe. »Sie glauben an ein Verbrechen? Hier im Kloster?« Er bekreuzigte sich. Sein Blick ging vom Tisch zu dem am Boden liegenden Jan und wieder zurück zum Tisch, als suche er nach einer besseren, leichteren Erklärung.

»Dieser Junge wurde ermordet – das ist so sicher wie Ihre Vesper am Abend.«

»… die heute wohl für einige ausfällt«, konnte Bruder Josef sich nicht verkneifen.

Und zum ersten Mal saß Delbrock kurze Zeit später mit Bruder Andreas zusammen und tat das, was er schon lange mit diesem mysteriösen Exmann und Opus-Dei-Zögling hatte machen wollen: Er befragte ihn eine Stunde lang. Leider teilte ihm Bruder Andreas auch jetzt nicht viel Neues mit. Die Vermutung, dass der Tod seiner Mutter eventuell ein Selbstmord gewesen sei, nahm er gelassen hin und äußerte nur, in diesem Falle müsse er ganz besonders stark für die Seele seiner Mutter beten. Es klang phrasenhaft, fand Delbrock. Zum Verbleib seines Bruders konnte er nichts sagen, aber es habe ihn in der Tat gestört, dass er zu diesem Zeitpunkt im Kloster aufgetaucht sei.

»Wir haben heute Abend ein wichtiges Treffen, in dem wesentliche Weichen für meine Zukunft gestellt werden. Ich bin mir sicher, dass Sebastian hier spionieren und stören wollte, und ich habe ihm das auch gesagt. Es gibt Entscheidungen, die kann man nur mit sich selbst und Gott besprechen.« Bergers Gesicht blieb ausdruckslos.

»Soweit ich informiert bin, kann man sich bei Opus Dei auch Gott widmen, ohne gleich seine Familie aufgeben zu müssen. Ganz im Gegenteil, das Familienleben, die Kinder und die Ehe, das alles wird doch gerade dort sehr geehrt«, sagte Delbrock.

Andreas Berger antwortete ruhig, aber seine gesamte Körperhaltung zeigte, dass er genervt war. Die charmante Leichtigkeit seines Bruders besaß er nicht.

»Bis zu einer gewissen Position geht das, doch ich fühle mich zu Höherem berufen. Ich habe gespürt, dass meine Frau und mein Kind mich kaum noch brauchen, doch die Führung von Opus Dei braucht mich, Gott braucht mich mit ganzem Einsatz.«

Wenn er sich mit dieser monotonen, emotionsbefreiten Art beworben hatte, wunderte der Kommissar sich, dass man ihn so bereitwillig aufgenommen hatte. Bruder Andreas präsentierte Demut wie ein schlechter Schauspieler, der erfolglos versucht, sein Publikum in eine bestimmte Gefühlslage zu bringen.

»Ja, und offenbar ging es vier weiteren Ehemännern ähnlich wie Ihnen. Davon ist einer tot, seine Ehefrau ebenfalls, ein weiterer Mönch ist letzte Woche Witwer geworden. Wissen Sie, Herr Berger, solche Zufälle gibt es hier in Westfalen nicht. Wir haben eher wenige Mordfälle in Münster und Umgebung. Das mag an dem reichlichen Kirchengeläut hier liegen oder an dem flachen Land und unserer bodenständigen Art. Nun aber haben wir drei Frauen in einer Woche, und es lässt sich mit Ihrer Person zu jeder dieser toten Frauen eine Verbindung herstellen. Also reden Sie endlich.«

»Das sind Ihre Schlussfolgerungen, Herr Hauptkommissar. Ich kann dazu nichts sagen. Und ich glaube kaum, dass man den Tod meiner Mutter mit den ermordeten Frauen in Zusammenhang bringen sollte. Das ist absurd.«

Delbrock fixierte den anderen, suchte nach Anzeichen von Nervosität: ein Flackern in den Augen, ein Zucken der Hände. Wenn Berger dieses starre, ernste Gesicht bis an sein Lebensende bewahren wollte, würde er mit siebzig noch immer keine Lachfalten haben. Er fragte: »Herr Berger, sind Sie eigentlich freiwillig ins Kloster gegangen?«

Bruder Andreas schüttelte empört den Kopf. »Sobald man den Lebensweg eines Menschen nicht versteht, glaubt jeder, er werde dazu gezwungen. Versucht mein Bruder, Ihnen diesen Blödsinn einzureden, oder meine Exfrau?«

»Weder noch. Sie selbst vermitteln diesen Eindruck. Wo finde ich Ihren Bruder? Mir sagte er, er würde bis morgen bleiben.«

Bruder Andreas erhob sich nun zu seiner vollen Größe und wandte sich zur Tür. »Ja, mir drohte er auch mit seiner Anwesenheit. Ich habe keine Ahnung, warum er nun doch schon abgereist ist, aber darüber mache ich mir wenig Sorgen.« Er ging, hielt die Türklinke noch eine Weile in der Hand und sagte sehr leise: »Das mit dem Jungen tut mir leid, unendlich leid.«

In diesem Moment klingelte das Handy des Kommissars, und die Tür schloss sich wieder. Auf dem Flur konnte er die eiligen Schritte Bergers hören, fast schien er davonzurennen.

Am anderen Ende der Leitung war einer seiner Mitarbeiter. »Raten Sie mal, was passiert ist.«

»Was soll der Blödsinn? Wir haben einen Toten.«

»Nein, wir haben sogar drei Tote, drei tote Frauen.«

Delbrock wurde es heiß und kalt, er dachte an Rafaela Berger und daran, dass er sie beruhigt hatte, ihr werde sicher nichts passieren. Er hatte versagt, er würde seinen Dienst quittieren und sich einen Hund anschaffen. Nein, er würde ins Exil gehen, vielleicht auf die Insel Elba, dort waren schließlich schon andere Versager gelandet. Der süße Engel war nun doch noch ein Opfer dieses perfiden Falls geworden.

»Chef, der Tipp war Gold wert, ich habe sofort etwas gefunden, als ich die Daten eingegeben habe.«

»Was reden Sie denn da, verdammt? Nun sagen Sie schon, wer die nächste tote Frau ist!«

Am anderen Ende der Leitung war es plötzlich still, dann hörte er zögerlich seinen Mitarbeiter sagen: »Chef, ich glaube, hier läuft etwas durcheinander. Sie haben mich doch beauftragt, in der Vatikanstadt nach vergangenen Ereignissen zu suchen, die mit dem Aufenthalt Bergers zusammenfielen und –«

»Oh, Gott sei Dank, der Engel ist doch nicht tot!«

»Nein, Engel können gar nicht sterben, Chef, sonst wären es ja keine Engel.«

Delbrock erfuhr im Folgenden, was sein Kollege aus einem alten Zeitungsbericht und durch die Recherchen einer pfiffigen Kollegin vor Ort erfahren hatte. Demnach hatten sich einige deutsche Praktikanten, die sich in der Vatikanstadt aufhielten, drei Prostituierte auf ihre Zimmer kommen lassen. Es sollte ein besonders bizarrer Spaß werden. In dem Artikel stand nicht, was genau in dieser Nacht vorgefallen war, sondern es wurde berichtet, dass man diese drei jungen Damen im Morgengrauen tot in den Straßen gefunden hatte. Die Untersuchung leitete zwar die römische Polizei, als Zeugen gab es aber nur ausgesuchte Bewohner der Vatikanstadt und natürlich die deutschen Praktikanten. Zwei Wochen später lautete es in einer Erklärung der Vatikanstadt, dass die drei Frauen gepanschten Alkohol zu sich genommen hatten und daran gestorben waren. Ein bedauerlicher Unfall. Aller Wahrscheinlichkeit nach hatten die drei Frauen den Alkohol selbst mitgebracht. Der Tod durch vergifteten Alkohol wurde von einem unabhängigen italienischen Pathologen bestätigt, und so stand es dann auch in allen Zeitungen. In einer späteren Presseerklärung ließ man verlauten, dass die Praktikanten natürlich aufgrund ihres schamlosen Verhaltens die Vatikanstadt verlassen mussten. Delbrock fragte sich, wo diese jungen Menschen denn stattdessen den Rest ihrer Zeit verbracht hatten. Es hatte nie jemand davon gesprochen, dass Andreas Berger damals vorzeitig und mit Schande aus Italien zurückgekommen war. All das war schon sehr lange her, doch Mord verjährte nicht, und wenn die jungen Leute damals irgendetwas mit dem Tod von drei Frauen zu tun gehabt hatten, verschwand das auch nach vielen Jahren nicht spurlos aus den Köpfen.

Die Spurensicherung hielt sich lange im Zimmer auf, besondere Aufmerksamkeit wurde auf die Fotos gelegt, die man von der Leiche machte. Der Pathologe musste später genau wissen, wie Jan Mertens auf dem Boden gelegen hatte, und er würde dies mit den Verletzungen vergleichen. Egal, was dabei herauskam, Delbrock wusste, dass Mertens umgebracht worden war. Jan hätte sich niemals im Zimmer eingeschlossen. Und ganz sicher hatte er keinen Tanz auf dem Tisch aufgeführt, um sich zufällig das Genick zu brechen. Sein Schlüssel war verschwunden; der Mörder musste das Zimmer von außen abgeschlossen haben.

Es würde ein langer Abend werden. Sobald Dr. Kösters, der Pathologe, erste Ergebnisse hatte, wollte er sich melden. Mit viel Eile und gutem Einsatz konnte er aber erst kurz vor neun Uhr am Abend mit der Obduktion beginnen. Delbrock würde im Kloster bleiben, ebenso zwei weitere Mitarbeiter, die er zu seiner Hilfe für die Nacht einquartiert hatte. Es entschied sich von selbst, dass das geheimnisvolle Treffen der Opus-Dei-Brüder angesichts der Tragödie im Kloster verschoben wurde. Alle Mönche und Gäste mussten sich zur Vernehmung bereithalten. Und wieder einmal blieb Dr. Sebastian Berger spurlos verschwunden. Was war das nur für ein Rätsel mit diesem Mann? Er war so charmant, offen und zupackend und doch im nächsten Moment auf geheimnisvolle Weise wieder unerreichbar. Konnte der Augenarzt etwas mit dem Tod des Studenten zu tun haben?

Bei dem Gedanken an Jan Mertens überfiel Delbrock ein Gefühl von Trauer und Wut. Ein junger Mensch, der sich durch ein wenig Abenteuerlust hatte ablenken lassen und völlig unschuldig zu Tode gekommen war. Wie mussten sich nur die Eltern fühlen, die ihren Sohn mit besten Absichten zum Arbeiten ins Kloster geschickt hatten? Delbrock hatte seine Kollegin Gabi zu den Angehörigen geschickt. Er wollte sich keineswegs drücken, nein, er würde in den nächsten Tagen einen Kondolenzbesuch starten und ihnen von ihrem munteren Sohn erzählen, der ihm, dem ermittelnden Hauptkommissar, so schnell ans Herz gewachsen war. Delbrock war zutiefst erschüttert, dass er diesen Mord nicht hatte verhindern können. Feine Quarkspeise war ihm serviert worden, während sein junger Freund eine tödliche Gefahr unterschätzt hatte. Welche Gefahr bloß? Dr. Berger hatte die Zimmer der Opus-Dei-Brüder untersuchen wollen, nicht Jan. Berger aber war abgereist, unerreichbar, und Jan tot.

Das Klingeln des Handys riss ihn aus seinen Überlegungen. Er meldete sich schroff, aber zunächst blieb es still am anderen Ende der Leitung. Dann ertönte ungewöhnlich leise die Stimme von Rafaela Berger, dem Engel, wie er sie für sich immer nannte.

»Hauptkommissar Delbrock? Ich mache mir Sorgen um meinen Schwager, Sebastian Berger. Haben Sie mit ihm schon geredet?«

»Er ist heute Morgen vernommen worden. Aber ich müsste ihn noch mal dringend sprechen, in einer anderen Sache. Leider ist er wieder mal unauffindbar. Wissen Sie, wo er sich zurzeit aufhält?«

»Er ist doch in diesem Kloster, bei seinem Bruder.«

»Hier sagt man, er sei abgereist.«

Es folgte wieder ein ungewöhnlich langes Schweigen.

»Scheiße, verdammt. Entschuldigung.«

»Sagen Sie mir, was Ihnen Sorgen bereitet, Frau Berger?«

»Sebastian hat mir eine Nachricht auf mein Handy geschickt. Wenn er sich bis sechs Uhr abends nicht bei mir gemeldet hat, soll ich diesen Kommissar anrufen, der wegen der Mordfälle ermittelt.«

Delbrock war höchst beunruhigt. »Und was sollten Sie mir dann sagen? Frau Berger, schnell. Hier in Gerleve ist ein junger Mann ermordet worden.«

»Um Himmels willen, ist es Sebastian?« Sie stöhnte auf, und er hörte bereits Panik in ihrer Stimme.

»Nein, nein, wesentlich jünger, ein Student.« Delbrock hielt es für klüger, dem Engel nicht zu erzählen, dass Berger und besagter Student gemeinsam unterwegs gewesen waren.

»Sind Sie etwa gerade in Gerleve, in dem Kloster? Natürlich, Sie sind auch dort.«

»Ja, ich muss doch –«

»Dann bestellen Sie meinem Mann, dass ich ihn nie wiedersehen möchte. Er soll es auch nicht wagen, zur Hochzeit unserer Tochter aufzutauchen oder, noch schlimmer, zu meiner Beerdigung. Sagen Sie ihm das. Und er soll sich unterstehen, für mich zu beten. Das mache ich lieber selbst.«

Es dauerte einige Zeit, bis Delbrock Frau Berger beruhigt hatte. Wütende Ehefrauen, auch ehemalige, konnten sehr existenziell werden.

Er dachte gerade darüber nach, was es bedeutete, dass Sebastian Berger die Hilfe des Hauptkommissars erbeten hatte. Irgendetwas musste er nun unternehmen. Da klopfte es an der Tür. Sein Kollege Berndt stand mit einem mobilen Telefon in der Hand vor ihm und hielt es ihm mit spitzen Fingern hin.

»Der Pathologe. Für Sie.«

»Guten Abend oder angesichts der Örtlichkeit: Gott zum Gruß, Herr Hauptkommissar. Hier ist Dr. Köster. Ich war ja ganz schön überrascht, dass Sie mir dieses Mal doch noch eine männliche Leiche bringen ließen –«

»Es war Mord, oder?« Delbrock unterbrach den Pathologen, bevor der etwas sagen konnte, was auch nur annähernd nach Witzelei roch. Dafür ging ihm der Tod des Jungen zu nahe.

»Ja, ganz klar. Erst wurde dem Mann das Genick gebrochen, dann kam der Sturz aus geringer Höhe. Wahrscheinlich hat der Täter den leblosen Toten, Entschuldigung, blöd doppelt gemoppelt, also den leblosen Körper einfach umkippen lassen und ein wenig in Position gebracht. Was machte ein so junger Mensch im Kloster, wenn er kein Ordensbruder war?«

»Er hoffte, in der Abgeschiedenheit des Klosters seine Diplomarbeit fertig schreiben zu können.« Delbrocks Stimme zitterte ein wenig.

»Oh verdammt«, fluchte Dr. Köster leise und gar nicht mehr forsch. »Da hätte er sie wohl besser betrunken auf einer Party geschrieben.«

# ACHT

Dr. Sebastian Berger überlegte seit geraumer Zeit, ob erst der Schmerz da gewesen war und dann die Erkenntnis, wie beschissen seine Lage war, oder umgekehrt. Er grübelte fieberhaft, als könne die Beantwortung dieser Frage seine Situation ändern. Und eine Änderung der aktuellen Umstände wäre sicher erstrebenswert. Berger saß auf einem Stuhl, die Hände zu weit nach hinten gedehnt, weil sie an der Lehne festgebunden waren. Die Schultern schmerzten wahnsinnig – und nicht nur das. Irgendein gereizter Nerv sendete Schmerzsignale von den Schulterblättern über den Nacken bis in den Kopf. Ihm brummte der Schädel, üble Spannungskopfschmerzen breiteten sich aus. Da nutzten keine Lockerungsübungen, und eine gehörige Portion Wut milderte leider auch nichts. Er war eben doch nur ein Augenarzt und kein Sherlock Holmes.

Berger schaute sich weiter in dem kleinen Raum um, in dem er sich befand. Es schien eine Art Abstellkammer zu sein, tief unter den Klosterräumen. Er befand sich in einem Gewölbekeller. Kalt war es, aber trocken. Sein massiver Stuhl bestand aus Eiche. Dieses alte Stück würde er nicht mal eben umkippen und zerbrechen können, um die Fesseln zu lösen. Im besten Fall landete er mit der Nase auf dem staubigen Steinboden oder schlug sich schlimm den Kopf an. Natürlich hatte er es auch schon mit Lärmen und Schreien probiert, aber dabei war er sich jämmerlich vorgekommen, und es hatte auch nichts bewirkt. Alte Keller waren Profis in Sachen Geheimhaltung und Freiheitsberaubung.

Aber Jan, dieser schräge Student. Der musste allmählich ahnen, dass etwas nicht in Ordnung war. Sie hatten sich immerhin verabredet. Sebastian hatte den Jungen mit einem harmlosen Auftrag beschäftigt. Natürlich hatte er nicht zulassen können, dass dieser sich mit seiner Abenteuerromantik in Schwierigkeiten brachte. Nicht auszudenken, wenn Jan hier neben ihm säße und er ihn in ernsthafte Gefahr gebracht hätte! Sebastian Berger versuchte, in seinem Mund etwas Spucke zusammenzubekommen. Die Zunge klebte am Gaumen, eine leichte Übelkeit begleitete ihn, und endlich begriff er, was sonst noch passiert war. Man hatte ihn ganz klassisch und altmodisch mit Chloroform betäubt. Wenn man sich solche Mühe mit ihm gab, wollte man ihn doch bestimmt nicht töten, tröstete er sich. Er konnte sich mittlerweile sogar vorstellen, dass sein Bruder ihn für heute aus dem Weg haben wollte und ihm eine Lektion erteilte. Das war dann allerdings ganz schön nahe an einer Todsünde, fand Sebastian. Ihm fiel ein, dass er seiner Schwägerin eine Nachricht geschickt hatte für den Fall, dass er sich heute nicht mehr bei ihr melden würde. Ehrlich gesagt hatte er das nur gemacht, um seine Aktionen theatralischer wirken zu lassen. Nun erwies sich diese Angeberei eventuell als echte Hilfe.

Plötzlich hörte er Geräusche, Schritte von Ledersohlen auf Steinboden. Er rief laut: »Hallo, ich bin hier!«

Die Tür öffnete sich knarrend, schummriges Licht brachte etwas Helligkeit in den ansonsten recht dunklen Kellerraum, und eine Person trat auf ihn zu. Berger erschrak und dachte dennoch genervt, dass die hier wirklich jedes Klischee eines Kirchenkrimis bedienten. Die Gestalt war komplett in einen schwarzen Umhang gehüllt, eine große Kapuze verbarg das Gesicht, es hätte also auch ein Yeti in dem Kostüm stecken können. Bevor er etwas sagen konnte, wurde er grob zweimal ins Gesicht geschlagen. Der Gesichtslose beugte sich tief zu ihm herunter, und Sebastian zuckte zurück. Der Kerl wollte ihm doch wohl nicht das Ohr abbeißen? Er vernahm ein Flüstern.

»Wenn dich jemand hört, dann nur die, die wollen, dass du hier unten sitzen bleibst. Artig und still. Jedes Geräusch wird bestraft.«

»Ich will meinen Bruder sprechen.«

Erneut beugte sich der Mann tief herunter. »Glaube mir, Berger, das willst du nicht.«

Er bekam zum Abschied einen Schlag in den Nacken und war wieder allein. Was sollte denn dieser Auftritt? Er würde seinen Bruder ans Kreuz nageln, wenn der etwas mit all diesem hier zu tun hatte.

Kurze Zeit später kam der Durst. Erst träumte er von sprudelnder Cola oder einem frisch gezapften Bier, er spürte pure Gier in sich und stellte sich den Moment vor, in dem so ein helles Bier kalt und herb seine Kehle entlangprickelte. Doch irgendwann wäre ihm eine Pfütze auf dem Boden wie ein Gottesgeschenk erschienen. Sollte er hier unten elend verrecken, verdursten wie ein vergessener Kanarienvogel im Käfig?

Sebastian zwang seine Gedanken in eine konstruktive Richtung. Was hatte er herausgefunden? Sein eigener Bruder hatte Leichen im Keller. Echte Leichen. Drei Frauen, die nach einer wilden Party mit einigen gelangweilten oder auch übermütigen Praktikanten plötzlich tot in den Straßen der Vatikanstadt gefunden worden waren.

Dr. Berger hatte nicht nur die Zeitungsarchive studiert, er hatte auch einen Angehörigen dieser Toten aufgespürt und befragt. Selbst wenn er die Wut auf den Vatikan und die verstrichene Zeit berücksichtigte, blieb es skandalös, was dieser Angehörige ihm erzählt hatte.

Luigi war heute fünfzig Jahre alt, er war der Bruder einer der getöteten Frauen. Er war damals aus allen Wolken gefallen, als man ihm von den Nebeneinkünften seiner Schwester erzählt hatte. Er hatte damals öfter Streit mit ihr gehabt. Sie sei mitunter etwas unkonventionell gewesen, berichtete er. Aber er konnte und wollte nicht glauben, dass seine kleine Schwester ihren Körper verkauft hatte, um sich das Studium zu finanzieren.

Luigi erinnerte sich nur daran, dass seine Schwester damit geprahlt hatte, dass sie an einer ganz heißen Sache dran sei. Sie habe jemanden kennengelernt, und der kenne wieder jemanden, und, na ja, sie müsse sich halt weiter als sonst aus dem Fenster lehnen. Mit ihrer Abschlussarbeit würde sie es jedenfalls krachen lassen. Luigi hielt das für die übliche Prahlerei einer jungen ehrgeizigen Studentin, die sich auf ihr Studium eben eine Menge einbildete. Alle anderen Familienmitglieder waren einfache Handwerker oder in der Gastronomie tätig.

Luigi betete in der Kirche für seine Schwester – eine gut gemeinte Aktion, die dieser leider gar nichts nützte. Kurz darauf war sie nämlich tot. Hatte Mina zu viel gewusst? War es ein tragischer Alkoholunfall gewesen? Steckten die deutschen Praktikanten dahinter? Der Camerlengo persönlich hatte sich um Trost für die Angehörigen bemüht, aber Licht hatte er in die Geschichte nicht bringen können. Der Camerlengo war ein wichtiger Mann im Vatikan. Ihm oblagen viele vertrauensvolle Aufgaben. In Vertretung des Papstes fiel ihm sogar die Verwaltung der päpstlichen Güter zu.

Luigi behauptete, die Frauen seien vorsätzlich vergiftet worden, im Vatikan hieß es, sie hätten gepanschten Alkohol getrunken, ein tragischer Vorfall, kein Vorsatz. Die beteiligten deutschen Jungen hatten beteuert, dass sie keine Ahnung gehabt hätten. Den Alkohol hätten die Frauen mitgebracht. Ein heilloses Durcheinander und keine Beweise. Ein italienischer – angeblich unabhängiger – Pathologe bestätigte immerhin die Todesursache: Vergiftung durch verunreinigten Alkohol. Die deutschen Schüler waren bald wieder in ihrer Heimat, und die Opfer gehörten nicht zur High Society Roms. Sorry, c'ést la vie, ein herzliches Beileid an die Angehörigen und ein inniges Gebet für die toten Frauen.

Sebastian stöhnte leise auf, das ganze Grübeln über alte und neue Ereignisse konnte ihn nicht darüber hinwegtäuschen, dass er eine Scheißangst hatte und sich in einem qualvollen Zustand befand. Daran gewöhnen konnte man sich nicht – es wurde mit jeder Stunde schlimmer. Nun war er selbst gerade ein gequältes Opfer. Doch zurück zu den Frauen. Dieser Fall lag über zwanzig Jahre zurück. Er erklärte vielleicht, dass einige Praktikanten durch einen tragischen Fehler in ihrem Leben eine gemeinsame Vergangenheit hatten, die alle sicher nie vergessen würden. Aber diese Männer waren doch nach so langer Zeit nicht plötzlich gemeinsam auf die Idee gekommen, jetzt Buße zu tun und die zweite Lebenshälfte im Kloster zu verbringen. Und ganz sicher hatte ein Eintritt bei Opus Dei nichts mit Buße zu tun.

Sebastian hatte viel gelesen in den letzten Tagen. Dabei waren ihm zwei Dinge aufgefallen. Zum einen gab es einige Autoren und Moderatoren, die sich mit der dunklen Seite von Opus Dei beschäftigt hatten. Und wenn sich bestimmte Behauptungen und Ergebnisse zu dieser Gemeinschaft wiederholten, dann erhöhte sich die Wahrscheinlichkeit, nah an der Wahrheit zu sein. Zum Zweiten präsentierte Opus Dei bei jeder dieser Veröffentlichungen genau das, was man ihm unterschwellig auch vorwarf: Machtgehabe, rigoroses, knallhartes Einschreiten und Drohungen. Bücher wurden verboten, zum Beispiel das Werk des Journalisten Jürgen Roth, »Dunkelmänner der Macht«. In diesem Buch gab es ein Kapitel zu Opus Dei, in dem vor dieser Organisation gewarnt wurde. Mit Klagen und hohen Geldbußen wurden dann tatsächlich Verlage und Journalisten zum Schweigen gebracht beziehungsweise zum Widerruf veranlasst. Sympathie und Vertrauen gewann man doch wohl durch andere Mittel.

Berger spannte die Muskeln an und hörte auf zu atmen. Erneut waren Schritte zu hören. Bevor er sich wieder Ohrfeigen wie ein Pennäler einfing, blieb er lieber still. Noch besser, er würde den Ohnmächtigen spielen, eventuell machte sich dann mal jemand Sorgen um ihn. Er hörte, dass jemand die Klinke der Tür herunterdrückte. Die Tür befand sich in seinem Rücken, sehen konnte er sie nur, wenn er den Kopf weit nach hinten drehte. Er vermied jede Bewegung seines stark schmerzenden Kopfes. Entgegen seiner Erwartung sprang die Tür nicht auf. Wer immer auf der anderen Seite stand, besaß keinen Schlüssel. Dr. Sebastian Berger fand, dass diese Erkenntnis einen Hilferuf lohnte.

»Hilfe! Hilfe, ich bin hier drinnen eingesperrt! Hören Sie mich?«

»Herr Dr. Berger?«

Nun drehte er doch den Kopf weit nach hinten und rief zur Tür: »Ja, ich bin es. Gott sei Dank, Sie müssen mir helfen.«

Zehn Minuten dauerte es dann doch noch, bis ein passender Schlüssel aufgetrieben worden war. Berger fand es merkwürdig, dass sich der Gast von heute Morgen plötzlich als Hauptkommissar ausgab und Befehle erteilte. Einen Moment lang hatte er Angst, dass der schwere Mann zu den Entführern gehörte und man ihm etwas vorspielte. Ein echt aussehender Polizist in blauer Uniform reichte ihm endlich zwei Schmerztabletten und ein Glas Wasser, das beileibe nicht seinen Durst stillen konnte. So hatte er das Glas leer, während die Tabletten noch in seiner Hand lagen. Unter Protest wurde er auf die Krankenstation gebracht, wo ein Mönch an ihm herumdrückte, den Blutdruck maß und die Pupillen prüfte.

»Sind Sie etwa auch von einem unserer Gäste niedergeschlagen worden?«, fragte Bruder Jakobus, schaute dabei aber Delbrock vorwurfsvoll an. »Sie bringen mir ja einen Verletzten nach dem anderen. Der Blutdruck ist im Übrigen etwas hoch.«

»Ich bin betäubt und entführt worden. Eine Ohrfeige habe ich ebenfalls bekommen, aber erst, als ich wieder wach war. Da stecken diese Opus-Dei-Priester hinter. Feine Gäste haben Sie hier, feine Gäste.« Sebastian Berger schimpfte vor sich hin und griff dann wieder zum Wasserglas.

Das klang jetzt natürlich für Bruder Jakobus noch unqualifizierter als die Behauptungen von Jan am Abend zuvor.

»Ja, so ein Klosterleben ist echtes Überlebenstraining«, meinte der Mönch trocken. »Sie sollten mal hier sein, wenn sich nebenan die Schulklassen anmelden, ich bete dann schon mal ein Ave-Maria mehr.« Offenbar nahm er auch dieses Opfer einer Gewalttat nicht ernst genug, um an echte Verbrechen im Kloster zu glauben.

Ein Stöhnen und ein Plumpsen ließen ihn nun von der Akte aufschauen. Dr. Berger hatte sich wie ein nasser Sack auf das Bett zurückfallen lassen und stöhnte auf. »Mir ist plötzlich so übel. Oh Gott, ich glaube –«

Bruder Jakobus schaltete sofort und hielt Sebastian eine Nierenschale vor den Mund. Zwei Sekunden später spuckte sein Patient eine Menge Wasser mit nur wenigen Resten von Nahrung in die Schale.

»Ich denke, das kommt von dem Chloroform, mit dem er betäubt worden ist.« Delbrock blickte etwas säuerlich auf die Nierenschale.

»Ich denke, das kommt von den vier Gläsern Wasser, die er in sich hineingeschüttet hat, als wäre es Tiroler Landwein.« Der Sanitäter-Mönch hielt völlig ungerührt die Schale, tupfte Sebastian anschließend mit einem feuchten Waschlappen den Mund ab und trug auch dieses Ereignis in seine Akte ein.

Sebastian konnte sich vorstellen, dass diese stoische Gelassenheit bei den meisten Unfällen und Erkrankungen, für die Bruder Jakobus zuständig war, beruhigend wirkte. Dem Hauptkommissar schien die harmlose Tour des Ordensbruders allerdings gewaltig auf die Nerven zu gehen. Vorwurfsvoll sagte er: »Angesichts des ermordeten Studenten hier im Haus könnten Sie Ihrem Patienten durchaus die Ereignisse glauben, die er Ihnen schildert.«

»Ermordet? Ist der Junge nicht unglücklich gestürzt? Wissen Sie, ich hätte ihn auf Schwindel oder epileptische Anfälle befragen sollen, das werfe ich mir –«

Sebastian Berger hörte die Worte des Kommissars, aber sie gelangten noch nicht in sein Bewusstsein. Er sah, dass der Ordensbruder in diesem Moment an den Schultern gepackt und auf einen Stuhl gedrückt wurde. Der Hauptkommissar blickte sehr traurig drein, aber seine Stimme klang wütend, als er auf den nun sitzenden Sanitäter einredete: »Dem Jungen wurde das Genick gebrochen, bevor er auf dem Boden landete. Glauben Sie mir, seine Eltern wären sehr froh, wenn bei ihrem Sohn nur eine Epilepsie festgestellt worden wäre. Dann hätten sie ihn wenigstens noch. Doch er wurde brutal ermordet, weil er hier in diesem Kloster etwas über bestimmte Machenschaften erfahren hat, die einen unschuldigen Studenten nichts angingen. Und Sie sagen mir jetzt, ob es hier bei Ihnen Chloroform gibt.«

Sebastian blickte von einem zum anderen und hoffte sehr, dass die beiden Männer neben seinem Bett von einem anderen jungen Mann redeten. Jan konnte nicht tot sein, er hatte den Studenten doch aus allem herausgehalten.

»Natürlich nicht«, antwortete Bruder Jakobus gerade. »Unser Orden mag ja alt sein, unsere Behandlungsmethoden sind es nicht. Kein Mensch betäubt heute noch mit Chloroform. Es führt zu Leber- und Nierenschäden, mal ganz abgesehen von den heftigen Nebenwirkungen.«

Berger keuchte und spuckte noch einmal, dann stöhnte er laut: »Oh Gott, sagen Sie nicht, das hier können Anzeichen eines Leberschadens sein. Oh Gott, ist mir schlecht.« Er legte sich lang ausgestreckt auf das Bett und hielt sich den Waschlappen an die Stirn. In diesem Zustand konnte er keinen klaren Gedanken fassen. Er wollte so viele Fragen stellen, aber er fürchtete, wenn er den Mund aufmachte, kämen nur Galle und Wasser heraus.

Er blinzelte. Bruder Jakobus saß noch immer etwas pikiert auf dem Stuhl, auf den Delbrock ihn so unsanft verfrachtet hatte. Er sah aus, als würde er nachdenken. Schließlich stand er auf und ging an den Arzneischrank. »Okay, ich gebe Ihnen etwas gegen die Übelkeit.« Dann wandte er sich an den Hauptkommissar und fragte schon wesentlich kleinlauter: »Was bedeutet das denn jetzt alles? Wir sind doch hier keine Mörderbande!« Er reichte Berger einen Löffel mit abgezählten Tropfen, die dieser mit angewidertem Gesicht hinunterschluckte.

Delbrock betrachtete Berger. Der Kommissar wirkte ungeduldig. »Dr. Berger, ich muss dringend wissen, was vorgefallen ist. Können Sie mit mir reden?«

»Mmh. Reden Sie.«

»*Sie* sollen reden. Wann haben Sie Jan Mertens zum letzten Mal gesehen? Was hatten Sie beide ausgemacht?«

Berger atmete tief ein und aus, blieb aber still liegen, als er antwortete: »Ich habe ihm natürlich gesagt, dass ich in jedem Fall allein gehe, er seine Arbeit weiterschreiben soll und dass er vor allem zum Mittagessen gehen muss, damit diese beiden Schwarzröcke von Opus Dei keinen Verdacht schöpfen. Ich ziehe doch nicht unschuldige Kinder mit hinein. Ich habe ihn höchstens gebeten, über die beiden anwesenden Priester zu recherchieren. Ich hatte mir die Namen geben lassen, und Jan sollte mal schauen, ob es im Netz etwas über unsere beiden Freunde zu erfahren gab.«

Wieder atmete er tief ein, irgendwie half es, oder die Tropfen zeigten Wirkung. Die Übelkeit wurde erträglich.

»Kurz bevor ich losgegangen bin, war ich in seinem Zimmer, habe ihn zum Essen geschickt und um kräftiges Daumendrücken gebeten. Wo hat man seine Leiche denn überhaupt gefunden?«

Delbrock starrte ihn an. Er sagte: »Jan Mertens ist niemals beim Mittagessen aufgetaucht. Komisch ist nur, dass das Mädchen aus der Küche wusste, dass er zu spät kommen würde. Sie sollte etwas für ihn zurückstellen.«

»Dann hatte er offenbar einen ganz eigenen Plan, verdammt!«

»Aber er ist in seinem Zimmer tot aufgefunden worden. Die beiden Opus-Dei-Priester saßen die ganze Zeit über im Speisesaal und haben für ihre Verhältnisse üppig gespeist. Die anderen Gäste waren ebenfalls im Speisesaal. Eigentlich hätten Sie freie Fahrt haben müssen bei Ihrem Spionagegang. Was ist denn da bloß schiefgelaufen?«

Berger wollte den Kopf schütteln, traute sich aber keine derartige Bewegung zu. Er schob stattdessen den Waschlappen auf seiner Stirn hin und her und widersprach gequält. »Irrtum, Kommissar. Die hätten es alle vor dem Mittagessen erledigen können. Ich war eine halbe Stunde vor der Zeit bei Jan und bin dann in mein Zimmer gegangen, um meiner Schwägerin Rafaela noch eine Nachricht zu schicken. Es sollte ein Spaß sein, Angeberei, wissen Sie. ›Ich begebe mich nun auf eine gefährliche Mission wenn du bis zum Abend nichts von mir hörst, ruf die Polizei.‹ So in etwa.«

Der Hauptkommissar nickte verstehend, Bruder Jakobus hatte sich wieder auf einen Stuhl gesetzt und rieb sich wiederholt den Handrücken. Wahrscheinlich verstand er nur die Hälfte und fand sich nicht mehr zurecht. Vielleicht machte er sich auch Vorwürfe. Hätte, wäre, könnte – der schöne Konjunktiv wurde gern benutzt, wenn das Schicksal schonungslos zugeschlagen hatte.

Jetzt meldete sich der Mönch zu Wort. »Glauben Sie etwa, die beiden Numerarier hätten etwas mit dem Mord zu tun?«

»Wenn Sie damit die Schwarzröcke von Opus Dei meinen: Yes, Sir«, sagte Berger. »Soll ich erst mal weitererzählen?«

Delbrock nickte, und Bruder Jakobus öffnete den Mund, schloss ihn aber gleich wieder.

»Es klopfte an meiner Zimmertür, als ich gerade die SMS an meine Schwägerin abgeschickt hatte. Ich dachte natürlich, es sei Jan, der mir noch etwas mitteilen oder sogar darum betteln wollte, dass ich ihn mitnehme. Ich habe die Tür einen Spalt aufgemacht und hatte schon ein Tuch vor der Nase. Es roch gar nicht schlecht, so süßlich, wissen Sie. Ja, und dann bin ich in diesem Kellerraum wieder aufgewacht, an den Stuhl gefesselt, gedemütigt an Leib und Seele und verdammt wütend.«

»Nichts gesehen, nichts gehört?«

»Nein, allerdings kam so ein Edgar-Wallace-Mönch noch mal zu mir, als ich laut um Hilfe rief. Er verpasste mir eine Ohrfeige und meinte, das werde er nun öfter machen, wenn ich weiter herumschreien würde.« Sebastian Berger wandte sich an den Sanitäter und fragte: »Haben Sie unten im Keller noch ein paar vergessene Diener der Inquisition?«

Bruder Jakobus nahm ihm diese Anmerkung nicht übel. Er sagte: »In den Keller trauen wir uns selbst nicht oft hinunter. Der ist so tief – zu nahe an der Hölle, wenn Sie mich fragen. Unsere Ordensbrüder haben mit dem ganzen Schlamassel sicher nichts zu tun.« Langsam vollzog er ein Kreuzzeichen.

»Wo ist eigentlich mein teurer Bruder? Weiß er, dass ich auf der Krankenstation liege und mir die guten Teile meiner Seele aus dem Leib kotze?«

Der Hauptkommissar antwortete ihm: »Bruder Andreas denkt, dass Sie abgereist sind. Irgendjemand hat Ihr Zimmer leer geräumt und erzählt, Sie seien plötzlich doch nach Hause. Ich habe diese Version vom Prior persönlich gehört.«

»Sie haben sie zum Glück nicht geglaubt, immerhin haben Sie mich gefunden. Wie lange war ich denn da unten? Ich habe jedes Zeitgefühl verloren.«

»Es ist jetzt Mitternacht«, sagte Bruder Jakobus und erhob sich. »Wenn Sie mich nicht mehr brauchen, gehe ich zu Bett.«

Plötzlich hörte man einen Tumult im Flur vor der Infirmerie. Aufgeregte Stimmen waren zu hören, schließlich klopfte jemand kräftig an die Tür, und Delbrocks Kollege Berndt trat ein.

»Chef, wir haben noch einen Toten, einen toten Mönch!«

Bruder Jakobus bekreuzigte sich und hielt sein Kreuz fest, das ihm über der Brust baumelte. Sebastian Berger warf vor Schreck den Waschlappen auf seiner Stirn von sich und keuchte: »Es ist aber nicht mein Bruder Andreas, oder? Oh Gott, wo ist er hier nur hineingeraten? Sagen Sie schon! Wer ist es?«

Er vergaß seine Übelkeit und den Kopfschmerz und richtete sich auf. Hauptkommissar Delbrock schaute ebenfalls fragend und sichtlich besorgt seinen Kollegen an. Der zuckte die Achseln. »Ich weiß es nicht. Einige sagen, es sei einer der Mönche, die hier nur als Gäste sind. Keine Ahnung. Es ist gerade erst passiert.

Dieser Mann ist vor fünf Minuten aus dem Fenster des obersten Stocks gesprungen.«

»Er ist gesprungen?«

***

Rafaela Berger erschrak, als plötzlich jemand neben ihr stand.

»Mama, warum gehst du denn nicht ins Bett? Es ist nach Mitternacht. Bist du krank?«

»Marie, hast du mich erschreckt. Ich warte auf einen Anruf von Sebastian.«

Marie setzte sich leger auf die Armlehne und meinte altklug: »Und weiß er, dass du genau um diese Zeit mit ihm telefonieren möchtest? Es könnte sein, dass er, wie viele Menschen, bereits im Bett liegt.«

Rafaela nickte nur und schaltete den Fernseher aus. »Du hast wahrscheinlich recht. Hier, diese Nachricht habe ich heute von ihm bekommen.« Sie zeigte ihrer Tochter die SMS auf ihrem Handy. »Und jetzt mache ich mir natürlich Sorgen, weil er sich den ganzen Tag nicht gemeldet hat.«

Marie schaute sie aus müden Augen völlig verwirrt an und sagte: »Ich verstehe eigentlich weder die Nachricht von Sebastian noch dieses geduldige Warten von dir. Ich gehe wieder ins Bett, Mama.«

Und dann klingelte das Telefon dermaßen laut durch die Wohnung, dass beide heftig erschraken.

»Ja, hallo, Sebastian?«

Rafaela sah, wie ihre Tochter die Augen verdrehte, doch das nahm sie nur am Rande wahr, denn nun hörte sie tatsächlich die Stimme ihres Schwagers.

»Ich wollte dir nur sagen, ich bin okay, also nicht fit oder so, aber eben okay. Ich musste mich übergeben von dem Chloroform, jetzt ist es aber schon besser. Die Kopfschmerzen sind auch erträglicher geworden. Ich sehe nicht mehr so gut aus wie gestern, bisschen gelitten halt, aber es ist okay. Also, das wollte ich dir nur sagen. Ich hoffe, ich habe dich nicht geweckt. Man verliert ja schnell sein Zeitgefühl, so gefesselt in einem dunklen

Keller. Da ist eine Stunde wie ein ganzer Tag. Und dann diese vielen Toten –«

»Sebastian, was redest du denn um Himmels willen für ein Zeug? Bist du betrunken? Und wo bist du überhaupt?«

Marie machte ihrer Mutter vehement Zeichen, sie solle dringend den Lautsprecher betätigen, und nervte mit ihren aufdringlichen Gesten, Sebastian lallte mehr oder weniger am anderen Ende der Leitung, Rafaela selbst war hundemüde und fühlte sich auf den Arm genommen. Es fehlte nur noch ganz wenig, und sie würde zur sprichwörtlichen Xanthippe werden.

»Ich habe den Hauptkommissar angerufen. Mensch, Sebastian, ich habe mir nach deiner merkwürdigen SMS echt Sorgen gemacht und –«

»Ja, zum Glück, danke. Der hat mich nämlich dann gefunden. Da war ja dieser dunkle Mönch, der aus den Edgar-Wallace-Filmen, du weißt schon. Und der hat mich geschlagen, ins Gesicht. Und dabei hatte er selbst gar kein Gesicht, echt komisch, ne? Ich wollte doch nur, dass jemand mich hört. Was? Wieso das denn, ich bin doch noch gar nicht fertig. Warte mal, Rafaela.« Sebastian sprach im Hintergrund mit einem Mann. Ihr Schwager war entweder durchgedreht oder völlig betrunken, eventuell traf auch beides zu.

»Rafaela, der Kommissar will dich sprechen. Bis später.«

Als Nächstes meldete sich ein Mann mit einer bekannt klingenden Stimme. »Ich bin es, Hauptkommissar Delbrock, und ich befinde mich noch mit Ihrem Schwager zusammen im Kloster Gerleve. Es tut mir leid, Frau Berger, Ihr Schwager meinte, er müsse dringend zwei Schnäpse trinken, und ich glaube, mit dem Chloroform und den ganzen Medikamenten zusammen hat er das nicht gut verkraftet. Er kommt wieder in Ordnung.«

»Was reden Sie denn immerzu von Chloroform und Medikamenten? Wenn mir nicht sofort einer sagt, was los ist, und zwar deutlich, dann lege ich jetzt auf, nehme drei Schlaftabletten und gehe ins Bett.«

»Ich finde, das klingt nach einer richtig guten Idee. Sie brauchen sicher auch Schlaf.«

Es dauerte einige wohlüberlegte Sätze des Kommissars, bis

Rafaela weitgehend informiert war. Natürlich hatte sie den Apparat auf die Lautsprecherfunktion eingestellt, doch im Laufe des Telefonats hatte Marie recht schnell ihre Coolness aufgegeben und war dicht an ihre Mutter herangerückt. Kein Wunder. Den neuesten Informationen nach gab es zwei Alternativen: Entweder ihr Vater gehörte zu einer Gruppe von Mördern und Entführern, oder aber er schwebte in großer Gefahr, weil ebendiese gerade im Kloster übelst agierten. In Münster gab es tote Frauen, im Kloster Gerleve tote Männer.

»Kann ich noch mal meinen Schwager sprechen?«, fragte Rafaela den Kommissar, nachdem er sie über alles informiert hatte.

»Nun, ich würde nicht mehr mit ihm telefonieren wollen. Legen Sie sich schlafen, Frau Berger.«

Delbrock musste den Hörer dennoch weitergereicht haben, denn sie hörte Sebastians Stimme, verstand aber nicht, was er sagte. »Sebastian, wie geht es Andreas? Hängt er in der Sache mit drin?«

»Andreas hängt schon seit über zwanzig Jahren in dieser Sache. Mutter hatte recht, meine herrschaftliche, debile Mutter wollte uns etwas sagen. Wer weiß, vielleicht ist sie deswegen ermordet worden. Ach nein, sie hat sich ja selbst umgebracht. Wusstest du, dass die Mönche hier einen eigenen Sanitäter haben? Der versorgt immer die niedergeschlagenen Gäste. Nur dem armen Jan, dem hat er nicht mehr helfen können.«

»Wo ist Andreas jetzt?«

Ein leises Lachen war zu hören, pustend, Sebastian hielt den Hörer viel zu nahe an den Mund. Er sagte: »Du bringst mich auf eine Idee, Schwägerin. Weißt du was? Ich gehe ihn jetzt suchen, unseren Andreas, und haue ihm noch mal ein paar aufs Maul. Jawohl, und dann werde ich schlafen. Wir sehen uns morgen.«

Rafaela schüttelte den Kopf. Es war anzunehmen, dass der Hauptkommissar nicht bei einer Schlägerei zwischen einem geschwächten Entführungsopfer und einem Ordensbruder zuschauen würde. Sie nahm ihre Tochter in den Arm, und eine Stunde später schlief sie erschöpft ein.

Am nächsten Morgen gönnte sie sich eine halbe Stunde länger im Bett, dennoch fand sie nur sehr müde in ihr Badezimmer.

Als sie gerade ihre leere Kaffeetasse in die Spülmaschine räumte und sich für den Arbeitstag rüstete, schellte es an der Haustür. Sie erlebte eine Art Déjà-vu, denn vor der Tür stand Birgit in einem Zustand, der keine Phantasie für positive Nachrichten ließ: verweinte Augen, zerzauste Haare und Schatten unter den Augen, sodass ihr Gesicht noch schmaler wirkte, als es eh schon war.

»Stefan ist tot«, stieß sie hervor und rannte an Rafaela vorbei in die Wohnung. »Wie soll ich das bloß meinem Sohn erklären? Das Jahr war schon schlimm genug für ihn. Jetzt hat er seinen Vater ganz verloren.« Birgit setzte sich auf das Sofa und stützte ihren Kopf in beiden Händen auf. Rafaela setzte sich zu ihr und legte einen Arm um die schmalen Schultern ihrer neuen Freundin. »Es tut mir so leid, Birgit. Dann ist der tote Mönch im Kloster Gerleve dein Mann gewesen?«

»Du weißt es schon?«

»Sebastian, mein Schwager, rief mich heute Nacht in einem ziemlich desolaten Zustand an und erzählte mir so komische Dinge. Dieser Hauptkommissar war auch dort und hat mir das meiste noch mal in geordneter Form berichtet. Ein junger Student ist demnach am Tag zuvor im Kloster ermordet worden, und in der Nacht ist ein Mönch dann während der Ermittlungen und der allgemeinen Unruhe, die mit der Polizei im Hause herrschte, aus dem obersten Fenster gesprungen. Er muss sofort tot gewesen sein, sagte Delbrock.«

Birgit hielt sich noch immer den Kopf und fragte: »Warum hat er das getan? Warum hat er das nur getan? Wenn ihn das Klosterleben nicht mehr gereizt hat, hätte er doch wieder gehen können. Es wird doch heute kein Mensch mehr zum Ordensleben gezwungen. So ein verfluchter Idiot.«

»Ist schon komisch«, überlegte Rafaela, »fünf Ehemänner wandern ohne jede Vorwarnung ins Kloster, davon sind zwei nun tot, und zwei Exehefrauen sind ebenfalls tot, Letztere eindeutig ermordet.«

Plötzlich fiel ihr etwas ein. »Sag mal, Birgit, warst du etwa schon im Kloster? Hast du deinen Mann gesehen?«

»Ja. Die haben mich in der Nacht angerufen, und ich bin sofort losgefahren. Meinem Sohn Nick habe ich nur einen Zettel hingelegt, dass ich wegen einer Story ganz früh losmusste. Erst wirst du als Ehefrau abserviert und bist für nichts mehr zuständig, aber wenn dein Mann völlig verdreht und mit eingeschlagenem Schädel auf dem klösterlichen Asphalt liegt, dann sollst du ihn identifizieren und wieder über alles aus seinem Leben Bescheid wissen.«

Rafaela strich ihr über den Rücken. »Du Ärmste.« Sie erschrak, als Birgit unverhofft in Tränen ausbrach.

»Ich habe seine Leiche fotografiert, völlig krank, oder? Ich dachte, hinterher ist es gar kein Selbstmord gewesen, und bevor die etwas vertuschen, habe ich halt die Verletzungen aufgenommen.«

»Du machst Witze! Das hätten die dir doch niemals erlaubt.«

»Nein, aber sie haben einer trauernden Exehefrau erlaubt, einige wenige Minuten allein mit ihrer großen Liebe zu verbringen, um Abschied zu nehmen.« Das Weinen ging in ein hysterisches Lachen über.

Rafaela musterte ihren Besuch mit professionellem Blick und meinte schließlich: »Du fährst jetzt nach Hause und versuchst, ein wenig zu schlafen, ich erledige derweil ein paar Patientenbesuche, und um dreizehn Uhr treffen wir uns im Bistro eines guten Freundes und sprechen weiter. Komm, steh auf. Und schalt in jedem Fall das Telefon zu Hause aus, sonst kommst du nicht zur Ruhe, versprich mir das. Um die, äh, um die Bestattung wird sich der Orden kümmern, da musst du nicht aktiv werden.«

Sie schrieb Birgit die Adresse von Marcels Bistro auf und verließ mit ihr zusammen die Wohnung. Ein letzter sorgenvoller Blick, doch ihre neue Freundin stieg einigermaßen gefasst in ihr Auto.

Bei ihren Hausbesuchen war Rafaela nicht bei der Sache, sie reagierte einsilbig auf die Gesprächsangebote ihrer Kunden, verwechselte Seife und Creme und rief sich mehr als einmal zur Ordnung. Ihr letzter Patient vor der Mittagspause, Herr Dirkes, der charmante Professor, sah sie kurz an und sagte schmunzelnd: »Heute haben Sie wohl nur wenig Zeit mitgebracht, meine Liebe. Sie sind aus dem Auto gesprungen und bis zu meiner Haustür gerannt. Mich so schnell wie möglich sehen zu wollen, könnte ein Grund sein, aber ich ahne traurig, dass etwas anderes im Hintergrund drängt.«

Rafaela lächelte und antwortete: »Sie sind also so ein Spanner, der den lieben langen Tag am Fenster sitzt und Menschen beobachtet.«

»Schauen Sie mich an, liebe Rafaela, zum Badminton wollte sich heute leider keiner mit mir verabreden. Soll ich Ihnen erzählen, wie es im Theater war?«

»Unbedingt.« Rafaela versorgte derweil sein Bein.

»Die Begleitung war der Hammer, die Gute hatte sich wirklich in Schale geworfen, kleines Schwarzes und so. Ich habe Ihnen ja gesagt, sie ist nicht mehr die Jüngste, aber so im Dämmerlicht des Theaters habe ich ganz gern zu ihr hinübergeschaut. Das Stück war leider verkorkst, gefiel mir nicht. Wissen Sie, ich mag diese pseudointellektuellen Interpretationen von Klassikern nicht so gern.« Der Professor wedelte lässig mit der Hand und deutete ein Gähnen an. »›Mutter Courage‹ ist im Original schon kein sonderlich lustiges Stück, aber an dem Abend fühlte ich mich wie ein kranker alter Mann.« Sein Zeigefinger schnellte vor, und sie musste lachen, als er sagte: »Hey, ich weiß, was Sie denken, lassen Sie das.«

Dann fiel ihr plötzlich das letzte Gespräch mit Professor Dirkes wieder ein, und sie fragte: »Haben Sie Ihren Neffen gesprochen?«

Er schaltete sofort und sagte: »Ja, habe ich.«

»Und? Was hat er gesagt?« Sie musste einen Teil der Wickel wieder abrollen und neu anfangen.

»Er meinte, ich hätte zugenommen und sollte mir endlich Diätessen auf Rädern bestellen.«

»Sie wissen, dass ich das nicht gemeint habe, oder?«

Der Professor beobachtete amüsiert, wie lange sie heute für einen Verband brauchte, den sie täglich anlegte.

Rafaela dachte kurz nach und ergänzte ohne Umschweife: »Der Mann oder, besser gesagt, der Exmann einer Freundin ist heute Nacht aus einem verdammt hohen Fenster gesprungen. Er ist vor etwa einem Jahr ins Kloster gegangen, genau wie die Männer der beiden ermordeten Frauen.«

»Das klingt ganz schön verzwickt und unnötig. Mein Neffe

hat mir erzählt, dass dieses entführte Mädchen nichts und niemanden gesehen hat. Derjenige, der sie entführt hatte, war nicht zu erkennen. Angeblich hatte er eine übergroße Kutte an, und der Kopf steckte tief in einer Kapuze. Die Stimme habe er die ganze Zeit über extrem verstellt, er habe sehr leise gesprochen. Dem Mädchen wurde vernünftig zu essen gegeben, und man hat ihr, abgesehen von der Freiheitsberaubung, wohl nichts getan. Es hört sich beinahe so an, als habe jemand einfach nur freie Bahn gebraucht und das Kind habe dabei gestört. Schräg, oder?«

»Es ist also nie eine Lösegeldforderung oder Ähnliches eingegangen?«

Professor Dirkes schüttelte den Kopf. Dann sagte er: »Diese Untersuchung leitet ein gewisser Hauptkommissar Delbrock, ein sturer und waschechter Westfale, sagt mein Neffe, aber der kommt ja auch aus dem Rheinland. Der findet hier alle stur, selbst mich.«

»Nein, so was«, scherzte Rafaela, »wie kommt er da nur drauf? Ich kenne diesen Delbrock übrigens, und ich mag ihn.«

»Mein Neffe mag ihn auch. Er sagt, dass sein Chef stets vollen Einsatz zeigt und Verbrechen jeglicher Art schnell persönlich nimmt. Wissen Sie, was dieser Delbrock gerade erst gemacht hat?« Dirkes rollte mit seinem Stuhl aus der Küche, wo Rafaela ihn behandelt hatte, ins gemütlichere Wohnzimmer. Sie packte noch die Sachen zusammen und machte ihm die Freude, neugierig zu wirken, ohne zu ahnen, wie sehr sie wirklich staunen würde.

»Er ist in ein Kloster gegangen, hat sich als Gast mit Problemen ausgegeben und einige Tage der inneren Einkehr gebucht. Und das im Sinne der Recherche.«

»Wie bitte? Er war also die ganze Zeit bei meinem Mann im Kloster?«

»Wie bitte?«, wiederholte der Professor verwirrt. »Ist Ihr Mann etwa auch Gast im Kloster?«

»Ja, Dauergast, er ist ein Mönch.«

In Verkennung der Lage schmunzelte der alte Herr anerkennend und fügte hinzu: »Also, wissen Sie, Rafaela, von Ihnen kann ich definitiv noch etwas lernen. Einen Mönch zum Mann zu haben ist ein bisschen so, als hätte ich zwei Ehefrauen gleichzeitig, oder? Kann man das so sagen?«

Er musste schließlich doch etwas im Gesicht seiner Pflegerin entdeckt haben, was ihn innehalten ließ. »Oh, pardon, wie dumm von mir. Die Geschichte ist gewiss kompliziert und eher schmerzhaft.«

Rafaela blieb nun doch fünfzehn Minuten länger und erklärte ihm das Notwendigste. Für den Professor war es eine willkommene Abwechslung, und sie sah in seinem Gesicht, wie schnell er die Maschinerie seines Denkapparates in Bewegung brachte. Dass er durch seine Plauderei in Schwierigkeiten geraten konnte oder vielmehr sein Neffe, der Gedanke kam ihm offenbar gar nicht.

»Verzwickt und vertrackt«, sagte er. »Da passt eigentlich nichts zusammen. Wenn die Ehen annulliert worden sind, waren die Frauen doch gar kein Problem mehr.«

»Jetzt reden Sie von uns Ehefrauen, als ginge es um ein Müllthema.«

Den Einwurf beachtete er gar nicht, sondern überlegte laut weiter: »Und wenn man sich so konsequent für ein Leben im Kloster entscheidet, muss man sich doch nicht umbringen. Zumal das in deren Kreisen eine Todsünde ist, soweit ich weiß. Das ergibt doch alles keinen Sinn, meine Teuerste.«

»Meinen Sie, der Mönch ist doch gestoßen worden? Angeblich war keiner bei ihm und –«

Professor Dirkes rollte mit Schwung zu der Schublade mit den Süßigkeiten und öffnete sie flink. »Papperlapapp. Ich würde mal nach einer Verbindung zwischen den fahnenflüchtigen Ehemännern suchen.« Er steckte sich eine Handvoll Lakritze ein und brachte für Rafaela ein Mon Chéri mit.

Zehn Minuten später betrat sie Marcels Bistro. Das Lokal lag mitten im Kreuzviertel und war für jeden, der sich dort auskannte, leicht zu finden. Die Kreuzkirche, ebenfalls mitten im Viertel, gab diesem begehrten Stadtteil seinen Namen und war Orientierung für Ortsunkundige. Man durfte sich allerdings nicht von den zahlreichen anderen Kirchen in Münster ablenken lassen.

Birgit war noch nicht zu sehen, und Rafaela setzte sich an einen Ecktisch. Um die Mittagszeit war das Lokal gut besucht. Marcel hatte jeden Tag zusätzlich zu den Gerichten auf der Speisekarte ein aktuelles Tagesgericht, das man einer Tafel entnehmen konnte. »Ingwer-Kürbis-Süppchen« und »Makkaroniauflauf mit und ohne Schinken«, stand dort heute. Marcel warf ihr einen Luftkuss zu, hatte ansonsten aber gerade genug damit zu tun, zwei Teller mit Pfannkuchen und dicker Soße zu einem Tisch zu transportieren; an einem anderen Tisch wollten drei Männer bezahlen.

Birgit betrat wenig später das Bistro, erblickte sie sofort und schritt zielstrebig auf den Tisch in der Ecke zu. Sie sah ein wenig besser aus, ausgeschlafener; die Augen, heute Morgen noch rot und verweint, waren dezent geschminkt. Sie begrüßten sich, und nun hatte auch Marcel endlich Zeit. Gewohnt theatralisch nahm er »Engelchen« in den Arm und machte vor Birgit eine Verbeugung, die bei einem Menuett-Tanz sicher zu Applaus geführt hätte. Wäre Rafaela allein gewesen, hätte sie Marcel von den jüngsten Ereignissen berichtet, doch so stellte sie Birgit nur als eine gute Bekannte vor. Ihr Freund trug heute italienische Designerjeans und ein rosafarbenes Hemd, das er artig bis zum Hals zugeknöpft hatte. Der feine Stoff schmiegte sich aber so eng an den Körper, dass genug von seinem muskulösen Oberkörper zu sehen war. Er nahm die Bestellung der beiden Frauen auf und verschwand in der Küche.

Birgit schmunzelte, als sie sagte: »So ein Mann ist entweder schwul oder mit einem Filmstar verheiratet.«

»Ersteres trifft auf jeden Fall zu, die Hochzeit mit einem Filmstar strebt er noch an. Er wartet gerade auf eine Antwort von Antonio Banderas.«

Birgit lachte kurz. »Ja, den hätte ich auch gern auf der Liste.« Dann wurde sie wieder ernst und zupfte an einer Serviette. »Bei mir hat eben so ein Ordensbruder angerufen. Du hattest recht. Sie kümmern sich um alles. Eine Einladung zur Beerdigung werde ich natürlich bekommen. Und sie haben mir einen Seelsorger angeboten.«

»Na, das fehlte noch«, ereiferte sich Rafaela. »Mit einem Ordensbruder würde ich zurzeit nicht einmal über das Wetter sprechen wollen. Was für ein Orden hat bei dir angerufen?«

»Ich glaube, das war jemand aus seinem eigenen Orden, ein Franziskaner. Ist doch auch logisch, oder?«

Rafaela machte ein wissendes Gesicht und erklärte, was sie von Hauptkommissar Delbrock wusste. »Dein Mann hat im Kloster der Franziskaner gelebt und gelernt, gestorben ist er im Kloster Gerleve bei den Benediktinern, aber zugehörig war er dieser dunklen katholischen Institution.« Sie senkte die Stimme wie eine Märchenerzählerin. »Opus Dei. Fällt dir dazu etwas ein?«

Marcel erschien in diesem Moment am Tisch und servierte zwei große Tassen Cappuccino mit schneeweißer üppiger Milchhaube. »Ich habe nicht gelauscht, ehrlich, aber das klingt hier doch interessant nach den neuesten Verschwörungstheorien. Opus Dei, sind das nicht diese asketischen Mönche, die sich selbst auspeitschen und im Film immer zu den Bösewichtern gehören?«

Mit eleganten Bewegungen stellte er die Tassen auf den Tisch. Rafaela streute Zucker auf ihre appetitliche Milchhaube und meinte: »Marcel, das ist Birgit, die Journalistin, die herausgefunden hat, dass noch weitere Ehemänner ins Kloster gegangen sind. Ich habe dir von ihr erzählt, sie ist selbst betroffen. Zu deiner Frage: Abseits der Filme gilt es als Fakt, dass dieser Verein in Rom großen Einfluss hat und dass die Mitglieder sehr fromme Menschen sind, denen eine strenge Ausrichtung nach der Bibel wichtig ist.«

»Und? Ist das gut, oder ist das schlecht?«, fragte Birgit, die sich wahrscheinlich nicht vorstellen konnte oder wollte, dass ihr Mann sich irgendwelchen Bösewichtern angeschlossen hatte. Sie nickte Marcel grüßend zu.

Rafaela antwortete ihr: »Sie gelten als ultrakonservativ, und man sagt ihnen eine gewisse Frauenfeindlichkeit nach. Zumindest sind sie der Meinung, dass eine Ehefrau mit Kindererziehung und Haushalt ausreichend bedient ist und daher kaum Bildung braucht. Meine Antwort auf deine Frage kannst du dir also vorstellen.«

Birgit schüttelte den Kopf und rührte in ihrer Tasse herum. »Solche Gesinnungen habe ich von Stefan nie gehört. Das passt alles gar nicht. Er war auch nie depressiv oder lange traurig ... Völlig verdreht lag er auf dem Asphalt. Ein Knochen schaute aus dem Arm hervor. Unter ihm lauter Blut, und die Augen starrten so leer zum Himmel. So sieht doch keiner aus, der zuversichtlich an Gott glaubte und ihm sein weiteres Leben widmen wollte.« Tränen kamen keine, aber Birgits Stimme klang gepresst, wütend.

»Hast du deinen Mann etwa so auf dem Boden liegen sehen? Wie zartfühlend ist die Polizei heute?«

»Natürlich nicht. Der Hauptkommissar hat mir Fotos gezeigt.« Birgit grinste schräg. »Das sollte wohl die Retourkutsche sein, weil ich doch neulich die tote Frau in der Badewanne fotografiert habe. Stell dir das mal bildlich vor: Stefan marschiert mitten in der Nacht aus seinem Zimmer und macht sich auf den Weg in die oberen Etagen. In einem dieser Räume öffnet er gezielt ein Fenster, steigt auf die Brüstung und lässt sich herunterfallen. Platsch. Tot. Völlig verrückt.«

Birgit liefen nun doch zwei einsame Tränen die Wange herunter, sie schniefte kurz und kontrollierte sich. Hastig trank sie ihren Cappuccino.

»Woher weiß man denn, dass Stefan allein nach oben gegangen ist und nicht etwa aus dem Fenster gestoßen wurde?«

Birgit antwortete sofort: »Der Prior persönlich hat es beobachtet, er stand just in dem Moment auf dem Hof und ...«

»... und schaute nach oben«, ergänzte Rafaela. Was für Zufälle. »Vielleicht war dein Mann hypnotisiert, oder er ist geschlafwandelt.«

Birgit hob einschränkend die Hand. »Auch unter Hypnose macht ein Mann nur das, was er mit seinem Willen vereinbaren kann.«

»Weiß dein Sohn schon Bescheid?«

»Ja, ich bin eben noch zur Schule gefahren. Jan wollte mit einem Mitschüler nach Hause gehen, Wut rauslassen, Musik hören und reden, das tut ihm vielleicht besser, als mit seiner Mutter auf der Couch zu sitzen und zu heulen. Aus dem Alter ist er raus. Zurzeit hilft ihm die Wut auf seinen Vater noch über die Trauer hinweg. Aber das wird nicht so bleiben.«

Ihr Essen kam. Sie hatten beide die Ingwer-Kürbis-Suppe bestellt. Allmählich wurde es ruhiger in dem Bistro, die Mittagszeit war für viele Arbeitnehmer vorbei.

Eine Weile aßen sie schweigend, dann gab Rafaela sich einen Ruck und meinte: »Wir sollten es lassen, Birgit. Keine Nachforschungen mehr, keine Detektivspiele. Wir haben Kinder, und es ist zu gefährlich. Ich bin mir sicher, dass die Polizei früher oder später die Dinge aufklärt.«

Sie dachte an Sebastian, der sich durch seinen Einsatz ebenfalls in große Gefahr gebracht hatte. Was wäre wohl mit ihm passiert, wenn Delbrock ihn nicht gefunden hätte? Der Kellerraum, in dem er letzte Nacht eingesperrt gewesen war, lag so weit abseits, dass man ihn kaum gehört und nur zufällig gefunden hatte. Der Prior hatte dem Hauptkommissar erzählt, dass schon Jahre keiner mehr in diesem Teil des Kellers gewesen sei. Der junge Student, der nun wirklich nur zufällig in diesen Fall hineingeraten war, war tot. Mitten aus seinem unbekümmerten Studentenleben herausgerissen, durch einen fatalen Zufall des Lebens: zur falschen Zeit an der falschen Stelle und falsche Interessen gezeigt. Diejenigen, die in diesem Fall die Fäden in der Hand hielten, waren so skrupellos wie Profikiller. Was mussten sich die Eltern, völlig unschuldig natürlich, für Vorwürfe machen, weil sie ihren Sohn zum Fertigschreiben dieser blöden Diplomarbeit gedrängt hatten?

Birgit starrte sie nur gedankenverloren an und aß weiter ihre Suppe.

Rafaela erzählte ihr, dass ihr Schwager Sebastian keine Ruhe geben werde, bis er eine Erklärung für das merkwürdige Verhalten seines Bruders gefunden habe. Birgit kratzte den letzten Rest Suppe aus ihrem Schälchen, lächelte Rafaela flüchtig zu und sagte: »Tut mir leid, ich muss jetzt schnell in die Redaktion. Ich möchte eine Todesanzeige für Stefan aufgeben.« Sie kramte nach einem Zehner und legte ihn auf den Tisch. Als sie ihren Mantel anzog, schaute sie sich noch einmal im Lokal um und sagte anerkennend: »Das ist ein richtig nettes Bistro. Jetzt verstehe ich, warum Stefan hier so gern seine Mittagspause verbracht hat. Danke, Rafaela, ich melde mich.«

Sie war weg, als sei sie dem Teufel auf der Spur und nicht

umgekehrt. Rafaela blickte ihr mit offenem Mund hinterher und war sprachlos, misstrauisch und alarmiert.

»So schlecht hat mein Essen noch nie jemandem geschmeckt, dass er gleich davongelaufen ist.« Betrübt schaute auch Marcel aus dem Fenster.« Dann sah er den Zehner auf dem Tisch liegen und steckte ihn mit einem schelmischen Lächeln ein. »Nette Erscheinung, deine Freundin.«

»Kanntest du sie eigentlich, Marcel?«

Er stutzte und sagte: »Nein, hat sie das behauptet?«

»Sie glaubt zumindest, dass du ihren Mann kennst, Stefan Gericke.«

Er stemmte affektiert die Arme in die Hüften und zwinkerte ihr zu. »Oh nein, sie klang doch hoffentlich nicht eifersüchtig, oder?«

»Marcel, bitte. Kanntest du ihn oder nicht?«

»Der Engel bittet zum Verhör.« Marcel setzte sich auf die Kante eines Stuhls und gab zu: »Ja, ich kenne einen Stefan Gericke, der kam früher oft zur Mittagspause, ebenso wie dein Andreas und zig andere, die hier in der Nähe arbeiten. Aber ich habe ihn schon lange nicht mehr gesehen, und ich habe ihn nicht verführt oder vernascht. Er war gar nicht mein Typ, zu teddyhaft, wenn du verstehst, was ich meine.«

Rafaela wurde ungeduldig und klang beinahe unfreundlich, als sie fragte: »Findest du es nicht merkwürdig, dass zwei dieser abtrünnigen Ehemänner in deinem Bistro verkehrten?«

Marcel machte ein gleichgültiges Gesicht. »Nein, finde ich nicht. Wenn ich ehrlich bin, finde ich es merkwürdig, dass nicht alle geschmackvollen Menschen in Münster und Umgebung hier bei mir zu Mittag essen.«

»Haben die beiden sich gekannt? Haben Andreas und dieser Stefan sich mal zusammen an einen Tisch gesetzt?«

»Engelchen, das weiß ich doch nicht mehr. Aber ich glaube nicht. Andreas hat am liebsten allein gegessen, oder er hatte einen Arbeitskollegen dabei. Du kennst ihn doch.«

Dessen war Rafaela sich nicht mehr sicher. Wenn ihr Mann doch nur mit ihr reden würde, irgendetwas erklären könnte. Der Hauptkommissar hatte angedeutet, dass sie eine Spur verfolgten, die nach Rom, in die Vatikanstadt, führte. Allerdings war diese Spur über zwanzig Jahre alt. Sie erinnerte sich, dass Sebastian ihr von einem Praktikum in Rom erzählte hatte, das Andreas im Zuge seines Internatslebens absolviert hatte. Birgits Mann war ebenfalls in Rom gewesen. Offenbar war auch die Polizei auf diesen Zusammenhang gestoßen. Rafaela wusste, dass Sebastian in Rom gewesen war, während alle nach ihm gesucht hatten, aber die Ergebnisse dieser Reise kannte sie nicht.

Als sie schließlich das Bistro verließ, wusste sie, was sie als Nächstes tun würde. Sie musste nur noch ihre Tochter bei deren bester Freundin einquartieren. Für zwei, drei Tage würde das kein Problem sein, da war sie sich sicher. Entgegen der Meinung, die sie Birgit kundgetan hatte, wollte sie selbst nun diese Geschichte mit ihrem Mann zu Ende bringen. Danach würde sie ihre Schwiegermutter Adele beerdigen und damit endlich einen Schlussstrich ziehen.

## NEUN

Eine Vertretung für ihren Pflegedienst zu finden, war nicht schwer, sie kannte eine zuverlässige Frau, die nach ihrer Hochzeit mit einem Unternehmer ihre Arbeit als Pflegekraft aufgegeben hatte und nun ihren Mann in der Firma unterstützte. Für einige Tage oder Wochen sprang sie gern in ihren alten Beruf zurück. Ihrer Tochter die Sinnhaftigkeit des Unternehmens zu erklären, gestaltete sich wider Erwarten schwieriger.

»Mama, du musst diesem Kerl nun wirklich nicht nachlaufen. Was ist denn plötzlich in dich gefahren?« Marie stand in Rafaelas Schlafzimmer und schaute zu, wie diese recht achtlos einige Sachen in einen Koffer packte.

»Ich laufe ihm doch nicht nach, ich ziehe einen sauberen Schlussstrich. Außerdem ist der ›Kerl‹ für dich immer noch dein Vater, der dich genauso liebt wie früher.«

»Diesen Strich kannst du auch von zu Hause aus ziehen.« Jetzt stemmte Marie sogar ihre Hände in die Hüften, und Rafaela musste lächeln.

»Marie, Schatz, es ist albern, wenn du mir eine Szene machst, als wäre *ich* fünfzehn. Es ist an der Zeit, dass ich für mich etwas grundsätzlich kläre. Der Moment ist günstig, denn es sind gerade einige Leute in Gerleve. Der Hauptkommissar ist dort, Sebastian ist vor Ort und Andreas sowieso. Dazu ein paar Gäste, die hochinteressant und mysteriös klingen. Ich werde jetzt mitmischen, ob es Andreas passt oder nicht.« Unbewusst stemmte Rafaela in gleicher Weise wie ihre Tochter die Hände in die Hüften.

»Ja, gut, dann komme ich aber mit.« Ihre Tochter wandte sich in Richtung Tür. Es blieben keine Zweifel, dass sie nun auch ihren Koffer packen wollte.

»Marie, wir haben eine ganze Reihe von Toten, und in Gerleve ist nun auch noch ein Student ermordet worden, weil er zu viel herumspioniert hat. Ich passe auf mich auf, Sebastian und der Kommissar sicher ebenfalls, aber du kommst mir nicht in die Nähe dieses Klosters!«

Marie verdrehte die Augen, stöhnte und sagte: »Du bist naiv, Mama. Wer immer in Gerleve mordet, kann das auch in Münster tun. Erinnere dich an die Tochter der Frau, der in der Badewanne die Kehle durchgeschnitten worden ist. Die ist hier in Münster entführt worden.«

Rafaela ließ sich betroffen auf das Bett fallen. Ihre Tochter hatte recht. Was immer sie tat oder wem immer sie auf die Füße trat, es könnte auch Marie in Gefahr bringen. Für einen Moment stellte sie ihren Plan in Frage, ihr wurde heiß, und sie fühlte Panik in sich aufsteigen. Hier waren Mächte am Werk, die sich vielleicht gar nicht für Andreas und seine Familie interessierten. Das lag doch im Bereich des Möglichen. Noch war nichts passiert. Adelheid hatte sich umgebracht, rein zufällig zu einer Zeit, in der ein Mörder in Münster herumlief. Was aber war, wenn man sie bereits im Visier hatte? Sie wollte nicht die nächsten Monate oder Jahre in Angst und Ungewissheit leben, immer wieder dunkle Vermutungen über ihren Exmann anstellen oder sich Fragen nach dem Sinn ihrer Ehe stellen. Ihr Entschluss stand fest. Zurzeit wimmelte es im Kloster von Polizei, und eventuell hatte Marie recht.

»Okay, pack ein paar Sachen ein, ich schreibe der Schule eine Mail. Wir rücken deinem Vater so lange auf die Pelle, bis er uns die Wahrheit sagt. Und die lautet nicht, ich musste dem Ruf Gottes folgen. Da hat noch jemand anders gerufen.«

Ihre Tochter war klug genug, nicht zu triumphieren, und verschwand in ihrem Zimmer.

Rafaela konnte sich denken, dass keiner der drei genannten und ihr bekannten Männer sich freuen würde, als sie mit ihrer Tochter und zwei Koffern an der Anmeldung im Gästehaus Ludgerirast stand und darum bat, für zwei Nächte aufgenommen zu werden. Hier wies man sie auch zum ersten Mal ab. Es gebe einige Todesfälle, die Polizei sei im Hause, und man nehme jetzt ungern Gäste auf.

Da Rafaela mit einer ähnlichen Begründung gerechnet hatte, blieb sie ruhig und teilte der Dame an der Fensterscheibe mit: »Ich stehe leider in direkter Verbindung mit diesen mysteriösen

Vorkommnissen, meine Tochter und ich fürchten sogar um unser Leben, und wir bitten dringend um Asyl, wenn Sie so wollen. Der Hauptkommissar kennt mich.« Sie holte Luft und setzte ernst hinzu: »Sie haben die Wahl, mich und Marie für zwei Tage zu beherbergen, oder meine Freundin, eine bekannte Journalistin, wird hier auftauchen und einen Artikel vorbereiten. Und glauben Sie mir, ihr ist es egal, ob sie ein Zimmer bekommt oder ihren Wohnwagen auf dem Parkplatz abstellt. Und der ist ähnlich gut ausgerüstet wie der Ü-Wagen von Carmen Thomas.«

Das half, die Dame telefonierte kurz, und sie bekamen ein Zimmer. Ungefragt gab es für sie beide genaue Verhaltensregeln. Offenbar befürchtete man, dass diese Exfrau ohne Hemmungen zu jeder Tageszeit in die Klausur der Mönche stürzen würde und die Klosterregeln mit weiblichem Tatendrang außer Kraft setzen wollte. Delbrock, Sebastian und auch der tote Student waren als männliche Einzelgäste im Kloster selbst untergebracht, durften mit den Mönchen speisen und bestimmte Räume benutzen. Hier in Ludgerirast führten zwei ältere Ordensschwestern »Unserer Lieben Frau« die Regie.

Die nächste Begegnung hatte sie mit Hauptkommissar Delbrock, den man informiert hatte und der so charmant wurde wie ein Dobermann auf einem einsamen Firmengelände. Knurrend und vorwurfsvoll stand er vor ihr und hielt ihr eine Standpauke, in der Begriffe wie »unverantwortliche Mutter« und »naiver Barockengel« tatsächlich zwei Mal vorkamen. Damit nicht genug. Als sie und Marie sich gerade in ihrem kleinen Zimmer einrichten wollten, stürzte Sebastian herein.

»Herrgott noch mal, Rafaela, wir sind doch hier nicht auf einer Schnitzeljagd! Du kannst doch nicht einfach mit meiner einzigen Nichte hier auftauchen und ein Zimmer buchen, während finstere Mächte uns umzingeln und wie die ›Zehn kleinen Negerlein‹ dahinraffen.«

Marie musste lachen, und Rafaela war zum Heulen zumute. Noch nie hatte Sebastian so theatralisch auf das Recht auf Sorge um Marie gepocht. Mitunter wusste er ja nicht einmal ihren Namen, sondern nur den Anfangsbuchstaben.

Marie sagte: »Sebastian, du siehst tatsächlich aus, als hätten ganz dunkle Mächte ihre Finger nach dir ausgestreckt. Hast du mal deine Augenringe gesehen? Für einen Augenarzt beeindruckend, aber nicht sehr werbewirksam.«

Unwillkürlich fasste Sebastian mit beiden Händen nach seinem Gesicht, schwieg aber. Rafaela versuchte ihm zu erklären, warum sie hier waren, und endlich hörte Sebastian ihr ruhig zu. Im Gegenzug erfuhr sie dann, was genau die letzten Tage in Rom und auch im Kloster geschehen war. Sie fühlte sich zunehmend hilflos, und die quälenden Fragen nahmen zu.

»Du glaubst, dass Andreas und ein paar andere junge Männer damals in Rom etwas richtig Dummes angestellt haben und sich deshalb zur Buße entschieden haben? Nach so langer Zeit?«

»Warum nicht?«, fragte Sebastian. »Vielleicht haben sie einen Eid abgelegt, dass sie sich nach soundso vielen Jahren treffen und gemeinsam in ein Kloster gehen.«

»Richtig, gemeinsam. Aber hier sind alle in unterschiedliche Klöster gegangen.«

Sebastian wanderte nachdenklich in ihrem kleinen Zimmer herum, was angesichts der Raumlänge hilflos wirkte, und meinte: »Das stimmt nicht, Rafaela. Sie sind schon alle demselben Verein beigetreten: Opus Dei.«

»Nie gehört«, meinte Marie und ließ sich stöhnend auf das Doppelbett fallen. »Ich wünschte, ich hätte Hannas Vater. Der hat eine Schreinerei, baut ihr superschöne Kaninchenställe mit Dachterrasse und Heutraufe, hat meist gute Laune und züchtet nebenbei Miniesel. Zu Mittag essen sie ganz oft Spaghetti mit Tomatensoße und lachen gemeinsam über die Flecken in ihren Gesichtern. Richtig toll normal.«

»Ich kann dir einen superschönen Kaninchenstall mit Dachterrasse kaufen, Marie, wenn du hier wirklich nur das machst, was wir dir sagen.« Sebastian setzte sich auf einen Stuhl und sah sie verbindlich an.

Marie zeigte ihr genervtes Augendrehen. »Ich habe nicht einmal ein Kaninchen.«

»Ist doch super, dann bleibt der Stall schön sauber.«

Das Geplänkel wurde jäh unterbrochen, als es an der Tür klopfte und sie gleich darauf auch schon aufgerissen wurde. Eine herrische Stimme polterte los: »Ihr seid wohl von allen guten Geistern verlassen! Das ist doch hier kein Familienurlaub. Du bringst sofort das Kind hier weg.« Der Mann fasste Rafaela heftig an den Schultern und schüttelte sie derartig, dass ihre Goldkette mit den drei Anhängern daran klimperte.

»Andreas, lass sie los. Du tust ihr weh.« Sebastian packte nun seinerseits den Bruder am Arm und drückte fest zu. Marie saß aufrecht auf der Bettkante und starrte stumm auf ihren Vater. Der sah schrecklich aus, das Gesicht bleich, mit dunklen Augenringen, die Haare zerzaust, als sei er draußen im Wind herumgelaufen, und der Körper deutlich dünner als früher.

So nah vor sich sah Rafaela auch die roten Augen, als habe er geweint oder sei drei Tage lang wach gewesen. Wie ein gejagtes Tier, kam es ihr in den Sinn. Sie trat einen Schritt zurück, als er sie losließ, und sagte leise: »Mein Gott, Andreas, was ist nur mit dir los? Sieh in den Spiegel, was aus dir geworden ist.«

»Werd nicht theatralisch, Rafaela. Ich mache gerade eine wirklich schwere Zeit durch. Meine Mutter ist gestorben, ich habe eine Entscheidung für mein Leben getroffen, die mir tatsächlich zu schaffen macht, aber dennoch richtig ist, und nun hat sich auch noch ein mir gut bekannter Ordensbruder aus dem Fenster gestürzt. Das sind nun mal Dinge, die mich tangieren.« Und mit einem Blick auf Sebastian fügte er bissig hinzu: »Und meine eigene Familie macht mir derweil Vorwürfe, spioniert hinter mir her, als sei ich der Mafia beigetreten und –«

Sebastian besaß tatsächlich die Kühnheit, zu dieser Bemerkung kräftig zu nicken. »Ja«, sagte er, »Opus Dei und die Mafia, das macht in der Tat Sinn. In meinen Augen ist dieser komische Orden nichts anderes. Hat man dir berichtet, dass ich im tiefsten Teil des Klosterkellers eingesperrt worden bin? Geschlagen hat man mich obendrein.« Sebastian schnippte ein Staubkorn von seinem italienischen Hemd, eine provozierende Geste, wie Rafaela fand.

Andreas machte ein gleichgültiges Gesicht und erwiderte: »Es würde mich nicht wundern, wenn du deine angebliche Entführung selbst inszeniert hättest. In solchen Dingen warst du früher Profi.«

Bevor der Streit der Brüder erneut eskalierte, klopfte jemand an die Tür. Andreas sammelte sich sichtlich, schob seine Hände in die weiten Ärmel seines Habits und nickte Marie zu. Sein kurzes Lächeln wirkte echt. Dann wandte er sich zur Tür und öffnete sie. Hauptkommissar Delbrock stand im Türrahmen und füllte diesen gänzlich aus.

»Alle raus hier, ich muss mit Frau Berger allein sprechen.«

Bruder Andreas rauschte als Erster an ihm vorbei, was nicht einfach war, solange der Kommissar noch den Türrahmen blockierte. Sebastian nahm Marie am Arm und lud sie zu einem Kakao in die Cafeteria ein. Es war später Nachmittag, bis achtzehn Uhr hatte das Café noch geöffnet. Hauptkommissar Delbrock schloss die Tür, und eine Zeit lang war nur das Prasseln des Regens zu hören. Dem Blick aus dem Fenster tat das schlechte Wetter keinen Abbruch. Nass und grün lag das Land vor dem Gebäude, die Pferde grasten auf der Weide, und die großen Bäume bewegten sich im Wind in einem sich wiederholenden Rhythmus.

Rafaela bat Delbrock, Platz zu nehmen, sie selbst setzte sich auf die Bettkante. Umständlich holte der Hauptkommissar einen Zettel aus seiner Brieftasche und hielt ihn so, dass Rafaela die wenigen Sätze lesen konnte: »Ich kann nicht mehr. Ich will meine Familie nicht länger in Gefahr bringen. Stefan Gericke«.

»Diesen Zettel haben wir in der Innentasche der Kutte des Toten gefunden. Haben Sie eine Idee, was das bedeuten könnte? Hat Frau Gericke Drohungen erhalten? Fühlte sie sich in Gefahr?«

Rafaela nagte an ihrer Unterlippe und schüttelte sehr langsam den Kopf. Dann sagte sie fast ehrfürchtig: »Wenn Herr Gericke solche Angst um seine Frau gehabt hat, dann heißt das doch wohl, dass die Kirche tatsächlich die Exfrauen der Mönche umbringen lässt, oder? Oh mein Gott.«

»Frau Berger, die Kirche als Institution steckt sicherlich nicht dahinter, das ist immer nur die Tat von Einzelnen. Wir glauben mittlerweile, dass die aktuellen Ereignisse in Verbindung stehen mit der Vergangenheit Ihres Mannes und der übrigen, sagen wir mal, spätberufenen Mönche. Alle scheinen ein Praktikum direkt im Vatikan gemacht zu haben. Und zwar zur selben Zeit. Natürlich haben sie nicht für den Papst die Papiere sortiert, aber dieses Internat, in dem auch Ihr Mann zur Schule ging, unterhielt sehr enge Beziehungen zum Vatikan und konnte exzellente Praktikumsplätze für einige der Jungen organisieren. Die jungen Männer waren einige Monate dort und genossen Vertrauen. Nun scheint gerade die kleine Truppe um Ihren Mann Andreas damals ein nicht unerhebliches Chaos angerichtet zu haben.«

Delbrock machte eine Pause, und Rafaela merkte gar nicht, dass sie eine Hand vor den Mund hielt, so unglaublich hörte sich das alles für sie an. Sie erinnerte sich plötzlich an das letzte Treffen mit ihrer Schwiegermutter. Hatte die alte Dame nicht so merkwürdige Andeutungen gemacht? Hatte Adelheid zu viel gewusst und sich deshalb umgebracht? Rafaela hatte mal irgendwo gelesen, dass sich ein alter Kriegsveteran erschossen hatte, weil er dement geworden war und Sorge bekommen hatte, alte Geheimnisse auszuplaudern. Ihr wurde schrecklich heiß unter dem Pullover. Fieberhaft versuchte sie, sich zu erinnern, was Adelheid an dem Nachmittag erzählt hatte. Irgendetwas von Schwierigkeiten, in die ihr Sohn geraten war, und Dummheiten, die er gemacht hatte.

»Frau Berger, geht es Ihnen nicht gut? Sie sind ganz rotfleckig im Gesicht.«

»Was haben Sie herausgefunden, Herr Hauptkommissar? Was hat Andreas in Rom angestellt?«

»Offenbar waren Andreas und die anderen am Tod von drei jungen Frauen beteiligt.«

Sie hatte versucht, sich auf das Schlimmste gefasst zu machen: den Diebstahl irgendwelcher Vatikanschätze, den Verkauf von Insiderinformationen an die Presse oder sogar das Herstellen von Nacktfotos von Kardinälen. Mord und Totschlag, das war beileibe kein Dummejungenstreich.

»Erzählen Sie weiter, Herr Delbrock.«

Das tat der Kommissar. Er schilderte ihr, was er bisher erfahren hatte. Offenbar hatten die Jungen drei Studentinnen in einer Kneipe kennengelernt, die sich Geld dazuverdienten, indem sie sich besonderen Personen als exquisite Hostessen anboten. Die jungen Leute waren ins Gespräch gekommen, und offenbar war eine Idee entstanden. Was für ein Spaß, drei hübsche Frauen in den Vatikan einzuschleusen und sich dort sündig zu vergnügen. Beim Entstehen der Idee wie auch bei ihrer Ausführung war vermutlich reichlich Alkohol geflossen, alles war ein großer Spaß gewesen, und während die jungen Männer nach einer ausschweifenden Nacht ins Bett gefallen waren, hatte man die Mädchen am nächsten Tag in den Straßen der Vatikanstadt aufgefunden, tot, angeblich vergiftet mit gepanschtem Alkohol.

»Aber dann hätten Andreas und seine Freunde auch eine Vergiftung gehabt. Die haben doch zusammen getrunken, oder?«, fragte Rafaela verwundert.

»Ja«, bestätigte Delbrock, »aber genau die Tatsache, dass die jungen Männer gar keine Symptome gezeigt hatten, hat sie natürlich verdächtig gemacht. Die Untersuchung ist schließlich von den vatikanischen Behörden durchgeführt worden, und die haben angegeben, dass die Frauen den Alkohol selbst mitgebracht und die jungen Männer deshalb nichts davon getrunken hätten. Der Wein habe billig gerochen, und sie selbst hätten nur Bier getrunken. Es ist dann zu keiner Anklage gekommen. Intern wurde den Jungen natürlich die Hölle auf Probe beschert, es gab gewaltigen Ärger, wie man sich denken kann.«

Eine Zeit lang hingen beide ihren Gedanken nach. Rafaela versuchte zu verstehen, was damals geschehen sein konnte. Auf keinen Fall hatten Andreas und seine Mitstreiter die Frauen vorsätzlich umgebracht, da war sie sich sicher. Die hatten doch nur einen lustigen Abend verbringen wollen. Der Vatikan war für Außenstehende ein Palast mit Geheimnissen, zig Gerüchte und Verschwörungstheorien rankten sich um den kleinsten Staat der Welt. Eventuell waren die jungen Leute jemandem empfindlich auf die Füße getreten, ohne es zu ahnen. Vielleicht musste man einen Sexskandal verhindern, auch wenn es zunächst nach einem dummen Streich aussah. Sie richtete ihren Blick wieder auf den Kommissar, der am Fenster stand und nach draußen blickte.

»Was glauben Sie, was passiert ist? Haben Sie schon eine Theorie?«

Delbrock drehte sich um und lehnte sich an die Fensterbank. Bei seiner Körpergröße und -fülle wirkte diese Haltung weniger lässig als bedrohlich, raumnehmend. Er sagte: »Ja, das habe ich.

Ich habe eine italienische Kollegin bemüht, ein paar Dinge zu überprüfen. Die drei jungen Frauen waren Studentinnen, die sich durch ihre Dienste etwas dazuverdienten. Das ist nicht so ungewöhnlich, vor allem lässt sich ein Hostess-Dienst gut mit den studentischen Verpflichtungen verbinden. Auch in Münster verdienen sich einige Studentinnen und sogar Studenten auf diese etwas umstrittene Art Geld dazu. Die Familien dieser Frauen scheinen nun aber recht komfortabel zu wohnen, sie machen keinen armen Eindruck. Natürlich unterstützen nicht alle Eltern den Werdegang ihrer Kinder so großzügig, wie diese es gern hätten, aber der Wohlstand der Eltern unserer drei Opfer scheint recht spontan und zu einer verdächtig gleichen Zeit über diese Leute hereingebrochen zu sein.«

Delbrock machte eine Pause und sah an Rafaelas Gesichtsausdruck, dass sie verstand, worauf er hinauswollte. »Wenn ein großes Tier hohe Summen an kleine Tiere zahlt, dann riecht das nach einem Schuldeingeständnis und nach Schweigegeld, nicht wahr, liebe Frau Berger?«

»Sie meinen, im Vatikan selbst ist jemand für die Todesfälle verantwortlich gewesen?«, überlegte Rafaela. »Dann muss dieser Jemand aber auch über so viel Macht verfügt haben, dass er hohe Summen als Ausgleich anbieten konnte.« Sie dachte nach. Riskierte man wirklich drei Morde, nur um eventuell zu vertuschen, dass man sich das eine oder andere Mal mit einer jungen Frau vergnügt hatte, die dafür Geld kassiert hatte? Gegen die zahlreichen Missbrauchsfälle, die zurzeit innerhalb der kirchlichen Würdenträger aufgedeckt wurden, war so etwas eher sympathisch menschlich. Sie fragte den Hauptkommissar: »Wissen Sie, was diese Frauen studiert haben?«

Der schüttelte den struppigen Kopf und fragte sofort zurück: »Worauf wollen Sie hinaus? Ist das so wichtig?«

»Ich weiß es nicht. Aber wenn sie beispielsweise Medizin studiert haben, könnten sie ja eine delikate Krankheit des Papstes entdeckt haben. Bei einem Jurastudium könnten sie sich für alte Fälle interessiert haben und sind damit jemandem auf die Füße getreten. Also, das ist jetzt mal konstruiert, aber mich interessiert es schon, von welcher Akademie die Frauen kamen.«

Delbrock starrte etwas stumpf vor sich hin, dann fragte er abrupt: »Können Sie Italienisch?«

Sie schüttelte den Kopf und beobachtete erstaunt, dass der Hauptkommissar sich zur Tür wandte. »Bin gleich wieder da, nicht weglaufen!« Seine schweren Schritte waren noch eine Zeit lang auf dem Gang zu hören.

Es dauerte nicht lange, da klopfte er wieder an ihre Tür. Sie hängte gerade ein paar Sachen aus ihrem Koffer in den schmalen Gästeschrank. Delbrock stürmte ins Zimmer, schmiss seinen Körper geradezu auf den Stuhl und öffnete seine Schnürsenkel. »Also«, sagte er und war noch etwas außer Atem, »also, wie weit würde eine aufstrebende junge Journalistin gehen, wenn sie ein Geheimnis innerhalb der Vatikanmauern vermutet? Würde sie ihren Körper verkaufen? Was meinen Sie?«

Rafaela schloss die Schranktüren und lehnte sich dagegen. »Wenn jemand seinen Körper für Geld verkauft, tut er oder sie es bestimmt auch für exquisites Insiderwissen. Ruhm ist fast noch erstrebenswerter als Geld, denke ich. Die Frauen haben also Journalismus studiert?«

Der Hauptkommissar nickte und ergänzte: »Zumindest zwei der Frauen, und sie befanden sich im letzten Semester. Aber die dritte Freundin, die hat gar nicht studiert. Und jetzt halten Sie sich fest. Die dritte Frau im Bunde war die professionelle Hostess, nur zu mieten in den höheren Kreisen. Eine Edelhure, wie man so schön sagt.«

In Rafaelas Kopf spann sich sofort eine Geschichte. »Nicht zu fassen. Eine Edelhure findet durch ihre Kontakte etwas Brisantes heraus, sie lernt zwei ehrgeizige Journalismus-Studentinnen kennen, und gemeinsam warten sie nur auf die Gelegenheit, der Geschichte nachzugehen. Da kommen die drei jungen naiven Praktikanten aus Deutschland genau richtig, um diese drei Grazien in den Palast der Löwen zu lassen.«

Der Hauptkommissar hörte ihr sichtlich angespannt zu und erwiderte: »Nun, ich bin kein Drehbuchautor und brauche Fakten, aber so in etwa habe ich mir das auch vorgestellt. Ich denke, es wird Zeit, dass ich meine Ergebnisse mal gewissen Mönchen vorstelle.« Schwerfällig erhob er sich. »Sie, meine liebe Frau Berger, behalten diese Dinge bitte für sich. Auch Ihrem Schwager gegenüber schweigen Sie bitte, ich denke, dass es für ihn keine Neuigkeiten sein werden. Ich möchte einfach nicht, dass andere wissen, wie viel Sie wissen, okay?«

An der Tür drehte er sich noch mal um. »Danke für Ihre klugen Fragen, die mich erst auf die Spur gebracht haben.«

In diesem Moment klingelte ihr Handy. »Papa«, stand groß im Display. Sie nahm den Anruf gern an, jetzt hatte sie Zeit.

»Sag mal, Rafaela, wo steckst du? Das Kind ist auch nicht da. Ich stehe hier in deiner Wohnung und wollte euch meine neue Freundin vorstellen.«

Ihr Vater klang so enttäuscht, dass er ihr leidtat. Er hatte sich seinen Auftritt wahrscheinlich schön ausgemalt, das Überraschungsmoment auskostend. Sicher hatte er sogar eine Flasche Sherry unter dem Arm.

»Ich bin mit Marie in Gerleve, wir –«

»Seid ihr jetzt alle durchgeknallt? Das ist doch das Kloster, in dem Andreas lebt. Seit wann nehmen die denn ganze Familien auf?«

»Nein, Papa, Marie und ich sind nur als Gäste über Nacht hier. Wir wollen –«

Er ließ sie erneut nicht ausreden. »Ja, glaubst du denn, mit einem neuen Negligé lockst du ihn vom Klosterleben weg? Warte mal, die Bärbel sagt mir gerade etwas.« Sie hörte eine weibliche, angenehm ruhige Stimme im Hintergrund. Umso lauter klang dann wieder die Stimme ihres Vaters. »Tochter, du kommst da am besten sofort weg. Dort wurde gestern ein junger Student ermordet, und ein anderer Mann ist aus dem Fenster gefallen. Was tust du denn da nur?«

»Papa, hier wimmelt es von Polizei. Marie und ich sind hier gut aufgehoben, glaube mir. Ich erkläre dir alles, wenn wir wieder zu Hause sind, okay?«

»Gut, dann ziehe ich die Tür jetzt einfach ins Schloss. Besser wäre natürlich, man würde sie abschließen. Du solltest wirklich vorsichtiger sein, Kind.«

Erst jetzt fiel Rafaela auf, was sie am Anfang des Gespräches nicht beachtet hatte. »Papa, bist du etwa in der Wohnung? Wie bist du denn reingekommen?«

»Ja, durch die Tür, die stand nämlich offen. Deshalb habe ich ja überhaupt angerufen. Ich dachte, dass die Hausbewohner bei einer offen stehenden Tür ja wohl irgendwo in der Nähe sind. Himmel, du kannst doch nicht so abreisen.«

Fast hätte sie ihren Vater gefragt, ob Wasser in der Badewanne sei, aber dann bekam sie einen fürchterlichen Schluckauf vor Aufregung. Sie wusste schließlich, dass sie sogar abgeschlossen hatte. Was machte der Mörder eigentlich, wenn man gar keine Badewanne besaß?

***

Delbrock behielt Andreas Berger genau im Auge, als er ihm von den Rechercheergebnissen aus Rom berichtete und ihn sogar mit dem Verdacht konfrontierte. »Sie wissen doch die Wahrheit über den Tod der jungen Frauen, Herr Berger.«

Der Mönch sah entsetzlich aus, um Jahre gealtert. Die Mundwinkel hingen herunter, die Augen waren gerötet, und in den dunklen Augenringen wirkten die Falten viel tiefer als am Vortag. Dennoch zeigte er ein aufgeblasenes Gesicht, als er verkündete: »Alles, was ich weiß, stand damals auch in den Zeitungen. Meinetwegen gehen Sie davon aus, dass ich dieses düstere Kapitel so lange mit mir herumgetragen habe, dass ich nun den Rest meines Lebens Buße tun möchte. Aber lassen Sie mich mit Ihren Verschwörungstheorien in Ruhe.« Er fuhr sich erschöpft mit beiden Händen über das Gesicht.

Delbrock erwiderte: »Ich glaube gar nicht an diese Buß- und Betgeschichte. Zumal ich mir kaum vorstellen kann, dass diese alte Affäre dadurch besser wird, dass man nun seine Familie im Stich lässt, um zu beten. Die Frauen bleiben tot.«

Andreas Berger sprang wütend auf und trat einen Schritt auf den Hauptkommissar zu. Er schrie ihn regelrecht an, und Delbrock gewann den Eindruck, dass der Mann vor ihm am Ende seiner Kräfte war. »Reden Sie nicht so abfällig von Dingen, von denen Sie keine Ahnung haben!«

Der Hauptkommissar zuckte nicht mal zurück, sondern sprach ungerührt weiter und hielt seinen Blick geradewegs auf Berger gerichtet. »Drei Frauen in Rom sind tot, zwei Frauen aus Münster sind tot, ein Student ist tot, und ein Mönch aus den eigenen Reihen ist tot. Dabei habe ich den Unfalltod eines gewissen Herrn Bussmann nicht einmal dazugerechnet. Und mein lieber Herr Berger oder Bruder Andreas, ich habe eine Menge Ahnung vom Tod, von Mord und von den Motiven, aus denen heraus Menschen töten. Sagen Sie mir, was fasziniert einen Menschen wie Sie an Opus Dei? Helfen Sie mir, es zu verstehen. Dann sind Sie mich vielleicht los.«

»Ihre Hingabe, ihre Bereitschaft zur Buße, die Askese und die Konsequenz, mit der sie die Bibel verstehen.«

»Sie machen mir einen modernen Eindruck. Diese, wie heißt es so schön, Personalprälatur gilt als frauenfeindlich und erzkonservativ.«

»Gleiches gilt für die katholische Kirche. Es ist eine einseitige Betrachtungsweise von Personen, die keine Ahnung haben. Lassen Sie mich in Ruhe und schicken Sie meine Frau nach Hause.«

In diesem Moment wurde die Tür aufgerissen. Hauptkommissar Delbrock und der Mönch befanden sich im Frühstücksraum, der für die Gäste vorgesehen war. Von außen hing gut sichtbar ein Schild, »Bitte nicht stören«, damit der Beamte bei seinen Vernehmungen eben auch nicht unterbrochen wurde. Wahrscheinlich war die Person, die nun hereingeschossen kam, einfach zu schnell unterwegs gewesen, um irgendein Schild lesen zu können.

»Oh, hier sind Sie ja endlich. Der Mörder ist hinter Rafaela her. Kommen Sie schnell. Wir müssen zu ihr.«

Intuitiv und fehlgeleitet stürzte Delbrock schon zur Tür, wurde aber von der kräftigen Hand Sebastian Bergers am Ärmel gepackt und zurückgehalten. »Nein, nein, doch nicht hier und jetzt. Er ist in ihre Wohnung eingebrochen.«

Trotz des Schreckens sah Delbrock, dass der eine Bruder den anderen vorwurfsvoll anschaute.

»Ja, mein Lieber«, sagte Sebastian Berger, »wenn Rafaela und Marie hier nicht um Asyl gebeten hätten, wären sie vielleicht schon tot.«

Delbrock schloss entschieden laut die Tür und verlangte Auskunft. »So, nun erzählen Sie mir bitte mal mit etwas Ruhe und klarem Blick, woher Sie wissen, dass bei Frau Berger eingebrochen worden ist.«

Dr. Berger erklärte den beiden Männern, was er soeben durch einen Anruf auf seinem Handy erfahren hatte.

»War das Schloss aufgebrochen?«, fragte der Kommissar wenige Minuten später, als er bei Frau Berger im Gästehaus angekommen war. »Fehlte etwas? Waren Ihre Sachen durchwühlt, oder gab es andere Anzeichen von Gewaltanwendung?«

»Keine Ahnung. Davon hat mein Vater nichts gesagt, aber so gut sieht er auch nicht mehr. Ich habe ganz bestimmt abgeschlossen.«

»Gibt es jemanden, der einen Schlüssel zu Ihrer Wohnung besitzt?«

Rafaela schüttelte den Kopf und blickte hilflos drein.

Der Hauptkommissar setzte sich, während er von Aufbruch sprach, und band sich seine Schnürsenkel zu. »Sie und ich und Ihre Tochter fahren jetzt gemeinsam zur Wohnung und schauen, ob etwas fehlt. Es gibt in Münster ja auch ganz gewöhnliche Einbrecher. Von dort rufen wir dann die Spurensicherung an.«

»Aber ich schlafe heute Nacht hier.« Delbrock hatte den Eindruck, sie wolle noch mit dem Fuß aufstampfen, doch dann wandte sich Frau Berger zur Tür.

Das erste Statement, das er nach einer zunächst stillen Anfahrt im Auto vernahm, kam von Marie, die auf dem Rücksitz saß und jetzt abrupt ihre Kopfhörer aus dem Ohr nahm. »Also, wenn jemand meine Sachen durchwühlt oder eine CD geklaut hat, dann laufe ich Amok. Dagegen ist ein aus dem Fenster springender Mönch ein ausgeglichener Bursche.«

»Marie, bitte, darüber macht man keine Witze.«

»Nee, mach ich auch nicht.«

Frau Berger wandte sich an den Hauptkommissar. Sie fuhren gerade auf die A 43 und würden Münster bald erreicht haben. »Haben Sie sich mal um diesen Simon Wendthaus gekümmert? Der war immerhin mit Andreas und den anderen zusammen im Internat.«

Delbrock drosselte die Geschwindigkeit seines Audis, da ein langsamer Kleinwagen einen Lkw überholte, und sagte: »Ja, ich habe einen Beamten auf den Mann angesetzt. Aber wie es ausschaut, war Wendthaus damals nicht mit in Rom.«

»Ja, das hat er uns auch gesagt. Er wäre aber sehr gern mitgekommen und muss über alle Maßen neidisch gewesen sein. Mir ist der Mann jedenfalls unheimlich. Geld hat er, das sieht man auf den ersten Blick. Ich war mit Sebastian bei ihm zu Hause. Das schaut da aus, als hätte die Familie schon seit Generationen Geld, ein tief in die Wiege gelegter Reichtum und Standesdünkel. Wahrscheinlich hat einer seiner Urahnen schon als Homo sapiens kein einfaches Mammutfell getragen, sondern mindestens Säbelzahntiger-Babyfell.«

»Meine Güte, Mama, was kannst du nur für Wörter aussprechen.«

Delbrock grinste. Er fand Frau Berger immer dann entzückend, wenn sie sich aufregte.

An der Wohnung angekommen, sah er sofort, dass ein Anfänger die Tür aufgebrochen hatte. Auf den ersten Blick wirkte sie geschlossen, doch er brauchte nur dagegenzuschubsen, und sie schwang ohne Weiteres auf. Das Schloss war kaputt. Marie wäre beinahe in ihr Zimmer gestürmt, doch der Hauptkommissar konnte die junge Dame gerade noch zurückrufen. Die Wohnung mussten sie erst der Spurensicherung überlassen.

Die fand heraus, dass es nichts zum Herausfinden gab. Die Tür war aufgebrochen, so viel stand fest, doch es fehlte nichts, es gab keinen Hinweis darauf, dass jemand die Sachen durchwühlt hatte oder auf der Suche nach etwas gewesen war.

»Das spricht doch Bände«, empörte sich Rafaela Berger. »Da wollte mich jemand in die Badewanne stecken.«

»Ich bin mir nicht sicher«, überlegte Delbrock. »Schauen Sie, wenn der Sie hätte töten wollen, dann hätte er Sie aufgesucht, als sie noch zu Hause waren. Er hätte doch nur zu schellen brauchen, Sie machen die Tür auf, bingo.«

»Und wenn er mich überrumpeln wollte? Oder in der Wohnung auf mich warten wollte?«

Delbrock zuckte die Achseln. »Sie wären doch gewarnt worden

durch das aufgebrochene Schloss. Gut, Ihr Vater hat es nicht gemerkt, aber der ging ja auch davon aus, dass Sie irgendwo herumschwirren. Außerdem schließt sich ein Mörder gern ein, damit er bei seinem Vorgehen nicht plötzlich durch Nachbarschaft, Postboten oder ähnliche Personen gestört werden kann. Nein, ich glaube, der Einbrecher wusste, dass Sie so schnell nicht wiederkommen würden.«

»Ich schlafe trotzdem nicht in meiner Wohnung.«

Rafaela Berger zog demonstrativ ihre Jacke wieder an, die sie beim Durchschauen ihrer Sachen und Wertgegenstände abgelegt hatte. Ihre Tochter Marie hatte sich noch ein Buch mitgenommen und stand fertig neben ihr. Allerdings fragte sie: »Und was machen wir nun im Kloster? Papa beschatten? Den Rosenkranz auswendig lernen?«

Der Hauptkommissar lächelte und erwiderte: »Essen. Ich hoffe ganz dringend, dass wir dort ein reichhaltiges Abendessen bekommen. Denn diese Nacht wird noch lang werden. Zumindest für mich und meine Beamten.«

Brot, Käse und Wurst und eine große Schale Quarkspeise, das alles fanden sie im Gästehaus Ludgerirast für sie bereitgestellt. In Versorgungsangelegenheiten waren die Schwestern hier sehr zugewandt. Es war nach neun Uhr abends, als die drei im Kloster Gerleve ankamen. Ein besorgter Sebastian Berger empfing sie.

»Ich habe auch noch nichts gegessen, sondern mich im Internet herumgetrieben. Aber dafür habe ich für dieses nette Mahl gesorgt.«

Nachdem sich die kleine Mannschaft, bestehend aus Dr. Berger, Rafaela Berger und Tochter sowie Hauptkommissar Delbrock, kurz ausgetauscht hatte, aßen sie schweigend. Einmal kam ein Beamter aus Delbrocks Team in den Speiseraum und berichtete, dass die Priester von Opus Dei sich nun zur Vernehmung bereithielten, sie warteten im Rekreationszimmer. Der Hauptkommissar steckte seine Wurstschnitte mit so viel Schwung in den Mund, als habe er vergessen, dass er das große Stück auch noch kauen musste. Man sah ihm die Anstrengung an. Er spülte den Rest mit Wasser hinunter und sprang vom

Stuhl auf. Ebenso Sebastian Berger, der fragte: »Darf ich dabei sein?«

»Nein, das geht nicht. Vorschriften. Auch wenn Sie dem Verein misstrauisch gegenüberstehen, diese Männer haben ein Recht auf Diskretion.«

Im Rekreationszimmer befanden sich nur die beiden Gastbrüder in ihren schwarzen Röcken, stets bereit zu einer Zeitreise in die mittelalterliche Inquisition oder nach Amerika zur Christianisierung heidnischer Indianerstämme. Man hätte die beiden genau so hinschicken können. In ihren Gesichtern las der Kommissar höfliche Distanz.

Delbrock wusste, dass seine Männer gerade den Fall des Mönches verfolgten, der aus dem Fenster gestürzt war. Sie versuchten, die letzten Stunden vor seinem Tod anhand von Befragungen zu rekonstruieren. Er selbst bat nun zunächst den älteren Pater mit Namen Thomas Kunze, zu bleiben, und schickte den anderen hinaus, auch wenn beide beteuerten, sie hätten keine Geheimnisse voreinander.

»Das mag auf Sie zutreffen, meine Herren«, sagte der Hauptkommissar, »auf mich aber nicht. Ich mache gern ein Geheimnis daraus, was ich wen frage und warum.«

Im Laufe des Gespräches erfuhr er, dass Andreas Berger bereits seit seinem Praktikum in Rom zur Gemeinschaft von Opus Dei gehörte.

»Die anderen Teilnehmer der Reise auch?«

»Ja«, nickte Kunze, »wir haben den Jungen damals in einer brisanten Notlage beigestanden, und sie dankten es Gott und uns, indem sie unserer Vereinigung beitraten. Sie müssen wissen, man muss nicht Theologie studieren, im Zölibat leben oder in einem Kloster arbeiten. Es ist eher eine Gesinnung, eine Lebenseinstellung.«

»Finden Sie es nicht merkwürdig, dass diese fünf Männer es nie ihren Frauen berichtet haben?«, fragte Delbrock.

»Ist das denn so? Eventuell verdrängen die Frauen es nur oder behaupten es aus gekränkter Eitelkeit. Immerhin haben diese Männer sich nach vielen Jahren entschlossen, nun doch eine höhere Position im Orden anzustreben, eine ganz bestimmte, und das geht dann auch bei uns nur über das Priestertum. Rom lockt. Mehr als die Familie.« Demut konnte man das auch mit einem wohlwollenden Blick nicht nennen, was diesem Kunze im Gesicht geschrieben stand. Der straffte sich nun und fragte: »Was werfen Sie uns eigentlich vor? Den Mord an zwei ehemaligen Ehefrauen? Das ist lachhaft. Da fehlt ja wohl jedes Motiv. Der Tod des jungen Studenten tut uns herzlich leid. Man hat mir erzählt, dass er in unseren Zimmern herumspioniert hat. Bitte sehr, wir haben nichts zu verbergen und keine nennenswerten Besitztümer. Ich hätte ihm Unhöflichkeit und Respektlosigkeit vorgeworfen, aber ganz sicher haben wir ihn nicht niedergeschlagen oder gar ermordet. Herr Hauptkommissar, ich glaube, dass Sie jemand anderen suchen müssen. Die Tatsache, dass wir hier in einem Kloster sind, heißt doch nicht logischerweise auch, dass nur Mönche als Täter in Frage kommen. Ich kenne dieses Kloster natürlich nur von meinen Besuchen, aber es scheint ein sehr offenes Haus zu sein. Schauen Sie sich doch nur einmal tagsüber auf dem Parkplatz um. Von überall aus der Region kommen Besucher.«

»Ja, die haben aber allesamt keinen Zutritt zum eigentlichen Kloster.«

Der Einwurf war lahm, das wusste Delbrock. Immerhin war es ihm und auch Sebastian sehr leicht gelungen, als Einzelgäste hier im Kloster aufgenommen zu werden. Schwierig war es lediglich für Frauen. Ein Kloster war kein Hochsicherheitstrakt, hier sorgten Höflichkeit und Respekt üblicherweise für die Einhaltung der Regeln.

»Welche Aufgaben erwarten die neu rekrutierten Mönche denn? Sie müssen verstehen, dass diese Geheimniskrämerei zu immer mehr Gerüchten führt und uns, angesichts einer für das Münsterland ungewöhnlich hohen Zahl an Mordopfern, misstrauisch macht.«

Thomas Kunze räusperte sich und probierte ein joviales Gesicht, das ihm nicht stand. »Andreas Berger und Klaus Schneider werden in Kürze in Rom erwartet. Dort werden sie im Vatikan eingesetzt. Sie sind gut ausgebildet, der eine ist Jurist, der andere Finanzberater, solche Leute können wir dort gut gebrauchen. Da ist auch nichts Geheimnisvolles dran. Ich denke, Ralf Hölscher lassen wir noch ein wenig in der Klausur der Mönche. Er hat sehr viel mitgemacht und ist in der Trauerphase.« Der Priester legte tatsächlich behutsam die Fingerkuppen aneinander wie nach einer Predigt.

Delbrock stellte dem Mann noch einige Fragen zur eigenen Person, dann entließ er ihn mit der Bitte, seinen Kollegen Peter Mensing zu schicken. Dieser Mann erschien dem Kommissar sympathischer. Mensing lächelte sogar kurz, als Delbrock sich für die Unannehmlichkeiten entschuldigte. Neue Informationen hielt er aber nicht bereit. Die beiden Priester hatten sich mit hoher Wahrscheinlichkeit abgesprochen. Auch Peter Mensing beteuerte, dass ein Einbruch in ihr Zimmer unhöflich gewesen sei, aber sicher nicht zu irgendwelchen Gewalttaten seitens der kirchlichen Vertreter geführt habe. Sie hätten nichts zu verbergen und würden ihre Zimmer auch gern für eine Untersuchung zur Verfügung stellen.

Einer Eingebung folgend dankte Delbrock und sagte: »Ja, ich würde tatsächlich gern die Spurensicherung in ihr Zimmer schicken. Und sei es nur, um zu wissen, was Jan Mertens angefasst hat.«

Der Priester schien wenig beunruhigt und zog bereits seinen Zimmerschlüssel aus einer Tasche seines Rockes. Zu Andreas Berger gab er bereitwillig Auskunft.

»Bruder Andreas ist ein sehr ernster Mann, der es sich nicht leicht gemacht hat, seine Familie zu verlassen. Und, verzeihen Sie die leise Kritik, seine Familie macht es ihm sehr schwer. Dann kam noch der plötzliche Tod seiner Mutter hinzu. Er wird zurzeit wirklich hart geprüft. Umso wichtiger ist es, dass er nun für seine Hingabe belohnt wird und zeitig nach Rom kommt. Dort warten Aufgaben auf ihn, die ihn fordern und befriedigen werden, mehr noch als die stille Einkehr hier in der Nähe seiner Familie. Wir haben den Eindruck, er bekommt hier nicht den nötigen Abstand.«

»Ja«, meinte Delbrock trocken, »mir tauchen hier auch zu viele Leichen auf. Solche Ereignisse können einen tatsächlich bei der inneren Einkehr stören. Aber wissen Sie was? Ich werde Sie alle leider so lange stören müssen, bis diese Morde aufgeklärt sind.«

Mit der nächsten Neuigkeit wartete einer seiner Beamten auf, als er gerade allein und nachdenklich im provisorischen Vernehmungszimmer saß. Er erklärte, dass Jan Mertens am frühen Morgen seines Todes mit drei Personen telefoniert hatte.

»Und? Wer sind die drei? Worum ging es in den Telefonaten?«

Der Hauptkommissar blickte seinen Kollegen erwartungsvoll an, nur um dann zu hören: »Das wissen wir noch nicht, es ist immerhin gleich halb elf abends, ich wusste nicht, ob ich noch –«

Er wurde barsch unterbrochen. »Wir sind mitten in einer Mordermittlung. Was sage ich, wir sind in mehreren Mordermittlungen. Seit wann nehmen wir da Rücksicht auf fremde Schlafgewohnheiten? Unsere eigenen müssen ja auch hintanstehen.« Delbrock schüttelte empört den Kopf und öffnete seine Schnürsenkel.

Zehn Minuten später kam der Kollege zurück in das Zimmer des Kommissars. »Chef, zwei der Nummern auf dem Handy habe ich nicht erreicht, aber die dritte Person, mit der Jan Mertens telefoniert hat, meldete sich beim zweiten Klingeln und konnte mir auch sagen, was er von den anderen Nummernbesitzern gewollt hat. Das ist der Hammer! Unser junger Student hat sich bei seinen Freunden zwei Wanzen besorgt.«

Delbrock sprang von seinem Stuhl auf und rutschte auf den Socken gleich wieder zurück. Mittlerweile hatte er nämlich auch die Schuhe ausgezogen. »Sie meinen, richtige professionelle Wanzen, mit denen man Leute abhören kann?«

»Ganz genau solche«, nickte der Kollege.

»Dann haben wir für die Spurensicherung einen klaren Arbeitsauftrag.«

Eine Stunde später hatten die Männer der Spurensicherung eine kleine Wanze im Zimmer von Priester Thomas Kunze gefunden. Die zweite Wanze fanden sie nicht. Für die Priester konnte man sich nun tatsächlich ein Mordmotiv vorstellen.

»Selbst wenn er uns abgehört hat, na und? Dann kann er jetzt das Ave-Maria auswendig. Kein Gespräch war geheim.« Thomas Kunze hielt seine Hände offen dem Kommissar hin.

Dieser brummte: »Jan Mertens wird nie wieder beten oder

singen können. Glauben Sie mir, ich selbst würde zehn Ave-Maria beten, wenn er dadurch wieder lebendig würde.«

Nachdem man so genau wusste, wonach man zu suchen hatte, fanden die Beamten in der Laptoptasche von Jan auch das zugehörige Equipment, mit dem er das Gesprochene empfangen hatte. Falls es eine Kassette mit einer Aufnahme des Gehörten gegeben hatte, so war sie verschwunden. Delbrock hatte alle seine anwesenden Kollegen um sich versammelt. Das Rekreationszimmer wurde freundlicherweise vom Prior weiterhin zur Verfügung gestellt.

»Und Sie sind sich sicher, dass es keine zweite Wanze im Zimmer der Opus-Dei-Brüder gibt? Nichts übersehen?«

»Nein, sicher nicht. Wir machen das nicht zum ersten Mal, Chef. Auch wenn wir heute mitten in der Nacht arbeiten müssen.«

Der Vorwurf prallte an dem Kommissar ab, der sich selbst die Augen rieb, als ginge es um eine Wiederbelebung.

»Also«, fasste er zusammen, »mit hoher Wahrscheinlichkeit ist die andere Wanze gefunden und entfernt worden. Wenn der Finder dieser Wanze glaubte, dass Jan etwas gehört hatte, was er auf gar keinen Fall hätte hören dürfen, könnte es unser Mörder sein. An der Wanze stand ja nicht dran, wie lange sie bereits im Einsatz war. Wo also hat die zweite Wanze gesessen?« Er wandte sich an seinen Kollegen Berndt. »Bringen Sie mir Dr. Sebastian Berger, mitunter haben Zivilisten gute Ideen.«

»Soll Frau Berger auch mitkommen? Die beiden sitzen im Gästehaus bei einer Kanne Kaffee zusammen.«

Delbrock horchte auf. »Frau Berger darf das Kloster nicht betreten, wir sind hier in einem Männerorden, vergessen Sie das nicht. Aber die Kaffeekanne, die bringen Sie mit.«

Sebastian Berger versuchte, sich an alle Gespräche mit dem jungen Studenten zu erinnern. Jan war so sehr davon überzeugt gewesen, dass er in der Nacht von den beiden fremden Priestern niedergeschlagen worden war, dass er doch sicher beide Wanzen in deren Zimmer versteckt hatte. Aber in dem Fall hätten die beiden Priester auch beide Wanzen entfernt. Man suchte doch dann in dem anderen Zimmer ebenfalls genau nach. Nein, die beiden Gäste schienen von dieser Art der Kontrolle tatsächlich nichts gewusst zu haben.

»Vielleicht war eine defekt?« Der Augenarzt streckte seine langen Beine auf einem Stuhl aus, zog sie aber ungewöhnlich schüchtern wieder zurück, als er direkt auf ein Kreuz an der Wand blickte.

Delbrock wiegte den Kopf hin und her und überlegte laut: »Hätten wir sie dann nicht bei den anderen Sachen gefunden? Sie muss woanders sein.«

Plötzlich gab es ein klatschendes Geräusch, begleitet von einem Stöhnen. »Hilfe, wie bin ich nur durch mein Medizinstudium gekommen? Bin ich blöd, oder was? Ich weiß, wo die andere Wanze versteckt war.« Berger schaute in die Runde der Männer, und aller Augen sahen zu ihm zurück. Er fuhr fort: »Ich selbst habe Jan doch von den Konflikten mit meinem Bruder erzählt und natürlich auch, warum wir diese Streitereien überhaupt haben.«

Delbrock ahnte, worauf er hinauswollte. »Sie glauben, die zweite Wanze war im Zimmer Ihres Bruders versteckt? Damit belasten Sie ihn schwer, wissen Sie?«

»Ja«, nickte Sebastian Berger. »Und wenn er sie gefunden und entfernt hat, wird Andreas jetzt kaum zugeben, dass er belauscht worden ist.«

»Ich werde ihn dennoch danach fragen.« Hauptkommissar Delbrock erhob sich schwerfällig, um Bruder Andreas aufzusuchen.

Es überraschte den Hauptkommissar nicht, dass der Ordensbruder noch angezogen in seiner Zelle saß. Kaum einer fand im Kloster heute Nacht die notwendige Ruhe, um sich hinzulegen und zu schlafen. Seine Zelle war sparsam eingerichtet. Ein paar Bilder von Marie hingen an einer Pinnwand, und einige Bildbände standen in einem Regal. Viel mehr persönliche Sachen konnte der Hauptkommissar nicht entdecken. Es gab ein Bett, einen Schreibtisch und einen Tisch mit drei Stühlen. Delbrock trat ein und fragte ohne Umschweife: »Haben Sie in Ihrem Zimmer eine Wanze gefunden?«

Zu seiner Verblüffung sah er Andreas Berger zum ersten Mal lachen, laut lachen. Jetzt wird mir der Mann hysterisch, dachte er erschrocken. Das passte weder zur Situation noch zu diesem Mann. Doch das Lachen dauerte nur kurz, dann griff Andreas Berger in die Schublade seines einfachen Nachtschränkchens und hielt dem Kommissar das Gesuchte auf der ausgestreckten Hand hin. »Da«, sagte er. »Und jetzt sagen Sie mir bloß, woher Sie gewusst haben, dass hier eine Wanze versteckt war. Ist es der Polizei nicht verboten, derartige Lauschangriffe zu starten? Oder hat mein impertinenter Bruder Hand angelegt? Ja? Hat er Ihnen erzählt, dass er mich überwacht? Auf der phantastischen Suche nach Beweisen für seine Verschwörungstheorien. Der bringt mich tatsächlich noch so richtig in Schwierigkeiten!«

Bruder Andreas ließ sich auf sein schmales Bett fallen. Der kleine Ausbruch hatte ihn erschöpft.

Delbrock fühlte sich wie ein zurechtgewiesener Schuljunge. Triumphierend hatte er den Mann zur Rede stellen wollen und musste erkennen, dass Andreas Berger überhaupt keine Ahnung hatte, woher diese Wanze stammte. Er hatte sie entdeckt, unbrauchbar gemacht und einfach in die Schublade gelegt. Delbrock sagte: »Herr Berger, ganz sicher habe ich keine Wanzen in Ihrem Zimmer anbringen lassen, aber ich kann Ihnen mitteilen, dass Sie nicht der einzige Abgehörte waren, und ich kann Ihnen sogar sagen, wer diese Wanze angebracht hat. Es war Jan Mertens, der junge Student, der hier seine Diplomarbeit schreiben wollte. Diese Aktion hat er nach unserem Dafürhalten mit seinem Leben bezahlt.«

Das Erstaunen im Gesicht des Mönches sah echt aus. Berger ließ die Schulter hängen und fixierte seine Schuhspitzen. Als Delbrock genauer hinsah, bemerkte er Schweißtropfen auf der Stirn. Delbrock fügte hinzu: »Es gab zwei Wanzen. Eine hat Jan in Ihrem Zimmer angebracht, die andere bei einem der Gäste von Opus Dei. Er versprach sich Informationen über die Pläne der beiden. Jan Mertens war sich sicher, von diesen beiden Priestern in der Nacht davor zusammengeschlagen worden zu sein, als er heimlich ihre Zimmer untersuchen wollte. Haben Sie jemandem von der Wanze erzählt?«

Delbrock beobachtete, wie ein gequältes Lächeln über das Gesicht des Ordensbruders glitt. »Ich bin so ein Idiot«, sagte Bruder Andreas zu sich selbst. »Ich habe das mit der Wanze völlig missverstanden.«

»Wem haben Sie davon erzählt? Nun reden Sie schon!«

»Niemandem.« Berger wich seinem Blick nicht aus.

»Ich glaube Ihnen nicht.«

Kurz hatte Delbrock den Eindruck, Berger würde endlich mit ihm reden, aber den Augenblick, wenn es ihn denn gegeben hatte, hatte er anscheinend verpasst. Oder doch nicht?

»Ja, das mit dem Glauben ist für den Menschen im Allgemeinen eine schwere Sache. Er ist ständig auf der Suche nach Wissen und Gewissheit«, sagte Berger. »Ich will Ihnen tatsächlich etwas Wissen verschaffen, vielleicht verstehen Sie dann die Ereignisse in Rom während meines Praktikums besser. Meine Mutter war Adelheid Berger, aber mein Vater war nicht Sebastians Vater. Es war ein italienischer Erzbischof, der einem Verwaltungsorgan der Kurie angehörte. Auch die anderen Praktikanten waren damals Angehörige, Neffen oder Patenkinder einiger kirchlicher Würdenträger in Rom. Nur deshalb durften wir überhaupt so ein privilegiertes Praktikum machen. Aber statt fromm und dankbar diese Gelegenheit zu nutzen, ritt uns der Teufel. Und der hat dann mächtig zugeschlagen, wie Sie wissen.« Berger fuhr sich mit der Hand über die Augen und blickte ihn dann offen und traurig an.

»Weiß Sebastian, dass Sie unterschiedliche Väter haben?«

»Nein.« Der Mönch schüttelte den Kopf. »Wenn Adelheid sich nicht zum Schluss gedrängt gefühlt hat, allzu ausführlich über ihr Leben zu plaudern. Wahrscheinlich hätte Sebastian ihr aber gar nicht geglaubt. Meine Mutter war damals für zwei Wochen mit einigen Freundinnen in Rom. Sebastian war etwa drei Jahre alt und bei meiner Großmutter untergebracht. Diesen Urlaub von Mann und Familie hat sie offenbar in vielerlei Hinsicht genutzt. Sie hat es meinem Vater und mir nach meiner Firmung erzählt. Zu dem Zeitpunkt hatte sie gerade von einer Krebserkrankung erfahren, die sie zum Glück gut in den Griff bekommen hat. Aber so eine Diagnose kann einen schon sentimental machen. Kurze Zeit später bin ich in ein Internat gekommen.«

Delbrock war überrascht. Diese offenen Worte kamen sehr plötzlich. Verblüfft fragte er: »Dann sind alle fünf jungen Männer zu diesem Praktikum zugelassen worden, weil sie Ergebnisse einiger Fehltritte von Kirchenmännern im Vatikan waren?«

Bruder Andreas runzelte verärgert die Stirn. »Machen Sie keine falschen Schlagzeilen. Ich habe gesagt, dass mein Vater ein Erzbischof war, die anderen hatten Verwandte dort. Das ganze Leben setzt sich aus Möglichkeiten und tatsächlichen Chancen zusammen, weil jemand jemanden kennt. Wir haben damals Mist gebaut, und glauben Sie mir, dass haben wir auch zu spüren bekommen. Anders, als Sie sich das auszumalen scheinen.«

Damit endete das Gespräch. Alle weiteren Fragen, warum zum Beispiel ein Mönch einfach aus dem Fenster gesprungen war oder ob Andreas seinen Bruder Sebastian in den Keller gesperrt hatte, beantwortete Berger nicht mehr. Während der Hauptkommissar sich äußerlich die Haare raufte und innerlich an alte Zeiten dachte, in denen hohe Beamte renitenten Bürgern mit Schlägen drohen durften, um die Wahrheit zu erfahren, brummte sein Handy in der Jackentasche. Er ging zum Fenster, um das Gespräch entgegenzunehmen. Die Zellen lagen so, dass die Mönche ihre Fenster zum Innenhof des Klosters hatten und in den Garten blicken konnten. Dort gab es einen gepflasterten Rundgang und eine schöne Botanik. Der Ort wirkte wie ein begehbares Mandala und strahlte eine unglaubliche Ruhe aus. Für eine solche innere Einkehr fehlte Delbrock leider gerade der Sinn.

Am Telefon war sein Kollege Berndt. »Wir finden das Mädchen nicht mehr!«

Der Hauptkommissar wusste sofort, wen er meinte. »Seit wann?«

»Sie ist vor einer halben Stunde in ihr Zimmer gegangen, um sich schlafen zu legen. Als ihre Mutter sich kurz danach eine Strickjacke holen wollte, war sie nicht da. Die Jacke des Mädchens lag auf dem Bett, ihr Handy auch.« Kollege Berndt machte eine unheilschwangere Pause. »Chef, Mädchen entfernen sich in diesem Alter von ihren Eltern, von ihrem Zuhause oder von ihrem Lieblingshund, aber niemals von ihrem Handy.«

»Ich weiß. Ich komme rüber.«

Unter anderen Umständen hätte Delbrock nicht gleich das Schlimmste vermutet, doch in diesem Fall hatte es bereits jede Menge Hinweise dafür gegeben, wie skrupellos der oder die Täter vorgingen. Und da er das Ziel hinter diesen Verbrechen noch immer nicht kannte, wurde er langsam verrückt. Einer Eingebung folgend erzählte er Berger also nicht vom Verschwinden der Tochter. Er musste an den Mönch denken, der sich gestern Abend aus dem Fenster gestürzt hatte.

## ZEHN

Im Gästehaus empfing ihn eine überraschend ruhige Rafaela Berger. Wenig später bemerkte er allerdings, dass diese Ruhe einer gefährlichen Mischung aus Entschlossenheit und eiskalter Wut entsprang. Sie hielt ihre Handtasche fest umklammert und marschierte so nah an ihm vorbei, als sei sein eins fünfundachtzig großer und sechsundneunzig Kilogramm schwerer Körper gar nicht vorhanden.

»Frau Berger, können Sie mir –«

»Lassen Sie mich in Ruhe, ich muss mit meinem Mann reden.«

»Frau Berger, lassen Sie uns bitte erst –«

Eine Tür knallte zu, und weg war sie. Delbrock zögerte noch kurz, aber Dr. Berger hielt ihn am Arm zurück. Er sagte: »Vielleicht ist es besser, wir lassen sie gewähren. Wer weiß, ob mein Bruder so allein mit seiner Frau und angesichts der Sorge um Marie nicht endlich doch redet.«

Delbrock nickte und ließ sich zunächst berichten, was geschehen war. Das allerdings wusste keiner so genau. Marie war um halb elf auf das gemeinsame Zimmer gegangen. Da Handy und Jacke auf dem Bett lagen, musste sie es auch betreten haben. Mehr wusste Berger nicht. Die Pförtnerin am Eingang des Gästehauses konnten sie nicht mehr befragen, abends war die Tür abgeschlossen, Gäste des Hauses hatten einen Schlüssel.

»Leseraum, Fernsehraum und Ähnliches haben Sie wahrscheinlich schon abgesucht, oder?«

Berger grinste schief. »Rafaela hat jedes einzelne Zimmer gestürmt, auch die Privatgemächer der beiden Ordensschwestern. Ich fürchte, das Gleiche wird sie nun auch im Kloster treiben. Wenn die Mönche nicht aufpassen, wird sie die erste Frau sein, die in ihren Zellen unter die Betten krabbelt. Ich selbst habe mit Bruder Josef zusammen sofort im Kellerverlies nachgeschaut. Aber so blöd, dieses Versteck ein zweites Mal zu nutzen, war dann doch keiner.«

Der Hauptkommissar seufzte schwer. Er hatte zu viele Baustellen, so viele, dass es ihn lähmte. Müde fragte er: »Wie viele Gäste sind gerade in Ludgerirast untergebracht?«

»Nicht viele, soweit ich weiß. Die Seminare beginnen erst wieder am Wochenende. Zwei Radfahrer machen hier für zwei Nächte Rast und ein Ehepaar – die Eltern eines Mönches sind hier. Die haben sich den Besuch beim Sohn sicher ruhiger vorgestellt. Außerdem sind natürlich Ihre Beamten hier.«

»Okay«, sagte Delbrock, »lassen Sie uns zum Kloster hinübergehen. Wir warten noch zwei Stunden, dann lasse ich Marie Berger als vermisste Person suchen. Es kann immerhin sein, dass sie frische Luft schnappen wollte oder sich etwas zu trinken besorgt.« Mitten in der Nacht und weitab der nächsten Tankstelle, ohne Handy und ohne Jacke – er wusste selbst, wie absurd der Gedanke war.

Just in dem Moment, als sie den Vorraum betraten und zum Pförtner gingen, klingelte Delbrocks Handy. Es war die Pathologie, Dr. Köster persönlich.

»Hauptkommissar Delbrock, ich bin ein Mensch, keine Maschine, und ich bin Pathologe in Münster und nicht in Miami, weil hier eigentlich nicht täglich komplizierte Todesfälle auflaufen. Meist habe ich viel Zeit, um mit den Studenten zusammenzuarbeiten. Was Sie mir hier gerade zumuten, ist ungeheuerlich und, lassen Sie es mich vorsichtig sagen, eine Kriegserklärung. In was für einem Fall stecken Sie denn da nur fest?«

»Fürs gegenseitige Bedauern haben wir leider keine Zeit, Herr Dr. Köster. Sagen Sie mir einfach, was Ihre Überstunden für Ergebnisse hervorgebracht haben.«

»Wenn der arme Mönch nicht aus dem Fenster gestoßen worden ist, ist er eindeutig mit Absicht gesprungen. Einen Unfall können wir ausschließen. Der Mann hatte keinen Alkohol im Blut, keine Drogen oder andere Medikamente, die dafürsprechen könnten. Er war auch nicht unheilbar krank. Ich gebe das Rätsel also an Sie zurück und begebe mich endlich nach Hause. Meine Frau war gestern Abend schon mit unserem Nachbarn im Kino, ich muss aufpassen und mich kümmern. Gute Nacht und viel Erfolg.«

Sein Instinkt sagte ihm, dass der Mönch tatsächlich so verzweifelt gewesen war, dass er sich aus dem Fenster gestürzt hatte. Immerhin hatte der Mann sogar einen Abschiedsbrief bei sich getragen. Was konnte einem Mann Gottes so zusetzen, dass er den Freitod vorzog und nicht seinem Gott vertraute? In der frühen Geschichte des Christentums hatte es viele Freitode oder Opfertode von frommen Menschen gegeben. Die ersten Päpste waren reihenweise für ihren Glauben in den Tod gegangen, in den Märtyrertod. Das hatte schließlich schon mit Petrus, dem ersten Oberhaupt der Kirche, begonnen. Der Legende nach hatte Petrus sich sogar mit dem Kopf nach unten ans Kreuz schlagen lassen. Aber ein heimlicher Sprung aus dem Fenster mitten in der Nacht war sicher nicht als Opfertod für Gott gedacht. Und in diesem Moment kam ihm eine Idee, eine logische Schlussfolgerung, und er ärgerte sich, dass er nicht viel früher darauf gekommen war. Und wenn er mit dieser Idee richtiglag, dann brachte Rafaela Berger ihren Mann, ihre Tochter und sich selbst in große Gefahr, wenn sie ihren Mann nun bedrängte. Denn Delbrock war überzeugt davon, dass die Mönche bedroht wurden. Nur von wem und warum?

# ELF

Sebastian Berger hatte lustlos in einer Zeitung geblättert, die im Warteraum auf dem Tisch lag, während der Hauptkommissar telefonierte. Nun wandte er sich mit fragendem Gesicht zu Delbrock um. Der sagte: »Der Mönch scheint tatsächlich ohne Fremdeinwirkung gesprungen zu sein, also handelt es sich um Selbstmord. Dr. Berger, ich muss noch mal dringend zu Ihrem Bruder. Bitte kümmern Sie sich um Ihre Schwägerin, wenn sie zurückkommt, und lassen Sie sie bitte, bitte nicht aus den Augen. Ketten Sie sie zur Not an Ihr Handgelenk.« Und diese Empfehlung meinte der Kommissar richtig ernst.

Er begab sich eilig zum Kreuzgang zurück und dann ins Treppenhaus, um zu den Mönchszellen zu gelangen, die eine Etage höher lagen. Im Treppenhaus kam ihm jedoch erst einmal eine überraschend entspannte Rafaela Berger entgegen. Sie steckte gerade ihr Handy in die Hosentasche und rief: »Oh, Gott sei Dank, Herr Kommissar, Sie können Entwarnung geben. Marie ist bei einem gemeinsamen Freund von mir und meinem Mann. Er besitzt ein Bistro in Münster und ist der fürsorglichste und bestaussehende schwule Mann, den ich kenne. Marie hat sich wohl bei ihm beschwert, was ihre Eltern ihr so alles zumuten, und er meinte, er würde sie zu Hause verwöhnen und sie könne bei ihm schlafen. Wissen Sie, Herr Delbrock, er ist zwar etwas sehr spontan gewesen, als er sie einfach abgeholt hat, aber ich bin eigentlich froh, dass sie aus der Schusslinie ist.«

Sie strich sich wiederholt Haare aus der Stirn, und Delbrock sah, dass sie doch ganz schön nervös war. Er lehnte sich ans Treppengeländer und fragte skeptisch: »Können Sie diesem Mann vertrauen? Kennen Sie ihn schon lange?«

»Ja, erst war er mit meinem Mann befreundet, also nicht so, wie Sie jetzt denken, Andreas ist ja nicht schwul. Er hat in dem Bistro oft seine Mittagspause verbracht, und die beiden haben sich angefreundet. Marcel Weber, so heißt er, Marcel hat mir und Marie dann später beigestanden, als Andreas uns verlassen hat.

Marie liebt ihn. Also nicht, wie Sie jetzt denken, sondern wie man einen Onkel oder guten Freund liebt.«

Delbrock fand sie sogar sehr nervös. Ihre Art zu reden, ihre Bewegungen, all das drückte Unsicherheit aus. Und je ruhiger er ihr zuhörte, desto fahriger wurden ihre Gesten. Sie blickte unruhig die Treppe hoch, zog immer wieder ihr Handy aus der Hosentasche, und das erinnerte ihn an eine weitere Frage. Bei der Geschichte mit diesem Marcel gab es ein Detail, das nicht zu einer geplanten Fahrt mit dem Hausfreund passte. Marie hatte ihr Handy und die Jacke im Zimmer zurückgelassen.

»Haben Sie mit Marie gesprochen? Sie hat doch ihr Handy im Zimmer gelassen.«

»Nein, Marcel hat mir eine SMS geschickt. Er hat geschrieben, dass ein Männerkloster, in dem Mord und Totschlag statt Gebete an der Tagesordnung seien, ja wohl kein Ort für einen Teenager wäre. Er habe sie also mit in seine Wohnung genommen. Das sei das Geringste, mit dem er uns helfen könne. Angesichts der späten Uhrzeit wollte er am Morgen mit mir telefonieren.«

Der Hauptkommissar schob die dichten Augenbrauen noch dichter zusammen, dann schrieb er sich den Namen dieses Marcel auf. Den würde er in jedem Fall durch seine Datenbank laufen lassen. Das war doch kein normales Verhalten, mitten in der Nacht aufzutauchen und ein minderjähriges Mädchen mitzunehmen, ohne die Eltern zu sprechen. Alarmstufe Rot, blinkte es im Hintergrund seines Denkapparates. Doch bevor er eine erschöpfte Mutter erneut in Wallung brachte, ließ er Frau Berger im Treppenhaus zurück und eilte zu Andreas Berger. Den hatte die Exfrau noch gar nicht aufgesucht, da sie kurz vor seiner Tür diese angeblich beruhigende SMS erhalten hatte.

Wenige Minuten später klopfte er also an die Zellentür. Der Mönch öffnete und verdrehte genervt die Augen. »Sie haben sich entweder in der Tür geirrt, oder Sie arbeiten mit Psychoterror.«

Unbeirrt trat Delbrock ein, ließ die Tür aber offen. »Wir wurden eben unterbrochen. Mich hatte die Nachricht erreicht, dass Ihre Tochter verschwunden ist, und ich musste erst suchen helfen.«

»Sie ist also wieder aufgetaucht?« Berger krallte sich gerade an den Bettpfosten, weiß traten die Gelenke hervor und verrieten die Kraftanstrengung. Die Ader an seiner Stirn pochte. Der Mann hatte Angst, schoss es Delbrock durch den Kopf. Er schloss nun doch die Tür und setzte sich ungefragt auf einen Stuhl.

»Sagen wir, sie ist theoretisch wieder aufgetaucht, denn ein gemeinsamer Freund von Ihnen hat sich soeben gemeldet. Offenbar ist Ihre Tochter bei einem Marcel Weber. Er hat sie recht spontan abgeholt und wollte sie mit zu sich nach Hause nehmen. Er ist doch zuverlässig, oder? Herr Berger? Bruder Andreas? Was soll denn das jetzt? Warten Sie!«

Erstaunt musste Delbrock feststellen, dass der Ordensbruder mit einer erstaunlichen Geschwindigkeit die Tür aufgerissen hatte und aus seiner Zelle gerannt war. Bis der Kommissar selbst endlich seinen müden, schweren Körper vom Stuhl erhoben und in Bewegung gebracht hatte, war Berger nicht mehr zu sehen. Der Hauptkommissar stand im Flur und blickte links und rechts den Gang entlang. Es war verdammt still hier. Und dunkel. Nur eine spärliche Notbeleuchtung wies den Weg durch die Gänge.

»Mist, verdammter«, entfuhr es ihm. Er setzte sich in Bewegung, ohne zu wissen, ob er die richtige Richtung gewählt hatte. Gleichzeitig rief er seinen Kollegen Berndt an und bat dringend darum, nach Bruder Andreas Ausschau zu halten und ihn bei Gelegenheit auch festzuhalten. Und dann rief er den internen Notruf an und orderte: »Bitte schicken Sie umgehend zwei Beamte zu einem gewissen Marcel Weber, wohnhaft in Münster. Sofort und mit Blaulicht. Nein, die Adresse kenne ich nicht!« Er legte auf, dachte kurz nach und wählte dieselbe Nummer noch einmal. »Halt, warten Sie. Fahren Sie so schnell wie möglich, aber ohne Blaulicht, sonst ist er gewarnt. Wir wissen nicht, ob er eine Geisel hat. Wenn er kooperativ ist, bleiben Sie dort und rufen mich an, wenn nicht, Zugriff bei Gelegenheit.« Er wusste, dass er etwas unorthodox vorging, aber wenn keiner ihm irgendetwas erklärte, konnte er nur seinen eigenen Ahnungen folgen.

Eine halbe Stunde später standen alle vor einem Rätsel: Andreas Berger blieb verschwunden. Er hatte sich weder beim Prior abgemeldet, noch war er von jemandem gesehen worden. Es fehlte auch kein Auto aus dem Kloster, und niemand hatte ein

Taxi kommen sehen. Sebastian Berger wollte am liebsten wieder im Keller nachschauen, doch Delbrock schüttelte ungeduldig den Kopf. »Ihr Bruder ist nicht gekidnappt worden, er ist aus seinem Zimmer gerannt wie jemand, der den Teufel persönlich einholen will.« Delbrock sah sich suchend um. Sie saßen im Eingangsbereich des Gästehauses. »Wo ist Ihre Schwägerin?«

Sebastian Berger antwortete: »Sie wollte kurz ins Bad, ihre Augen brannten, und sie brauchte eine Kopfschmerztablette, wenn ich sie richtig verstanden habe. Es ist ja auch schon weit nach Mitternacht, und eigentlich könnten wir alle Schlaf gut gebrauchen. Nur, genau daran ist jetzt wohl nicht zu denken.«

Ein Schwall kühler Nachtluft erreichte die beiden Männer, Kollege Berndt betrat soeben das Gästehaus. Er sah für diese Uhrzeit überraschend munter aus, fand Delbrock. Berndt trat zu ihnen und berichtete: »Ich habe jeden einzelnen Mönch wach gemacht und befragt, einen musste ich sogar wach rütteln. Keiner hat auch nur eine leise Ahnung, wo Bruder Andreas sein könnte. Die meisten gaben mir den Hinweis, im Kapitelsaal nachzuschauen. Das sei ein idealer Ort der Ruhe, wenn man nicht schlafen könne. Irgendwelche Bilder aus dem Leben des heiligen Benedikt hängen dort.«

Delbrock hatte den Raum bereits gesehen. Er war wunderschön. Der Holzboden bestand aus Intarsienarbeiten, und an den Wänden hingen die Gemälde zu Lebensstationen des heiligen Benedikt, des Ordensgründers. Es war tatsächlich ein besonderer Ort, um innere Ruhe zu suchen. Aber Einschlafstörungen hatten Bruder Andreas nun ganz sicher nicht aus dem Zimmer getrieben. Zudem hatten sie vorab mit dem Prior zusammen alle Räume des Klosters abgesucht, soweit dies möglich war.

»Was hatten unsere beiden Freunde von Opus Dei für Ideen zum Verschwinden ihres Zöglings?«, fragte er.

Berndt antwortete prompt: »Die beiden gaben sich sehr betroffen über das plötzliche Verschwinden des Mädchens. Vor allem der Ältere fragte mich mehrmals, ob Marie etwa in Gefahr schwebe und ob sie etwas tun könnten. Ihrer Meinung nach habe nur große Sorge Bruder Andreas so außer sich gebracht. Und dann haben mir beide erklärt, dass sie morgen abreisen möchten.

Ihre Mission wollten sie angesichts der aktuellen Ereignisse für zwei bis drei Wochen verschieben.«

»Hier reist keiner ab, danke, Herr Berndt.« An Sebastian Berger gewandt fragte Delbrock ungeduldig: »Wollte Frau Berger etwa schlafen gehen? Was treibt sie bloß so lange? Ich habe nämlich eine Theorie, die ich Ihnen beiden gern unterbreiten möchte. Herr Berger, sind Sie so nett und holen Ihre Schwägerin zu uns?«

Sebastian Berger hatte an diesem Abend ein wenig seines smarten Aussehens eingebüßt. Das Hemd zeigte einen Knitterlook, für den dieser Stoff nicht gemacht war, auf der Hose befanden sich Kaffeeflecken, und unter der aristokratischen Nase sprossen zunehmend die Bartstoppeln. Allein seine Augen funkelten blau und sehr wach, als er schon nach wenigen Minuten von seinem Auftrag zurückkehrte und verkündete: »Ich konnte Rafaela nirgends finden.«

***

Rafaela kniff sich kindisch in den Oberschenkel. Es tat weh. Sie schlief also nicht, sie war wach und konnte sich bewusst in den Oberschenkel kneifen. Was konnte sie sonst noch ganz bewusst machen? Aus dem Fenster schauen, aber da konnte sie nicht viel erkennen. Rasend schnell jagten Bäume und Häuser an ihr vorbei, ein nicht vorhersehbarer Wechsel von Natur und Betonwerk. Außerdem war es ja mitten in der Nacht. Sie wandte ihren Kopf wieder nach vorne. Sie selbst saß hinten auf den komfortablen Ledersitzen eines Audis. Vorne saßen die beiden Männer, die ihr gerade am meisten Rätsel aufgaben: ihr Exmann Andreas und sein Freund Simon Wendthaus. Ja, das hatte sie eben bestätigt bekommen, die beiden waren eng befreundet, seit Kindheitstagen, so wie sein Bruder es erzählt hatte. Allerdings waren sie und Sebastian davon ausgegangen, dass der Kontakt nicht mehr bestand. Doch Andreas' Worte klangen anders: »Simon ist der Mann, dem ich mein Leben anvertraue, Rafaela. Was glaubst du denn?«

Sie selbst hätte beinahe eine Panikattacke bekommen, als sie zu diesem Mann mit der Adlernase ins Auto steigen sollte.

Er war doch ihr Verdächtiger in diesen Mordfällen. Wann immer sie ihm begegnet war, hatte sein Auftreten ihr Unbehagen bereitet. Es war vorhin alles ein bisschen schnell gegangen. Im Flur hatte sie Andreas getroffen, der sie einfach am Handgelenk gefasst und mit sich gezogen hatte. Dabei hatte er ihr zugeraunt: »Verhalt dich still und vertrau mir. Wir müssen unsere Tochter retten.«

Sie hatte sich losgerissen und geantwortet: »Aber Marie ist doch bei Marcel. Er ist unser Freund.«

Darauf hatte Andreas gar nichts mehr gesagt, sondern hatte nur wieder ihre Hand genommen und sie hinter sich hergezogen. Fast ein Jahr lang war sie von ihm verstoßen gewesen, verlassen und durch die Eheannullierung gedemütigt. Und heute ließ er sie plötzlich nicht mehr los und zwang sie in seine Richtung. Jetzt saß sie also in diesem fremden Wagen und glaubte sich in einem Traum.

Simon Wendthaus fuhr schnell und souverän. Die beiden sprachen miteinander, es klang italienisch. Sie verstand davon nichts. Sie wusste nicht einmal, dass ihr Mann jemals Italienisch gelernt hatte. Da hätte er ja auch Marie bei den Lateinaufgaben in der Schule helfen können. Schon seltsam, was einem in den Kopf kam, wenn man eigentlich hysterisch schreien wollte. Sie war zu müde, um um Erklärungen zu betteln, sodass sie einfach nur hier hinten im Auto saß und alles, die Bäume, die Sorgen, das Leben, an sich vorbeirauschen ließ. Fast wäre sie sogar eingeschlafen, doch als die Schwere des Körpers endlich auch ihre Augen erreicht hatte, klingelte ihr Handy.

»Wenn es Marcel ist, geh bloß nicht ran, er wird hören, dass du im Auto sitzt.« Andreas drehte sich erregt zu ihr um.

»Es ist der Kommissar. Er wird mich vermissen.«

»Sag ihm, er soll sich keine Sorgen machen. Wir würden Marie nun persönlich abholen.«

Rafaela meldete sich. Sie erklärte dem Hauptkommissar, dass Andreas neben ihr saß und dass sie zusammen mit Marie noch in der Nacht zurückkommen würden. Nein, sie brauchten ganz sicher keinen Polizeischutz, sie habe ihm doch erklärt, dass Marcel ein guter Freund der Familie sei. Am Ende sagte sie dann laut und deutlich: »Herr Delbrock, ich glaube, mein Mann ist nun bereit, mir einiges zu erklären. Geben Sie uns bitte ein paar Stunden.«

»Deine Frau ist gut. Sie hat Nerven.« Simon Wendthaus schmunzelte hinterm Steuer. Sie sah es im Rückspiegel.

»Wofür waren die Kondome in Ihrem Einkaufswagen?« Sie wusste nicht, warum ihr gerade das aus heiterem Himmel in den Sinn gekommen war, völlig idiotisch angesichts ihrer Situation.

»Wofür, sollte klar sein. Sie wollen wissen, für wen sie waren? Ich habe einen zwanzigjährigen Neffen, der ab und an bei mir herumhängt. Zur Verzweiflung meiner Haushälterin, das kann ich Ihnen sagen. Er hat sich gerade ganz schrecklich verliebt.«

Andreas runzelte ungeduldig die Stirn. »Schluss mit dem Geplänkel. Hör zu, Rafaela, Marcel ist nicht der, für den du ihn hältst.«

»Das scheint hier im Auto auf mehrere Personen zuzutreffen.«

»Ja, da hast du recht. Wir haben keine Zeit, dir alles im Einzelnen zu erklären. Nur so viel: Ich bin ein Agent der katholischen Kirche, wohlgemerkt der Kurie, nicht von Opus Dei, wie ihr alle zu denken scheint. Und das bin ich schon sehr, sehr lange.«

Es war unpassend, aber sie musste laut auflachen. »So ein 007-Typ?«

»Nein, ich bin echt, kein Schauspieler, obgleich schauspielerische Fähigkeiten nicht schaden. Das Ausbrechen aus unserer Ehe, die Annullierung, es hat mir fast das Herz zerrissen, glaub mir, Rafaela. Doch es musste sein. Ich habe ein Gelübde abgelegt, auch wenn wir damals alle geglaubt haben, der Worst Case werde niemals eintreten. Als es so weit war, durften wir nicht kneifen. Ihr habt es mir wirklich nicht leicht gemacht. Und gerade als ich gedacht habe, du und Marie, ihr seid drüber hinweg, kommt mein älterer Bruder und entdeckt seine emotionale Seite für alles, was ihm früher so egal war. Er muss sich wohl in dich verguckt haben.«

Jetzt wäre wieder ein guter Zeitpunkt, sich zu kneifen, dachte Rafaela. Laut sagte sie: »Und Sie, Herr Wendthaus, sind Sie auch ein katholischer Agent?«

Simon Wendthaus lachte und betätigte den Blinker. Bald würden sie in Münster sein. »Nicht in letzter Konsequenz, ich bin ein

Narzisst und Eigenbrötler. Das sehen die Katholiken beides nicht so gern. Aber ich arbeite dennoch für die Kirche. Ich koordiniere und recherchiere, und ich bin für die Sicherheit unserer Agenten zuständig. Und darin bin ich richtig gut. Ich habe Phantasie und daher immer wieder gute Ideen, wenn es brenzlig wird.«

»Okay«, nickte Rafaela, »den Punkt mit der Eitelkeit habe ich verstanden. Ansonsten verstehe ich rein gar nichts. Die Morde, die anderen Ehemänner, die ihre Frauen verlassen haben, und dann der Tod von Adelheid. Ihr könnt mir doch nicht erzählen, dass das alles zu einem guten Plan gehört. Und was ist mit Marie? Ist sie in Gefahr? Was machen wir hier in diesem Auto, und wo fahren wir hin?«

»Wir fahren zu Marcel. Es wird Zeit, dass ihm jemand eine Lektion erteilt.« Simon Wendthaus sagte dies in einem Ton, der keinen Widerspruch duldete, und beide Männer blickten sich kurz an. Da verstand Rafaela, was sie wirklich vorhatten.

»Ihr wollt ihn töten! Ihr holt Marie und bringt Marcel um! Mich habt ihr mitgenommen, damit ich mich um sie kümmere, und wenn Mutter und Tochter sich in den Armen liegen, zieht ihr die brutale Agentennummer durch. Habt ihr die armen Frauen in der Badewanne ebenfalls aus dem Weg geräumt? Und den jungen Studenten? Machen Agenten das so? Alles eliminieren, was den großen Plan stört, ja?« Sie hatte sich in Rage geredet und schnappte nach Luft. Gleichzeitig wusste sie, dass sie den Hauptkommissar informieren musste. Also griff sie schnell nach ihrem Handy.

»Ruf die Polizei dazu, und die Chancen, unsere Tochter lebend zu sehen, sinken ganz erheblich. Marcel hat die Frauen umgebracht und das Mädchen entführt. Was dem Studenten genau passiert ist, weiß ich nicht. Aber ich behaupte mal, dass er die Rolle des Sherlock Holmes einen Deut zu perfekt gespielt hat. Irgendjemandem muss er auf die Füße getreten sein. Was bringt der auch Wanzen in fremden Zellen an? Hätte er einfach seine Diplomarbeit geschrieben und mit seinem Dozenten telefoniert, wäre er wohl deutlich älter geworden.« Rafaela fand die Worte kaltherzig, und sie sah erstaunt, dass Wendthaus seinem Freund kurz auf die Schulter klopfte.

Andreas sprach weiter: »Rafaela, ich verspreche, dir einiges zu erklären, wenn wir Marie wiederhaben. Doch wir sind gleich da, bitte tu jetzt nur das, was wir dir sagen. Ich möchte nicht, dass einem von euch etwas geschieht, denn meine Gefühle für euch haben sich natürlich nie geändert.«

Der Wagen hielt vor einer schäbigen Lagerhalle. Sie befanden sich in der Nähe des Hafens.

»Hier wohnt Marcel nicht, ich kenne sein Haus doch.« Rafaela richtete ihre Augen auf die einsame Gegend, wo nur ein paar alte Autos herumstanden, die sicher schon seit ewigen Zeiten nicht mehr bewegt worden waren. Ähnlich sah es mit den Gebäuden aus. Kaputte Fensterscheiben und beschmierte Wände zeigten den Verfall.

»Richtig«, sagte Wendthaus und löste den Anschnallgurt. »Aber hier hat er unter falschem Namen eine alte Halle gemietet, angeblich um gebrauchte Möbel unterzustellen. Und er rechnet sicher nicht damit, dass wir von der Halle wissen.« Ein diabolisches Grinsen zog sich über sein Gesicht, als er ausstieg. Andreas bat sie, im Wagen zu bleiben, sich aber ans Steuer zu setzen. Sobald Marie herauskommen würde, sollten sie beide zum Kloster Gerleve zurückfahren.

Als sie den Männern hinterherschaute, der eine in Mönchskutte, der andere im Designeranzug, und Wendthaus kurz vor der Halle auch noch eine Pistole aus der Innentasche zog, kniff sich Rafaela doch noch mal in den Oberschenkel. Eine hohe Ausschüttung an Adrenalin ließ sie jedoch nichts spüren außer einem viel zu schnell klopfenden Herzschlag.

Das war doch alles total verrückt. Warum sollte Marcel denn die beiden Ehefrauen der Mönche umgebracht haben? Bis gestern war er ein harmloser Bistrobesitzer und Freund für sie gewesen. Dann fiel ihr allerdings ihr eigenes Misstrauen ein, als sie Simon Wendthaus mit seinem Audi am Bistro hatte vorbeifahren sehen und Marcel dies geleugnet hatte. Später die Erkenntnis, dass Marcel auch Stefan, den Exmann von Birgit, gekannt hatte. Drei Personen, die in diesem merkwürdigen Fall eine Rolle spielten, waren plötzlich gute Bekannte von Marcel. Das konnte natürlich ein Zufall sein, da ein Bistrobesitzer in bester Lage von Münster und mit einer guten Küche vielen bekannt war, doch sie erinnerte sich an ihr eigenes flaues Gefühl beim letzten Zusammentreffen mit ihrem Freund.

Rafaela rieb sich die Augen. Vom starren Beobachten der Lagerhalle waren sie ganz trocken geworden. In dieser nur sparsam beleuchteten Gegend sah man eh mehr Schatten als Leben. Endlich erschien Marie. Sie rannte nicht, sondern setzte langsam einen Fuß vor den anderen. Es sah ganz merkwürdig aus, steif. Erst hob sie den Fuß an und bewegte ihn vorsichtig, fast suchend, nach vorne, bevor sie ihn aufsetzte. Als wandere sie durch ein Moor oder werde geführt wie eine Gliederpuppe. Angestrengt blickte Marie dabei abwechselnd auf den Asphalt, dann wieder nach vorne. Rafaela riss die Tür auf und winkte ihrer Tochter zu. »Hier bin ich, Marie, komm schnell!«

Kurz vor der Beifahrertür stolperte ihre Tochter und lag der Länge nach vor dem Auto, für Rafaela aus dem Sichtfeld verschwunden. Schnell sprang sie aus dem Auto und rannte zu Marie, die sich erstaunt aufrappelte.

»Was macht ihr denn heute alle für eine Welle, Mama? Marcel wollte mir nur seine Möbelsammlung zeigen.«

»Mitten in der Nacht? Findest du das normal?«

Marie kicherte mechanisch. »Eure Mördersuche mitten in der Nacht ist ja wohl genauso fragwürdig. Erst redest du monatelang kaum mit Papa, und heute Nacht spielt ihr ›Der schwarze Abt‹.«

Sie hatte Probleme, sich ins Auto zu setzen, und Rafaela sah Marie erstaunt an. Deren Pupillen waren deutlich erweitert, der Blick beinahe glasig. »Um Himmels willen, Marie, was hast du zu dir genommen? Du bist ja ganz benommen!« Marie zuckte die Achseln, flüsterte etwas von einem Orangensaft und hing zusammengesunken im Sitz. Sie machte keine Anstalten, sich anzuschnallen. Rafaela beugte sich über ihre Tochter, um den Gurt zu befestigen. Sie zögerte kurz, doch als Marie leise stöhnte, startete sie schnell den Audi und fuhr los. Sie wollte ihre Tochter rasch zu diesem Sanitäter im Kloster bringen. Als sie den Wagen wendete, meinte sie, einen Schuss zu hören. Entsetzt starrte sie in den Rückspiegel und gab Gas. Sie kam keine zwanzig Meter weit.

»Halt an, sofort! Ich muss kotzen.«

Marie hatte den Anschnallgurt bereits wieder entfernt und suchte hektisch den Türgriff. Sie würgte. Rafaela reagierte blitzschnell. Sie sprang aus dem Auto und stürzte sich auf die Beifahrertür. Mit geübten Handgriffen hielt sie ihre Tochter schließlich im Arm und ging mit ihr zum Straßengraben. Hier übergab Marie sich mit Inbrunst und unter lautem Stöhnen. Es war mitten in der Nacht in einer abgelegenen Hafenstraße, und die würgenden Geräusche machten sich doppelt laut bemerkbar. Rafaela hatte ihre liebe Not, die Schuhe vor dem flüssigen Auswurf zu schützen. Danach klappte Marie beinahe in den Armen ihrer Mutter zusammen. Sie zitterte, die Lippen bebten, die Zähne schlugen aufeinander, und Rafaela hielt sie ein paar Sekunden lang, streichelte ihr Haar und flüsterte beruhigend irgendetwas vor sich hin, was beiden mit klarem Kopf sicher peinlich gewesen wäre.

Schließlich gingen sie zum Auto zurück und starteten erneut. Von Andreas oder Simon Wendthaus war nichts zu sehen. Ihre Tochter war nach wenigen Minuten eingeschlafen, und Rafaela saß in höchstem Maße beunruhigt allein am Steuer. Unter anderen Umständen hätte ihr die Sonderausstattung dieses Wagens großes Vergnügen bereitet. Jetzt war sie nur froh, sicher vorwärtszukommen. Sie wünschte sich so schnell wie möglich in die Nähe des Hauptkommissars und Sebastians. Diese beiden Männer gaben plötzlich mehr Sicherheit als der eigene Ehemann. Diesem Agentengerede stand sie sehr misstrauisch gegenüber. Was machte denn ein Agent der Kirche? Andere Priester bespitzeln? Die Luther-Anhänger eliminieren oder für den gewünschten Ausgang der Papstwahl sorgen? Letzteres konnte sie sich noch am ehesten vorstellen. Aber hier in Westfalen waren die Aufgaben eines Agenten ja wohl überschaubar.

Ihr Mann war Anwalt in einer Sozietät. Über einzelne Fälle hatte er nie gesprochen. Was wusste sie schon, was er wirklich getrieben hatte? Mitunter war Andreas geschäftlich verreist gewesen. Natürlich hatte sie das nie überprüft. Er musste vor Gericht anwesend sein, was sonst. Sie gestand sich ein, dass ihr der ernste, in bestimmten Bereichen eben sehr schweigsame und gut aussehende Andreas immer so gefallen hatte. Er war ein aufmerksamer Ehemann gewesen, hatte viel Sport getrieben und sie gern ausgeführt, ins Kino oder zum Essen. Berufliches war kaum Thema gewesen, außer beim Kauf der Wohnung oder wenn es um andere kostspieligere Anschaffungen ging. Aber auch dann schien am Ende meist genug Geld vorhanden, und die Dinge wurden angeschafft.

Nach zehn Minuten Autofahrt, in denen ihr genau zwei Pkw und ein Lastwagen entgegengekommen waren, endete das Gefühl der Sicherheit, das sie in diesem komfortablen Audi genossen hatte, abrupt. Im Fond des Wagens nahm sie eine Bewegung wahr, begleitet von einem leisen Rascheln. Am Hafen musste sich eine Ratte in den Wagen geschlichen haben, war ihr erster Gedanke. Rafaela drosselte das Tempo und guckte zu ihrer Tochter. Die schlief, doch der eine Arm hing schräg nach hinten. Wahrscheinlich hatte sie sich im Schlaf bewegt. Dennoch, mit einem Male ging der Arm in die Höhe, ohne dass Marie ihre Augen öffnete. Gespenstisch. Ihr kribbelte der Nacken, und sie wusste von der Gefahr, bevor sie sie richtig sah. Sie schrie, aber eigentlich hörte sie nur ein leises Stöhnen. Eine kleine schwarze Pistole zeigte jetzt direkt auf den Kopf ihrer Tochter. Gehalten wurde das tödliche Ding von einer sehr gepflegten Hand. Marcel saß hinter ihr im Auto und kicherte affektiert. »Engelchen, mach jetzt nichts Schreckhaftes. Wir fahren mindestens hundertzehn Kilometer die Stunde.«

»Nimm sofort die Pistole herunter! Was denkst du dir? Du kannst doch nicht Marie bedrohen! Ich dachte, du magst meine Tochter.«

Rafaela fuhr nun nur noch siebzig Stundenkilometer schnell. Sie hätte schreien können. Warum nur hatte sie Marie nicht ins Auto kotzen lassen? Verdammt. Marcel musste sich in diesen wenigen Minuten ins Auto geschlichen haben, als sie mit ihrer Tochter am Straßenrand gestanden hatte. Beide Vordertüren hatte sie in der Eile offen gelassen. Was hatten diese Superagenten überhaupt in der Lagerhalle getrieben? Zwei gegen einen, lachhaft, dass Marcel ihnen hatte entkommen können. Plötzlich erinnerte sie sich an den Schuss. War es einer gewesen oder zwei? Hatte

Marcel Andreas und Simon einfach abgeknallt? Sie gehörte nicht zu den Exfrauen, die ihren Mann nur noch tot sehen wollten. Jetzt gerade spürte sie sogar eine unangenehme Angst in der Magengegend. Ihr wurde übel. Marie brauchte Hilfe, wer konnte wissen, wie schädlich das eingenommene Zeug für ihren jungen Körper war. Andreas war vielleicht schon tot oder verblutete schwer verletzt in einer abgelegenen Hafenhalle, und sie selbst hatte einen Psychopathen im Nacken sitzen.

Mit einem unangenehmen Beben in der Unterlippe fragte sie ihn: »Was willst du, Marcel?«

»Vergeltung.« Nur das eine Wort sagte er, nein er zischte es. Er zischte es wie die Schlange Kaa im ›Dschungelbuch‹, und es hing als Anklage im Innenraum des Autos.

»Ich habe dir nie etwas getan, Marcel, und Marie auch nicht.«

Er lachte böse und sagte: »Sagen wir einfach, du hast den falschen Mann geheiratet. So etwas kann in vielerlei Hinsicht unglücklich enden. Da hat man auch vor Gott eine gewisse Verantwortung, Engelchen. Vor allem du mit deinem biblischen Namen!« Er schnalzte empört mit der Zunge. »Du sollst heilen und keine Agenten unterstützen.«

»Sei nicht albern. Ich wusste davon doch gar nichts. Du hast mir etwas vorgemacht, nicht umgekehrt.«

»Stopp, da vorne fährst du bitte Richtung Autobahn. Ich habe dir nicht in allem etwas vorgemacht. Ich mag dich wirklich. Aber weißt du, Engelchen, in manchen Dingen glaube ich tatsächlich an den abgedroschenen Satz: ›Der Zweck heiligt die Mittel.‹ Andreas und seine anderen Agentenfreunde sind schuld am Tod meiner Schwester.«

Rafaela blickte wiederholt auf ihre Tochter, Marie schlief noch immer. Sie fragte: »Hast du dich deshalb mit Andreas und Stefan angefreundet? Um deine Rache vorzubereiten? Hast du etwa die ganze Zeit geahnt, warum die Männer plötzlich ins Kloster gegangen sind? Wann soll das denn mit deiner Schwester gewesen sein?«

»Schätzchen, stell dich nicht blöd. Das hat man dir mittlerweile erzählt. Während ihrer folgenschweren Praktikumszeit in Rom haben diese oberflächlichen, verwöhnten Eliteschüler drei junge

Frauen in den Vatikan gelassen. Es ging dabei nie um Sex und Vergnügen, sondern um brisantes Wissen aus dem Innersten. Meine Schwester hat Journalismus studiert. Sie und ihre Kommilitonin müssen etwas Wichtiges herausgefunden haben. Dann haben sie diese fünf jungen Männer aus Deutschland getroffen, sind ins Gespräch gekommen und haben einen Deal miteinander ausgemacht.«

»Moment mal«, warf Rafaela ein. »Ich wusste gar nicht, dass eine deutsche Frau dabei war.«

»Ich bin zur Hälfte Italiener, und meine Schwester war zur Hälfte Deutsche, wie immer man das sehen will. Nach der Trennung unserer Eltern blieb sie in Italien bei unserer Mutter, und ich bin mit Vater nach Deutschland zurück. Wir haben uns dennoch häufig gesehen. Bis vor wenigen Jahren wohnte ich in Freiburg. Es war nicht so weit nach Italien. Sie war meine kleine, schöne Schwester und ich ihr lässiger Bruder aus Deutschland. Ich habe sie im Studium unterstützt, vor allem finanziell, aber ich habe schlussendlich nicht genug auf sie aufgepasst. Im entscheidenden Moment habe ich die Gefahr unterschätzt, das werde ich mir immer vorwerfen.«

Marcel machte eine Pause, die Stille war traurig.

»Wir sind beide zweisprachig aufgewachsen. Sicher war Flora diejenige, die Kontakt zu den deutschen Männern aufgenommen hatte. Sie freute sich immer, wenn sie deutsche Touristen traf.« In Marcels Stimme hörte sie Stolz und Wehmut. Doch während des Gespräches hielt er die Waffe konsequent auf den Kopf ihrer Tochter gerichtet.

Sie fragte weiter, weil es sie wahnsinnig interessierte und weil sie ihn beschäftigen wollte. »Das ist doch schon so lange her, warum hast du nicht viel eher Kontakt aufgenommen und diese Männer zur Rede gestellt?«

»Weil ein Verlust erst den anderen wieder hervorgeholt hat. Meine Mutter ist vor einigen Jahren gestorben, und ich fand ihr Tagebuch. Darin stand so einiges, zum Beispiel, dass die Hinterbliebenen eine Menge Geld von der Kurie bekommen haben. Schweigegeld. Das Ganze ist als tragischer Unfall deklariert worden, an dem die Frauen einen großen Teil der Schuld selbst getragen haben. Ich frage dich: Wofür ist dann so viel Geld geflossen, Engelchen? Wofür? Die Namen der jungen Deutschen sind natürlich nirgends aufgetaucht. Ich brauchte eine gewisse Zeit, bis ich eine Spur nach Münster hatte. Mit dem Erbe meiner Mutter habe ich das Bistro eröffnet. Den Rest meines Werdegangs kennst du.«

Sie spürte förmlich sein Grinsen im Nacken. »Aber Marcel, Andreas und seine Freunde haben die Frauen ganz sicher nicht umgebracht. Das weiß ich einfach.«

Sie fuhr nun auf die Autobahn Richtung Dortmund. Marcel starrte eine Zeit lang aus dem Fenster. Dann erwiderte er: »Das weiß ich auch. Aber sie haben die Seiten gewechselt. Sie wollten die Frauen unterstützen. Sie wollten alle zusammen einen Skandal aufdecken. Und am nächsten Morgen sind die Mädchen tot und die fünf deutschen Praktikanten ganz eifrige junge Mitglieder bei Opus Dei.« Den Namen spuckte Marcel ins Auto. »Was Opus Dei damals nicht wissen konnte: Andreas und die anderen vier wurden recht fix von der Kurie selbst angeworben. Die hohen päpstlichen Würdenträger hatten bestimmt gute Argumente, um die Jungen auf ihre Seite zu bekommen, notfalls mit Druck. Sie sind vordergründig anerkannte Mitglieder bei Opus Dei, und das seit frühester Jugend. Nun werden sie sogar Superarier von Opus Dei, also im Zölibat lebende Priester. Damit können sie bis an höchste Stellen aufsteigen, und genau das tun sie auch in Kürze. Rom ruft, sag ich da nur. Opus Dei sitzt seit unserer polnischen Flugente fest im Sattel des Vatikans, berät den Papst und fordert immer mehr Macht ein. Dank der Gunst Johannes Pauls II. gelangten Opus-Dei-Mitglieder in fast alle vatikanischen Kongregationen und Räte, in Kommissionen und Nuntiaturen. Da musste die katholische Kurie doch reagieren. Jetzt haben sie ihre eigenen Leute innerhalb dieser Personalprälatur und wissen, was die in der Zukunft plant. Du musst verstehen, Rafaela, dass es innerhalb des Vatikans auch unterschiedliche Lager und Interessen gibt. Und jede dieser Gruppierungen hat eine eigene Vorstellung davon, wer der nächste Papst werden soll. Die müssen alle recht überrascht gewesen sein, als Ratzinger den Posten plötzlich zur Verfügung gestellt hat und kaum einer vorbereitet war.«

»Kann man eigentlich eine Papstwahl manipulieren?«

»Da man Menschen manipulieren kann, kann man das sogar ganz sicher. Immer schön Richtung Dortmund und etwas mehr auf die Tube drücken, Engelchen.« Er atmete schwer hinter ihr.

»Ich bin nachtblind, da musst du schon selbst fahren. Verdammt, Marcel, was machen wir hier eigentlich? Lass mich Marie zu einem Arzt bringen. Du kannst den Audi haben, setz uns einfach an der nächsten Raststätte ab. Bitte.« Ihre Kräfte schwanden, ihr war zum Heulen zumute. Die Wut war verschwunden und ebenso die Empörung über den Verrat eines Freundes. Zurück blieben nur noch die Sorge um Marie und eine enorme Erschöpfung.

»Was wir hier machen, Engelchen? Wir sind auf der Flucht. Was glaubst du denn? Ich habe zwei Frauen umgebracht, Rafaela!«

»Ja, und einen jungen Studenten, der überhaupt nichts damit zu tun hatte. Ich weiß. Wie lang soll deine Liste denn noch werden?«

»Den Studenten habe ich nicht getötet. Das war ich nicht. Warum denn auch?«

Rafaela war verwirrt. Marcel lehnte die Hand mit der Waffe auf die Armlehne, hielt den Lauf aber weiterhin auf Marie gerichtet. »Hör zu, ich habe die beiden Ehefrauen getötet, um Druck zu machen. Die Sache mit dem Mädchen war eine dumme Idee, deshalb habe ich sie wieder laufen lassen. Ich konnte doch gar nicht auf sie aufpassen, so allein. Vor zwei Wochen waren ein paar unserer fleißigen Mönche in Rom, sie wurden einzeln zu einem sehr wichtigen Gespräch vorgeladen. Das weiß ich, weil ich einen Kontaktmann dort habe. Dein Exmann macht eine steile Karriere. Er bekommt einen hohen Posten im Vatikan. Opus Dei denkt, dass er für sie arbeitet, und die Kurie reibt sich die Hände, weil sie glauben, sie könnten nun die Geister kontrollieren, die sie einst in ihren heiligen Palast riefen, die Personalprälatur Opus Dei. Du meine Güte, bei Licht betrachtet bespitzeln sich da so viele Leute gegenseitig, dass ich als Agent nach wenigen Tagen die Orientierung verlieren würde. Ich wollte lediglich, dass sie mir den Täter von damals lieferten, ich wollte wenigstens einen Namen. Dieser Hurensohn, der für den Tod meiner Schwester verantwortlich war, sollte endlich seine Strafe bekommen. Ich habe sie bedroht, indem ich ihnen erzählt habe, ich würde ihren Familien etwas antun. Ich dachte, das reicht, um jemanden gefügig zu machen. Andreas war der Erste, der nach Rom gereist ist, er war nur zwei Tage da. Aber er hat mich nicht ernst genommen. Es gab keinen Namen, keinen Rücktritt, nichts, er hat meine Drohungen einfach ignoriert. Er hat mich ausgelacht. Ich bin halb wahnsinnig geworden vor Wut. Also habe ich Martina Bussmann umgebracht. Ich habe es ihm sogar erzählt.«

»Moment mal, Marcel, stopp!« Rafaela war ganz allmählich wieder langsamer geworden. Auf der Autobahn war nur gemäßigter Betrieb. »Ich und Marie waren seine Familie. Und Adelheid. Du hast Adelheid das Gift gegeben.«

»Nein, natürlich nicht. Ich habe mit dem Tod der alten Lady genauso wenig zu schaffen wie mit dem Mord an dem Studenten. Aber dich und Marie kannte ich einfach zu gut. Du weißt genau, wie sentimental ich bin. Also habe ich die Bussmann genommen, die war eh Witwe und seit dem Tod ihres Mannes ziemlich depressiv. Sie war vollgepumpt mit Medikamenten, als ich dort aufgetaucht bin. Ich habe sie gepackt und in die Badewanne gelegt. Dort habe ich ihr dann die Kehle durchgeschnitten. Ich war so wütend, wie im Rausch.«

»Die Frau hatte dir nichts getan. Du bist ein Monster. Warum in der Badewanne?« Rafaela versuchte, nicht an die blutige Frauenleiche zu denken, und starrte auf die Straße.

»Ich dachte, das sei sauberer. Ich hatte eine Waffe dabei und habe sie gezwungen, sich auszuziehen und in die Wanne zu legen. Die Frauen hofften, ich wäre ein Einbrecher. Ich musste diese Männer zwingen, mich ernst zu nehmen. Ich musste über Leichen gehen. Und fortan haben sie tatsächlich alle Angst bekommen. Endlich. Aber, Scheiße, Mann.« Marcel haute mit der flachen linken Hand gegen das Seitenfenster und stöhnte auf. Und Rafaela erschrak zutiefst. Beinahe wäre sie gegen die Leitplanke geknallt. »Ralf Hölscher kam ebenfalls unverrichteter Dinge zurück und jammerte und flehte, er wisse überhaupt nicht, was damals geschehen sei. Sie seien doch selbst erpresst worden.

Wenn sie nicht als Agenten der kirchlichen Kurie zur Verfügung gestanden hätten, dann hätte man sie damals des Mordes überführen lassen. Ob sie wüssten, wie es sei, den Vatikan gegen sich zu haben, hatte man sie gefragt. Der Hölscher wollte sich tatsächlich als unwissendes Schafsopfer darstellen. Ich musste seine Frau auch töten, sonst hätten die mich nicht ernst genommen. Außerdem sollten sie alle leiden und büßen. Sie sollten mal spüren, wie es sich anfühlt, einen Angehörigen auf brutale Weise zu verlieren. Fahr schneller, ich werde böse, Rafaela.«

Ihr fiel etwas ein, und sie fragte: »Marcel, hast du den Zettel mit meinem Namen am Tatort zurückgelassen?«

»Ja, das war so eine spontane Idee. Ich wollte Andreas eine Warnung mitgeben. So als Hinweis, dass seine Frau ebenfalls auf meiner Liste steht. Aber der ist so abgebrüht.« Er atmete schwer ein.

»Marcel, ich glaube, man hat denen damals wirklich nichts erzählt. Überleg doch mal, sie hätten doch viel zu viel gegen die Kirche in der Hand gehabt. So jung, wie sie damals waren, konnte denen gar keiner vertrauen. Du hast dich total verrannt. Ich glaube, Andreas und die anderen sind damals aus lauter Angst beigetreten und haben alles gemacht, Bereitschaft zu allem signalisiert, was ihnen von den Kardinälen oder der Kurie angeordnet wurde. Sie gingen zum Studium und erlernten ihre Berufe, ja sie gründeten sogar Familien. Vielleicht haben sie ja später Gefallen daran gefunden, Agenten der Kirche zu sein. Ich weiß, dass Andreas immer sehr gutes Geld verdient hat, und das schon als relativ junger Anwalt. Wir hatten sogar vor, uns ein Haus in Aasee-Nähe zu kaufen, doch dann kam der Eintritt ins Kloster dazwischen. Ich bin mittlerweile überzeugt davon, dass dieser Teil der Agententätigkeit nicht ins allgemeine Programm passte. Sie müssen alle fünf sehr erschrocken gewesen sein, als sie Rom noch etwas mehr dienen sollten.«

»Na, du warst aber auch ziemlich erschrocken.« Marcel klang weniger amüsiert als gequält. Er atmete laut, fast ein Seufzen war zu hören.

»Ja«, sagte sie, »und du hast mich getröstet und wieder zum Lachen gebracht. Ach, Marcel, bitte lass Marie und mich gehen.« Ein blaues Autobahnschild zeigte die Entfernungen an. Sie glaubte zunächst, dass er in Frankfurt in ein Flugzeug steigen wollte, fragte aber nun: »Wo willst du eigentlich hin?«

»Nach Hause. Ich will nach Hause. Ich muss nach Hause.«

Der letzte Satz klang leise. Sie blickte in den Rückspiegel und erschrak. Marcels Gesicht hatte seine Lebendigkeit verloren, er sah hohlwangig aus, die Augen lagen viel tiefer in den Höhlen, als sie es bei ihm kannte. Wurde ihm bewusst, was er getan hatte und wie sinnlos alles war? Eben noch hatte er doch munter und überlegen gewirkt.

»Marcel, dort vorne ist ein Rastplatz. Lass uns anhalten und aussteigen. Du kannst allein weiterfahren. Wir behindern dich doch nur. Ohne uns bist du ruck, zuck in Freiburg.«

Er schwieg, die Hand mit der Waffe bewegte sich leicht. Zitterte er, oder war es Nervosität? Plötzlich gab er sich einen Ruck und sagte: »Gut, fahr rechts auf die Raststätte zu. Und jetzt fahr hinter das Gebäude und park zwischen den beiden Bäumen dort. Ich warne dich, eine Finte, und ich drücke ab.«

Rafaela hütete sich, an eine Finte auch nur zu denken. Sie würde nichts tun, was seine gnädige Stimmung gefährden könnte. Wollte er sie wirklich gehen lassen?

»So …«, hörte sie Marcel sagen. »Du steigst aus und holst den Verbandskasten aus dem Kofferraum. Dann kommst du zu mir nach hinten.«

Unsicher stieg sie aus. Was hatte er vor? Wollte er sie mit Klebeband fesseln? Ihr sollte es recht sein, solange er sie danach freiließ. Unruhig, wie sie war, hatte sie zunächst das Warndreieck in der Hand. Nach weiterem Suchen fand sie eine kompakte schwarze Tasche, stolperte zur linken hinteren Tür, öffnete diese und schluchzte auf. Der ganze Rücksitz war voller dunkler Flüssigkeit, und auch das Hemd von Marcel wies einen großen dunklen Fleck im Brustbereich auf. Blut. Jetzt wunderte sie sich, dass sie nicht schon früher bemerkt hatte, wie schwer verletzt ihr Freund und Entführer war.

»Oh mein Gott, Marcel! Du musst zu einem Arzt.«

Er lachte, und es klang irgendwie böse. »Ich denke, angesichts der wirklich ungünstigen Umstände tut es heute auch eine Altenpflegerin. Verbinde mich einfach so, dass ich noch eine Weile durchhalte.«

»Ich brauche frisches Wasser und Desinfektionstücher.«

»Engelchen, du hast das, was dieser Koffer hergibt. Mach schon!«

Sie öffnete also sein Hemd. Marcel saß an die Wagentür gelehnt, die Waffe weiterhin auf Marie gerichtet. Er hatte eine völlig glatte, muskulöse und schöne Brust, aber er hatte auch einen Bauchschuss, und man konnte nur hoffen, dass die Kugel an den wichtigsten Organen vorbeigegangen war. Hätte sie doch wenigstens Antibiotikasalbe oder ihr eigenes Auto dabei, in dem sich immer eine Flasche Desinfektionsmittel befand. So zog sie sich Handschuhe an und legte lediglich einen Druckverband an. In ihrer Handtasche befanden sich noch zwei Paracetamol, die gab sie ihm zum Einnehmen.

»Du bist ein Schatz, Rafaela.«

»Und du kannst mit dieser Verletzung nicht Auto fahren, Marcel.«

Jetzt grinste er sie an wie früher, wenn er sie auf den Arm genommen hatte. »Das hatte ich auch gar nicht vor. Ich kann euch nicht laufen lassen, das weißt du. Sie würden mich auf der Autobahn abknallen.« Er setzte sich unter einigem Stöhnen wieder so hin, dass er sich den Gurt anlegen konnte, und verlangte: »Setz dich wieder ans Steuer, wir müssen weiter.«

»Scheiße, Scheiße, Scheiße«, fluchte sie und setzte sich mit zornigem Schwung auf die Fahrerseite. In diesem Moment wachte ihre Tochter auf und drehte den Kopf hin und her.

»Wo sind wir denn? Hast du eine Panne, Mama?« Sie setzte sich gerade hin und erstarrte in der Bewegung. »Oh Gott, ich muss kotzen.« Und mit einem Blick nach hinten fiel ihr noch ein: »Hey, Marcel, was machst du denn hier?« Dann stürzte sie aus dem Auto, ganz selbstverständlich und ohne ein Gefühl für die Gefahr. Wahrscheinlich hatte sie die Waffe gar nicht gesehen. Rafaela war starr vor Schreck. Und öffnete ebenfalls die Tür.

»Na schön, hilf ihr und bleibt in der Nähe, ich schwöre dir, ich schieße. Ich habe nichts mehr zu verlieren, und ich komme ohne dich nicht weiter.« Er hatte die elektronische Scheibe an seiner Seite hinuntergelassen und zielte mit der Pistole aus dem Fenster. Noch immer hielt er die Waffe auf Marie gerichtet, die torkelnd am Straßenrand stand. Ganz langsam schritt Rafaela auf sie zu und hielt sie von hinten. Marie würgte und würgte, und fast wären sie beide ins Gras gefallen. In Rafaelas Tasche vibrierte das Handy. Ein Blick zu Marcel und ein schneller Griff in die Jacke. Sie hielt das Handy vor den geneigten Kopf von Marie, so konnte Marcel es von seiner Position aus kaum sehen.

»Rafaela, seid ihr beide aus dem Auto raus?« Es war Andreas.

»Ja, aber –«

»Hör mir zu, das ist lebenswichtig. Geht mindestens zehn Meter weit weg, wir sind in der Nähe.«

»Er zielt auf uns, wir dürfen nicht weg. Marie kotzt gerade. Was ist denn schiefgelaufen?«

»Wenn er bis jetzt nicht geschossen hat, tut er es auch nicht, wenn ihr noch ein paar Schritte weitergeht. Lass dir etwas einfallen, Rafaela. Aber geh mit Marie noch ein paar Meter weiter vom Auto weg und werft euch dann auf den Boden. Ich verlasse mich darauf, und zwar auf drei. Eins! Zwei! Drei!«

Sie hatte keine Zeit zum Überlegen. Sie schubste Marie einfach schräg nach vorne. Hinter dem Straßenrand war es nämlich leicht abschüssig. So rollten sie beide tatsächlich noch ein paar Meter den Hang hinunter. Und beide Frauen schrien panisch, denn es knallte furchterregend.

Konnte ein Schuss so laut sein? Da sie nicht getroffen war, glaubte Rafaela, Marcel habe auf Marie geschossen, doch eine unglaubliche Druckwelle nahm ihr den Atem und auch die Orientierung. Es war laut. Und endlich konnte sie ihre Tochter klar neben sich erkennen. Marie lachte gerade hysterisch los. Erleichtert, denn tot oder schwer verletzt konnte man nicht so lachen, nahm Rafaela sie in den Arm. Dann rappelte sie sich vorsichtig hoch und erschrak angesichts dreier fremder Menschen, die auf sie zuliefen. Doch das stimmte nicht ganz, die Leute guckten gar nicht zu ihr herüber, sondern zeigten mit den Händen aufgeregt in die andere Richtung. Dahin, wo der Audi stand. Dahin, wo Marcel sich mit der Pistole befand und sicher noch immer auf sie zielte. Instinktiv stellte sie sich vor Marie.

»Hör mal, Mama, das Gras spricht zu uns, und dahinten brennt ein Auto.«

Nicht das Gras sprach, sondern Andreas bellte aus ihrem Handy, das einen Meter entfernt von ihr auf dem Boden lag. »Seid ihr okay? Rafaela, so sag doch etwas. Wie geht es Marie? Ich habe sie doch eben gehört. Um Himmels willen, melde dich!«

Und schlagartig wusste Rafaela, was da gerade geschehen war. Die Leute, die wahrscheinlich aus der Raststätte gekommen waren und nun mit ihren Handys Fotos machten, das laute Gebrüll, der große Knall, den sie im Fallen gehört hatte, und ihr Exmann, der aufgeregt am Telefon Instruktionen durchgegeben hatte und angeblich in der Nähe war. Andreas hatte Marcel kaltblütig und letztendlich mit einem Restrisiko für seine eigene Familie in die Luft gesprengt.

Agenten hatten Agentenautos. Das lernte man in jedem James-Bond-Film. Abhöranlagen, Selbstschussanlagen und sicher auch eine Fernzündung, damit man sein Auto in die Luft sprengen konnte, falls da mal jemand ganz lästig den eigenen Platz besetzte. Wie kaltblütig musste man dafür sein? Andreas hatte gar nicht einschätzen können, ob weitere Menschen in der Nähe gewesen waren. Und was wäre gewesen, wenn sie sich mit Marie doch nicht weit genug entfernt hätte? Sie und ihre Tochter wären ein Kollateralschaden geworden.

Sie stellte das Handy ab, und dabei liefen ihr dicke Tränen die Wangen herunter. Marcel war auch mal ein Freund gewesen. Seine Schwester war tatsächlich ein Kollateralschaden geworden. In Sachen Kaltblütigkeit stand ihr Mann dem alten Freund in nichts nach. In einem Krieg gewannen beide Parteien meist keinen Heiligenschein, und Andreas und Marcel schienen mitten in einem Krieg gesteckt zu haben. Eines wusste sie gerade ganz genau: Den Mann, den sie geheiratet hatte, den gab es nicht mehr. Den hatte es wahrscheinlich auch nie gegeben. Den Andreas, den sie heute kennengelernt hatte, hätte sie nicht einmal zurückgenommen, wenn nach einer Apokalypse nur noch sie beide übrig geblieben wären.

Sie nahm Marie in den Arm, und so gingen sie beide davon. Ihr Handy vibrierte in ihrer Tasche, und es störte sie kein bisschen. Ihre Tochter weinte leise vor sich hin. Dass ihr Freund Marcel in der Luft zerfetzt worden war, hatte sie nun begriffen.

***

Als der Hauptkommissar am nächsten Morgen aufwachte, war er beileibe nicht ausgeschlafen. Die wenigen Stunden Schlaf waren allenfalls ein lebensrettendes Minimum gewesen. Zwischen zwei und drei Uhr nachts hatte er Rafaela Berger und ihre Tochter von einer Autobahnraststätte abgeholt. Etliche Telefonate, die Fahrt zurück zum Kloster und weitere Ermittlungsarbeit hatten die Nacht vorangetrieben. Um fünf Uhr am Morgen hatte er sich endlich in sein Gästebett begeben. Marie war nun der erste weibliche Gast, der im Kloster schlief, denn sie war in der Infirmerie zur Überwachung untergebracht worden. Ihre Mutter Rafaela hatte man nicht dorthin gelassen. Delbrock hatte diese Entscheidung des Priors begrüßt, denn auch Frau Berger brauchte ganz dringend Schlaf. So war eine ordentliche Vernehmung auf den späten Morgen verlegt worden. Frau Berger war ihm in der Nacht ungewöhnlich schweigsam begegnet und hatte nur eine knappe Schilderung der wichtigsten Ereignisse gegeben. Nach einer sehr langen und sehr heißen Dusche versuchte er nun seufzend, seinen borstigen Haaren ein frisiertes Aussehen zu geben.

Draußen zeigte sich ein strahlender Spätsommertag, zu schön, um Mord und Totschlag zu erörtern. Er verspürte plötzlich eine ungeheure Sehnsucht, seine Töchter zu sehen und mit ihnen zu frühstücken, vielleicht auf der Terrasse des Marktcafés. Im Marktcafé konnte man wunderbar frühstücken. Man konnte sich Lachs, Rührei, Croissant oder Speck bestellen. Sie kannten sich dort mit Frühstücksspezialitäten aus aller Herren Länder aus. Delbrock begab sich stattdessen jedoch zur Klosterküche und orderte dort noch ein spätes Frühstück für sich und seine Männer im Gästeraum des Klosters. Eine Kanne Kaffee und eine Tasse nahm er sich schon einmal mit. Zu seiner Überraschung saß Sebastian Berger bereits im Gästeraum, allerdings vor einem leeren Gedeck. Er starrte in die Luft.

»Guten Morgen. Ich dachte, Sie frühstücken im Gästehaus zusammen mit Ihrer Schwägerin?«

»Ja«, nickte Berger, »das dachte ich auch. Aber als ich sie auf ihrem Handy angerufen habe, da hat sie mich fürchterlich angeschrien. Wenn man es wagen sollte, sie aus dem Bett zu rufen, würde sie zuschlagen, egal, ob ein Kreuz oder ein Mensch in ihrer Nähe stehen würde. Und abgesehen davon wolle sie gerade niemanden hören, sprechen oder sehen, der auch nur entfernt mit ihrem Exmann verwandt sei. – Oh bitte, kann ich etwas von Ihrem Kaffee bekommen?«

Sebastian Berger saß da an dem gedeckten Tisch wie ein Schuljunge, der durch sämtliche Prüfungen gerasselt war.

»Na, da habe ich ja eine kleine Chance, dass sie zumindest mit mir spricht.« Delbrock lächelte und klopfte Berger tröstend auf die Schulter. »Das sind Verarbeitungsmechanismen. Sie hat viel mitgemacht, und das nicht nur in der vergangenen Nacht. Marie geht es gut?«

Sebastian lächelte warm. »Oh ja, sie hat ein wenig Kopfschmerzen, aber einen Bärenhunger, wie sie mir eben mitgeteilt hat. Sie ist hinüber zum Gästehaus, um dort zu frühstücken. Der Tod von diesem Marcel macht ihr allerdings zu schaffen. Zum Glück hat sie keine Ahnung, wie es zu der Explosion gekommen ist.« Plötzlich grinste Berger schief und schüttelte den Kopf. »Da drückt der einfach eine Fernzündung und sprengt einen Mann in die Luft mitsamt dem schönen Audi. Dass die eigene Tochter dicht danebensteht, lässt er dabei zum Gottesurteil werden. Der ist doch krank, völlig durchgeknallt. Ich meine, mit so was will man normalerweise nicht verwandt sein, oder?«

Sebastian Berger nahm seine gefüllte Tasse Kaffee und trank sie leer, in kleinen Schlucken und ohne einmal abzusetzen. In diesem Moment ging die Tür auf, und ein Mönch brachte den beiden Brötchen, einen Käse- sowie einen Wurstteller. Er nickte den beiden grüßend zu und verschwand wieder. »Oh, schade, kein Nutella.« Berger nahm sich ein Brötchen und blickte prüfend auf den Käse.

Derweil bereitete Delbrock sich auf den nächsten Satz vor. In Gedanken begann er ihn drei Mal, dann gelang ihm das Thema doch nur mit plumper Offenheit. »Herr Dr. Berger, Sie sind der Halbbruder von Andreas. Ihre Mutter hatte während einer Romreise eine Affäre.«

Berger schmierte unbeeindruckt sein Brötchen und schenkte sich einen weiteren Kaffee ein. Lediglich an seinem Kaumuskel konnte man eine gewisse Anspannung erkennen. Der mahlte nämlich langsam und hart, sodass sein Gesicht eckig wurde. Erst danach antwortete er: »Sie glauben doch nicht, dass mich das jetzt noch in Erstaunen versetzt? Lassen Sie mich raten. Rom. Andreas trägt wahrscheinlich richtig dickes, zähflüssiges, klerikales Blut in sich. Deshalb ist er also in ein katholisches Internat gekommen. Hat der leibliche Vater seine Ansprüche geltend gemacht, ja?«

»Sie wussten es schon?«

»Nein, verdammt. Ich wollte nur cool erscheinen. Erzählen Sie mir bitte, was Sie wissen.«

Delbrock berichtete ihm also, dass Frau Adelheid Berger, seine Mutter, während einer Romreise mit einem relativ hohen Würdenträger des Vatikans eine Affäre gehabt hatte. Er sagte: »Ich denke schon, dass dieser Mann Ihren Bruder vor allem in den späteren Jahren begleitet hat. Ihr Bruder wusste seit seiner Firmung, dass Sie beide unterschiedliche Väter hatten.«

Sebastian Berger starrte in seine Tasse und erwiderte, ohne den Blick zu heben: »Rafaela hat mir erzählt, dass meine Mutter einen merkwürdigen Ausspruch getätigt hat. Sie sagte zu ihr: ›Sebastian ist der König.‹ Was kann sie damit nur gemeint haben? Dass ich ein echter Nachkomme bin und Andreas ein Bastard? Ehrlich gesagt hatte ich nie den Eindruck, dass sie einen von uns mehr oder weniger geliebt hat. Mit Andreas gab es in der Pubertät nur mehr Schwierigkeiten. Aber wenn er genau zu der Zeit die Wahrheit erfahren hat – kein Wunder. Damit muss ein Junge ja erst einmal fertigwerden.«

Delbrock wollte gerade in sein Wurstbrötchen beißen und nickte zustimmend. Er dachte daran, dass seine famose Mitarbeiterin Gabi das richtige Gespür gehabt hatte, als sie die beiden Brüder als völlig unterschiedlich, auch im Äußeren, wahrgenommen hatte. Er biss in sein Brötchen, spürte einen enormen Hunger und ahnte gleichzeitig, dass es ein Frustessen werden würde. Natürlich war Andreas Berger nicht mehr ins Kloster Gerleve zurückgekehrt, und auch Simon Wendthaus war für eine ungenaue Zeit verreist. Noch in der Nacht waren zwei Beamte zu dem Haus geeilt, doch dort hatten sie nur eine strenge Haushälterin mit einem gebrochenen Arm aus dem Bett geholt. Rom ruft. Und in diesem Fall hatte Rom mitten in der Nacht und wohl sehr laut gerufen. Delbrock war sich sicher, dass Andreas und sein Freund Simon bereits in den edlen Gemächern des Vatikans frühstückten. Er hatte in dieser Nacht zwar den Mörder der beiden Frauen gefunden, aber darüber hinaus blieben mehr Fragen als Antworten. Von dem Audi war nicht mehr viel da, die Leiche von Marcel zerfetzt, doch sein Tod galt als bewiesen, hatte es doch Zeugen dafür gegeben. Näher dran als Rafaela und Marie konnte man an diesem Anschlag kaum gewesen sein.

Dass Andreas eine Fernzündung hatte losgehen lassen und für die Explosion verantwortlich war, würde schwer zu beweisen sein. Zumal die beiden Männer angesehene Mitglieder der Kirche waren und sich gegenseitig entlasten würden. Vielmehr würden sie betonen, dass ihnen der Audi ja quasi vor der Nase entführt worden war. In einem gestohlenen Wagen Opfer einer Explosion zu werden, war dann wohl Berufsrisiko. Es gab auch noch eine weitere Version für den Staatsanwalt: Marcel war schwer verletzt, er hatte zwei Morde gestanden, gut möglich, dass er selbst eine Bombe gezündet hatte. Selbst ein mittelmäßiger Anwalt würde einen Andreas Berger unbeschadet aus einem Prozess herausbringen.

Doch in der Nacht hatte Delbrock ein anderer Gedanke zu schaffen gemacht. Er hatte sich geschworen, den Mörder von Jan zu fassen. Marcel hatte zu diesem Todesfall seine Unschuld beteuert. Es klang abgebrüht, aber ob zwei oder drei Leichen auf die eigene Kappe gingen, war meist egal. Er hatte keinen Grund gehabt, zu lügen. So neigte der Hauptkommissar dazu, Rafaelas Bericht zu glauben. Wer aber hatte dann den jungen, sympathischen Studenten umgebracht? Mit bloßen Händen einem erwachsenen Menschen das Genick zu brechen, dazu bedurfte es meist einer Ausbildung in einer Kampfsportart, wie der Pathologe dem Kommissar erklärt hatte. Agenten besaßen bestimmt eine gewisse Fitness und Raffinesse in diesen Dingen.

Und wer hatte Sebastian Berger im Kellerverlies gefangen gehalten? Ihm fielen als Erstes die beiden ominösen Priester von Opus Dei ein. Der zweite Gedanke allerdings war weitaus interessanter. Andreas Berger hatte genauso gut seinen Bruder aus dem Verkehr ziehen wollen. Wie oft hatte er betont, dass seine Familie ihn endlich in Ruhe lassen sollte. Zu viele Nachforschungen hätten ihn und seinem Auftrag empfindlich schaden können. Sebastian hatte sich über eine heftige Ohrfeige beschwert. Delbrock fand es nachvollziehbar, dass Andreas sich hier eventuell für den Kinnhaken seines Bruders revanchiert hatte. Als Mönch hätte er niemals zuschlagen dürfen, als vermummter Entführer schon. Er raufte sich die Haare, die er eben noch mühevoll glatt gekämmt hatte.

»Sagen Sie mal, Herr Delbrock, glauben Sie, dass Andreas heute noch hier auftaucht?«

»Nein, heute nicht und nächste Woche oder in einem Monat sicher auch nicht.«

»Agent der Kirche.« Sebastian Berger murmelte es mehr vor sich hin und schüttelte dabei den Kopf. »Ich hätte ihm damals nicht meine Jerry-Cotton-Hefte leihen dürfen.«

Delbrock schmunzelte. »Ihre Mutter hätte damals die Kirchenväter Roms in Ruhe lassen sollen und stattdessen besser einem italienischen Pizzabäcker die Augen verdreht.«

»Ja, das wäre deutlich unkomplizierter geworden, aber für Adelheid Berger musste auch eine Affäre standesgemäß sein. Präsident, Papst oder eben Erzbischof, drunter hätte sie es kaum getan. Ach herrje, Herr Kommissar. Eine tote Mutter, für die die Beerdigung noch aussteht, ein verschwundener Halbbruder und katholischer Agent und noch das schlechte Gewissen wegen des toten Studenten. Ich habe mich weiß Gott schon mal besser gefühlt.«

»Ja«, nickte Delbrock, »das geht mir ähnlich. Und ich fürchte, dass ich nicht mal die Hälfte aller Fragen beantwortet in meinen Abschlussbericht schreiben kann.«

Die beiden Männer sahen sich an und griffen jeder fast zeitgleich nach einem weiteren Brötchen. In diesem Moment ging die Tür auf, und Prior Samuel trat ein. »Bitte, Herr Hauptkommissar, haben Sie gleich einen Moment Zeit für mich? Ich möchte eine Aussage machen.«

Erstaunt blickte Delbrock den älteren Mönch an. Er sah blass aus, das Gesicht steinern, die Hände steckten tief in den Ärmeln seines Habits. Er schien erst jetzt Sebastian zu sehen und nickte ihm kurz zu. Delbrock versicherte dem Ordensmann, dass er in fünf Minuten Zeit für ihn habe, und beeilte sich, das Frühstück zu beenden. Prior Samuel hatte das Zimmer sofort wieder verlassen, und Sebastian Berger pfiff durch die Zähne. »Was will denn der Prior gestehen?«

»Von einem Geständnis war nicht die Rede. Ich vermute, es wird eine Zeugenaussage. Möglich, dass er etwas gesehen hat, was ihm erst später in seiner Bedeutung bewusst wurde. Oder er hat Neuigkeiten von Ihrem Bruder Andreas. Wie auch immer, gleich weiß ich mehr. Sie können derweil Ihre entzückende Schwägerin in eine sanftere Stimmung bringen. Mit ihr muss ich nämlich als Nächstes sprechen.«

Im Büro des Priors war es kühl. Bruder Samuel hatte das Fenster weit geöffnet und stand davor, frische Luft wehte herein. Nun schloss er es und bat den Hauptkommissar, Platz zu nehmen.

»Zunächst möchte ich Ihnen mitteilen, dass unsere Gäste Pater Kunze und Pater Mensing heute in der Früh abgereist sind. Sie haben ihre Adressen bei mir hinterlegt, falls Sie, Herr Delbrock, noch Fragen an die Herren haben. Sie werden nach Rom reisen und dort Andreas Berger treffen, der, da bin ich mir sicher, weder für die Morde an den Frauen in Münster verantwortlich gemacht werden kann noch für den Tod des Studenten oder die kurze Entführung seines Bruders. Bruder Andreas hat vielmehr stets die andere Wange hingehalten, wenn sein etwas ungestümer Bruder auf ihn losgegangen ist.«

Delbrock wollte erst zornig auffahren, doch hielt er sich im letzten Moment zurück. Der Prior war nur der Überbringer dieser Nachrichten. Gewiss würde er seinen Gästen nicht befehlen, sich einem Kommissar aus Münster unterzuordnen und so lange im Kloster zu bleiben, bis dieser ihnen erlaubte, abzureisen. Die

Sätze hatte der Prior ohne jede erkennbare Emotion aufgesagt, als gelte es, etwas auszurichten, mit dessen Inhalt man nichts zu tun hatte. Jetzt aber stieg eine leichte Röte in die blassen Wangen, und sein Blick senkte sich beinahe verschämt zum Schreibtisch. Er fasste nach einer Tasse, die sicher schon seit Stunden leer dort herumstand. Dann räusperte sich der Prior und begann mit der eigentlichen Aussage.

»Ich glaube, ich weiß, wer den jungen Studenten umgebracht hat. Ich weiß, ich hätte damit eher zu Ihnen kommen müssen, aber …« Eine hilflose Geste mit der freien Hand. »Ich habe Bruder Stefan aus dem Zimmer des jungen Mannes kommen sehen, etwa zur Todeszeit, also kurz vor dem Mittagessen. Er schwitzte stark und rannte beinahe den Flur entlang. Mich hat er nicht gesehen, ich stand im Türrahmen des Besucherzimmers. Er kam aus diesem Zimmer und wischte sich die Stirn ab, das ganze Gesicht glänzte aufgeregt. Ich war verwirrt. Ich habe an alles Mögliche gedacht, warum die beiden Männer Kontakt pflegen könnten, aber nie wäre ich darauf gekommen, dass Bruder Stefan jemanden umgebracht hat. Auch danach wollte ich ja am liebsten an einen Unfall glauben.«

Der Mönch tat dem Kommissar leid. Es war ein bisschen viel, was hier in den letzten Tagen innerhalb des Klosters geschehen war. Vor allem wenn man sich ins Bewusstsein rief, dass die Mönche in Gerleve in ruhiger Andacht zu leben pflegten. Delbrock hatte Fingerabdrücke von allen Personen nehmen lassen, die zum Zeitpunkt des Todes von Jan Mertens im Kloster geweilt hatten, aber die Untersuchungen zum Mordfall waren erst am späten Abend losgegangen, und die letzten Fingerabdrücke hatte man am nächsten Morgen abgenommen. Da war Stefan Gericke schon tot gewesen. Der Hauptkommissar griff zu seinem Telefon und rief seine Lieblingsbeamtin an. »Gabi, bitte schicken Sie jemanden von der Spurensicherung in die Pathologie zu Dr. Köster. Er soll dort Fingerabdrücke von dem toten Stefan Gericke nehmen. Sie sollen mit den Abdrücken verglichen werden, die wir aus dem Zimmer des Studenten haben. Ja, danke.«

Delbrock wollte gerade zu einer Erklärung ansetzen, warum

Jan Mertens wahrscheinlich umgebracht worden war, da hob der Prior abwehrend beide Hände hoch. »Bitte, ich möchte im Einzelnen gar nicht wissen, was hier warum alles geschehen ist. Je weniger wir über diese schrecklichen Ereignisse wissen, desto eher und leichter können wir in unseren Alltag zurückfinden. Ich bin mir sicher, Bruder Stefan steckte in furchtbaren inneren Nöten und hat diese dann nicht mehr ausgehalten. Er hat sich selbst gerichtet, und wir wollen für ihn beten. Mehr ist nicht nötig.«

Das passte zu dem Zettel, den man dem toten Mönch abgenommen hatte, auf dem er schrieb, dass er es nicht mehr aushalte. Warum sollte er aber Jan Mertens umgebracht haben? Wieso konnte dieser Student ihm gefährlich werden? Die Wanzen waren bei Pater Kunze und bei Bruder Andreas gefunden worden. Was hatte Jan hier hören können, das für Bruder Stefan hätte gefährlich werden können? Die Opus-Dei-Mitglieder wussten nicht, dass ihre Zöglinge Agenten der katholischen Kurie waren. Von Bruder Andreas hätte Jan theoretisch etwas Interessantes erfahren können. Und Agenten hielten zusammen. Ihm wurde heiß bei dem Gedanken. Nicht auszuschließen, dass Stefan Gericke den Job für Andreas Berger erledigt hatte, denn er wäre nicht so schnell in Verdacht geraten.

In diesem Moment klingelte sein Handy. Der Kommissar bedankte sich für die Offenheit des Priors und entschuldigte sich. Sein Kollege Berndt war am Apparat. Er hatte den arbeitsamen Mann schon früh am Morgen zur Wohnung von Marcel Weber geschickt, damit er zusammen mit einigen Männern der Spurensicherung die Wohnung und anschließend auch das Bistro genau unter die Lupe nahm.

»Chef, wir kamen zu spät. Dem Herrn Weber wird es gleich sein, aber seine Wohnung sieht aus, als sei der KGB persönlich auf der Suche nach etwas Bestimmtem gewesen.«

Delbrock stöhnte, doch selbst wenn er direkt nach Rafaelas Anruf in der Nacht die Kollegen in die Wohnung des Bistrobesitzers geschickt hätte, wären diese zu spät gekommen. Die Agenten Berger und Wendthaus wären schon dort gewesen. Die beiden hatten in dieser Nacht vieles erledigt. Rom konnte stolz sein auf seine Männer. Und Delbrocks Kopf wäre beinahe gegen eine dieser massiven katholischen Klosterwände gesunken.

Er stand im Flur und starrte auf sein Handy. Wie sollte er das Staatsanwalt Hänsel erklären? Sie hatten zwar sechs tote Personen, Frau Adelheid Berger hatte er mitgezählt. Davon waren die meisten Fälle aufgeklärt. Aber der Staatsanwalt konnte nicht einen einzigen Haftbefehl ausstellen. Er übte das Gespräch schon mal in Gedanken: Sehr verehrter Herr Hänsel, die Frauenmorde sind aufgeklärt. Ein gewisser Marcel Weber wollte fünf Mönche unter Druck setzen, die in jungen Jahren als Praktikanten im Vatikan am Tod seiner Schwester und ihrer zwei Freundinnen beteiligt waren. Anschließend sind sie damals Agenten der päpstlichen Kurie geworden und wurden jetzt gerade als Mönche ausgebildet, um nach Rom berufen werden zu können. Marcel Weber wollte sich am tatsächlichen Mörder seiner Schwester, er vermutete einen Kardinal, rächen. Dafür musste ihm aber Andreas Berger erst den Namen oder noch besser die Person ausliefern. Andernfalls drohte Marcel damit, Bergers Frau umzubringen. Das hat er dann aber doch nicht gekonnt, weil der Engel, sie heißt Rafaela Berger, ihm viel zu sehr ans Herz gewachsen war. Also hat er Frau Bussmann umgebracht, die Exfrau von Peter Bussmann, der aber bereits vor Monaten am Gardasee zu Tode gekommen ist.«

Spätestens jetzt würde Herr Hänsel natürlich einen Kommentar abgeben: »Um Himmels willen, Delbrock, was erzählen Sie mir denn da für einen hanebüchenen Unsinn?«

Er selbst würde sich zur Ruhe zwingen und eben weiter erklären, dass Marcel Weber danach den Alexianermönch Ralf Hölscher unter Druck setzen wollte, weil der als Nächster nach Rom reiste. Aber auch dieser Mönch ließ sich nicht zu einem Verrat an einem Mitglied des Vatikans erpressen, und so hatten sie eben die zweite Frauenleiche auf dem Tisch liegen. An dieser Stelle sollte er seinen Staatsanwalt noch mal darauf hinweisen, dass alle diese merkwürdig berufenen Mönche Agenten der Kurie waren, und Agenten konnte man nicht so einfach erpressen. Da letzte Nacht dann eben dieser Marcel Weber bei der Entführung von Bergers Frau Rafaela und der Tochter Marie erst schwer angeschossen worden und dann auch noch im gestohlenen Auto explodiert war, schloss dies eine Verhaftung des Frauenmörders eben aus.

Hier würde der nächste Einspruch von Hänsel kommen, da war sich Delbrock sicher: »Ja, aber wer hat denn nun den jungen Studenten umgebracht und warum?«

An dieser Stelle endete der erdachte Dialog mit Staatsanwalt Hänsel, und Delbrock suchte nach Konzentration. Zu diesem Zweck wanderte er den Flur entlang und suchte den Kapitelsaal auf. Dort setzte er sich an die Wand und schaute auf das Muster des Holzbodens. Andreas Berger hatte eine Wanze im Zimmer entdeckt. Er konnte sicher nicht wissen, wie lange diese Wanze bereits dort versteckt gewesen war. Also hatte er auch nicht einschätzen können, was der Lauscher bereits alles vernommen hatte. Dem Hauptkommissar hatte Berger erzählt, er habe seinen Bruder in Verdacht gehabt. Eine Lüge? Hatte Andreas Berger gewusst, wer ihm da nachspionierte? Woher? Es war wirklich zum Mäusemelken, wenn man sich überlegte, wer hier im Kloster alles mit unchristlichen Aktionen unterwegs war. Und ohne eine erneute Befragung von Andreas Berger würde er sich in Spekulationen verlieren.

Sein Handy zeigte einen neuen Anruf an, es war Gabi. In knappen Worten teilte sie ihm mit, dass man einige der Fingerabdrücke, die im Zimmer von Jan Mertens gefunden worden waren, Stefan Gericke hatte zuordnen können. Delbrock war sich nun sicher, dass sich an der Kellertür, hinter der Sebastian Berger einige Stunden hatte ausharren müssen, die gleichen Abdrücke finden würden. Damit schien der Mord an dem jungen Studenten wohl ebenfalls aufgeklärt. Befriedigt fühlte der Kommissar sich keineswegs. Er und Sebastian Berger hatten den jungen Mann ja geradezu ermutigt, Kriminalist zu spielen. Außerdem hatte er sich geschworen, den Eltern wenigstens den Täter zu präsentieren. Doch genau der lag nun neben ihrem Sohn in einer Metallschublade der Pathologie. Stefan Gericke war seiner Verhaftung im wörtlichen Sinne entsprungen. Er bezweifelte, dass das für die Eltern eine tröstliche Vorstellung sein würde. Seufzend erhob er sich von der Bank. Als Nächstes wollte Delbrock nun Frau Berger zu den Ereignissen der letzten Nacht befragen.

***

Vierundzwanzig Stunden später saß der Hauptkommissar an seinem Schreibtisch, die Stimmung unverändert niedergedrückt, und tippte mit drei Fingern mühsam einzelne Wörter in den Computer. Er würde nun diesen verdammten Bericht zu diesem verdammten Fall schreiben und danach an die Nordsee fahren, nahm er sich vor. Nur Strand, Wasser, Wind und seine schlechte Laune, welch verlockende Vorstellung. Eventuell kam noch Regen dazu, man konnte sich im September wirklich nicht auf gutes Wetter verlassen. Da würde er sich dann einer Melancholie hingeben, die einem Kafka poetische Höhepunkte beschert hätte. Wenn er an das Gespräch mit Staatsanwalt Hänsel zurückdachte, fürchtete er sich ein wenig, einen Urlaubsantrag abzugeben. Hänsel würde daraus eine Dienstreise nach Rom machen. »Mensch, Delbrock. Das ist ja Wahnsinn. Agenten der päpstlichen Kurie! Und Sie mittendrin. Das hätte wirklich ins Auge gehen können. Opus Dei, Verschwörungen noch und nöcher. Das ist ja ein tiefschwarzer katholischer Sumpf mitten im Münsterland. Das hätte böse enden können, Delbrock. Da sind Sie vielleicht in jahrhundertealte Seilschaften hineingeraten, und die schrecken auch vor Mord und Totschlag an meinen Beamten nicht zurück. Und Opus Dei erst. Ein überaus interessanter und geheimnisumwobener Verein, das kann ich Ihnen sagen. Haben Sie Dan Brown gelesen?«

Der Hauptkommissar hatte nur hilflos gelächelt und die nächsten konkreten Fragen abgewartet. Und die waren wie Fallstricke gekommen. »Also, diese Ehemänner und langjährigen Agenten mussten plötzlich nach Rom, weil Opus Dei ihnen bestimmte Aufgabengebiete zuteilen wollte, richtig? Und da sie dafür ein höheres Amt bekleiden mussten, in das sie nur als Priester oder Ordensmänner ohne Familie aufsteigen konnten, ließ man ihre Ehen plötzlich annullieren, ja? Und die päpstliche Kurie reibt sich die Hände, weil sie ihre eigenen Männer endlich dort hat, wo sie hinsollten. Wer da wohl wen bespitzelt?«

Delbrock hatte dem Staatsanwalt erklärt: »Zu Opus Dei sind diese jungen Männer meiner Vermutung nach durch einen perfiden Plan gelockt worden. Drei junge Frauen, die anscheinend über delikate Informationen aus dem Vatikan verfügen, treffen auf deutsche Praktikanten und beschließen, gemeinsam eine große Story aufzudecken. Durch die Praktikanten gelangen sie in den Vatikan. Doch irgendetwas lief verdammt schief in jener Nacht. Am Ende gab es drei tote Frauen und fünf verzweifelte junge Deutsche, die geschickt und im Sinne der Dankbarkeit zur Aufnahme bei Opus Dei verführt wurden. Denn wahrscheinlich hatte der Orden dafür gesorgt, dass sie nicht angeklagt wurden. Und die katholische Kirche hat sich später ebenfalls ihrer angenommen und sie nach und nach zu ihren Agenten ausbilden lassen.«

»Moment mal, das scheint mir doch merkwürdig. Wieso sollte man um fünf deutsche Praktikanten so viel Aufhebens machen? Warum haben sie die nicht gleich mit eliminiert?« Hänsel war Feuer und Flamme für diese Geschichte gewesen. Er hatte Delbrock etwas über Freimaurer erzählt, über den angeblichen Mord an dem Dreiunddreißig-Tage-Papst und manch andere Verschwörungstheorien vom Stapel gelassen.

Delbrock hatte ihm mitgeteilt, was er von Andreas Berger erfahren hatte. »Alle fünf Praktikanten haben Männer der Kurie als Väter oder Verwandte. Sie waren nicht zufällig dort, sondern durch Begünstigungen.«

Kaum war der Satz heraus, da war Delbrock furchtbar erschrocken. Die Faust Hänsels war nämlich auf den Schreibtisch geknallt. »Ja, die Kirche sorgt für ihre Kinder, ha!« Hänsel hatte hart aufgelacht und ergänzt: »Zumindest für ihre männlichen potenziellen Nachfolger.«

»Ich kann das nicht beurteilen. Sicher ist, dass wir wohl nur einen Ausschnitt der ganzen Wahrheit kennen. Und da Berger und Wendthaus und mittlerweile auch Klaus Schneider, ein weiterer ehemaliger Praktikant und neuer Mönch, in Rom weilen, haben wir keine Handhabe mehr.«

»Die kommen zurück. Die haben ebenfalls Kinder hier. Delbrock, an diesem Fall bleiben wir dran. Ich überlege mir, wie wir mit den Kollegen in Rom verhandeln können. Ich sage Ihnen, Delbrock: Recherche, Geduld und Kombinationsgabe sind hier gefragt. Münsters Polizei deckt Verschwörungen und Manipulationen der katholischen Kirche in Rom auf. Münsteraner mitten im vatikanischen Sumpf. Ich sehe schon die Schlagzeilen, Delbrock, Mensch!«

Diese Ausführungen des Staatsanwalts hatten dem Hauptkommissar dann richtig zugesetzt. Er hatte sofort im Kopf ausgerechnet, wie viele Jahre und Monate er bis zur Pensionierung noch schaffen musste.

Das war das Gespräch von gestern Nachmittag gewesen. Gegen Mittag hatte Delbrock das Kloster verlassen, ebenso Rafaela Berger, ihr Schwager Sebastian und Marie, die sich sowohl von dem Medikamentencocktail als auch von den Ereignissen der Nacht einigermaßen erholt hatte. Der Verlust eines Freundes, ob er nun kriminell war oder nicht, war für einen Teenager ungleich schwerer zu verkraften. Zum Glück hatte Marie keine Ahnung, dass ihr Vater in die Explosion des Wagens verwickelt war.

Ihre Mutter hatte dem Kommissar und auch ihrem Schwager recht unverblümt klargemacht, dass sie selbst keinen Kontakt mehr zu ihrem Exmann wünschte. Nie wieder, nicht in Briefen, Telefonaten oder Bildern, und sie wollte auch nicht, dass jemand von ihm erzählte. Er hatte ihren Freund in die Luft gesprengt und die gemeinsame Tochter in tödliche Gefahr gebracht. Spätestens jetzt hätte sie selbst ihre Ehe annullieren lassen. Und sie würde demnächst aus der Kirche austreten und sich mit heidnischen Ritualen beschäftigen, wovon Voodoo noch eines der harmloseren sein sollte. Ja, an dieses Gespräch erinnerte Delbrock sich gern zurück. Frau Berger war in ihrer Wut sehr kreativ, und da ihr sonst so smarter Schwager Sebastian mindestens siebzig Prozent ihrer Rede zu glauben schien, hatte der Kommissar eine kleine amüsante Verschnaufpause.

Schließlich hatte er Frau Berger noch erzählt, dass der Mann ihrer Freundin Birgit wohl leider für den Tod des jungen Studenten und für die Entführung von Sebastian verantwortlich gewesen war. Offenbar hatte er mit dieser Schuld nicht leben können und sich selbst gerichtet. Damit würde nun Frau Gericke klarkommen müssen, was er sich nicht einfach vorstellte. Nun tat sie ihm leid, diese Journalistin, die so kaltblütig ein Foto von einer blutigen Frauenleiche geschossen hatte.

Plötzlich klingelte sein Telefon, und er runzelte missmutig die Stirn, da er sich Störungen untersagt hatte. »Sorry, Chef, aber das Gespräch wollen Sie definitiv annehmen. Andreas Berger ist am Telefon.« Und Gabi fügte bedeutungsvoll hinzu: »Live aus Rom.«

»Ich wollte mich entschuldigen, Herr Hauptkommissar.«

»Weil Sie einfach abgehauen sind?« Delbrock war erstaunt.

»Nein, natürlich nicht. Der Tod des Studenten tut mir leid. Ich konnte Bruder Stefan leider nicht stoppen. Jan hat ihn damals im Zimmer des Opus-Dei-Priesters überrascht. Er war ebenfalls dort, auf der Suche nach bestimmten Informationen. Er hat vor Schreck Jan niedergeschlagen und zur Treppenstufe geschleift. Als ich ihm später erzählt habe, dass jemand Wanzen im Kloster verteilt, ist er in Panik geraten. Er hat seine ganze Zelle auseinandergenommen, aber nichts gefunden. Er hatte sofort diesen Studenten in Verdacht und glaubte, dass der nur wegen uns im Kloster war, um zu recherchieren. So wie Stefan sich aufgeführt hat, dachte ich schon, er habe die Seiten gewechselt und habe nun Angst, dass tatsächlich jemand etwas Brisantes über ihn erfahren haben konnte. Ich bin mir aber sicher, dass er zunächst nur mit Jan reden wollte, und das muss irgendwie schiefgelaufen sein. Die Angst um seine Familie hat ihn halb wahnsinnig gemacht, vor allem nachdem die zweite Frauenleiche aufgetaucht war. Ich glaube, dass Stefan den Druck einfach nicht ausgehalten hat und Marcel zu Diensten sein wollte. Das durfte er nicht. Ein Agent, der die Seiten wechselt, hat schnell zwei Feinde. Und glauben Sie mir, die Kirche verfügt über interessante Druckmittel. Stefan sah in seinem Tod wahrscheinlich die einzige Möglichkeit, seine Frau und den Sohn zu schützen.«

»Das käme Ihnen natürlich nicht in den Sinn, zuerst an Frau und Kind zu denken, oder?« Delbrock konnte sich den Vorwurf nicht verkneifen, doch am anderen Ende der Leitung blieb es still, so still, dass Delbrock Angst hatte, der andere habe aufgelegt. Er wagte eine ganz andere Frage: »Warum hat Ihre Mutter plötzlich Selbstmord begangen? Es war doch Selbstmord, oder?«

»Ja. Meine Mutter war Morphinistin, das habe ich nicht gewusst und mein Bruder auch nicht. Mein Vater hat dafür gezahlt, wie für vieles andere auch. Wen er dafür bezahlt hat, weiß ich nicht, und es ist mir auch egal. Adelheid lebte zunehmend in der Vergangenheit. Sie hatte sich nicht immer unter Kontrolle in dem, was sie erzählte. Ich denke, er hat ihr dazu geraten.«

»Er hat ihr dazu geraten, und sie sagt: ›Ja, Schatz, du hast recht, ich muss abtreten, bevor ich unseren Sohn in Gefahr bringe‹, oder so ähnlich?« Delbrock riss die Augen auf.

»Ja, so ähnlich, was weiß ich.« Es klang traurig.

Der Kommissar erinnerte sich daran, was Sebastian Berger gesagt hatte, gestern beim gemeinsamen Frühstück: »… für eine Adelheid Berger musste auch eine Affäre standesgemäß sein. Präsident, Papst oder mindestens Erzbischof, darunter hätte sie es nicht getan.« Ein ungeheurer Verdacht nahm Gestalt an.

»Herr Berger, hat Ihr ominöser Vater etwas mit dem Tod der drei Frauen zu tun? Sie wollten Ihren Vater schützen, nicht wahr? Immer schon wollten Sie Ihren Vater schützen. Er muss ein mächtiger Mann im Vatikan sein, Herr Berger. Was wäre denn geschehen, wenn Stefan Gericke kooperiert hätte? Wenn er einem Marcel Weber den Namen Ihres Vaters verraten hätte oder Informationen zu den Ereignissen damals, als Sie noch Praktikanten waren? Sie müssen große Sorge gehabt haben, dass Jan ein Gespräch zwischen Ihnen und Stefan Gericke in Ihrer Zelle belauscht haben könnte.« Delbrock redete sich in Fahrt. Er spürte die Wahrheit plötzlich, während sich in seinem Kopf die Sätze bildeten. »Sie haben den armen Stefan zum Zimmer von Jan mitgenommen. Weiß der Geier oder meinetwegen Gott, was Sie ihm erzählt haben, damit er die Klinke anfasst. Sie haben nämlich nichts angefasst, denn Sie wussten, dass Jan Mertens das Zimmer nicht mehr lebend verlassen würde. Und Bruder Stefan ließen Sie daran teilhaben. Entsetzt und panisch ist er aus dem Zimmer gelaufen. Wahrscheinlich hat er sich vorher vor Schreck am Schreibtisch festgehalten und Spuren hinterlassen.« Delbrock staunte, als er seine eigenen Worte hörte. Prior Samuel hatte nicht den Mörder gesehen, der verschwitzt und erregt aus Mertens' Zimmer gekommen war, sondern den Zeugen eines Mordes. Andreas Berger war sicher noch im Zimmer geblieben und hatte nach Aufnahmen und Ähnlichem gesucht.

Ein tiefes Einatmen, ein gepresstes Ausatmen, mehr hörte er zunächst nicht. Dann schien Berger sich wieder unter Kontrolle zu haben. »Herr Kommissar, ich wollte Ihnen mitteilen, dass mir der Tod des Jungen leidtut, doch nicht, damit Sie dazu eine schöne Geschichte erfinden können, die sich ohnehin niemals beweisen lässt. Und ich wollte Sie bitten, Rafaela und meine Tochter von mir zu grüßen, der persönliche Kontakt ist leider gerade schwierig. Machen Sie es gut, Hauptkommissar Delbrock.«

Ein Tuten war zu hören, Berger hatte aufgelegt.

Und jetzt, in diesem Moment, spürte Delbrock eine gewisse Befriedigung. Er dachte daran, dass er doch ein bisschen an Gott glaubte und vor allem daran, dass die Gerechtigkeit irgendwann siegen würde. Er schritt zu seinem neuen Kaffeeautomaten und murmelte dabei vor sich hin: »Du hast ein Kind, und dein Vater hat ein Enkelkind hier. Ich kann mich gedulden.«

# EPILOG

*Drei Jahre später*

Rafaela zog ihre hohen Sandaletten aus und massierte sich die Fußwurzel. Es war eine schöne Abiturfeier gewesen, in einem feierlichen Rahmen, und sie hatte mit so viel Stolz Marie beim Empfang ihres Reifezeugnisses zugeschaut, dass ihr ein paar Tränen ganz zart die Schläfe entlanggerollt waren. Marie war nun mit ihrer Clique in der Stadt unterwegs, ein bisschen die schöne Garderobe ausführen, sich zeigen und einen Sekt trinken. Sebastian war zurück in seine Praxis gefahren und ihr Vater nach dem gemeinsamen Mittagessen im Mövenpick Hotel zum Mittagsschlaf nach Hause. Derartige Termine erschöpften ihn in letzter Zeit doch sichtbar.

Das Klingeln des Telefons ließ sie kurz zusammenzucken, doch das leise Lächeln beim Gedanken an den schönen Vormittag blieb im Gesicht. Bis sie die Stimme hörte. Sie sprach in einem fremden Ton, Italienisch, Spanisch oder so. Sie wollte gerade auflegen, als ein kurzer Verbindungston zu hören war und endlich eine männliche Stimme auf Deutsch sprach. »Leg bitte nicht auf, Rafaela, ich bin es, Andreas. Ich wollte unserer Tochter zum Abitur gratulieren. Sie hat doch bestanden, oder? Schön. Und da ist noch etwas. Hier ist ein stolzer Großvater, der Marie gern kennenlernen möchte. Können wir uns in naher Zukunft einmal treffen?«

Dutzende Male hatte sie diese Chance mit Hauptkommissar Delbrock durchgesprochen. Nein, sie legte nicht auf. Natürlich nicht.

## Danksagung

Ich danke ganz besonders Prior Robert vom Kloster Gerleve für die Zeit, die er sich genommen hat, um meine Fragen zum Kloster und zum Leben als Mönch zu beantworten. Es war ein tief beeindruckender Nachmittag für mich.
Weitere Informationen zur Geschichte des Klosters und zum Leben dort findet man unter www.abtei-gerleve.de.

Ich möchte mich auch für das erste Lektorat mit Dr. Hanna Stegbauer bedanken, für die angenehme Zusammenarbeit. Sie hat das Manuskript trefflich bereichert und den einen oder anderen inhaltlichen Fehler so sicher aufgespürt. Danke für Ihre Arbeit!

Längst überfällig, hier auch ein großes Dankeschön an meine andere Lektorin Uta Rupprecht für das Lektorat der ersten drei Bücher – von ihr habe ich jedes Mal eine Menge gelernt. Ich danke ihr für die Aha-Erlebnisse – eine Liste der schlimmsten Fehler liegt seitdem griffbereit unter meiner Tastatur.

Dem Emons Verlag danke ich für die stets nette Zusammenarbeit und die schöne Buchgestaltung.

Und danke an die tapfere Erstleserin des rohen Manuskriptes, meine Schwester Barbara Schaaf!

Drensteinfurt, Frühjahr 2014

Sabine Schulze Gronover
**TODGEWEIHT IM MÜNSTERLAND**
Broschur, 176 Seiten
ISBN 978-3-89705-925-2

*»Mit Witz und Charme erzählt Sabine Schulze Gronover die Geschichte, die an zahlreichen Schauplätzen im Münsterland spielt. Dabei dürfen natürlich auch Abstecher in ihren Wohnort Drensteinfurt nicht fehlen.«* Dreingau Zeitung

*»Wir sagen: kaufen Sie sich das Buch und entdecken Sie eine aufregend gewobene Geschichte.«* Antenne Münster

www.emons-verlag.de

Sabine Schulze Gronover
**LUZIFER UND DER KÜSTER**
Broschur, 288 Seiten
ISBN 978-3-89705-997-9

*»Der zweite Krimi von Sabine Schulze Gronover überzeugt durch überraschende Wendungen. Ein fesselnder Kriminalroman mit Charme und Witz.«* Westfälische Nachrichten

Sabine Schulze Gronover
**ROTE SCHATTEN ÜBER MÜNSTER**
Broschur, 320 Seiten
ISBN 978-3-95451-190-7

*»Die Figuren sind glaubhaft gezeichnet und haben nicht nur mit dem Mordfall, sondern auch mit privaten Problemen zu kämpfen, sodass man sich gut mit ihnen identifizieren kann. Ebenfalls mit viel Liebe zum Detail werden die Schauplätze beschrieben.«* Münstersche Zeitung

*»›Rote Schatten über Münster‹ ist ein kurzweiliger Westfalenkrimi mit viel Lokalkolorit.«* Westfalen-Spiegel

www.emons-verlag.de